Onze verloren harten

Van dezelfde auteur

Wat ik nooit eerder heb gezegd
Kleine brandjes overal

Celeste Ng

Onze verloren harten

Vertaald uit het Engels
door Anna Livestro

SIGNATUUR

2022

Oorspronkelijke titel: *Our missing hearts*
Vertaald uit het Engels door Anna Livestro

Omslagbeeld: © Nick Orr Art
Omslagontwerp: © Hannah Wood – LBBG
Bewerking Nederlands omslag: Select Interface (Henk Koop)
Foto auteur: © Kieran Kesner
Typografie: Pre Press Media Groep, Leerdam
Druk- en bindwerk: Wilco, Amersfoort

ISBN 978 90 5672 722 2
NUR 302

Voor mijn familie

Tijdens de verschrikkelijke jaren van de Grote Zuivering heb ik zeventien maanden in de rij gestaan voor de gevangenis in Leningrad.
Achter me stond een vrouw, haar lippen blauw van de kou... Ineens werd ze wakker uit de verdoving waar we allemaal zo vertrouwd mee waren en vroeg me fluisterend (er werd daar alleen maar gefluisterd):
'Heb jij hier woorden voor?'
En ik zei: 'Die heb ik, ja.'
Toen gleed er iets van een glimlach over wat eens haar gezicht was geweest.
– Anna Akhmatova, 'Requiem, 1935-1940'

Maar de PACT is meer dan een wet. Het is een belofte die we aan elkaar doen: een belofte om onze Amerikaanse idealen, normen en waarden te beschermen. Een belofte dat er consequenties zullen zijn voor mensen die ons land verzwakken met on-Amerikaanse ideeën.
– Uit: *Let's learn about PACT: a guide for young patriots.*

Deel 1

De brief komt aan op een vrijdag. Opengesneden en weer verzegeld met een sticker, uiteraard, zoals al hun brieven: *Geïnspecteerd voor uw veiligheid* – PACT. Op het postkantoor had het tot verwarring geleid. De postbeambte had het papier opengevouwen, bestudeerd, doorgegeven aan zijn baas, die weer aan zijn baas. Maar uiteindelijk leek de brief hun ongevaarlijk en werd hij doorgestuurd. Geen retouradres, alleen een poststempel uit New York, NY, zes dagen oud. Op de envelop stond zijn naam – Bird – en daardoor weet hij dat dit van zijn moeder komt.

Hij is al heel lang niet meer Bird.

We hebben je *Noah* genoemd naar je vader, had zijn moeder ooit tegen hem gezegd. *Bird* heb je zelf bedacht.

Het woord dat, als hij het uitsprak, als zichzelf voelde. Iets wat niet op aarde thuishoorde, een klein snel wezentje. Een nieuwsgierig getjilp, een zelf dat omkrulde langs de randjes.

De school vond het maar niks. Bird is toch geen naam, hadden ze gezegd, hij heet Noah. Zijn kleuterjuf, woest: Hij reageert niet als ik hem roep. Hij luistert alleen naar Bird.

Omdat hij Bird héét, zei zijn moeder. Hij luistert naar Bird, dus als ik u was zou ik hem zo noemen, wat er verder ook op zijn geboorteakte staat. Op elk vel papier dat hij mee naar huis had genomen had ze *Noah* op het stippellijntje doorgekrast met een viltstift en vervangen door Bird.

Zo was zijn moeder: ontzagwekkend en vol vechtlust als haar kind in nood was.

Uiteindelijk gaf de school toe, al had de juf daarna Bird steeds tussen aanhalingstekens gezet, als de bijnaam van een gangster. *Beste 'Bird', laat je moeder dit briefje tekenen. Beste meneer en mevrouw Gardner, 'Bird' is respectvol en ijverig maar hij moet wel meer meedoen met de rest van de klas.* Pas toen hij negen was, nadat zijn moeder was vertrokken, werd hij weer Noah.

Zijn vader zegt dat het zo beter is en wil niet dat iemand hem nog Bird noemt.

Als iemand je zo noemt, zegt hij, moet je hen verbeteren. Dan zeg je: Sorry, nee, zo heet ik niet.

Het was een van de vele dingen die veranderden nadat zijn moeder vertrokken was. Een nieuw appartement, een nieuwe school, een nieuwe baan voor zijn vader. Een heel nieuw leven. Alsof zijn vader hen helemaal had willen omvormen, zodat als zijn moeder ooit terugkwam, ze hen niet eens meer zou kunnen vinden.

Verleden jaar was hij op weg naar huis zijn oude kleuterjuf tegengekomen op straat. Hé, hallo, Noah, zei ze, hoe is het met jou? En hij wist niet of wat hij hoorde in haar stem zelfgenoegzaamheid of medelijden was.

Hij is nu twaalf; hij is al drie jaar Noah, maar *Noah* voelt nog steeds als zo'n halloweenmasker, iets rubberachtigs wat niet lekker zit. Hij weet niet precies hoe hij hem moet dragen.

Dus nu, zomaar ineens, een brief van zijn moeder. Het lijkt op haar handschrift – en er is verder niemand die hem zo noemt.

Bird. Na al die jaren vergeet hij soms haar stem; als hij probeert zich die voor de geest te halen, ontglipt hij hem als een schaduw die opgaat in het donker.

Met trillende handen opent hij de envelop. Een heel vel papier van rand tot rand bedekt met tekeningetjes niet groter dan een dubbeltje: katten. Grote katten, kleine katten, gestreept en lapjes en zwart-wit, parmantig zittend, hun pootjes likkend, lui in poelen van zonlicht. Niet meer dan wat snelle schetsjes zoals zijn moeder ze vele jaren geleden altijd op zijn lunchzakje tekende, zoals hij ze soms zelf in zijn schoolschriften tekent. Nauwelijks meer dan een paar kromme lijntjes, maar herkenbaar. Levendig. Meer niet – geen boodschap, zelfs geen woorden, alleen een hoop katten in balpengepriegel. Er komt een gedachte op ergens achter in zijn hoofd, maar hij kan er net niet bij.

Hij draait het papier om, op zoek naar aanwijzingen, maar de achterkant van het vel is leeg.

Herinner je je nog iets van je moeder, had Sadie hem ooit gevraagd. Ze zaten in de speeltuin, boven in het klimrek, met de glijbaan gapend voor hen uitgestrekt. Het was in het vijfde jaar van school, het laatste jaar waarin ze nog in de speeltuin mochten. Alles was inmiddels al te laag voor ze, want het was bedoeld voor kleine kinderen. Aan de andere kant van het bitumen zagen ze hun klasgenoten op jacht naar elkaar gaan: wie niet weg is, is gezien, ik kom.

Hij herinnerde zich nog dingen, maar hij had geen zin om het erover te hebben, zelfs niet met Sadie. Hun moederloosheid verbond hen, maar wat hun was overkomen was toch anders. Wat hun moeders was overkomen.

Niet veel, had hij gezegd, kun jij je nog veel herinneren van de jouwe?

Sadie greep de stang boven de glijbaan en trok zich eraan op, alsof ze een spieroefening deed.

Alleen dat ze een held was, zei ze.

Bird zei niets. Iedereen wist dat Sadies vader en moeder ongeschikt waren bevonden voor het ouderschap en dat ze daarom bij haar pleeggezin terechtgekomen was en bij hen op school. Er deden allerlei verhalen de ronde over hen: dat ze, ook al was Sadies moeder zwart en haar vader wit, sympathiseerden met de Chinezen en dat ze dus verraad pleegden jegens Amerika. Over Sadie zelf gingen ook allerlei verhalen: dat ze, toen de agenten kwamen om haar weg te halen, er eentje had gebeten en dat ze gillend teruggerend was naar haar ouders zodat ze haar in boeien hadden moeten afvoeren. Dat dit niet eens haar eerste pleeggezin was, dat ze haar meer dan eens hadden moeten herplaatsen omdat ze zo'n lastpak was. Dat zelfs nadat ze weggehaald was haar ouders zich tegen PACT bleven verzetten, alsof ze haar helemaal niet terug wilden, dat ze gearresteerd waren en ergens in de gevangenis zaten. Hij vermoedde dat er over hem ook verhalen de ronde deden, maar hij wilde ze niet weten.

Trouwens, ging Sadie verder, zodra ik oud genoeg ben, ga ik terug naar Baltimore om ze te zoeken.

Ze was een jaar ouder dan Bird, ook al zaten ze in dezelfde klas, en dat peperde ze hem altijd in. Blijven zitten, fluisterden de ouders als ze hun kinderen kwamen halen, hun stem vol medelijden. Vanwege haar *opvoeding*. Maar ze krijgen haar niet op de rit, ondanks haar nieuwe start.

Hoe, had Bird gevraagd.

Sadie gaf geen antwoord, liet de stang los en ging ineengezakt naast hem zitten, een hoopje opstandigheid. Het jaar daarop verdween Sadie toen de grote vakantie net was begonnen – en nu, in zijn zevende schooljaar, is Bird weer helemaal alleen.

Het is iets over vijven: zijn vader komt zo thuis en als hij de brief ziet, moet Bird hem verbranden. Ze hebben helemaal niets van zijn moeder meer, zelfs geen kleding. Toen ze weg-ging, had zijn vader haar boeken verbrand in de haard, de mobiele telefoon die ze had achtergelaten stukgeslagen en de rest in een hoop aan de straat gezet. Vergeet haar, had hij gezegd. De volgende ochtend hadden mensen die op straat leven de hele stapel meegenomen. Een paar weken later, toen ze in hun appartement op de campus trokken, hadden ze zelfs het bed dat zijn ouders hadden gedeeld achtergelaten. Zijn vader sliep nu in het stapelbed, onder Bird.

Hij zou de brief zelf moeten verbranden. Het is niet veilig om iets van haar in huis te hebben. En daarbij: als hij zijn naam, zijn oude naam, op de envelop ziet staan, gaat er een deur vanbinnen krakend open en wurmt de tocht zich erlangs. Soms als hij slapende figuren op een kluitje op de stoep ziet zitten scant hij ze op zoek naar iets vertrouwds. Soms vindt hij het – een stippensjaal, een blouse met rode bloemen, een wollen muts die over iemands ogen is gezakt – en dan denkt hij heel even dat zij het is. Het is makkelijker als ze voor altijd weg is, als ze nooit meer terugkomt.

Zijn vaders sleutel krast in het sleutelgat, wrikt zich het stijve slot in.

Bird schiet de slaapkamer in, tilt zijn dekens op, stopt de brief tussen het kussen en het sloop.

Hij kan zich niet veel meer herinneren van zijn moeder, maar dit weet hij nog wel: ze had altijd een plan. Ze zou niet de moeite hebben genomen om naar hun nieuwe adres op zoek te gaan en het risico hebben genomen om hem te schrijven als ze daar geen reden voor had. Dus moet deze brief iets betekenen. Dat houdt hij zichzelf voor, steeds maar weer.

Ze is bij hen weggegaan, meer wilde zijn vader niet vertellen.

En toen, op zijn hurken gezakt om Bird in de ogen te kijken: het is beter zo. Vergeet haar. Ik ga nergens heen, meer hoef je niet te weten.

In die tijd wist Bird nog niet wat ze had gedaan. Hij wist alleen dat hij wekenlang de gedempte stemmen van zijn ouders in de keuken hoorde tot lang nadat hij eigenlijk al had moeten slapen. Meestal was het een geruststellend gemompel dat hem binnen een paar minuten in slaap suste, een teken dat alles in orde was. Maar de laatste tijd was het meer een getouwtrek: eerst zijn vaders stem, dan die van zijn moeder, zich schrap zettend, verbeten.

Toen al had hij wel door dat het beter was om geen vragen te stellen. Hij had alleen geknikt en zich door zijn vader, warm en stevig, in de armen laten nemen.

Pas later kwam hij achter de waarheid toen die door de speeltuin op hem afgeslingerd werd als een steen naar zijn wang: *jouw moeder is een verrader*. D.J. Pierce, die naast Birds sneakers op de grond tufte.

Iedereen wist dat zijn moeder een Persoon van Aziatische Afkomst was. Kung-PAA's noemden sommige kinderen hen. Dat was niets nieuws. Als je goed keek, kon je het in Birds gezicht zien: alles wat niet echt op zijn vader leek, hoe schuin zijn jukbeenderen stonden, de vorm van zijn ogen. Het feit dat je een PAA bent, zo drukten de autoriteiten iedereen op het hart, was op zich geen misdrijf. De PACT gaat niet over rassen, zoals de president altijd zei, maar om patriottisme en een manier van denken.

Maar je moeder schopte rellen, zei D.J. Dat hebben mijn vader en moeder zelf gezegd. Ze was een gevaar voor de samenleving en ze zijn haar komen halen en daarom is ze weg.

Zijn vader had hem hiervoor gewaarschuwd. Mensen zeggen zoveel, had hij tegen Bird gezegd. Concentreer jij je nou maar op school. Zeg maar: We hebben niets meer met haar te maken. Zeg maar: Ze maakt geen deel meer uit van mijn leven.

Hij had het gezegd.

We hebben niets meer met haar te maken, mijn vader en ik. Ze maakt geen deel meer uit van mijn leven.

Vanbinnen verkrampte en piepte zijn hart. Op het bitumen lag D.J.'s spuugklodder te glinsteren en te schuimen.

Tegen de tijd dat zijn vader het appartement in loopt, zit Bird aan tafel met zijn schoolboeken. Op een gewone dag zou hij opgesprongen zijn, een eenarmige knuffel hebben gegeven. Vandaag is hij in gedachten nog bij de brief en buigt hij zich over zijn huiswerk en mijdt de blik van zijn vader.

De lift is weer stuk, zegt zijn vader.

Ze wonen op de bovenste verdieping van een van de studentengebouwen, op tien hoog. Een van de nieuwere gebouwen, maar de universiteit is zo oud dat zelfs de nieuwere gebouwen ouderwets zijn.

Wij waren er al voordat de Verenigde Staten een land was, mag zijn vader graag zeggen. Hij zegt altijd *wij* alsof hij nog steeds lesgeeft, wat hij al jaren niet meer doet. Hij werkt tegenwoordig in de universiteitsbibliotheek, waar hij bestanden bijhoudt, boeken terugzet. Het appartement hoort bij die baan. Bird snapt dat het een bonus is, dat zijn vaders uurloon laag is en dat ze krap zitten, maar hij ziet er zelf het voordeel niet van in. Hiervoor hadden ze een heel huis met een voor- en achtertuin. Nu hebben ze een piepklein appartementje met twee kamers: één slaapkamer, die zijn vader en hij delen, een zitkamer met aan de ene kant een kitchenette. Twee kookpitten, een minikoelkast die te klein is om een pak melk rechtop in te bewaren. Onder hen komen en gaan de studenten, elk jaar hebben ze nieuwe buren en tegen de tijd dat ze de gezichten van de mensen leren kennen, zijn ze alweer weg. In de zomer is er geen airconditioning; in de winter loeien de radiatoren op de hoogste stand. En als de lift weer eens koppig dienst weigert, kun je alleen met de trap naar boven of beneden.

Nou ja, zegt zijn vader. Een hand gaat naar de strop van zijn das en wrikt die los. Ik zal het wel even tegen de huismeester zeggen.

Bird houdt zijn ogen op zijn papieren gericht, maar hij voelt zijn vaders blik op hem rusten. Wachtend tot hij opkijkt. Hij durft het niet.

Zijn Engelse huiswerk voor vandaag: *Leg in één alinea uit waar de PACT voor staat en waarom die zo belangrijk is voor onze nationale veiligheid. Geef drie specifieke voorbeelden.* Hij weet precies wat hij zou moeten zeggen: op school leren ze het elk jaar. De PACT staat voor de *Preserving American Culture and Traditions Act.* De wet ter bescherming van de Amerikaanse cultuur en tradities. In de kleuterklassen noemden ze het een belofte: *Wij beloven om de Amerikaanse waarden te beschermen. Wij beloven over elkaar te waken.* Elk jaar leren ze hetzelfde, maar dan met grotere woorden. Tijdens dit soort lessen kijken de juffen meestal nogal nadrukkelijk naar Bird en dan draait de rest van de klas zich om, om ook te kijken.

Hij schuift het opstel opzij en stort zich in plaats daarvan op zijn rekenwerk. *Stel dat het bnp van China 15 biljoen dollar is en dat het met 6% per jaar groeit. Als het bnp van Amerika 24 biljoen is, maar het groeit met maar 2% per jaar, hoeveel jaar duurt het dan voordat het bnp van China hoger is dan dat van Amerika?*

Het is gemakkelijker met cijfers. Dan weet je zeker wat goed en fout is.

Alles in orde, Noah? vraagt zijn vader en Bird knikt, maakt een vaag gebaar naar zijn schrift.

Gewoon veel huiswerk, zegt hij en zijn vader, blijkbaar tevreden gesteld, loopt naar de slaapkamer om zich te verkleden.

Eén onthouden, denkt Bird en hij tekent een keurig vakje onder de som. Het heeft geen zin om zijn vader over zijn dag te vertellen: elke dag is hetzelfde. De wandeling naar school, langs dezelfde route. Trouw zweren aan de vlag, het volkslied, met zijn hoofd omlaag van lokaal naar lokaal schuifelen om geen aandacht te trekken op de gang, nooit zijn hand opsteken. Op de beste dagen negeert iedereen hem; de meeste dagen is hij het voorwerp van spot of medelijden. Hij weet niet wat hij erger vindt, maar van allebei geeft hij zijn moeder de schuld.

Het heeft ook nooit veel zin om zijn vader te vragen hoe zijn dag was. Voor zover hij weet zijn de dagen van zijn vader ook altijd hetzelfde: met het karretje tussen de boekenkasten door, boeken op hun plek zetten, steeds maar weer. Er staat altijd weer een karretje op hem te wachten. *Sisyfusarbeid*, zei zijn vader toen hij er pas werkte. Daarvoor doceerde hij linguïstiek. Hij hield van boeken en woorden. Hij spreekt zes talen vloeiend, kan er daarnaast nog acht andere lezen. Hij is degene die Bird vertelde over Sisyfus, die eeuwig dezelfde steen een heuvel op moest rollen. Zijn vader houdt van mythes en obscure Latijnse stammen en woorden die zo lang zijn dat je erop moest oefenen tot je ze als een rozenkrans kon afratelen. Vroeger onderbrak hij zijn eigen zinnen om een ingewikkelde term te verklaren, om van het pad van zijn gedachte te gaan, een zigzagweggetje in om Bird de geschiedenis van het woord te vertellen, waar het vandaan kwam, het hele levensverhaal en dat van alle broertjes, zusjes, neefjes en nichtjes. Alle lagen van de betekenis van zo'n woord afschrapend. Ooit vond Bird dat zelf ook heerlijk, toen hij nog klein was, toen zijn vader nog docent was en zijn moeder nog hier was en alles anders was. Toen hij nog dacht dat verhalen alles konden verklaren.

Tegenwoordig praat zijn vader niet zo vaak meer over woorden. Hij is moe van de lange dagen in de bibliotheek die zijn ogen zanderig maken; hij komt omringd door een stilzwijgen thuis, alsof het hem vanaf de boekenplanken heeft doordrenkt, de koele, zoetschrale lucht, de somberte die boven zijn schouders hangt en zich nauwelijks laat verjagen door de enkele lamp in elk looppad. Bird vraagt hem er ook niet naar, om dezelfde reden als waarom zijn vader niet graag over zijn moeder praat: ze willen allebei liever niet de dingen missen die ze niet terug kunnen krijgen.

En toch: in plotselinge flitsen is ze er ineens weer. Als flarden van een droom die je je nog vaag herinnert.

Haar lach, even plotseling als het blaffen van een zeehond, een schorre uitbarsting die haar hele hoofd achterover gooide. Niet echt damesachtig zei ze altijd, vol trots. Zoals ze met haar vingers trommelde als ze nadacht, haar gedachten zo rusteloos dat ze niet stil kon zitten. En deze: 's avonds laat, Bird ziek met een raspende hoest. Wakker uit een klamme slaap, in paniek, hoestend en huilend, zijn borst vol warme lijm. Zeker dat hij doodging. Zijn moeder die een handdoek over de leeslamp hing, naast hem in bed kroop, haar koele wang tegen zijn voorhoofd. Die hem vasthield tot hij in slaap viel, die hem de hele nacht vasthield. Telkens als hij half wakker werd waren haar armen nog altijd om hem heen geslagen en de angst die als iets flapperends in hem opsteeg werd weer zacht en glad.

Ze zitten samen aan tafel, Bird die met een potlood op zijn schrift tikt, zijn vader die de krant uitkamt. De rest van de wereld haalt zijn nieuws van internet, scrolt door de belangrijkste verhalen, haalt zijn telefoon uit zijn zak bij het rinkelen van brekend nieuws. Zijn vader deed dat zelf ooit ook, maar sinds ze verhuisd zijn heeft hij zijn telefoon en laptop opgegeven. Ik ben gewoon ouderwets, zei hij toen Bird ernaar vroeg. Tegenwoordig leest hij de krant, van voor tot achter. Elk woord, zegt hij, dag in, dag uit. Als hij ooit al opschept, dan is dit het. Tussen de rekenopgaven probeert Bird niet naar de slaapkamer te kijken, waar de brief ligt te wachten. In plaats daarvan bestudeert hij de koppen op de voorpagina die hem afschermt van zijn vader: OPLETTENDHEID BUURTPREVENTIETEAM DWARSBOOMT MOGELIJKE OPSTAND IN WASHINGTON.

Bird rekent. *Als een Koreaanse auto 15.000 dollar kost, maar slechts 3 jaar meegaat, terwijl een Amerikaanse auto 20.000 dollar kost, maar 10 jaar meegaat, hoeveel geld bespaar je dan in 50 jaar tijd als je alleen Amerikaanse auto's koopt? Als een virus zich exponentieel verspreidt door een populatie van 10 miljoen mensen, met een dagelijkse verdubbeling in groei...*

Aan de andere kant van de tafel slaat zijn vader de krant om.

Nu alleen nog het opstel. Aarzelend werkt Bird de opdracht af. Hij bouwt woord voor woord een scheve alinea. *De PACT is een heel belangrijke wet die een eind maakte aan de Crisis en die zorgt dat ons land veilig blijft, omdat...*

Hij is opgelucht als zijn vader de krant opvouwt en op zijn horloge kijkt en hij zijn opstel kan laten voor wat het is en zijn potlood neer kan leggen.

Bijna halfzeven, zegt zijn vader. Kom, dan gaan we iets te eten halen.

Ze steken de straat over om te gaan eten in de eetzaal. Weer een zogenaamde bonus van deze baan: je hoeft nooit te koken; handig voor een alleenstaande vader. Als ze door een of andere onvoorziene vertraging het avondeten missen, moet zijn vader hun maaltje bij elkaar zien te scharrelen – macaroni uit een blauwe doos in de kast, of zo. Iets karigs dat hun honger niet kan stillen. Voor zijn moeder wegging, aten ze altijd samen: een kringetje van drie, aan de keukentafel, zijn ouders kletsend en lachend terwijl ze aten. Na het eten zong zijn moeder zachtjes terwijl zij de afwas deed en zijn vader afdroogde.

Ze vinden een plek in de hoek achter in de eetzaal waar ze alleen kunnen eten. Om hen heen zitten de studenten met zijn tweeën of drieën bij elkaar, het gemummel van hun zachte gesprekken als een luchtstroom in de zaal. Bird kent niemand bij naam en maar een paar van gezicht; hij kijkt de mensen nooit in de ogen. Gewoon doorlopen, zegt zijn vader altijd als voorbijgangers staren, hun blikken als duizendpoten op Birds gezicht. Bird is blij dat hij niet geacht wordt naar de studenten te knikken en te glimlachen, praatjes met ze te maken. Ze weten ook niet hoe hij heet en volgend jaar zijn ze allemaal weer weg.

Ze zijn bijna uitgegeten als er buiten commotie klinkt. Een handgemeen en een botsing, piepende banden.

Blijf hier, zegt zijn vader. Hij rent naar het raam en voegt zich bij de studenten die zich daar al hebben verzameld en naar buiten gluren.

In de hele eetzaal staan de achtergelaten borden koud te worden. Blauw met witte lichten zwaaien over het plafond en de muren. Bird staat niet op. Wat het ook maar is, het gaat weer voorbij. Nergens mee bemoeien, zegt zijn vader altijd, waarmee zijn vader bedoelt nooit de aandacht trekken. Als je ooit ergens gedoe ziet, had zijn vader ooit gezegd, ren dan de andere kant op. Zo is zijn vader: met gebogen hoofd door het leven sjokkend.

Maar het gemompel in de eetzaal zwelt aan. Nog meer sirenes, nog meer lichten die schaduwen werpen die monsterlijk uitdijen en krimpen tegen het plafond. Buiten een kluwen boze stemmen en het geduw tegen lichamen, gelaarsde voeten over de stoep. Zoiets heeft hij nog nooit gehoord en een deel van hem wil naar het raam rennen, naar buiten kijken en zien wat er aan de hand is. Het andere deel wil onder de tafel duiken en zich verstoppen als het kleine bange schepsel dat hij ineens in zichzelf herkent. Vanbuiten barst een krasserige megafoon los: *Dit is de politie van Cambridge. Zoek dekking. Blijf weg bij ramen tot nader order.*

In de hele eetzaal schieten studenten terug naar hun tafeltjes en Peggy, de manager van de zaak, loopt langs alle zijden van de zaal en trekt de gordijnen dicht. De lucht tintelt van het gefluister. Bird stelt zich voor dat daarbuiten een woedende menigte is, barricades van vuilnis en meubels, molotovcocktails en vlammen. Alle foto's van de Crisis die ze op school hebben bestudeerd komen tot leven. Zijn knie stuitert tegen de tafelpoot tot zijn vader terugkomt en dan verplaatst het gestuiter zich naar binnenin hem, naar de holte in zijn borst.

Wat is er aan de hand, vraagt Bird.

Zijn vader schudt zijn hoofd.

Een soort disruptie, zegt hij. Denk ik. En dan, als hij Birds grote ogen ziet: Niks ergs, Noah. De autoriteiten zijn er. Ze hebben alles onder controle.

Tijdens de Crisis was er de hele tijd disruptie, dat hebben ze eindeloos vaak geleerd op school, al zo lang als hij zich kan herinneren. Iedereen was werkloos, fabrieken lagen stil, aan alles was tekort; oproerkraaiers hadden winkels geplunderd en rellen geschopt op straat, hele buurten in lichterlaaie gezet. In die wanorde raakte het land verlamd.

Het was onmogelijk, had zijn leraar maatschappijleer gezegd, om een productief leven te leiden.

Hij had doorgeklikt naar een andere slide op het smartboard. Straten vol puin, ingeslagen ruiten. Een tank midden op Wall Street. Rook die in een oranje waas opsteeg onder de St. Louis Arch.

Dat, jongedames en -heren, is waarom jullie van geluk mogen spreken dat jullie in een tijdperk leven waarin dankzij de PACT de verstorende protesten tot het verleden behoren.

En inderdaad, tijdens Birds leven is disruptie zeldzaam, bijna helemaal verdwenen, zelfs. De PACT is nu ruim tien jaar van kracht, na goedkeuring door overweldigende meerderheden van het Huis en de Senaat, supersnel ondertekend door de president. Uit de ene na de andere peiling blijkt dat die nog altijd op brede steun kan rekenen onder de bevolking.

Alleen: de afgelopen maanden gebeuren door het hele land vreemde dingen – geen stakingen en demonstraties en rellen, zoals de disrupties waar ze in de klas over leren, maar iets nieuws. Vreemde en kennelijk zinloze stunts, te bizar om geen verslag van te doen, allemaal anoniem, allemaal gericht op de

PACT zelf. In Memphis hebben figuren met skimaskers een kiepwagen vol pingpongballen in de rivier geleegd en zijn toen op de vlucht geslagen, een wolk van witte bolletjes in hun kielzog achterlatend. Op elke bal was een rood miniatuurhart getekend, boven de woorden STOP DE PACT. En verleden week nog hadden twee drones een spandoek ontvouwd boven Brooklyn Bridge, van boog naar boog. FUCK DE PACT stond erop. Binnen een halfuur had de staatspolitie de brug afgesloten, een hoogwerker naar de bruggentorens gereden en het spandoek weggehaald – maar Bird had de foto's gezien die mensen snel met hun telefoons hadden genomen en losgelaten hadden op internet; alle grote nieuwszenders en -websites hadden die foto's getoond, zelfs een paar kranten. Het grote spandoek met de dikke zwarte letters en daaronder een vlekkerig rood hart, als een bloedvlek.

In New York had het verkeer urenlang vertraging opgelopen vanwege die dichte brug: mensen hadden video's gepost waarin de lange rijen auto's te zien waren, een keten van rode lichtjes die zich uitstrekte in de avond. We waren pas om middernacht thuis, vertelde een bestuurder aan verslaggevers. Onder zijn ogen zaten donkere kringen, als roetvegen. We werden in feite gegijzeld, zei hij, en niemand die wist wat er aan de hand was – ik bedoel, het was een soort terrorisme. In de nieuwsberichten werden de verspilde benzine, het vrijgekomen CO_2, de economische kosten van die verloren uren berekend. Het gerucht ging dat mensen nog altijd pingpongballen zagen drijven op de Mississippi; de politie in Memphis gaf een foto vrij van een eend die er volgens hen in gestikt was. Het dier had een hals vol tumorachtige bobbels.

Absoluut onaanvaardbaar gedrag, had zijn leraar maatschappijleer gesnoven. Als iemand van jullie er ooit lucht van krijgt dat iemand van plan is dit soort disruptie te plegen, dan is het jullie burgerplicht onder de PACT om het bij de autoriteiten te melden.

Ze hadden een geïmproviseerde lezing gekregen en een extra huiswerkopdracht: *Schrijf een opstel van vijf alinea's waarin je uitlegt hoe de recente verstoringen van de vrede de openbare veiligheid voor eenieder in gevaar hebben gebracht.* Birds hand was ineen gekruld en verkrampt.

En nu is er dus disruptie gaande buiten de eetzaal. Bird is tegelijk doodsbang en gefascineerd. Wat is het: een aanval? Een opstand? Een bom?

Vanaf de andere kant van de tafel pakt zijn vader zijn hand. Iets wat hij vaak deed toen Bird nog klein was, iets wat hij bijna nooit meer doet nu Bird ouder is, iets wat Bird – stiekem – mist. Zijn vaders hand is zacht en eeltloos. De hand van een man die met zijn hoofd werkt. Zijn vingers vouwen zich warm en sterk om die van Bird om ze zachtjes tot bedaren te brengen.

Weet je waar het vandaan komt? vraagt zijn vader. *Dis-* betekent *weg van*. Zoals in *dis*harmonie, *dis*balans, *dis*functioneren.

Zijn vaders oudste gewoonte: woorden uit elkaar halen als oude klokken om de radertjes te laten zien die binnenin nog ronddraaien. Hij probeert Bird gerust te stellen, alsof hij hem een verhaaltje vertelt voor het slapengaan. Om hem af te leiden, misschien zelfs om zichzelf af te leiden.

Plus *rupt*: breken. Zoals in e*rupt*ie: losbreken; inter*rupt*ie: onderbreken; ab*rupt*: een breuk met.

Zijn vaders stem stijgt een halve octaaf van opwinding, een gitaarsnaar die gestemd wordt. Dus *disruptie*, zegt hij, betekent in feite: *losbreken*. Aan stukken slaan.

Bird denkt aan losgetrokken spoorbanen, gebarricadeerde snelwegen, ineenstortende gebouwen. Hij denkt aan de foto's die ze op school te zien hebben gekregen, demonstranten die stenen gooien, ME'ers ineengedoken achter een muur van schilden. Van buiten horen ze onduidelijk gepiep van politieportofoons, stemmen die binnen en buiten gehoorsafstand aanzwellen. Om hen heen buigen de studenten zich over hun telefoons, op zoek naar verklaringen, updates postend.

Het komt goed, Noah, zegt zijn vader. Het is zo weer voorbij. Niks om bang voor te zijn.

Ik ben niet bang, zegt Bird. En dat is hij ook niet echt. Wat als een spinnenweb over zijn huid ligt is geen angst. Het is meer de lading die in de lucht hangt voor een onweersbui, een of andere immense en schokkende mogelijkheid.

Een minuut of twintig later kraakt er weer een megafoonaankondiging door de dichte gordijnen en de dubbele beglazing. *U kunt veilig uw normale activiteiten hervatten. Wij vragen u eventuele andere verdachte activiteiten aan de autoriteiten te melden.*

Om hen heen beginnen de studenten langzaamaan weg te gaan, zetten hun dienbladen bij de afwas en haasten zich naar hun kamers, zich beklagend over het oponthoud. Het is al halfnegen geweest en ineens wil iedereen liever ergens anders zijn. Als Bird en zijn vader hun spullen pakken, begint Peggy de gordijnen weer open te schuiven, waarachter een verduisterde straat zichtbaar wordt. Achter hen schieten andere eetzaalmedewerkers van de ene naar de andere tafel met vaatdoeken en sprays met schoonmaakmiddel; iemand anders duwt haastig een brede bezem over de tegels om gemorste cornflakes en rondgestrooide broodkruimels bijeen te vegen.

Laat mij maar Peggy, zegt Birds vader, en Peggy geeft hem een dankbaar knikje.

Zorg goed voor uzelf, meneer Gardner, zegt Peggy terwijl ze snel terugloopt naar de keuken. Bird zit onrustig te wachten tot zijn vader alle gordijnen opengeschoven heeft en ze weer naar huis kunnen.

Buiten is de lucht fris en stil. Alle politiewagens zijn weg en alle mensen ook; de buurt is uitgestorven. Hij zoekt naar sporen van de disruptie – kraters, geblakerde gebouwen, gebroken glas. Niets. Dan, als ze de straat oversteken naar hun gebouw, ziet Bird het op de grond: verf uit een spuitbus, bloedrood afstekend tegen het asfalt, midden op het kruispunt. Zo groot als een auto, niet te missen. Een hart, beseft hij, precies als op dat spandoek in Brooklyn. En deze keer wordt het omringd door een kring van woorden. GEEF ONS ONZE VERLOREN HARTEN TERUG.

Een tinteling kruipt over zijn huid.

Als ze oversteken, vertraagt hij zijn pas om de letters nog eens te lezen. ONZE VERLOREN HARTEN. De half opgedroogde verf plakt aan de zolen van zijn sneakers; zijn hete adem stokt in zijn keel. Hij kijkt zijn vader aan, op zoek naar een glimp van herkenning. Maar zijn vader trekt hem aan zijn arm. Hij trekt Bird weg en kijkt niet eens omlaag. Hij kijkt Bird niet aan.

Het is al laat, zegt zijn vader. Laten we maar snel naar binnen gaan.

Ze was een dichter, zijn moeder.

Een beroemde, had Sadie eraan toegevoegd, en hij had zijn schouders opgehaald. Bestond zoiets dan?

Kom op, had Sadie gezegd. Iedereen kent Margaret Miu.

Ze dacht even na.

Of nou ja, zei ze, iedereen kent haar gedicht, bedoel ik.

Eerst was het maar gewoon een willekeurig zinnetje.

Niet lang nadat zijn moeder was weggegaan had Bird een stukje papier gevonden in de bus, dun als de vleugel van een dode vlinder, in de spleet tussen de stoel en de zijkant van de bus. Een van talloze. Zijn vader had het uit zijn hand gegrist en verkreukt op de grond gegooid.

Geen rommel oppakken, Noah, zei hij.

Maar Bird had de woorden die erop stonden al gelezen: AL ONZE VERLOREN HARTEN.

Een zinnetje dat hij nog nooit had gehoord, maar dat in de maanden en toen jaren nadat zijn moeder verdwenen was steeds de kop opstak. Als graffiti in de fietstunnel, op de muur van het basketbalveldje, op een stuk spaanplaat om een bouwplaats die allang stillag. ONZE VERLOREN HARTEN, VERGEET ZE NIET. Met een platte kwast over de plakkaten van de buurtwacht heen geschilderd: WAAR ZIJN ONZE VERLOREN HARTEN? En op pamfletten die op een gedenkwaardige ochtend ineens opdoken: onder de ruitenwissers van geparkeerde auto's, rondgestrooid op de stoep, tegen de betonnen voetstukken van lantaarnpalen aan gewaaid. Kopietjes ter grootte van je hand waar verder niets op stond behalve: AL ONZE VERLOREN HARTEN.

De volgende dag waren de graffiti overschilderd, de plakkaten vervangen en pamfletten opgeveegd als dode bladeren. Alles weer zo keurig dat hij het zich allemaal misschien maar had verbeeld.

Toen zei het hem verder niets.

Het is een anti-PACT-slogan, zei zijn vader kortaf toen Bird ernaar vroeg. Van mensen die willen dat de PACT wordt afgeschaft. Gestoorde lui. Echt knettergek.

Je moest inderdaad wel gek zijn om de PACT af te willen schaffen, beaamde Bird. De PACT had een eind helpen maken aan de Crisis; dankzij de PACT was alles vredig en veilig. Dat wist een kleuter nog. De PACT was gewoon een kwestie van gezond verstand: als je je niet vaderlandslievend gedroeg, had dat consequenties. En als je dat wel deed, dan hoefde je je toch nergens zorgen om te maken? Als je iets onvaderlandslievends zag of hoorde, was het je plicht om dat aan de autoriteiten te melden. Hij had nooit een wereld gekend zonder de PACT; het was even vanzelfsprekend als de zwaartekracht, of *Gij zult niet doden*. Hij snapte niet waarom iemand ertegen kon zijn, wat dit allemaal met harten te maken had, hoe een hart verloren kon raken. Hoe kon je overleven zonder je hart dat in je klopte?

Hij snapte er niets van, tot hij Sadie leerde kennen. Sadie die thuis weggehaald was en herplaatst was, omdat haar ouders tegen de PACT hadden geprotesteerd.

Wist je dat dan niet? had ze gezegd. Wat die *consequenties* waren? Bird. Kóm nou.

Ze tikte op het werkblad dat ze als huiswerk meegekregen hadden: De drie pijlers van de PACT: *een verbod op de verspreiding van on-Amerikaanse waarden en gedrag. Alle burgers zijn verplicht om mogelijke bedreigingen van onze samenleving te melden*. En daar, onder Sadies vinger: *Kinderen dienen te worden beschermd tegen een omgeving waarin schadelijke standpunten worden aangehangen.*

Zelfs toen had hij het niet willen geloven. Misschien waren er onder de PACT wel wat mensen weggehaald, maar zo vaak kon dat toch niet gebeuren – want waarom had anders niemand het erover? Tuurlijk, af en toe hoorde je over een geval zoals Sadie, maar dat waren toch zeker uitzonderingen? Als zoiets gebeurde, dan moest je wel iets gevaarlijks hebben gedaan, want je kind móést beschermd worden – tegen jou en wat je ook maar deed of zei. Wat wil je dan, zeiden sommige mensen, vind je soms dat mensen die hun kinderen misbruiken en mishandelen hun kinderen ook mogen houden?

Dat had hij tegen Sadie gezegd, zonder nadenken, en ze viel stil. Toen maakte ze een bal van haar broodje tonijnsalade en smeet het hem in zijn gezicht. Tegen de tijd dat hij zijn ogen schoongeveegd had, was ze verdwenen en de hele middag kleefde de stank van vis aan zijn haar en huid.

Een paar dagen later haalde Sadie iets uit haar rugzak.

Kijk, had ze gezegd. De eerste woorden die ze sindsdien tegen hem had gezegd. Bird, kijk eens wat ik heb gevonden.

Een krant, gescheurd bij de hoeken, de inkt grauw vervaagd. Al bijna twee jaar oud. En daar, vlak onder de vouw, een kop: PLAATSELIJKE DICHTER IN VERBAND GEBRACHT MET OPSTANDEN. De foto van zijn moeder, een voorzichtig kuiltje aan de rand van haar glimlach. De wereld om hem heen werd wazig en grijs.

Waar heb je deze vandaan, vroeg hij en Sadie haalde haar schouders op.

Uit de bibliotheek.

Het is de strijdkreet geworden tijdens anti-PACT-rellen in het hele land, maar de wortels ervan liggen hier – angstaanjagend dicht bij huis. De leus die steeds vaker wordt gebruikt om de nationale veiligheidswetgeving aan te vallen, is ontsproten aan het brein van een vrouw genaamd Margaret

Miu, en komt uit haar poëziebundel Onze verloren harten. *Miu, het kind van Chinese immigranten, heeft een jong zoontje*

Vanaf daar begonnen de woorden onscherp te wiebelen.

Je weet wat dit betekent, Bird, zei Sadie. Ze ging op haar tenen staan, zoals altijd als ze ergens opgewonden over was. Jouw moeder...

Toen wist hij het. Waarom ze bij hem weggegaan was. Waarom ze het nooit over haar hadden.

Ze is een van hen, zei Sadie. Ze is daar ergens. Organiseert protesten. Strijdt tegen de PACT. Doet haar best om hem ongedaan te maken en kinderen weer naar huis te laten gaan. Net als mijn ouders.

Haar gezicht betrok en over haar ogen trok een verre glinstering. Alsof ze dwars door Bird heen keek naar een openbaring vlak achter hem.

Bird had gedacht dat het gewoon weer een van Sadies fantasieën was. Zijn moeder, de leider van dit alles? Onwaarschijnlijk, zo niet onmogelijk. En toch waren het haar woorden die al die borden en spandoeken sierden die opriepen om de PACT af te schaffen, overal in het land.

Zo noemt het nieuws mensen die tegen de PACT protesteren: *ondermijnende subversieve elementen. Verraderlijke China-sympathisanten. Tumoren binnen de Amerikaanse samenleving.* Woorden die hij toentertijd had moeten opzoeken in zijn vaders woordenboek, net als *uitsluiting* en *uitroeiing.*

Telkens als ze zijn moeders woorden zagen – in krantenverslagen, op iemands telefoon – gaf Sadie Bird een por alsof ze een beroemdheid zagen lopen. Bewijs van het bestaan van zijn moeder, weg van hen, ergens anders, zo bezorgd om andermans kinderen dat ze haar eigen kind in de steek had gelaten. De ironie trok langzaam door zijn aderen.

Nu is het niet meer ergens anders. Dit hier zijn zijn moeders woorden, in bloedrood dwars over zijn straat geschilderd. Haar brief boven, in zijn kussen. Hetzelfde spetterhart als dat op de Brooklyn Bridge, daar op de stoep aan zijn voeten. Hij werpt een blik over zijn schouder, scant de donkere hoeken van de binnenplaats, niet zeker of de kou in zijn keel hoop of vrees is. Of hij in haar armen wil springen of haar uit haar schuilplaats wil sleuren, het licht in. Maar er is niemand en zijn vader trekt aan zijn arm en hij loopt achter zijn vader aan naar binnen, de trap op.

Eenmaal thuis, bezweet en moe van hun klimtocht, trekt zijn vader zijn jas uit en hangt hem op het haakje. Bird gaat weer zitten om zijn huiswerk af te maken, maar zijn gedachten gonzen tomeloos. Hij kijkt even naar het raam dat uitkijkt op de binnenplaats, maar hij ziet alleen hun armoedige appartementje weerspiegeld in het glas. Voor hem draalt zijn halve opstel in de lege witte ruimte.

Papa, zegt hij.

Aan de andere kant van de kamer kijkt zijn vader op van zijn boek. Hij leest een woordenboek, bladert er zomaar wat doorheen: een oude gewoonte die Bird zowel eigenaardig als lief vindt. Lang geleden brachten zijn ouders zo hun avonden door, op de bank met hun boeken. En soms hing Bird dan over zijn vaders schouder, en dan over die van zijn moeder, en zei hardop de langste woorden die hij kon vinden. Tegenwoordig zijn de woordenboeken de enige boeken die ze nog in huis hebben, de enige boeken die ze hebben gehouden toen ze verhuisden. Aan zijn vaders ogen kan Bird zien dat hij eeuwen weg was, zwervend door het zigzaggende verleden van een of ander archaïsch woord. Het spijt hem dat hij zijn vader terug moet roepen uit dat vredige gouden oord. Maar hij moet het weten.

Je hebt toch niet – hij schraapt zijn keel – je hebt toch niet iets van haar gehoord, hè?

Heel even is zijn vaders gezicht volkomen onbewogen. Bird heeft haar naam niet genoemd, maar dat hoeft ook niet: ze weten allebei wie hij bedoelt. Voor hen is er maar één *haar*. Dan slaat zijn vader het woordenboek met een klap dicht.

Natuurlijk niet, zegt hij en hij gaat bij Bird staan. Torent boven hem uit. Hij legt een hand op Birds schouder.

Ze maakt geen deel meer uit van ons leven. Wat ons betreft bestaat ze niet. Snap je dat, Noah? Zeg dat je het snapt.

Bird weet precies wat hij zou moeten zeggen – *Natuurlijk snap ik dat* – maar de woorden stokken hem in de keel. Maar ze maakt er wel deel van uit, wil hij zeggen. Ze bestaat wel en ik snap het niet, ze heeft iets te zeggen, ze heeft míj iets te zeggen, dit is niet zomaar een los eindje dat afgewerkt moet worden – of ontrafeld. In dit moment van aarzeling werpt zijn vader een blik over Birds schouder naar het halve opstel op tafel.

Laat eens zien, zegt hij.

Zijn vader is al jaren geen docent meer, maar hij kan het niet laten om toch te proberen hem dingen te leren. Zijn hersenen zijn als een grote hond en zijn schedel het hok: rusteloos schieten ze heen en weer en willen dolgraag vrij kunnen rennen. Hij heeft zich al over Birds huiswerk gebogen en trekt het papier onder Birds elleboog vandaan.

Ik ben nog niet klaar, protesteert Bird en hij bijt in het gummetje op zijn potlood. Grafiet- en rubberdeeltje belanden op zijn tong. Zijn vader schudt zijn hoofd.

Dit moet veel duidelijker, zegt hij. Kijk, hier schrijf je: *De PACT is van groot belang voor onze nationale veiligheid.* Je moet veel specifieker zijn, veel krachtiger: *De PACT is een cruciaal instrument om Amerika te behoeden voor ondermijning door buitenlandse invloeden.*

Met een vinger trekt hij een lijn waardoor Birds schuinschrift vlekkerig wordt.

Of hier. Je moet je leraar duidelijk maken dat je dit echt begrijpt – er mag geen enkele twijfel over bestaan dat je het snapt. *De PACT beschermt onschuldige kinderen tegen indoctrinatie met valse, subversieve, on-Amerikaanse ideeën door ongeschikte en onvaderlandslievende ouders.*

Hij tikt op het papier.

Toe dan, zegt hij met een priemende vinger. Schrijf dat maar op.

Bird staart met opeengeklemde kaken en boze, natte ogen naar zijn vader. Zo zijn ze nog nooit geweest samen: als twee vuurstenen waartussen het vonkt.

Schrijf op, zegt zijn vader en Bird doet het en zijn vader slaakt een diepe zucht en trekt zich terug in de slaapkamer, met het woordenboek in de hand.

Als hij klaar is met zijn huiswerk en zijn tanden heeft gepoetst, doet Bird de lichten in het appartement uit en glipt achter de gordijnen. Vandaar kan hij naar de overkant kijken, naar de eetzaal die inmiddels gesloten is en die alleen wordt verlicht door de vage rode gloed van het 'uitgang'-bordje dat binnen hangt. Terwijl hij daar staat te kijken parkeert er een vrachtwagen langs de weg en gaan de koplampen uit. De vage figuur van een man stapt uit, loopt met iets naar het midden van de straat en gaat aan de slag. Het duurt heel even voordat Bird begrijpt wat er aan de hand is: dat iets is een emmer verf en een grote verfroller. Hij schildert over het hart heen en morgenochtend zal het verdwenen zijn.

Noah, zegt zijn vader vanuit de deuropening. Het is bedtijd.

Die avond, terwijl zijn vader zachtjes onder hem ligt te snurken, wurmt Bird zijn hand in zijn kussensloop en voelt aan de randen van de envelop. Voorzichtig trekt hij de brief eruit, strijkt hem glad. Hij heeft een zaklamp in zijn deel van het stapelbed zodat hij kan lezen als zijn vader slaapt en die knipt hij aan.

In het waterige licht zijn de katten een kluwen hoeken en bochten. Een geheime boodschap? Code? Letters verborgen in hun strepen, misschien, in de puntjes van hun oren of de kromming van hun staarten? Hij houdt de brief alle kanten op, laat de lichtbundel over de balpenlijntjes schijnen. Op een streepjeskat meent hij een M te lezen; de kromme poot van een zwarte kat lijkt op een S of anders een N. Maar hij weet het niet zeker.

Hij wil de brief net weer wegstoppen als hij het ziet. Het kleine lichtcirkeltje haalt het ineens duidelijk naar voren, als een vergrootglas. In de hoek waar anders een paginanummer zou staan: een rechthoekje, zo groot als de nagel van zijn pink. Daarbinnen nog een rechthoek, ietsje kleiner. De katten letten er natuurlijk helemaal niet op; als je niet heel goed kijkt, zou je het niet tussen hen in zien staan. Maar Bird ziet het wel. Wat is het? Een ingelijste tekening van niets, misschien. Een ouderwetse televisie met niets op het scherm. Een raam met een vlakke ruit.

Hij bestudeert het. Aan de ene kant een puntje, twee scharnieren aan de andere kant. Een deur. Een deksel van een doos, een kast die potdicht zit. Een licht briesje doet ergens in zijn achterhoofd een papier opfladderen, dat meteen weer gaat liggen. Een verhaal dat zijn moeder hem vertelde, lang geleden. Ze vertelde hem altijd verhalen – sprookjes, fabels, legendes, mythes: een regenboog aan schitterende leugens. Maar nu hij de tekening ziet, komt die hem bekend voor. Katten en een kast en een jongen. Hij kan het zich niet meer goed herinneren, maar hij weet dat het bestaat. Hoe ging het ook alweer?

Er was eens. Er was eens... een jongen die dol was op katten.

Hij wacht in de hoop dat zijn moeders stem weer terugkomt om de rest van het verhaal in te vullen. Een bal die een duwtje krijgt, boven op een heuvel. Maar het enige geluid dat klinkt is de fluisterende ademhaling van zijn vader. Hij kan zich niet meer herinneren hoe de stem van zijn moeder klinkt. De stem die hij in zijn hoofd hoort is zijn eigen stem.

Na natuurkunde verdringen zijn klasgenoten zich in de kantine voor de lunch, hongerig naar hun vette hap en chocolademelk, en dan maar strijden om de beste tafeltjes. Bird eet er nooit graag, met al dat gefluister. Jarenlang nam hij de tafel in de hoek, half verstopt achter de snoepautomaat. Toen, tegen het einde van zijn vijfde jaar, kwam Sadie, schaamteloos en zonder boetekleed, en zij knokte voor een plekje voor hun tweeën. Een heerlijk jaar lang was hij niet alleen. De dag dat ze elkaar voor het eerst ontmoetten, had ze zijn hand gepakt en hem opzijgetrokken naar het kleine stukje gras. Daarbuiten was de lucht koel en kalm en stroomde de stilte zijn oren in, elk geluid uitvergrotend, en toen hij naast haar op het gras ging zitten kon hij alles horen. Het knisperen van de plastic zakjes waar ze hun boterhammen uit haalden, het schrapen van Sadies sneakers op het beton terwijl ze haar been onder zich trok, het geritsel van de kersverse blaadjes boven hen terwijl de wind de takken schudde.

Toen was het gefluister veranderd. Er waren liedjes: Noah en Sadie, zoenend in een boom.

Zingen kinderen dat lied tegenwoordig nog? had zijn vader gezegd toen Bird hem erover vertelde. Dat idiote lied gaat de Apocalyps nog overleven. Als ze alle boeken hebben verbrand, is dat het enige wat ze nog hebben.

Hij stopte zijn gedachtegang.

Gewoon negeren. Ze houden er vanzelf mee op.

Toen bleef hij even stil. Maar besteed niet te veel tijd aan die Sadie, zei hij. Mensen moeten niet denken dat je haar leuk vindt.

Bird had geknikt, maar daarna aten Sadie en hij elke dag samen, weer of geen weer, dicht bij elkaar onder de luifel als het regende, huiverend zij aan zij in de winterse sneeuwbrij. Nadat Sadie verdween, was hij niet meer teruggekeerd naar de kantine, maar ging hij elke dag weer naar hun plekje. Tegen die tijd had hij geleerd: soms was alleen zijn de minder slechte optie.

Vandaag blijft hij in plaats van naar buiten te gaan in het natuurkundelokaal en doet of hij iets zoekt in zijn schooltas totdat alle anderen weg zijn. Aan haar bureau legt mevrouw Pollard haar papieren op een ordelijk stapeltje en bekijkt hem even.

Is er iets, Noah? vraagt ze. Uit een lade haalt ze een bruinpapieren zak, keurig dichtgevouwen: haar eigen lunch. Op de muur achter haar hangt een rij kleurige posters. WE DOEN HET SAMEN, staat er op eentje met een ketting van rode, witte en blauwe papieren poppetjes over een landkaart van de Verenigde Staten. *Iedere goede burger heeft een goede invloed.* Op een andere: *Iedere slechte burger heeft een slechte invloed.* En dan is er uiteraard de vlag die in elk lokaal hangt vlak boven haar linkerschouder, als een geheven bijl.

Zou ik even op een computer mogen? vraagt Bird. Ik wil graag iets opzoeken.

Hij gebaart naar de tafel bij de muur achter in het lokaal, waar een stuk of zes laptops staan die de leerlingen mogen gebruiken. De meesten van zijn klasgenoten zoeken in plaats daarvan dingen op hun telefoons op, maar Bird mag geen telefoon van zijn vader. Geen sprake van, zegt hij, en daarom is Bird een van de weinige kinderen die hij kent die überhaupt gebruikmaakt van de schoolcomputers. Achter de computers: lege boekenkasten. Bird heeft er nog nooit een boek in zien staan, maar toch staan ze daar, fossielen van een lang vervlogen tijd.

Wisten jullie, had hun lerares een jaar geleden uitgelegd, dat papieren boeken al zodra ze gedrukt worden gedateerd zijn?

Het welkomstpraatje aan het begin van het jaar. Iedereen dwars door elkaar heen aan haar voeten op de vloerbedekking.

Zo snel verandert de wereld. En ook ons begrip ervan.

Ze knipte met haar vingers.

We willen zeker weten dat jullie de meest actuele informatie krijgen. Dat jullie niets gebruiken wat gedateerd is of niet meer klopt. Alles wat jullie nodig hebben, is gewoon online te vinden.

Maar waar zijn ze dan allemaal gebleven, vroeg Sadie steeds. Sadie, toen nog nieuw op school en zonder vrees. Die boeken, zei ze. Er moeten daar toch ooit boeken hebben gestaan, anders stonden die kasten er niet. Waar hebben jullie ze gelaten?

De glimlach van de lerares werd breder en strakker.

Iedereen heeft maar beperkt ruimte om dingen te bewaren, zei ze. We hebben de boeken uitgezocht die volgens ons niet nodig of niet geschikt of ouderwets waren. Maar...

Dus die boeken hebben jullie allemaal in de ban gedaan, zei Sadie, en de lerares had twee keer over haar brillenglazen naar Sadie geknipperd met haar ogen.

O nee, kindje, zei ze. Dat denken mensen weleens, maar

nee. Er wordt niks in de ban gedaan. Heb je weleens gehoord van de Grondwet?

De klas moest giechelen en Sadie liep rood aan.

Elke school maakt zelf haar eigen, onafhankelijke overwegingen, zei de lerares. Over welke boeken nuttig zijn voor haar leerlingen en welke boeken hen misschien blootstellen aan gevaarlijke ideeën. Een vraagje: wie van jullie ouders wil dat jullie tijd doorbrengen met slechte mensen?

Ze keek de kring rond. Niemand stak een hand op.

Natuurlijk niet. Jullie ouders willen dat jullie veilig zijn. Goede ouders willen dat. Jullie weten toch allemaal dat ik ook moeder ben, hè?

Algemeen instemmend gemompel.

Stel je voor dat een boek je leugens voorhield, ging de lerares verder. Of dat het je opdroeg om slechte dingen te doen, mensen pijn doen, bijvoorbeeld, of jezelf iets aandoen. Zo'n boek zouden je ouders toch ook nooit thuis in de boekenkast zetten?

In de hele kring zaten de kinderen met grote ogen hun hoofd te schudden. Alles in Sadies hoofd was roerloos, haar armen over elkaar geslagen, haar mond een rechte streep.

Nou, zo is het dus, zei de lerares. We willen allemaal onze kinderen behoeden. We willen ze niet blootstellen aan slechte ideeën – ideeën die hen zouden kunnen schaden, of die hen aanmoedigen om slechte dingen te doen. Tegen zichzelf, of tegen hun familie, of tegen ons land. Dus halen we dat soort boeken uit de kast en blokkeren we mogelijk schadelijke websites.

Ze keek iedereen glimlachend aan.

Als leraren is dat onze taak, zei ze, op zachte maar stellige toon. Om voor jullie allemaal te zorgen, precies zoals ik voor mijn eigen kinderen zou zorgen. Om te beslissen wat de moeite waard is om te bewaren en wat niet. Dit soort beslissingen moeten wij gewoon nemen.

Toen, uiteindelijk, bleef haar blik rusten op Sadie.

Dat hebben we altijd al gedaan, zei ze. Daar is niks in veranderd.

Bird houdt zijn adem in als hij mevrouw Pollard nu ziet aarzelen. Zijn zevende jaar is pas een maand geleden begonnen, maar hij mag mevrouw Pollard nu al; haar dochter, Jenna, zit een jaar onder Bird, en Josh, haar zoontje, zit in het eerste jaar. Ze heeft grijsblond haar en draagt truien met zakken en grote ronde oorbellen die eruitzien als snoep. In tegenstelling tot zijn leraar maatschappijleer staart ze hem nooit aan als de PACT ter sprake komt en als ze hoort dat een van de andere kinderen hem pest zegt ze, *Zevendeklassers, concentreer je op je werk, graag*, en daarbij tikt ze dan met haar knokkels op haar bureaublad.

Is het voor de les? vraagt ze.

Er is iets aan de stem van mevrouw Pollard waardoor Bird op zijn hoede is – of misschien is het wel de manier waarop ze hem aanstaart, met half dichtgeknepen ogen, alsof ze weet wat hij wil doen. Had hij maar zoveel zelfvertrouwen. Dat hij oprecht denkt dat het geen hopeloze zoektocht is. Op haar trui glinstert een speldje van een piepklein vlaggetje in het tl-licht.

Nee, dat niet, zegt hij. Het is gewoon iets wat me interesseert. Over katten, voegt hij er al improviserend aan toe. Mijn vader en ik – we denken erover om een kat te nemen. Ik wilde dingen opzoeken over de verschillende rassen.

Een van mevrouw Pollards wenkbrauwen gaat een heel klein stukje omhoog.

Nou, zegt ze opgewekt. Een nieuw huisdier. Wat leuk. Laat me maar weten als je hulp nodig hebt.

Ze wijst met haar hoofd naar de rij met computers, glimmend en zilver, en begint haar lunch uit te pakken.

Bird gaat achter de laptop zitten die het verst bij haar bureau vandaan is. Op elk apparaat zit een klein koperen plaatje met daarop de tekst: *Een geschenk van de familie Lieu*. Twee jaar geleden had de familie van Ronny Lieu ze aangeschaft voor alle klaslokalen, inclusief een snelle internetverbinding voor de hele school. Gewoon om iets terug te doen voor de samenleving, had meneer Lieu gezegd tijdens de onthullingsceremonie. Hij was een zakenman – iets met vastgoed – en de directeur had hem bedankt voor zijn gulheid en gezegd hoe dankbaar ze waren dat burgers hun steentje bijdroegen waar het gemeentebudget nog altijd tekortschoot. Hij prees de Lieus dat ze zulke trouwe leden van de gemeenschap waren. Dat was in hetzelfde jaar dat de ouders van Arthur Tran geld hadden geschonken voor de verbouwing van de kantine en dat de vader van Janey Youn de school een nieuwe vlaggenmast en vlag had gegeven.

Hij schudt met de muis en het scherm springt aan, een foto van Mount Rushmore onder wolkeloos blauw. Met een tik op de browser komt er een venster op. De cursor staat er loom boven te knipperen.

Wat moet hij intypen? Waar is mijn moeder? Is het te veel gevraagd om te verwachten dat het internet hem dat kan vertellen?

Hij wacht even. Mevrouw Pollard zit aan haar bureau door haar telefoon te scrollen terwijl ze hapjes van haar boterham neemt. Pindakaas, zo te ruiken. Buiten zweeft een bruin blad van de boomtop naar de stoep.

Verhaal over jongen met veel katten, typt hij en het scherm stroomt vol met woorden.

De zwarte kat (kort verhaal). Lijst van fictieve katten uit de literatuur. Hij klikt de ene na de andere aan, wachtend tot hij op iets bekends stuit, op die schok van herkenning. *De kat met de hoed, het verhaal van Tom Kitten, Kobus Kruls parmantige kattenboek*. Niets dat hem bekend voorkomt. En zo dwaalt hij steeds meer af. *Verbluffende en waargebeurde kattenverhalen. Vijf heldhaftige katten uit de geschiedenis. Hoe verzorg en voed ik mijn nieuwe kat*. Zoveel verhalen over katten en geen ervan is van zijn moeders hand. Hij moet het zich verbeeld hebben. Toch graaft hij door.

En dan, als hij ten slotte te moe is om er nog weerstand aan te bieden, voert hij nog één zoekopdracht in, eentje waar hij nog nooit op heeft durven zoeken.

Margaret Miu.

Er gebeurt even niets en dan verschijnt er een foutmelding. *Geen resultaten*, staat er. Op de een of andere manier voelt hij haar afwezigheid nog sterker, alsof hij haar heeft geroepen en ze niet kwam. Hij werpt snel een blik over zijn schouder. Mevrouw Pollard is uitgegeten en zit nu werkbladen na te kijken, vinkjes zettend in de kantlijnen, en hij klikt op enter.

Onze verloren harten, typt hij en de pagina bevriest even. Geen resultaten. Deze keer kan hij niet terug, hoe vaak hij ook op de toets drukt.

Mevrouw Pollard, zegt hij als hij naar haar bureau loopt. De computer is vastgelopen, denk ik.

Geeft niet, jongen, zegt ze, we regelen het wel. Ze staat op en loopt met hem mee naar de laptop, maar als ze zijn scherm ziet, de zoekopdracht bovenin, verandert er iets in haar gezicht. Er trekt een spanning door haar heen die Bird over zijn schouder nog kan voelen.

Noah, zegt ze dan. Jij bent toch twaalf?

Bird knikt.

Mevrouw Pollard zakt op haar hurken naast zijn stoel zodat ze elkaar in de ogen kijken.

Noah, zegt ze. Dit land is gesticht op basis van de overtuiging dat iedereen zelf mag beslissen hoe hij zijn leven mag leiden. Dat weet je toch wel, hè?

Wat Bird betreft is dit zo'n vraag die volwassenen stellen, maar waar ze geen antwoord op verwachten, dus hij zegt niets.

Noah, zegt mevrouw Pollard nog eens en door de manier waarop ze zijn naam steeds herhaalt – wat natuurlijk helemaal niet zijn naam is – klemt hij zijn kaken zo stevig op elkaar dat je zijn kiezen hoort knarsen. Noah, liefje, luister alsjeblieft naar me. In dit land geloven we dat elke generatie betere keuzes kan maken dan de voorgaande. Snap je? Iedereen krijgt gelijke kansen om zich te bewijzen, om ons te laten zien wie ze zijn. De fouten van de ouders nemen we hun kinderen niet kwalijk.

Ze kijkt hem aan met felle, gespannen ogen.

Noah, iedereen kan kiezen of ze dezelfde fouten willen maken die de mensen voorheen hebben gemaakt of dat ze een ander pad kiezen. Een beter pad. Begrijp je wat ik zeg?

Bird knikt, al weet hij vrij zeker van niet.

Ik zeg dit voor jouw bestwil, Noah, echt, zegt mevrouw Pollard. Haar stem verzacht. Je bent een goed kind en ik wil niet dat je iets overkomt en dit is precies wat ik ook tegen Jenna en Josh zeg. Je moet geen problemen veroorzaken. En als je het dan niet voor jezelf doet, doe het dan voor je vader.

Ze gaat weer rechtop staan en Bird begrijpt dat ze uitgepraat zijn.

Dank u wel, fluistert hij.

Mevrouw Pollard knikt. Ze is tevredengesteld.

Als jullie inderdaad een kat nemen, ga dan wel naar een goede fokker, zegt ze, terwijl ze de gang in loopt. Want bij zwerfkatten weet je maar nooit wat je in huis haalt.

Tijdverspilling, denkt hij. De hele middag, onder Engels en wiskunde, baalt hij van zichzelf. En het stomste is nog wel dat zijn lunch nog in zijn tas zit. Hij heeft er geen hap van gegeten en zijn maag rammelt. Tijdens maatschappijleer dwalen zijn gedachten af en de leraar roept hem streng tot de orde.

Meneer Gardner, zegt hij. Mij dunkt dat uitgerekend u zou moeten opletten op waar ik het over heb.

Met een stomp stukje krijt tikt hij op het bord, zodat er witte stipjes onder de woorden WAT IS OPRUIING? komen te staan.

Aan de andere kant van het looppad werpen Carolyn Moss en Kat Angelini hem een zijdelingse blik toe en als de leraar zich weer omdraait naar het bord gooit Andy Moor een natte papierprop tegen Birds hoofd. Wat maakt het uit, denkt Bird. Dat hele kattenverhaal, wat het ook is, heeft niets met hem te maken. Hij heeft er niets aan en het dient geen enkel doel. Gewoon een verhaaltje, zoals alles wat zijn moeder hem ooit heeft verteld. Een nutteloos sprookje. Als zijn geheugen klopt tenminste, als dat verhaal überhaupt ooit bestaan heeft.

Hij is onderweg naar huis als hij het ziet. Eerst de menigte, dan een groep donkerblauwe uniformen midden in het park – dan, een seconde later, ziet hij alleen nog maar de bomen. Rood, rood, rood, van wortels tot takken, alsof ze in een verfbad zijn gedoopt. De kleur van kardinalen, van verkeerslichten, van kersenlolly's. Die esdoorns, dicht bij elkaar, de armen uitgestrekt. En tussen hun takken, door de afstervende bladeren geweven: een gigantisch rood web, als een waas van bloed in de lucht.

Hij moet eigenlijk regelrecht naar huis en hij moet zich houden aan de route die zijn vader hem heeft voorgeschreven: dwars over de brede binnenplaats tussen de laboratoria van de universiteit door en dan langs de roodstenen gebouwen met studentenkamers. Zo veel mogelijk wegblijven van de straten, zo veel mogelijk op het universiteitsterrein blijven. Dat is veiliger, volgens zijn vader. Toen Bird wat jonger was, bracht zijn vader hem elke dag naar school en haalde hem ook weer op. Niet afsnijden, Noah, zegt zijn vader altijd, gewoon doen wat ik zeg. Beloof het, had hij gezegd, toen Noah alleen naar school mocht, en Bird had het beloofd.

Nu breekt Bird zijn belofte. Hij schiet de straat over naar het park, waar een klein groepje toeschouwers zich heeft verzameld.

Vanaf hier kan hij het beter zien. Wat hij had aangezien voor rode verf is draad, een gigantisch rood kanten kleedje rondom elke boom, helemaal tot in de takken als een strakke rode handschoen. Het web is ook van draad, rode kettingen die zich uitstrekken van tak tot tak, kriskras, met hier en daar verdikkingen en op andere plekken uitdunnend tot een enkele draad. Tussen de strengen als gevangen insecten: gebreide poppetjes zo groot als zijn vinger, donkerbruin en lichtbruin en beige, met kransen van donker garen rondom hun gezichtjes. Om hen heen staan voorbijgangers te fluisteren en te wijzen, en Bird loopt langzaam verder de menigte in.

Hij vindt het eng, dat ding. Het breiwerk van een monster. Een bloedrode kluwen. Hij voelt zich er klein en kwetsbaar en bloot door. Maar het fascineert hem ook, trekt hem steeds dichter naar zich toe. De manier waarop een slang je fixeert met zijn ogen terwijl hij zich ondertussen opmaakt om je aan te vallen.

Een groep agenten staat diep in gesprek rondom de bomen, en ze priemen met hun vingers in het garen. Bespreken hoe ze dit allemaal het best kunnen weghalen. Het is te laat: voorbijgangers hebben hun telefoons al uit hun zakken en tassen gepakt en nemen onder het lopen stilletjes foto's. Die worden dadelijk overal rond geappt en gepost. Onder de bomen lopen de agenten om de stammen heen, hun pistool bungelend op hun heup. Een van hen duwt het vizier van zijn helm naar achteren; een ander legt zijn plexiglas scherm op het gras. Ze zijn uitgerust voor geweld, maar niet voor dit.

Wegwezen, mensen, schreeuwt een van de agenten terwijl hij tussen de bomen en de menigte gaat staan alsof hij dit vreemde schouwspel achter zijn lichaam kan verbergen. Hij trekt zijn wapenstok en tikt ermee tegen zijn hand. Dit is een plaats delict. Doorlopen allemaal. Dit is een illegale bijeenkomst.

Boven zijn hoofd blaast een briesje en de poppetjes deinen en zwaaien. Bird kijkt ernaar, zo donker als ze afsteken tegen de onschuldige, blauwe hemel. Om hem heen verdwijnen de toeschouwers gehoorzaam en de menigte dunt uit. En op dat moment ziet hij het staan, met stencils in witte verf op de stoep aangebracht: HOEVEEL VERLOREN HARTEN KOMEN ZE NOG HALEN? Ernaast een rode spetter – nee, een hart.

Hij weet dat het niet waarschijnlijk is – onmogelijk – maar toch kijkt hij. Over zijn schouder, overal om zich heen, alsof ze zich misschien schuilhoudt achter een boom of een struik. In de hoop dat hij haar gezicht in de schaduwen zal zien. Maar er is natuurlijk niemand.

Kom, jongen, zegt de politieagent tegen hem en Bird beseft dat de mensen weg zijn en dat hij de enige is die daar nog staat. Hij buigt snel zijn hoofd – *sorry* – en loopt weg en de agent keert weer terug naar zijn collega's. Surveillancewagens met zwaailichten blokkeren de straat aan weerszijden en leiden het verkeer om. Het park wordt afgezet.

Bird steekt de straat over maar blijft rondhangen en kijkt stiekem toe vanachter een geparkeerde auto. Kon zijn moeder breien? Hij denkt van niet. En trouwens, dat had iemand toch nooit in haar eentje kunnen doen: dat garen, het web, de poppetjes deinend als overrijpe vruchten, allemaal keurig op hun plek gebreid, alsof ze als een soort schimmel uit de boom zelf ontsproten waren. Hoe hebben ze dat daar gekregen, vraagt hij zich af, al weet hij niet precies wie *ze* zouden kunnen zijn. Door de ramen van de auto ziet hij de agenten delibereren over hoe ze deze ongewone situatie moeten aanpakken. Een van hen wurmt zijn vingers in het web en trekt eraan en een dunne tak breekt af met een knal, als een pistoolschot. Een enkele lange lus van garen zakt omlaag en ontrafelt centimeter voor centimeter. Bij Bird vanbinnen knalt en ontrafelt er ook iets bij de aanblik van de verwoesting van zoiets delicaats en verfijnds. De poppetjes trillen, gevangen in hun rode net. Zijn huid voelt te klein voor zijn gedachten.

Dan haalt een van de agenten een stanleymes tevoorschijn, begint zich van boven naar beneden een weg door het breisel te snijden en het garen valt in een waterval van draadjes omlaag. Een ander komt aanlopen met een ladder, klimt in de takken, trekt de eerste pop omlaag en smijt die op de grond. Geen poppen, denkt Bird ineens: kinderen. De grote hoofden en stompe ledematen en donkere haren. Ze hadden ogen maar geen monden, alleen twee knoopjes op een uitdrukkingsloos gezicht en terwijl de kleine lijfjes in de modder vallen, draait Bird zich om. Zijn maag keert om. Hij kan het niet aanzien.

Hij had gedacht dat Sadie een uitzondering was. *PACT-gerelateerde herplaatsingen zijn zeer uitzonderlijk.*

Dat zijn ze dus niet, zegt Sadie.

Maar hoeveel dan, had hij een keer gevraagd. Tien? Twintig? Honderden?

Sadie keek hem aan met haar handen op haar heupen. Bird, zei ze medelijdend, zo irritant, jij snapt ook echt helemaal niks, hè?

Mensen hadden het er liever niet over en hoorden er nog minder graag van: dat het patriottisme van de PACT doorspekt was met dreiging. Maar er waren er een paar die probeerden te zeggen wat er aan de hand was, het aan anderen wilden uitleggen. En aan zichzelf. Sadies moeder was een van hen. Er is videobeeld van haar in een keurige bomenlaan in Baltimore. Het had elke straat in Amerika kunnen zijn behalve dat hij uitgestorven is: geen auto's, geen mensen die er hun hond uitlaten of een wandelingetje maken, alleen Sadies moeder in een gele blazer, de zwarte schuimrubberen bol van haar Channel 5-microfoon voor haar mond.

Gisterochtend, zegt ze, *arriveerden in deze stille laan medewerkers van de afdeling Jeugdzorg bij het huis van Sonia Lee Chun om haar vierjarige zoontje David mee te nemen. De reden? Een recente post van Sonia op social media waarin ze stelde dat de PACT werd gebruikt tegen leden van de Aziatisch-Amerikaanse gemeenschap.*

Achter haar parkeren een paar politiewagens – zonder zwaailichten, onheilspellend stil – en blokkeren de straat. Je ziet ze in de verte, de vier agenten die uit die barricade van auto's stappen en langzaam dichterbij komen, een bezem die de stoep genadeloos schoonveegt. De camera blijft rustig, haar stem ook. *We hebben kennelijk de interesse van de politie gewekt. Agent, wij zijn van Channel 5, dit is mijn perskaart, we...* Gedempt heen-en-weergepraat en dan zegt ze, tegen de camera, onverstoorbaar kalm: *Ze arresteren me.* Alsof ze verslag doet van iets wat een ander overkomt.

De politie pakt haar microfoon af. Haar lippen blijven bewegen, maar er is geen geluid meer. Terwijl een agent haar armen naar achteren trekt om haar in de boeien te slaan, loopt een ander naar de camera, zijn hand op zijn holster. Zijn mond blaft geluidloze commando's. De ongeziene cameraman legt zijn camera op de grond en de horizon kantelt, een loodrechte lijn van hemel tot aarde. Als ze afgevoerd worden, vangt de camera – die nog draait – alleen hun voeten die omhoog bij hem vandaan lopen, daar gaan ze, en weg zijn ze.

Bird heeft deze video gezien omdat Sadie er een kopie van had bewaard op haar telefoon. Technisch gezien is dat belastend bewijs – het toont aan dat haar moeder *onvaderlandslievende activiteiten in een privéomgeving of publiekelijk omarmt, aanbeveelt of steunt* – maar het was Sadie op de een of andere manier gelukt om er een kopie van te bemachtigen die ze in de loop der jaren volhardend van de ene op de andere telefoon had overgezet. Op de simpele smartphone die haar pleegouders haar hadden toegestaan – mijn ketting, zegt ze sarcastisch: zodat ze haar altijd kunnen bereiken, zodat ze haar via gps kunnen vinden als dat nodig is – verstopt ze het in een mapje genaamd *Games*. Soms trof Bird haar op haar hurken in het hoekje van het schoolplein, of in de hut onder het klimrek in het speeltuintje waar de jongere kinderen vadertje en moedertje speelden. Steeds maar weer op het scherm: haar moeder. Kalm in de chaos om haar heen. Langzaam de lucht in wandelend.

Het was de eerste keer dat ze gearresteerd werd, zei Sadie, maar ze was er alleen maar dapperder van geworden. Daarna was ze op zoek gegaan naar andere gezinnen waarvan de kinderen onder de PACT waren weggehaald en probeerde ze die voor de camera te krijgen om er met haar over te praten. En ze had geprobeerd uit te zoeken waar de kinderen naartoe gebracht waren. Ze had geprobeerd een PACT-herplaatsing ter plekke te filmen, met behulp van haar contacten bij Jeugdzorg op het gemeentehuis, iemand die zou weten wie de volgende zou kunnen zijn.

Snel daarna kreeg Sadies moeder een e-mail van haar baas Michelle: koffie, dat weekend. Gewoon even kletsen. Niets officieels. *Off the record*. Michelle kwam langs met twee bekers in haar hand en ze gingen ermee aan de keukentafel zitten. Sadie zat stiekem in de gang af te luisteren. Ze was elf.

Ik maak me zorgen, Erika, zei Michelle bij haar flat white. Over *repercussies*.

Een verslaggever bij WMAR had pas nog een boete gekregen omdat die had gezegd dat de PACT discriminatie in de hand werkte tegen mensen van Aziatische afkomst; de staat hield vol dat zijn verhaal sympathie wekte voor mensen die mogelijk een gevaar vormden voor de openbare stabiliteit. De zender had die boete betaald. Het was bijna een kwart van hun jaarbudget. In Annapolis was weer een andere zender zijn licentie kwijtgeraakt. Het was natuurlijk maar toeval dat ook die zich in een paar nieuwsitems kritisch had uitgelaten over de PACT.

Ik ben journalist, had Sadies moeder gezegd. Verslag doen van dit soort dingen is mijn vak.

We zijn maar een kleine zender, zei Michelle. Het komt erop neer dat we door die bezuinigingen toch al bijna niks kunnen. En als onze oprichters zich terug zouden trekken...

Ze zweeg en Sadies moeder draaide de sleeve om haar papieren bekertje steeds maar rond.

Dreigen ze daarmee? vroeg ze en Michelle antwoordde twee van hen wel, ja. Maar dat is niet het enige. Het gaat om de repercussies voor jou, Erika. Voor je gezin.

Ze kenden elkaar al jaren, deze twee vrouwen: een zwart, de ander wit. Gezamenlijke barbecues en picknicks, kerstdiners. Michelle had geen kinderen, was nooit getrouwd. Deze zender is mijn kindje, zei ze altijd. Toen Sadie was geboren, had Michelle een geel truitje met bijpassende sokjes voor haar gebreid; in de loop der jaren had ze Sadie meegenomen op uitjes naar de dierentuin en het zeeaquarium en Fort Henry. Tante Shellie noemde Sadie haar.

Ik hoor dingen, zei Michelle. Echt heel enge dingen. Het zijn niet alleen de Personen van Aziatische Afkomst en demonstranten die zich zorgen moeten maken over de PACT, Erika. Het is misschien beter als we jou een poosje op een andere klus zetten. Iets wat minder politieks.

Wat voor klus zou dan minder politiek zijn, vroeg Sadies moeder.

Ik wil gewoon niet dat jou iets overkomt, als je zo blijft doorhakken, zei Michelle. En Lev ook niet. En vooral Sadie niet.

Sadies moeder nam een slok, heel langzaam. De koffie was al koud.

Hoe kom je erbij, zei ze uiteindelijk, dat iemand nog veilig is als ik dat niet doe?

Een paar weken later waren ze Sadie komen halen.

Ze waren in de avond gekomen, dat had Sadie gezegd. Na het eten. Ze had net gedoucht en was in een handdoek gewikkeld toen er aangebeld werd. Haar moeder was Sadies haar aan het kammen, wat dik en krullerig was en altijd vol met klitten zat, en beneden hoorden ze haar vader schreeuwen. Toen de stemmen van vreemden – een man, twee mannen. Sadies moeder had een pluk haar in de ene hand en haalde daar voorzichtig de kam door, en dit is wat Sadie zich vooral nog herinnerde: een druppel water die achter in haar nek naar beneden liep, haar moeders vaste hand terwijl ze behoedzaam de klitten los kamde.

Ze beefde niet, zei Sadie met trots in haar stem. Totaal niet.

Misschien wist ze niet wat er aan de hand was, zei Bird.

Sadie schudde haar hoofd.

Ze wist het, zei ze.

Haar moeder sloeg haar armen om haar heen, drukte haar lippen op Sadies voorhoofd. Sadie had het nog niet door, wat er aan de hand was, maar de angst sijpelde naar binnen als kille tocht op haar vochtige huid. Ze kroop tegen haar moeder aan, drukte haar gezicht zo stevig tegen de zachte kromming van haar moeders nek dat ze geen lucht meer kreeg.

Vergeet ons niet, oké? had haar moeder gezegd en Sadie begreep er nog steeds niets van toen de deur van de badkamer opengìng. Een man, in politie-uniform. Sadies vader stond beneden nog altijd te schreeuwen.

Het waren vier agenten, bleek. Twee waren beneden bij haar vader gebleven en eentje bleef boven bij haar moeder en eentje stond op wacht voor Sadies kamer terwijl die zich aankleedde. Ze wist niet goed wat ze moest doen en trok haar pyjama met de regenboogstrepen aan alsof ze gewoon, zoals elke dag, naar bed zou gaan. Laat haar even wat anders aantrekken, had haar moeder gezegd toen Sadie de gang in kwam. Laat me tenminste haar haar vlechten. Maar de man in de gang schudde zijn hoofd.

Vanaf nu, zei hij, is ze niet meer uw verantwoordelijkheid.

Hij legde zijn hand op Sadies schouder en leidde haar de trap af en Sadie begreep wel dat er iets verschrikkelijks was gebeurd, maar tegelijkertijd wist ze zeker dat het niet echt was. Ze probeerde achterom te kijken naar haar moeder, op zoek naar een aanwijzing – of ze moest gillen of vechten of wegrennen of gehoorzamen – maar het enige wat ze zag was de brede blauwe borst van de agent achter haar die alles aan het zicht onttrok behalve een stukje van haar moeders arm. En dus dacht ze aan wat haar moeder haar altijd had geleerd: wees extra op je hoede bij de politie, zeg alstublieft en dank u wel en mevrouw en meneer. Wat je ook doet, zorg dat je ze niet boos maakt. Ze hadden haar in een grote zwarte auto op de zwarte achterbank gezet en een van de agenten maakte haar riem vast en zij had dank u wel gezegd. Nadat ze weggereden waren, nadat ze haar naar het bureau hadden gebracht en toen naar het vliegveld en toen naar een pleeggezin, nadat het tot haar doordrong dat ze niet meer naar huis zou gaan, had ze spijt van dat dank u wel, had ze spijt dat ze zo mak was geweest.

Haar eerste pleegouders wilden haar een andere naam geven. Een nieuwe naam voor een nieuw begin, hadden ze geopperd, maar dat had ze pertinent geweigerd.

Ik heet Sadie, zei ze.

Twee weken lang hadden ze geprobeerd om haar over te halen, maar uiteindelijk hadden ze toegegeven.

Zoveel dingen waren die eerste dagen nieuw voor haar. Tegen sommige daarvan – nieuwe familie, nieuw huis, nieuwe stad, nieuw leven – kon ze niets beginnen, dus bood ze weerstand op de paar gebieden waar dat wel kon. Op weg naar school was ze blijven staan op de stoep voor het huis en had de bloemenjurk met stroken uitgetrokken die ze haar hadden gegeven, op het gras laten liggen en ze was doorgelopen in haar ondergoed. Een telefoontje van de schooldirecteur; een strenge preek van haar pleegouders. De volgende ochtend deed ze het weer. Zie je nou wel, zei iedereen. Wat had dat kind voor ouders? Dat kind is een halve wilde.

Haar tweede pleegmoeder probeerde Sadies dikke wolk haar te ontwarren. We zullen het moeten ontkroezen, zei ze wanhopig en die avond, toen iedereen sliep, sloop Sadie de trap af op zoek naar de keukenschaar. Vanaf toen droeg ze het als een korte stralenkrans van krullen om haar hoofd. Ik weet niet wat ik met haar aan moet, zei deze pleegmoeder ooit tegen een vriendin, toen ze dacht dat Sadie het niet kon horen. Het lijkt wel alsof haar uiterlijk haar helemaal níéts kan schelen.

Het waren aardige mensen die meenden dat ze goede bedoelingen hadden. Ze waren door de overheid aangemerkt als geschikte ouders, gewaarmerkt als modelburgers die haar de juiste patriottistische normen en waarden konden bijbrengen.

Er is iets mis met haar, hoorde Sadie haar recentste pleegmoeder in de telefoon zeggen: de wekelijkse update van de sociaal werker die haar uithoorde, op zoek naar bewijs dat Sadie moest blijven. In al die tijd dat ze hier nu is, heeft ze nog niet één keer gehuild. Ik heb zelfs een keer een hele avond voor haar slaapkamer zitten luisteren. Ze huilt nooit. Wat is dit voor kind dat dit soort dingen meemaakt en niet eens meer kan huilen? Ja. Dat denk ik ook. Wat voor ouders moet ze gehad hebben dat ze zo kil en gevoelloos is?

Ze slaakte een zucht. We doen wat we kunnen, zei ze. We zullen proberen om de schade te herstellen.

Een paar weken later: een brief, die Sadie in de bureaula van haar pleegmoeder had gevonden:

> *Gezien de ernstige emotionele littekens die het kind in haar vorige huiselijke omgeving zijn aangedaan, bevelen wij permanente uithuisplaatsing aan. Permanente voogdij is aan de pleegouders toegewezen.*

Het was waar, Sadie huilde nooit. Een paar keer had ze Bird brieven gegeven voor haar oude adres, op kladpapier gekrabbeld, maar de laatste was teruggekomen met het stempel ADRES ONBEKEND erop. Zelfs toen had Bird haar niet zien huilen.

Maar soms, als hij haar op haar hurken in het hoekje van het schoolplein zag zitten, met haar hoofd tegen het afzetgaas, dan draaide hij zich weg, zodat ze niet hoefde te doen alsof ze dapper was. Zodat ze alleen was met haar verdriet, of het zwaardere ding, wat het ook maar was, dat ze daarbovenop had gelegd om het de kop in te drukken.

Mei vorig jaar had ze voorgesteld om samen weg te lopen.

Dan gaan we naar ze op zoek, zei ze.

Sadie was al eerder weggelopen, wist hij, maar ze hadden haar steeds weer gevonden. Deze keer zou het haar lukken, hield ze vol. Ze was net dertien geworden – zowat volwassen, vond ze.

Ga met me mee, Bird, had ze gezegd. Ik weet zeker dat we ze kunnen vinden.

Ze waren haar ouders en zijn moeder. Haar zekerheid dat ze nog steeds ergens waren, vindbaar en misschien zelfs samen, was onverwoestbaar. Een geruststellend, prachtig sprookje.

Ze zullen je oppakken, zei hij.

Niet, zei Sadie fel. Ik ga...

Maar hij onderbrak haar. Niet zeggen, zei hij. Ik wil het niet weten. Voor het geval ze mij vragen waar je naartoe bent gegaan.

Hij had naar haar zitten kijken, op de schommel naast die van hem, haar benen heen en weer zwaaiend, steeds maar harder, tot haar voeten de bovenste stang raakten en de ketting slap werd en onder haar schokte. Toen slaakte Sadie een vreugdekreet en schoot zichzelf de vrijheid tegemoet, sprong de lucht in, op weg naar het niets. Toen hij klein was vond hij het heerlijk om zo van een schommel te springen, regelrecht in de gespreide armen van zijn moeder. Sadie had niet eens wat gedaan, dacht Bird, ze verdiende dit allemaal niet en hij haatte haar ouders dat ze haar dit aangedaan hadden. Waarom waren ze na die eerste keer niet gestopt, hoe konden ze nu zo onverantwoordelijk zijn? Sadie ging rechtop zitten en keek naar hem vanaf de plek in het gras waar ze neergeploft was. Ze had geen pijn. Ze lachte.

Springen Bird, riep ze, maar hij sprong niet en liet de schommel gewoon uit schommelen tot zijn sneakers over de grond sleepten zodat er smoezelige grijze vegen op de stof kwamen te zitten.

Hij denkt nu aan haar terug: Sadie, tussen hemel en aarde, armen wijd, maaiend door de lucht. Toen ze verdwenen was, leek niemand te weten waar ze naartoe was; zijn klasgenoten en zelfs zijn leraren deden gewoon alsof ze nooit had bestaan. Als hij daar zo staat, weet hij dat de foto's uit het park nu al online staan, van de bomen die de kleine figuurtjes in hun vingers houden en optillen naar het licht. Duizend kleine Sadies als uitgetekend tegen het blauw.

Als hij de volgende ochtend naar school loopt ziet hij de echte bomen; weer kaal tot op de ruwe bast. Alsof er nooit iets geweest is. En toch loopt over elke stam die scherpe, lichte kerf als een litteken; er zijn stukken afgebroken waar het web, toen er ruw aan getrokken werd, de takken meegesleept heeft. Daar, in de modder, ligt nog één stukje rood draad dat is achtergebleven. Er is hier iets gebeurd en hij wil per se weten wat; hij denkt aan Sadie en ineens weet hij waar hij moet beginnen.

Na school moet hij eigenlijk meteen naar huis. In huis blijven, zegt zijn vader. En je huiswerk maken. Maar vandaag volgt hij het pad niet. Hij slaat af, Broadway in, en loopt dat af tot de middelbare school waar hij over een paar jaar naartoe moet, naar de grote openbare bibliotheek ernaast, waar hij nog nooit is geweest.

Van *liber*, heeft zijn vader hem verteld. Boeken. En dat komt weer van het woord voor *de binnenste bast van bomen*, wat weer komt van het woord voor *strippen*, *afpellen*. De vroege mensen trokken natuurlijk de dunne stroken van de bomen om op te schrijven.

Een keer tijdens een herfstwandeling. Zijn vaders hand had over de schilferende berkenbast gestreken waarbij er witpapieren krullen van de slanke stam loskwamen.

Maar ik zie het graag als het afpellen van lagen. Het blootleggen van betekenislagen.

In het wetenschapsmuseum, lang geleden: een gigantische schijf van een boomstam, hoger dan zijn vader. Ringen van karamel tegen roomkleurig hout. Ze hadden de ringen geteld, van schors naar kern en toen weer terug. Zijn vaders vingers die over de ribbels trokken. Dit is toen de boom is geplant, toen George Washington een jongetje was. Dit is de Burgeroorlog, Eerste Wereldoorlog, Tweede Wereldoorlog. Dit is toen zijn vader geboren werd. Dit is toen alles misliep.

Zie je? zei zijn vader. Ze dragen hun geschiedenis binnenin zich. Als je maar genoeg lagen afpelt vertellen ze je alles.

Het is net een kasteel, had Sadie tegen hem gezegd. Ze ging elke dag naar de bibliotheek, vijf gestolen minuten van school naar huis. Half rennend om er zo snel mogelijk naartoe te gaan, sprintend om op tijd thuis te zijn nadat ze zo lang was blijven hangen als ze durfde. Sadie, ik denk dat je wat vaker onder de douche moet, zei haar pleegmoeder als ze dan bezweet en verfomfaaid thuiskwam. Ze gaan je betrappen, waarschuwde Bird, maar daar was Sadie niet van onder de indruk. Haar ouders hadden haar elke avond voorgelezen en terwijl verhalen in Birds herinneringen schuurden als zand, waren ze in die van Sadie een weldadige balsem. Een kasteel, hield ze vol tegen Bird, haar stem verstikt van ontzag. Hij had met zijn ogen gerold, maar nu ziet hij dat het min of meer zo is: de bibliotheek is een enorm zandstenen gebouw met bogen en een torentje, al is er een nieuwere glazen vleugel aangebouwd, een en al scherpe hoeken en glinsterende ruiten en daardoor heeft hij als hij de trap oploopt het gevoel dat hij zowel het verleden als de toekomst instapt.

Hij heeft maar zelden zoveel boeken om zich heen en heel even duizelt het hem. Eindeloos veel boekenkasten. Zoveel dat je er zou kunnen verdwijnen. Bij de balie kijkt de bibliothecaresse – een donkerharige vrouw met een roze trui – zijn kant op. Ze monstert hem over de rand van haar bril, alsof ze weet dat hij hier niet thuishoort, en Bird schiet slinks opzij tussen de kasten, uit het zicht. Van dichtbij kan hij zien dat er hier en daar boeken zijn weggehaald, gaten achterlatend op de planken als missende tanden. Toch voelt hij nog steeds dat er hier antwoorden zijn, ergens tussen de bladzijden gevangen en weggeborgen. Hij hoeft ze alleen maar te vinden.

Aan het eind van de kasten hangen bordjes met een lijst van onderwerpen die in elk pad te vinden zijn, met een ingewikkelde nummering en ondoorgrondelijk gerangschikt. Sommige secties zijn nog bloeiend en vol: Transport. Sport. Slangen/Hagedissen/Vissen. Andere secties zijn dorre woestijnen: tegen de tijd dat hij bij de nummers in de negenhonderd is, is bijna alles verdwenen, zijn er alleen nog rijen vol met de skeletachtige structuren van de kasten die het zonlicht tot vierkanten snijden. De paar nog overgebleven boeken zijn kleine donkere vlekken tegen al dat naakt. *De Chinees-Koreaanse as en de nieuwe Koude Oorlog. Binnenlandse dreiging. Het eind van Amerika: de opkomst van China.*

Terwijl hij rondzwerft ziet hij ook nog iets anders: de bibliotheek is bijna helemaal uitgestorven. Hij is de enige bezoeker. Op de eerste verdieping staan rijen lege studiehokjes en lange werktafels met houten stoelen, allemaal onbezet. Helemaal tot de kelder, niets dan lege stoelen en een eenzaam bordje met daarop: HEBT U ZICH BEDACHT? LEGT U DAN DE BOEKEN DIE U NIET WILT LENEN OP HET KARRETJE HIERONDER. Er staat geen karretje meer, alleen een leeg stuk linoleumtegels. Het is een spookstad en hij, nog in leven, dringt binnen in het land van de doden. Hij haalt een vinger over een lege plank en laat een schone lichte streep in de dikke stoflaag achter.

Helemaal beneden, in de hoek achterin, vindt hij de poëzie. Hij scant de planken tot hij bij de *M* komt. Christopher Marlowe. Andrew Marvell. Edna St. Vincent Millar. Hij is niet verbaasd als hij ziet dat de planken meteen overspringen van Milton op Montagu, maar toch is hij verdrietig dat hij haar naam niet vindt.

Het was dom om hier te komen, denkt hij. Het voelt hier verboden, het was onverstandig van hem. In zijn neusgaten de scherpe geur van ijzer en hitte. Hij loopt heel langzaam naar voren waar de bibliothecaresse nauwgezet en efficiënt een krat met boeken uitzoekt. Hij is bang dat hij haar aandacht weer trekt. Als ze zich omdraait, denkt hij, zal hij snel naar buiten glippen.

Turend door een gat op de planken staat hij toe te kijken, wachtend op een opening. De bibliothecaresse haalt nog een boek uit het blauwe plastic krat op het bureau, kijkt op een lijst, zet een vinkje. Dan – en dit snapt Bird niet helemaal – bladert ze het boek snel door, alsof het een flipboekje is, om het vervolgens dicht te klappen en terug te leggen op de stapel. Dan door met het volgende. Ze is ergens naar op zoek, beseft Bird, en een paar boeken later vindt ze het. Deze keer scant ze de lijst één keer, dan nog een keer en legt ze haar pen neer. Dit boek staat er duidelijk niet op. Langzaam bladert ze het boek door, bladzijde voor bladzijde, stopt dan om er een klein wit stukje papier uit te vissen.

Vanaf zijn uitkijkpost ziet Bird nog net een paar handgeschreven regels op het papiertje staan. Hij leunt om de kast heen in een poging meer te zien en dit is het moment waarop de bibliothecaresse opkijkt en hem ziet gluren.

Vliegensvlug vouwt ze het papier dubbel, stopt het weg en beent op hem af.

Hé, zegt ze. Wat doe jij daarachter? Jij, ja. Ik zie je wel. Hup. Sta eens op.

Ze trekt hem omhoog aan een elleboog.

Hoe lang sta je daar al, wil ze weten. Wat spook je daar uit?

Van dichtbij is ze zowel ouder als jonger dan hij had gedacht. Lang bruin haar met staalgrijze lokken erdoor. Ouder, denkt hij, dan zijn moeder zou zijn. Maar ze heeft ook iets jeugdigs: een kleine flits zilver in haar gepiercete neusvleugel. Een alertheid in haar gezicht doet hem aan iemand denken. Na een minuut realiseert hij zich aan wie. Sadie. Diezelfde opvlammende uitdaging in haar blik.

Sorry, zegt hij. Ik ben gewoon – ik ben op zoek naar een verhaal. Meer niet.

De bibliothecaresse tuurt naar hem over haar bril.

Een verhaal, zegt ze. Je zult wel wat specifieker moeten zijn.

Bird kijkt naar het doolhof van boekenkasten om hen heen, de hand van de bibliothecaresse om zijn arm geklemd, haar andere hand tot een vuist gebald – waaromheen? Hij wordt rood.

Ik weet niet wat de titel is, zegt hij. Het is een verhaal... dat iemand me heel lang geleden heeft verteld. Over een jongen en een heleboel katten.

Is dat alles wat je erover weet?

Nu gaat ze hem eruit gooien. Of ze belt de politie en laat hem arresteren. Als kind begrijpt hij instinctief hoe willekeurig straf kan zijn. De duim van de bibliothecaresse drukt nog steviger in de kromming van zijn arm.

Dan sluit ze haar ogen half. Nadenkend.

Een jongen en een hoop katten, herhaalt ze. Haar greep op zijn arm verslapt, laat hem dan los. Hm. Er is een prentenboek dat *Miljoenen poesjes* heet. Over een man en een vrouw die de mooiste kat van de hele wereld willen. Honderden katten, duizenden katten, miljoenen katten. Doet dat een belletje rinkelen?

Het klinkt niet bekend en Bird schudt zijn hoofd.

Er zit een jongetje in het verhaal, herhaalt hij. Een jongetje en een kast.

Een kast? De bibliothecaresse bijt op haar lip. Ineens flitst er licht door haar ogen, krijgt ze iets alerts, alsof ze zelf een kat is, op jacht met opgestoken oren en trillende snorharen. Nou, in *Sam, Bing en Zotteklap*, zegt ze, maar geen kast, voor zover ik me kan herinneren. Heel veel katten in Beatrix Potter, maar geen jongetjes. Is het een prentenboek of een roman?

Ik weet het niet, geeft Bird toe. Van de boeken die de bibliothecaresse omschrijft heeft hij allemaal nog nooit gehoord en ze maken hem een beetje duizelig, al die verhalen waarvan hij het bestaan niet eens kende. Het is alsof hij hoorde dat er nieuwe kleuren bestaan die hij nooit eerder heeft gezien. Ik heb het zelf nooit gelezen, zegt hij. Het is misschien een sprookje, denk ik. Iemand heeft het me vroeger een keer verteld.

Hm.

De bibliothecaresse draait zich verbluffend enthousiast om. Kom, dan gaan we eens kijken, zegt ze en ze beent weg en laat het stukje papier discreet in haar zak glijden.

Ze loopt zo stevig door dat hij haar bijna kwijtraakt. Kast na kast vliegt de wereld voorbij als een microkosmos: Gebruiken en Etiquette. Kostuums en Mode. Dit is een wereld die zij als haar broekzak kent, bedenkt hij, een landkaart die ze al zo vaak heeft afgereisd dat ze hem uit haar hoofd kan natekenen.

Zo, zegt ze. Folklore.

Ze trommelt met haar vingers op de ruggetjes, ze zoekt de plank af en in gedachten overweegt ze elk boek en streept het door.

Ik weet dat er een verhaal is dat *Kattenhuid* heet, zegt ze terwijl ze een dikke pil van de plank trekt en die aan Bird overhandigt. Op de kaft staan vergulde letters en een groepje goudblonde dames en ridders.

En hier staat er ook eentje in, genaamd *Het huishouden van kat en muis.* Eindigt precies zoals je al vermoedt. Alleen niets over een jongetje. En dan is er natuurlijk nog *De gelaarsde kat* maar ik weet niet of ik de molenaarszoon wel een jongetje zou noemen – en ik weet zeker dat er geen kast in voorkomt. En er is ook maar één kat.

Voor Bird kan reageren loopt ze alweer door.

Eens even kijken: Hans Christian Andersen? Nee, dat lijkt me niet. Er is een oude legende over een kat die de kleine Jezus in zijn kribbe suste – dat is ook een soort van kast. Of misschien is het een mythe? Je hebt die over Freya en de katten die haar wagen voorttrokken en Bastet, natuurlijk, maar geen kasten of jongetjes. En ik kan me niet herinneren dat de Grieken veel over katten te melden hadden.

Ze wrijft over haar slaap met een magere knokkel. Het is net, denkt Bird, alsof ze hem vergeten is, alsof ze het tegen zichzelf heeft. Of tegen de boeken, alsof het wezens zijn die antwoord kunnen geven. Tot zijn grote opluchting lijkt ze zijn gespioneer en het mysterieuze stukje papier te zijn vergeten.

Verder kan je je niks meer herinneren? vraagt ze.

Nee, zegt hij. Ik weet verder niks, bedoel ik.

Hij kijkt naar het sprookjesboek in zijn handen en draait het om. Achterop: de verslagen draak op een staak gestoken, de rode tong uit zijn bek bungelend als een eind touw. Zijn keel voelt warm en plakkerig en hij doet zijn ogen dicht en slikt om van dat gevoel af te komen.

Mijn moeder heeft het me verteld, zegt hij, lang geleden. Laat anders maar. Het geeft niet.

Hij draait zich om en wil weglopen.

Zal ik je eens wat zeggen, ik herinner me een oud prentenboek, geloof ik, zegt de bibliothecaresse. Ze zet een fluisterstem op. Een Japans volksverhaal.

Ze blijft even stil, werpt een blik in de kast en dan op de monitor aan het eind van de rij.

Maar daar zal het niet in staan.

Dan knipt ze met haar vingers, wijst naar hem. Alsof hij het antwoord zelf heeft bedacht.

Kom mee, zegt ze.

Bird volgt haar tussen de kasten door naar een kantoor waarop staat ALLEEN TOEGANG VOOR PERSONEEL. De bibliothecaresse tilt een sleutel uit de bos aan haar sleutelkoord omhoog en doet de deur open. De kamer achter de deur staat vol met stapels boeken, een bureau bedolven onder de papieren. Archiefkasten, een ventilator. Stof. Maar ze lopen regelrecht langs het bureau naar een roestige stalen deur met de grijsgroene kleur van schimmel. Ze duwt hem open met haar schouder, trekt een prullenbak naar zich toe met haar voet om te zorgen dat hij niet dichtvalt. Aan de deuk in de bak te oordelen is dat al jaren zijn taak.

Er is nog één plek waar we kunnen zoeken, zegt ze en ze wenkt hem mee naar binnen te komen.

Het is een soort laadperron, vanbuiten afgesloten door een stalen rolluik. Ooit stopten hier waarschijnlijk vrachtwagens om hun vrachtje te lossen: boeken, neemt hij aan, van andere bibliotheken. Aan de stapels kratten en dozen aan de kanten van het perron te oordelen is het al een paar jaar niet meer in gebruik; een vrachtwagen zou niet eens meer in de buurt kunnen komen.

Er wordt tegenwoordig minder uitgeleend, zegt de bibliothecaresse. Nog maar een krat per week, of zo. Dus die kan ik net zo goed zelf mee naar voren brengen.

Ze begint ze van de stapel af te tillen en als Bird wil helpen ziet hij dat ze ergens op staan: een enorme houten kast, groter dan het dressoir thuis, gemaakt van talloze kleine laatjes.

Deze gebruiken we al jaren niet meer. Sinds we de catalogus gedigitaliseerd hebben, zegt de bibliothecaresse, terwijl ze de laatste dozen aan de kant zet. Toen hebben we hem hier neergezet om ruimte te besparen. Toen sloeg de Crisis toe. Ze hebben ons nog steeds ons budget niet teruggegeven. De gemeente wil het niet hebben en wij hebben geen geld om het door iemand te laten weghalen.

Ze laat haar vingers over de koperen naamplaatjes van de lades glijden en zet haar vinger om het haakje.

Hier, zegt ze. Eens kijken. Het boek waar ik aan denk is vrij oud.

Tot Birds verbazing zit de la propvol met kleine kaartjes die keurig vol getypt zijn. De bibliothecaresse bladert er geoefend doorheen, zo snel dat hij de woorden nauwelijks kan lezen. *Katten – literatuur. Katten – mythologie.* Elk van deze kaartjes, beseft hij, is een boek. Hij had geen idee dat er zoveel boeken bestonden.

Aha, zegt de bibliothecaresse met een zucht van genoegen. Het is de toon van iemand die een puzzel heeft opgelost, van iemand die het antwoord op een raadsel heeft gevonden en de schat onder de X heeft gevonden. Ze trekt een enkel kaartje uit de la en steekt het naar hem uit.

Katten – folklore – oude verhalen opnieuw verteld. De jongen die katten tekende.

Vanbinnen begint de herkenning te schallen en hij trilt als een stemvork. Een gesmoord geluid stijgt op vanuit zijn keel.

Dat is het, zegt hij. Volgens mij – volgens mij is dat het.

De bibliothecaresse draait het kaartje om en scant de achterkant.

Daar was ik al bang voor, zegt ze.

Jullie hebben er geen exemplaar van? vraagt Bird en ze schudt haar hoofd.

Verwijderd. Drie jaar geleden, staat hier. Er zal wel iemand over geklaagd hebben. Dat het pro-PAA-sentimenten aanwakkert of zo. Sommigen van onze sponsoren hebben... meningen. Over China, of zoals in dit geval alles wat daar vaag op lijkt. En we hebben hun *vrijgevigheid* nodig om dit hier open te houden. Maar het kan ook zijn dat iemand er nerveus van werd en het voor de zekerheid weggedaan heeft. Wij bibliothecarissen in openbare bibliotheken – veel van ons kunnen het risico gewoon niet nemen. Het is maar al te gemakkelijk voor een of andere bezorgde burger om te beweren dat jij onvaderlandslievend gedrag voorstaat. Dat je overmatig sympathiseert met mogelijke vijanden.

Ze slaakt een zucht en laat het kaartje weer op zijn plek glijden.

Er is nog een ander boek waar ik naar op zoek was, zegt Bird voorzichtig. *Onze verloren harten.*

De blik van de bibliothecaresse schiet zijn kant op. Ze bestudeert hem een poos. Probeert hem in te schatten.

Het spijt me, zegt ze kortaf. Dat boek hebben we niet meer. Ik betwijfel of dat nog ergens te vinden is.

Met een klap duwt ze de lange smalle lade weer dicht.

O, zegt Bird. Hij wist best dat het onwaarschijnlijk was en toch, diep vanbinnen, brandde er nog een vlammetje hoop en dat gaat nu met een roeterig plofje uit.

Wat hebben ze ermee gedaan, vraagt hij na een korte stilte. Met al die boeken.

Hij herinnert zich een plaatje bij geschiedenis: hopen met boeken op een marktplein, in lichterlaaie. Alsof ze voelt wat hij denkt werpt de bibliothecaresse hem een zijdelingse blik toe en grinnikt.

O nee, hier verbranden we geen boeken. Dit – dit is Amérika. Toch?

Ze kijkt hem aan met een opgetrokken wenkbrauw. In ernst of ironisch? Hij weet het niet zeker.

Hier verbranden we geen boeken, zegt ze. We maken er pulp van. Een stuk beschaafder, wat jij? We maken er een brij van en recyclen het tot wc-papier. Met die boeken heeft iemand al lang geleden zijn gat afgeveegd.

O, zegt Bird. Dus dat is er gebeurd met zijn moeders boeken. Al die woorden vermalen tot een grauwe pulp, doorgetrokken, het riool in met allemaal smerige poep en pies. Achter zijn oogleden wordt iets warm en vloeibaar.

Hé, zegt de bibliothecaresse. Gaat het?

Bird snuft en knikt. Ja, prima, zegt hij.

Ze stelt verder geen vragen meer, dringt niet aan en vraagt niet waarom hij huilt, maar haalt alleen een tissue uit haar zak en geeft hem die.

Die klote PACT, zegt ze zachtjes en Bird is sprakeloos. Hij kan zich niet herinneren dat hij ooit een volwassene heeft horen vloeken.

Weet je, zegt ze even later. Het zou kunnen dat een andere bibliotheek nog wel ergens een exemplaar van dat kattenboek heeft liggen. Een grote, een universiteitsbibliotheek, bijvoorbeeld. Die komen er soms mee weg als ze dingen bewaren die wij niet kunnen houden. Voor *onderzoeks*doeleinden. Maar zelfs als dat zo is, zou je erom moeten vragen bij de uitleen. Dan moet je je papieren laten zien en een reden opgeven waarom je toegang tot dat boek wilt.

Bird knikt.

Succes, zegt ze. Ik hoop dat je het vindt. En Bird? Als ik je ergens mee kan helpen kom dan gewoon weer terug, dan zal ik mijn best doen.

Daar is hij zo door geraakt dat het pas veel later tot hem doordringt: hoe weet ze hoe hij heet?

Als zijn vader thuiskomt gaat hij het hem vragen, besluit Bird. Dan gaat hij hem vragen om op zijn werk te zoeken naar een exemplaar van het boek. Hij weet zeker dat ergens in de universiteitsbibliotheek een boek met Japanse sprookjes is waar dit verhaal in staat. Ze hebben nog altijd duizenden Aziatische boeken, weet hij, want af en toe zijn er petities om die allemaal te vernietigen – niet alleen die uit China, Japan, Cambodja en andere landen, maar ook de boeken óver die landen. Het nieuws noemt China *onze grootste bedreiging op lange termijn* en politici zijn als de dood dat boeken met Aziatische talen misschien anti-Amerikaanse sentimenten bevatten of zelfs gecodeerde boodschappen. Soms klagen boze ouders als hun kinderen Mandarijn willen leren, of Chinese geschiedenis. *Ik heb hem naar jullie gestuurd zodat hij iets leert, niet zodat hij gehersenspoeld wordt.* Dat haalt elke keer de universiteitskrant en vervolgens het nieuws. Een congreslid en soms een senator houdt een hartstochtelijke toespraak over universiteiten als *kweekvijvers van indoctrinatie.* De rector vaardigt dan weer een verklaring uit als reactie daarop waarin hij de collectie van de bibliotheek verdedigt. Bird heeft het in de krant zien staan terwijl zijn vader de bladzijden omsloeg. *Als we ergens bang voor zijn is het des te belangrijker dat we het grondig bestuderen.*

Hij gaat zijn vader vragen om het alleen even te checken. Gewoon om te zien of dat boek nog bestaat, of hij het mee naar huis wil nemen zodat Bird het kan zien. Voor één dagje maar. Hij hoeft zijn vader niet te vertellen van de brief of van zijn moeder. Het is gewoon een boek waar hij in geïnteresseerd is; het is maar een verhaaltje, gewoon een sprookje over een jongen en een paar katten, wat kan dat nu voor kwaad? Het is trouwens niet eens Chinees. Als zijn vader thuiskomt, zal hij het hem vragen.

Maar zijn vader komt maar niet en komt maar niet en komt maar niet naar huis. Ze hebben geen telefoon; niemand heeft tegenwoordig nog een vaste lijn. De studentenhuizen hebben al die bedrading er jaren geleden al uitgetrokken, dus Bird kan alleen maar wachten. Het wordt zes uur, dan zeven. Ze hebben het eten gemist; in de eetzaal is het personeel nu bezig de schalen uit de stoombaden te tillen, de restjes in de vuilnisbakken te gooien, het roestvrij staal schoon te schrobben. Door het raam ziet Bird de lichten in de zaal uitgaan, een voor een, en een ijle tentakel van angst glibbert door hem heen. Waar is zijn vader? Zou er iets gebeurd zijn? Als het na achten is, denkt hij ineens aan zijn bezoekje aan de bibliotheek, die middag, aan de computer op school met het knipperende *Geen resultaten*. Aan mevrouw Pollard die boven zijn schouder met haar pen klikte. Aan de bibliothecaresse die dat mysterieuze briefje in haar zak stak. Aan de politieagent in het park die met zijn wapenstok tegen zijn handpalm tikte. Aan Sadie en aan haar moeder die vragen stelden, hun neus in duistere hoekjes staken. Er is altijd iemand die je in de gaten houdt, beseft hij. En als iemand hem heeft gezien, krijgt zijn vader daar misschien de schuld van, is zijn vader misschien...

Het is bijna negen uur als hij de deur van het trappenhuis

open en dicht hoort kraken – de lift doet het nog steeds niet, nu al drie dagen niet – dan voetstappen door de gang. Zijn vader. Bird heeft ineens de drang om hem tegemoet te rennen, zoals hij deed toen hij nog klein was. Toen hij zijn armen nauwelijks om zijn vaders knieën kon slaan, toen hij nog dacht dat zijn vader de langste man ter wereld was. Maar zijn vader ziet er zo moe uit, zo bezweet en verslagen van al die traptreden dat Bird aarzelt. Alsof hij zijn vader misschien omver zou kunnen gooien.

Wat een dag, zegt zijn vader. De FBI kwam langs, vlak na de lunch.

Bird krijgt het eerst heel warm, dan koud.

Ze doen onderzoek naar een hoogleraar bij Rechten. Wilden een lijst van alle boeken die ze ooit heeft geleend. En toen ze de titels hadden, wilden ze dat ik die stuk voor stuk van de plank haalde. Ben ik zesenhalf uur mee bezig geweest. Vierhonderdtweeëntwintig boeken.

Birds longen stromen ineens vol met lucht; hij had niet eens door dat hij zijn adem ingehouden had.

Waarom wilden ze die dan, vraagt hij voorzichtig.

Het is een vraag die hij een week geleden niet zou hebben gesteld; een week geleden zou hij dit niet onheilspellend hebben gevonden, laat staan vreemd. Misschien, denkt hij ineens – misschien is dit ook wel helemaal niet zo vreemd.

Zijn vader zet zijn tas op de grond, laat zijn sleutels kletterend op het aanrecht vallen.

Ze is blijkbaar bezig met een boek over de grondwet en de PACT, zegt hij. Ze denken dat ze misschien door de Chinezen wordt gesponsord. Omdat die hier onrust proberen te stoken.

Langzaam trekt hij de strop van zijn das los.

Is dat ook zo? vraagt Bird.

Zijn vader draait zich naar hem om. Zo moe heeft Bird hem nog nooit gezien. Voor het eerst valt hem het grijs op in zijn vaders haar, de rimpels die vanuit zijn ooghoeken zijn geëtst, als sporen van tranen.

Eerlijk gezegd denk ik van niet, zegt zijn vader. Maar zij denken van wel.

Hij kijkt op zijn horloge, trekt dan de kast open waar alleen een halflege pot pindakaas in staat en verder niets. Geen brood.

Laten we iets te eten gaan halen, zegt hij tegen Bird.

Ze lopen snel naar beneden om naar de pizzatent te gaan, een paar straten verderop. Birds vader houdt niet van pizza – te vettig, zegt hij tegen Bird, al die kaas – maar het is al laat en ze hebben honger en deze zaak, open tot negen uur, is het dichtstbij.

De man achter de toonbank neemt hun bestelling op en laat vier punten pizza in de oven glijden om ze op te warmen en Bird en zijn vader leunen tegen de plakkerige muur terwijl ze wachten. Zijn maag rammelt. Koele lucht stroomt naar binnen door de openstaande deur en het handjevol aanplakbiljetten aan het raam van de winkel waait op. Gevonden kat. Gitaarlessen. Appartement te huur. In de hoek, recht boven de sticker van de Keuringsdienst van Waren, een aanplakbiljet met de Amerikaanse vlag: GOD ZEGENE ALLE TROUWE AMERIKANEN. Hetzelfde biljet dat in bijna elke winkel hangt, in elke stad wordt verkocht en waarvan de opbrengsten ten goede komen aan de buurtwachtorganisaties. De paar winkels die er geen hebben hangen worden sceptisch bekeken. *Ben jij dan geen trouwe Amerikaan? Waarom dan zo moeilijk doen over zo'n klein bordje? Wil je de buurtwacht dan niet steunen?* De gigantische stalen oven tikt en stoomt. Achter de toonbank laat de pizzaman een elleboog op de kassa leunen, scrolt door zijn telefoon, grijnst om een grap.

Het is acht minuten voor negen als de oude man binnenkomt. Een Aziatisch gezicht, wit overhemd en zwarte broek, keurig geknipt haar dat zilver aan het worden is. Chinees? Filipijns? Bird weet het niet. De man legt een opgevouwen vijfje op de toonbank.

Een stuk peperoni, zegt hij.

De pizzaman kijkt niet eens op. We zijn dicht, zegt hij.

Je ziet er niet dicht uit. De man kijkt naar Bird en zijn vader, die als een scherm half voor Bird gaat staan. Zij zijn hier ook nog, zegt hij.

We zijn dicht, herhaalt de pizzaman luider. Zijn duim schiet omhoog over zijn telefoon en een eindeloze rivier van foto's en posts schiet voorbij. Birds vader grijpt hem stevig bij zijn schouder. Dezelfde greep als wanneer ze langs een politieagent lopen, of langs een doodgereden dier op straat. Het betekent: draai je om. Niet kijken. Maar deze keer draait Bird zich niet om. Niet uit nieuwsgierigheid, het is een behoefte. Een morbide behoefte om te weten wat er ongezien achter hem heeft rondgeslopen.

Luister, ik wil gewoon een stuk pizza, zegt de oude man. Ik kom net van mijn werk, ik heb honger.

Hij schuift het biljet over de toonbank. Zijn handen zijn leerachtig en taai, de vingers knobbelig van ouderdom. Hij ziet eruit als iemands opa, denkt Bird en dan is daar de gedachte: als hij een grootvader had, dan zou die er misschien uitzien zoals deze man.

De pizzaman legt zijn telefoon neer.

Versta je soms geen Engels? zegt hij kalm, alsof hij een opmerking maakt over het weer. Er zit een Chinees restaurant op Mass Avenue. Ga daar maar rijst en loempia's halen, als je zo'n honger hebt. Wij zijn gesloten.

Hij vouwt zijn handen als een geduldige leraar en staart de oude man recht in de ogen. *Zeg er eens wat van, dan?*

Bird staat als aan de grond genageld. Hij kan alleen maar kijken en kijken: naar de oude man met de opeengeklemde kaken, een been achter zich alsof hij zich schrap zet voor een voorwaartse beweging. Naar de pizzaman, de oliespetters op zijn T-shirt, zijn grote vlezige handen. Naar zijn vader, de rimpels in zijn gezicht die snorhaarachtige schaduwen werpen, zijn ogen strak gericht op de flyers op het raam, alsof er niets gebeurt, alsof dit een doodgewone dag is. Hij wil dat de oude man een bitse opmerking terug maakt, hij wil dat de oude man de pizzaman in zijn grijnzende gezicht stompt, hij wil dat de oude man weggaat voor de pizzaman iets veel ergers zegt – of doet. Voor hij die handen optilt waarmee hij dikke deegballen platslaat en bedwingt. Het moment komt onder spanning te staan als een te strak aangedraaide snaar.

En dan plukt de oude man het geld weer van de toonbank, zonder een woord, en steekt het in zijn zak. Hij draait zich om, weg van de grijns van de pizzaman, en kijkt in plaats daarvan eerst Bird aan met een lange, indringende blik en dan zijn vader. En dan mompelt hij iets tegen Birds vader, iets wat Bird niet kan verstaan.

Hij heeft deze woorden nog nooit gehoord, heeft zelfs deze taal nog nooit gehoord, maar uit de blik op zijn vaders gezicht wordt duidelijk dat hij die wel kent, dat hij de taal niet alleen herkent maar ook verstaat, dat hij heeft verstaan wat deze man heeft gezegd. Op de een of andere manier heeft hij het gevoel dat ze het over hem hebben, vanwege hoe de man eerst naar hem keek en toen naar zijn vader. Die veelbetekenende blik die dwars door Birds huid en vlees snijdt om zijn gebeente te bekijken. Maar zijn vader geeft geen antwoord, beweegt niet eens, kijkt alleen snel weg. Dan beent de oude man de zaak uit, met opgeheven hoofd, en weg is hij.

Een timer piept en de pizzaman draait zich om en doet de oven open. De hete, rokerige lucht doet Birds keel dichtknijpen.

Dat geloof je toch niet, zegt de pizzaman. Ik bedoel, kom op.

Hij laat de lange houten spaan in de loeihete oven glijden, haalt hun pizzastukken eruit en doet die in de doos die al klaarstaat. Heel even staart hij door half dichtgeknepen ogen naar Bird, dan naar zijn vader, alsof hij probeert hun gezichten te plaatsen. Dan duwt hij de pizzadoos over de toonbank.

Fijne avond, zegt Birds vader en hij pakt de doos op en loodst Bird mee naar de deur.

Wat zei hij? vraagt Bird als ze weer op de stoep lopen. Die man. Wat zei hij?

Kom, zegt zijn vader. Kom mee, Noah. We gaan naar huis.

Op de hoek rijdt een politiewagen langs, de lichten uit, bijna onhoorbaar, en ze wachten tot die voorbij is voor ze oversteken. Net als de kerktoren verderop negen uur begint te slaan zijn ze bij hun gebouw.

Pas als ze weer in hun appartement zijn, zegt zijn vader weer iets. Hij zet de pizza op het aanrecht, wurmt zich uit zijn schoenen en blijft dan staan, met een verre blik in zijn ogen.

Kantonees, zegt zijn vader. Hij sprak Kantonees.

Maar jij kon hem verstaan, zegt Bird. Jij spreekt geen Kantonees.

Hij heeft het nog niet gezegd of hij beseft dat hij dat helemaal niet weet.

Nee, klopt, zegt zijn vader fel. En jij ook niet. Noah, je moet heel goed naar me luisteren. Alles wat met China, Korea, Japan, al dat soort dingen te maken heeft – daar blijf je bij uit de buurt. Als je iemand zo'n taal hoort spreken of over die landen hoort praten dan loop je weg. Begrepen?

Hij haalt een punt pizza uit de doos en geeft die aan Bird. Dan pakt hij er zelf ook een en gaat vermoeid op een stoel zitten, zonder zelfs maar een bord te pakken. Dit is de tweede keer in een uur, bedenkt Bird, dat zijn vader al die traptreden opgelopen is.

Eet nou maar, zegt zijn vader vriendelijk. Voor het koud is.

Dan weet hij: zelfs al vraagt hij het, dan zal zijn vader het boek niet opzoeken. Hij zal een andere manier moeten bedenken.

Het is moeilijk om de universiteitsbibliotheek binnen te glippen; dat was altijd al zo. Er staan daar oude boeken, kostbare boeken. Een Gutenbergbijbel en een eerste folio van Shakespeare, heeft Birds vader hem ooit verteld, al heeft Bird maar een vaag idee wat dat inhoudt. Talloze onvervangbare oude documenten. Zelfs – zijn vader maakte een griezelig wriemelgebaar in de lucht – een anatomieboek gebonden in mensenhuid. Hij was pas net overgeplaatst – van docent linguïstiek naar bibliotheekassistent – en Bird, negen jaar oud en kersverse cynicus, had besloten dat dat allemaal een poging was om zijn baan indrukwekkender te laten klinken en had de mededeling genegeerd.

Wat hij wel weet is dat hij een keycard nodig heeft om het enorme en imposante gebouw, een marmeren presse-papier die het ene eind van de binnenplaats op zijn plek houdt, binnen te komen – en zelfs dan mag alleen het personeel dieper het warme labyrint van boekenkasten in waar alle boeken bewaard worden. Maar toen hij jonger was en hij een dag vrij van school had, sjokte hij achter zijn vader aan naar de kamer met karretjes vol boeken die teruggezet moesten worden. Je kunt me wel helpen, had zijn vader geopperd, en dat had Bird ook een paar keer gedaan. Dan duwde hij het karretje door de smalle paden tot ze de goede kast gevonden hadden en haalde de antieke schakelaar in de gang over om het licht aan te knippen. Terwijl zijn vader de planken afzocht en de boeken een voor een in de gaten duwde waar ze vandaan kwamen, liet Bird zijn vingers over de gepreegde ruggen glijden waar de vergulde letters allang uit gewreven waren en snoof de typische geur van de bibliotheek op: een mengeling van stof, leer en gesmolten vanille-ijs. Warm, als de geur van iemands huid.

Het stelde hem gerust en tegelijk werd hij er ongemakkelijk van, die schimmige fluisterstilte, alsof overal een wollen deken overheen was gegooid. Daaronder lag iets groots op de loer. Er kwam nooit een eind aan, die stapels boeken die weer op hun plek gezet moesten worden, dat constante dringende herscheppen van orde en die gedachte was duizelingwekkend: dat vlak achter deze kast nog honderden kasten stonden, duizenden boeken, miljoenen woorden. Soms, nadat zijn vader een boek op zijn plek had teruggezet en de ruggetjes recht duwde, had Bird de neiging om het hele rek met een arm leeg te vegen, om de hele kast als een dominosteen tegen de volgende en de volgende en de volgende te duwen, om die verstikkende stilte teniet te doen. Het beangstigde hem en hij bedacht smoesjes om niet meer mee te hoeven naar de terugbrengkamer. Dat hij moe was, dat hij liever in de personeelskamer bleef met iets lekkers, dat hij liever thuis bleef spelen.

Hij was al jaren niet meer in de bibliotheek geweest; de laatste keer was toen hij tien was.

Als zijn vader die avond zijn tanden staat te poetsen doorzoekt Bird zijn werktas. Zijn vader is een gewoontedier; nadat hij terugkomt naar het appartement bergt hij altijd zijn keycard op in de zak aan de buitenkant van de tas, klaar voor de volgende dag. Bird steekt de kaart in zijn achterzak en ritst de tas weer dicht. Zijn vader kijkt er 's morgens nooit naar: altijd zit de kaart in dat vak als hij op zijn werk aankomt, precies waar hij hem de avond ervoor heeft gestopt. Morgen, voor deze ene keer, zal hij er niet in zitten. Maar de bewaker kent hem, hij ziet hem al jaren elke dag en zal hem binnenlaten, voor deze ene keer. Morgenavond, als Birds vader thuiskomt en een grondige zoektocht doet naar de sleutelkaart, zal hij hem vinden op de vloer onder de tafel, precies waar zijn werktas altijd staat. Dan zal ik hem wel naast de tas hebben gestoken in plaats van erin, zal hij denken, en dat zal dat zijn.

Aanvankelijk werkt het plan perfect. Na school loopt Bird naar de binnenplaats, bestijgt de gigantische berg van traptreden naar de hoofdingang van de bibliotheek. In de lobby neemt hij de ongeduldige en vaag geërgerde blik waarmee de studenten altijd rondlopen aan en swipet zijn vaders keycard snel door de lezer. Het hekje springt op groen en hij loopt erdoorheen zonder te blijven staan en zonder om te kijken. Alsof hij ergens moet zijn, op jacht naar belangwekkende kennis. De bewaker kijkt niet eens op van zijn beeldscherm.

Het volgende probleem: hoe komt hij bij de boekenkasten? Lang geleden, had zijn vader hem verteld, waren die voor iedereen toegankelijk. Tegenwoordig laten ze niet zomaar iedereen meer binnen. Je moet een formulier invullen bij de balie, uitleggen waarom je het boek nodig hebt, je ID laten zien. En als je reden deugt – een verhandeling over het falen dat tot de Crisis heeft geleid, misschien, of nieuwe strategieën voor het opsporen van binnenlandse vijanden – zal iemand zoals zijn vader zich tussen de rijen kasten begeven en het voor je halen. Hij vertelde er niet bij wat er is veranderd, maar Bird snapt het wel: het komt door de PACT, natuurlijk, die had alles veranderd. Die bestempelde bepaalde boeken als gevaarlijk en stelde dat ze alleen buiten bereik van mensen bewaard mochten blijven.

Bird loopt naar de uitleenruimte en kijkt naar de ingang naar de boeken aan het andere eind. Een piepend karretje komt de hoek om en hij herkent de vrouw die hem voortduwt; Debbie, een van de andere bibliotheekassistenten. Lang geleden had ze hem eens een in goud verpakt butterscotchsnoepje gegeven, tijdens een van die keren dat hij met zijn vader mee naar het werk was. Ze ziet er nog precies zo uit als toen – lange, zwierige jurk, kroezend haar in een onwaarschijnlijke wolk om haar hoofd gespeld – en al is hij nu ouder en langer, hij weet zeker dat zij hem ook zal herkennen. Hij schiet snel achter een van de computerhokjes en Debbie met haar karretje piept voorbij en laat een spoor van sigarettenrook na.

Dit doet hem aan iets denken. Debbie is een kettingroker; zodra ze de kamer in kwam, keken de andere medewerkers soms op, snuivend, alsof ze ineens denken aan de mogelijkheid van een brand. Officieel moeten rokers het gebouw verlaten en op minstens twintig meter ervandaan gaan staan voor ze een sigaret opsteken, maar niemand lijkt dat ooit te doen. In plaats daarvan doken Debbie en de andere rokers de zijdeur van de boekenzaal door en dan een zijdeur van het gebouw en hielden die open met een baksteen om vervolgens op een kluitje naast de enorme bibliotheek te staan tot hun stiekeme sigaretjes op waren, om daarna weer naar binnen te duiken. Zijn vader klaagde vaak over de stank die de zaal in dreef en had dat gecombineerd met een preek over hoe slecht roken voor je is. *Zie je nou wat een hellend vlak het is? Als je er eenmaal mee begint, kom je er niet meer vanaf.*

Als Debbie en het karretje weg zijn, loopt Bird naar beneden waar de zijdeur naar de boeken op uitkomt. Ook al hangt er geen bordje, toch weet hij zeker dat hij hier moet zijn. Daar, aan de andere kant, is een nooduitgang, duidelijk aangegeven met DICHTHOUDEN. Vooral veelzeggend is dat vlak daarnaast een oude, verweerde rode baksteen ligt. Hij hoeft alleen nog maar te wachten en te hopen op een mazzeltje. Hij stelt zich op om de hoek waar – als er iemand voorbijkomt – het net lijkt alsof hij het herentoilet dat vlakbij is in of uit komt.

Twintig minuten lang komt er niemand langs en hij snapt wel waarom het personeel deze plek gebruikt voor hun rookpauzes: boven is het een komen en gaan van mensen, maar hier beneden is het praktisch uitgestorven. Dan, net als hij overweegt om het maar op te geven, hoort hij een scharnier piepen, het schrapen van een steen over een stenen vloer, de zachte plof van een zware deur die halt houdt. Een seconde later klikt er een andere deur open en de vage geluiden van buiten stromen naar binnen: een bries, vogelzang, iemand die in de verte, aan de andere kant van de binnenplaats, moet lachen.

Bird gluurt om het hoekje. De deur naar buiten wordt ook opengehouden: er moet daar dus iemand zijn die snel even stiekem staat te roken en precies zoals hij had gehoopt, wordt ook de binnendeur, die naar de boeken, opengehouden met een steen. Hij heeft niet veel tijd. Zo zachtjes mogelijk sluipt hij de gang door en duwt de deur naar de boeken nog wat verder open. Die kraakt zachtjes en hij werpt een blik over zijn schouder om te zien of de roker het gehoord heeft. Geen beweging. Bird haalt diep adem en glipt naar binnen.

Het duurt even voor hij zich kan oriënteren. Alle titels om hem heen zijn in een taal die hij niet kent, in woorden waarvan hij geen idee heeft hoe hij ze moet uitspreken: *Zniewolony Umysl. Pytania Zadawane Sobie.* Hij schiet een van de paden in en gaat naar boven, weg van de deur. Wie daar ook maar buiten staat te roken zal daar dadelijk mee klaar zijn en hij moet niet in de buurt zijn als diegene weer terugkomt. Het is ongelofelijk stil tussen de boeken - een absorberende, waakzame, bijna agressieve stilte, klaar om elk geluid dat je maakt op te zuigen. Er komt een medewerker voorbij met een vel papier in de hand, een boek onder haar arm terwijl ze op de planken zoekt naar weer een ander boek. Bird wacht tot ze zich van hem wegdraait voor hij doorloopt. Daar ergens moet een zoekterminal zijn en hij vindt er uiteindelijk inderdaad eentje, in de hoek. Daar tikt hij *De jongen die katten tekende* in. Heel lang gebeurt er niets en dan verschijnt er ineens een nummer op het scherm. Hij noteert het snel op een papiertje, kijkt op de lijsten die naast de monitor hangen en laat zijn vinger erlangs glijden: niveau D, onderste verdieping. Vier verdiepingen onder de grond. Zuidwestelijke hoek.

Voor hij weggaat kan hij de verleiding niet weerstaan nog een zoekopdracht in te typen.

Onze verloren harten.

Weer een pauze en dan in plaats van een nummer een melding: VERWIJDERD. Bird slikt en zet de monitor terug op het beginscherm. Dan pakt hij snel het papiertje op en loopt naar de trap.

De trap brengt hem naar de verkeerde kant van de bibliotheek, het noordoosten in plaats van het zuidwesten. Maar niveau D is in elk geval uitgestorven. Alleen de grote gangen zijn verlicht en dan ook nog maar heel gedempt; de paden die er kriskras tussendoor lopen zijn pikdonker. Hij heeft nooit zo doorgehad hoe groot de bibliotheek is: een heel huizenblok, tientallen meters bij tientallen meters met kilometers kasten ertussen. Iets wat zijn vader ooit heeft gezegd komt weer bij hem op: de kasten om hem heen zijn niet alleen boekenbewaarders, maar vormen ook het ijzeren skelet van het gebouw zelf en houden het gebouw omhoog. Het gemakkelijkst, besluit hij, is om langs de randen te blijven lopen. Als hij dwars oversteekt, raakt hij geheid de weg kwijt. Voorzichtig loopt hij langs de muur in zuidelijke richting. Het is niet zo simpel als hij had gehoopt. Soms doemt er ineens een stapel oude stoelen of tafels op die zijn pad blokkeert en moet hij een paar paden opzij en dan de weg terug weer zien te vinden. Ergens boven zijn hoofd hoort hij voeten stampen door niveau C. Er springt een verwarming aan en een stoot warme lucht, als een geiser, stroomt door de roosters in de vloer omhoog.

Bird loopt langs de ene na de andere kast en steekt zijn vingers op de plekken waar ooit verwijderde boeken stonden. Hier zijn er minder weg dan in de openbare bibliotheek waar sommige kasten meer gaten dan boeken hadden. Maar toch ontbreekt er eentje op bijna elke plank, soms meer. Hij vraagt zich af wie dat heeft besloten, of boeken te gevaarlijk waren om te behouden, en wie dan naar die verdoemde boeken op zoek moest en ze, als hun beul, naar hun noodlottige einde moest brengen. Hij vraagt zich af of dat soms zijn vader is.

Bij de juiste plank vertraagt hij zijn pas, blijft dan staan en kijkt de nummers op de keurig gespiegelde ruggetjes langs die stukje bij beetje aftellen. En dan: daar staat het. Dun en geel. Het mag eigenlijk geen boek heten, het is nauwelijks dikker dan een tijdschrift. Hij had er bijna overheen gekeken.

Met één vinger trekt hij het van de plank. *De jongen die katten tekende: een Japans volksverhaal.* Dit specifieke boek heeft hij nog nooit gezien, maar zodra hij het omslag ziet weet hij dat dit hetzelfde verhaal is. Een Japans volksverhaal, maar zijn Chinese moeder had het ergens gehoord of gelezen en ze had het onthouden en aan hem verteld. Voorop staat een aquarel van een jongen, een Japanse jongen, met een penseel in zijn hand. Hij schildert een gigantisch grote kat op een muur. De jongen lijkt zelfs een beetje op Bird: donker haar dat slordig over zijn voorhoofd hangt, dezelfde donkere ogen en een beetje een rond neusje. Dan herinnert hij het zich weer, hoe zijn moeder het vertelde, een verhaal dat lang geleden begraven is onder piepschuim en dat hij nu weer opdiept, het licht in trekt. Een jongen die alleen en ver van huis rondzwerft. Een verlaten gebouw, in de duisternis. De ene na de andere kat die aan zijn penseelharen ontspruit. Zijn vingers beven en hebben moeite om de kaft van de bladzijden eronder, zacht als stof, af te trekken. Ja, denkt hij. Het is er bijna, als iets wat langzaam uit de schaduw komt sluipen, wat net vorm begint te krijgen. Zodra hij het leest, weet hij het weer, weet hij wat er gebeurt, in dit verhaal van zijn moeder, nog even en hij zal het allemaal begrijpen.

Het is op dat moment dat iemand een hand op zijn schouder legt en als hij zich met een ruk omdraait, ziet hij zijn vader staan.

Ze hebben mij gestuurd om naar je op zoek te gaan, zegt zijn vader, in plaats van de beveiliging.

Hij had het moeten weten: de bibliotheek heeft natuurlijk bewakingscamera's, dus natuurlijk zien ze het als iemand met zijn vaders kaart naar binnen gaat een paar uur nadat zijn vader – verantwoordelijk en altijd keurig de regels nalevend – had gemeld dat zijn kaart kwijt was.

Pap, begint Bird, ik moest alleen...

Zijn vader draait zich om zonder te antwoorden en Bird volgt zijn rechte, woedende rug tussen alle boekenkasten door, de trap op naar de personeelsruimte met zijn eindeloze rijen karretjes, waar twee beveiligers zitten te wachten. In de tijd die het duurt voordat de beveiligers zich omdraaien, schuift hij het boek achter zijn rug in de tailleband van zijn spijkerbroek, onder zijn T-shirt.

Het is oké, zegt Birds vader voor de beveiligers iets kunnen zeggen. Het was mijn zoon maar, zoals we al dachten. Ik had mijn kaart per ongeluk in zijn schooltas gestopt en hij wilde me zoeken om hem aan me terug te geven.

Bird bestudeert de linoleum vloer met ingehouden adem. Zijn vader heeft hem niet één vraag gesteld over wat hij daar doet en hij vindt dit verhaal onwaarschijnlijk klinken. Waarom zou hij zijn vader zoeken tussen de boeken, hoe had hij gedacht dat hij hem ooit in dat labyrint van kasten zou vinden? De beveiligers aarzelen, balancerend op het randje van geloof. Een van hen leunt wat naar voren en kijkt Bird aan door half toegeknepen ogen. Bird knippert met zijn ogen in een poging tot een onschuldige blik en binnenin zijn gebalde vuisten steken zijn nagels in zijn handpalmen.

Zijn vader begint te grinniken, een luid, onoprecht gehinnik dat door de ruimte galoppeert en dan verdwijnt. Je wilde gewoon je verantwoordelijkheid nemen, hè Noah? Zegt hij. Maar jullie hoeven je geen zorgen te maken. Hij snapt het inmiddels.

Hij slaat Bird op de schouder en de bewakers knikken met tegenzin.

De volgende keer, zegt een van hen tegen Bird, blijf je gewoon bij de balie staan, begrepen, jongen? Dan halen ze je vader daar wel voor je.

Birds benen worden trillerig van opluchting. Hij knikt en slikt en piept *Ja, meneer*, want uit zijn vaders stevige greep op zijn schouder begrijpt hij dat dat is wat hij moet doen.

Als de beveiligers weg zijn, reikt Bird naar zijn onderrug en plukt het boek onder zijn T-shirt vandaan.

Pap, fluistert hij. Zijn stem beeft. Pap, mag ik...

Zijn vader kijkt nauwelijks naar het boek. Hij kijkt niet eens naar Bird.

Leg maar op de kar, zegt hij zachtjes. Dan zet iemand het wel terug. We gaan.

Bird heeft nog maar één keer eerder straf gekregen. Meestal luistert hij naar zijn vaders advies. Geen aandacht trekken. Naar de grond kijken. En: als je iets ziet wat niet deugt, dan loop je de andere kant op, begrepen?

Sadie werd er gestoord van. Sadie, die bij de eerste geur van iets wat niet deugde erop afging als een bloedhond naar zijn prooi.

Bird, had ze gezegd. Je moet niet zo'n watje zijn.

Het waren de posters die haar toen trokken. De posters die toen door de hele stad hingen – ze hangen er nog steeds. Voor de ramen bij supermarkten en op openbare prikborden en soms zelfs voor de ramen van woningen. Posters die iedereen maanden om vaderlandslievend te zijn, om voor elkaar te zorgen, om melding te maken van de geringste tekenen van problemen. Stuk voor stuk ontworpen door een beroemde kunstenaar zodat ze opvielen en een verzamelobject werden. Een rood-wit-blauwe dam over een enorme geelbruine rivier, met een haarscheurtje erin: *Zelfs de kleinste scheurtjes worden breder*. Een blonde vrouw die door haar gordijnen gluurt met een mobieltje aan haar oor: *Voorkomen is beter dan genezen*. Twee huizen, naast elkaar, en een taart die over een wit hek van hand tot hand gaat: *Zorg voor je buren*. Onderaan elke poster vier grote letters: PACT.

Die middag was Sadie blijven staan bij een rij posters die op een bushokje geplakt waren en ze was met haar vinger langs de lijm gegaan. Die bladderde af als kalk.

Die avond waren er twee politieagenten naar hun appartement gekomen.

Ons is verteld, zei een van hen, dat uw zoon deel uitmaakte van een groep die eerder vanmiddag posters over de openbare orde heeft vernield.

Sadie had een viltstift uit haar broekzak gehaald. Had de slogans over waakzaamheid en eenheid doorgekrast.

Een groep, zei zijn vader. Wat voor groep?

We maken ons uiteraard grote zorgen over waarom hij zich hiertoe geroepen voelt, zei de agent. Wat voor soort boodschappen krijgt hij thuis te horen dat hij denkt dat dit soort onvaderlandslievend en ronduit gevaarlijk gedrag betamelijk is?

Het was die Sadie zeker, of niet? zei zijn vader, tegen Bird deze keer en Bird moest slikken.

Meneer Gardner, zei de agent, we hebben in uw dossier gekeken en gezien de historie van uw vrouw...

Zijn vader viel hem in de rede.

Die vrouw maakt niet langer deel uit van dit gezin, zei hij kortaf. We hebben niets met haar te maken. Al sinds ze is vertrokken hebben we niets meer met haar te maken.

Het was alsof zijn vader zijn moeder een klap had gegeven waar Bird bij stond.

En we hebben absoluut geen sympathie voor dat soort radicale standpunten, ging zijn vader verder. Absoluut niet.

Hij keek Bird doordringend aan en die rechtte zijn wervelkolom tot een ijzeren staaf en knikte.

Noah en ik weten allebei dat de PACT ons land beschermt, vervolgde hij. Als u twijfelt aan mijn oprechtheid, kijk dan maar. Ik heb de afgelopen tweeënhalf jaar regelmatig gedoneerd aan veiligheids- en eenheidsorganisaties. En Noah haalt altijd hoge cijfers. In dit huis is er geen sprake van onvaderlandslievende invloeden.

Dat kan wel zo zijn, begon de agent, maar uw zoon heeft wel degelijk een poster van de PACT vernield.

Zijn blik bleef op Birds vader rusten alsof hij op antwoord wachtte en toen zag Bird het: de snelle blik van zijn vader naar de keukenla, waar ze hun chequeboek hadden liggen. De bibliotheek betaalde niet veel salaris, wist hij. Aan het eind van de maand zat zijn vader een dik uur aan tafel over het kasboek gebogen om alles nauwgezet na te rekenen. Hoeveel zou het kosten om van deze twee af te komen, zag hij zijn vader rekenen. Hij wist nu al dat het meer zou zijn dan wat ze hadden.

Het komt door dat kind, zei zijn vader. Dat herplaatste meisje. Sadie Greenstein. Van wat ik zo hoor is dat een lastpak.

De schok knetterde door Bird heen.

Daar hebben we al meer mee te maken gehad, ja, gaf de agent toe.

Daar komt dit vandaan. U weet hoe jongens worden rond deze leeftijd. Meisjes krijgen alles van ze gedaan.

Hij legde een hand op Birds schouder, stevig en zwaar.

Ik zal zorgen dat er een eind aan komt, in dit huishouden is er geen twijfel over waar de loyaliteit ligt, agent.

De agent aarzelde en Birds vader kon het voelen.

We zijn mensen zoals jullie, die onze veiligheid bewaken, heel erg dankbaar, zei hij. Want Joost mag weten waar we zouden zijn zonder jullie.

Dat zou niet best zijn, inderdaad, beaamde de politieagent. Helemaal niet best, dat staat wel vast. Nou ja. Volgens mij zijn we hier wel klaar, meneer. Dit is duidelijk gewoon een misverstand. Maar zorg jij nou maar dat je uit de problemen blijft, ja, jongen?

Toen de politie weg was, zette Birds vader zijn vingers tegen zijn slapen, alsof hij migraine had.

Noah, zei hij na een heel erg lange stilte. Doe dat nooit meer.

Hij deed zijn mond open alsof hij nog iets wilde zeggen, maar alle lucht leek uit hem gelopen, als een tent waarvan de stokken zijn omgevallen. Bird wist niet precies wat *dat* was. Posters verpesten? Tegen de politie praten? Ondeugend zijn? Uiteindelijk deed zijn vader zijn ogen weer open.

Blijf bij die Sadie uit de buurt, zei hij, terwijl hij naar de andere kamer liep. Alsjeblieft.

Dus ging Bird de volgende dag niet bij Sadie liggen en ging hij de volgende dag niet met haar lunchen en een week later toen zij niet meer op school kwam en niet meer terugkwam en niemand leek te weten waar ze naartoe was, had hij nog altijd niet met haar gesproken.

Als ze vandaag de trap van de bibliotheek af lopen, de binnenplaats oversteken, helemaal tot aan de straat, zegt zijn vader geen woord. Bird loopt zwijgend achter hem aan naar huis, ook al is het midden op de middag en zou zijn vader normaal gesproken pas op zijn vroegst over twee uur thuiskomen. Zelfs van achteren kan hij aan de stijve rechthoek die zijn rug is zien dat zijn vader woedend is. Zijn vader loopt alleen zo – stijf, hoekig, alsof zijn gewrichten vastgeroest zijn – als hij te kwaad is om iets te zeggen. Bird blijft achter hem en laat de afstand tussen hen eerst een paar meter, dan een halve straatlengte groter worden. Nog langer, zelfs. Als hij maar traag genoeg loopt komen ze misschien wel nooit thuis, hoeven ze het hier nooit over te hebben, zal hij zijn vader nooit meer onder ogen hoeven te komen.

Tegen de tijd dat ze bij het park zijn, ligt zijn vader bijna een hele straat voorop, zo veel verder dat hij vanuit Bird gezien een vreemde zou kunnen zijn. Gewoon een man in een bruine jas met een koffertje in zijn hand. Een onbekende. Er was nog iets anders in zijn vaders stem, in de bibliotheek, niet alleen woede maar iets bijtends waar Bird niet echt een woord voor heeft tot hij het opeens weet. Het is angst. Diezelfde luid brullende angst die hij die dag met de posters had gehoord, toen hij tegen de agenten sprak. De geur van warme, metalige muskus, het gesis van ingetrokken klauwen.

Birds ogen schieten weer naar de drie hoge bomen die nog maar een paar dagen geleden rood waren geweest, naar de rafelige littekens overlangs. Zo'n wond, had zijn vader hem ooit verteld, zal nooit helemaal genezen. De schors zal er weer overheen groeien, maar het blijft daar zitten, onderhuids en als ze de boom omzagen dan kan je het zien: een donker merkteken dat de ringen in het hout doorklieft.

Hij is zo in deze gedachten verzonken dat hij pardoes tegen iemand op botst die de andere kant op loopt. Een groot iemand die haast heeft en die boos is.

Kijk verdomme uit je doppen, spleetoog, hoort hij, en een grote hand grijpt zijn schouder vast en duwt hem omver.

Het gebeurt zo snel dat hij het pas later bij elkaar kan puzzelen. Het wordt pas duidelijk in de nasleep, als hij daar ligt in het natte gras, met aangekoekte koude modder op zijn handpalmen en knieën. Daar is de man die hem duwde, die wegrent, met één hand zijn bloedneus dichtknijpend. Daar, op de stoep, ligt één dikke rode druppel, als een verfspetter op het beton. Daar, over hem heen gebogen, staat zijn vader die van grote hoogte naar hem lijkt te kijken.

Gaat het? vraagt zijn vader en Bird knikt en zijn vader steekt een hand omlaag, de knokkels rood en rauw. Zijn vader, realiseert hij zich, is ook een grote man, al lijkt hij dat niet: zachte stem, beschroomd ineengedoken, lijkt hij kleiner dan hij is, maar tijdens zijn studie deed hij aan atletiek en hij is breed en lang en stevig. Snel genoeg om terug te rennen toen zijn zoon in gevaar was. Sterk genoeg om uit te halen naar iemand die zijn kind bedreigde.

Kom, we gaan naar huis, zegt zijn vader terwijl hij hem overeind helpt.

Geen van beiden zegt iets tot ze weer in hun gebouw zijn.

Pap, zegt Bird, als ze de hal in lopen.

Niet nu, zegt zijn vader alleen en hij loopt naar het trappenhuis. Laten we eerst naar boven gaan.

Als ze op hun eigen verdieping aangekomen zijn doet zijn vader de deur achter hen dicht en op de grendel.

Je moet voorzichtig zijn, zegt hij terwijl hij Bird bij de schouders pakt en Bird wordt opstandig.

Ik deed helemaal niks. Die man duwde me...

Maar zijn vader schudt zijn hoofd. Die man, zegt hij, hij is niet de enige die zo is. Ze zien je gezicht en meer provocatie hebben ze niet nodig. En die stunt in de bibliotheek...

Zijn vader zwijgt.

Anders houd je je altijd aan de regels.

Het was maar een boek.

Ik ben verantwoordelijk als jij iets doet wat niet mag, Noah. Heb je enig idee hoe vreselijk dit had kunnen uitpakken?

Het spijt me, zegt Bird, maar zijn vader lijkt niet te luisteren. Hij heeft zich schrap gezet voor een schreeuwpartij, voor een woeste vader, maar diens stem sist alleen witheet en op de een of andere manier vindt Bird dat nog angstaanjagender.

Ze hadden me kunnen ontslaan, zegt hij. Niet iedereen mag zomaar de bibliotheek in, hoor. Je moet onderzoeker zijn. Ze moeten voorzichtig zijn met wie ze binnenlaten. De universiteit krijgt veel clementie vanwege haar reputatie, maar ze is niet immuun. Als iemand iets doet wat niet mag en dat kan worden herleid op een boek dat ze daar bewaren...

Hij schudt zijn hoofd.

En als ik mijn baan kwijtraak, moeten we ook uit dit appartement. Dat weet je toch wel, hè?

Bird wist het niet en hij krijgt het ineens ijskoud.

Erger nog. Als ze doorkrijgen dat jíj het daarvandaan hebt gehaald en als ze dan besluiten om ons – jou – eens nader te gaan onderzoeken...

Zijn vader heeft hem nog nooit geslagen, nog geen tik op zijn billen – maar hij staart Bird aan met zoveel agressie in zijn blik dat Bird ineenkrimpt, zich voorbereidt op de klap. Dan trekt zijn vader Bird ineens in zijn armen, zo stevig dat zijn adem uit hem vliegt. Houdt hem dan tegen zich aangedrukt in een bevende omhelzing.

En plotseling schiet er een deurtje open in Birds hoofd.

Waarom zijn vader altijd zo voorzichtig is, waarom hij altijd zo zeurt dat Bird zus of zo moet lopen, niet alleen eropuit mag. Waarom zijn vader zo snel weer bij hem was. Het is niet alleen gevaarlijk om onderzoek te doen naar China, of op zoek te gaan naar Japanse volksverhalen. Het is gevaarlijk om eruit te zien zoals hij, altijd al. Het is gevaarlijk om het kind van zijn moeder te zijn, in meerdere opzichten. Zijn vader heeft dat altijd al geweten, was altijd al voorbereid op zoiets als dit, stond altijd al op scherp voor wat er onvermijdelijk met zijn zoon zou gebeuren. Waar hij bang voor is: dat iemand op een dag Bird aankijkt en een vijand in zijn gezicht zal zien. Dat iemand hem zal zien als zijn moeders zoon, in bloed of in daad, en hem dan zal weghalen.

Hij slaat zijn armen om zijn vader heen en die van zijn vader houden hem nog steviger vast.

Die man in de pizzazaak, zegt Bird langzaam. Wat zei die?

Hij is een van ons. Zijn vaders stem wordt half gesmoord door Birds haar en zoemt door Birds schedel. En hij heeft gelijk. Wat hij wilde zeggen was dat dit soort dingen jou ook kunnen gebeuren.

Zijn vaders greep verslapt en hij houdt Bird een stukje van zich af.

Noah, zegt hij. Dat is waarom ik steeds tegen je zeg dat je je gedeisd moet houden. Dat je niks moet doen om de aandacht te trekken.

Oké, zegt Bird.

Zijn vader loopt naar het aanrecht en begint koud water over zijn blauwe knokkels te laten stromen. En omdat het voelt alsof de deur tussen hen nog op een kier staat legt Bird zijn hand ertegen. En duwt.

Hield mijn moeder van katten? vraagt hij.

Zijn vader stopt. Wat zeg je nou? vraagt hij, alsof Bird in een andere taal heeft gesproken, een van de weinige die hij niet kent.

Katten, herhaalt Bird. Of ze daarvan hield.

Zijn vader draait de kraan dicht. Hoe kom je daar ineens bij? vraagt hij.

Ik vroeg het me gewoon af, zegt Bird. En?

Zijn vader kijkt snel de kamer rond, wat hij altijd doet als Birds moeder ter sprake komt. Buiten is alles stil. Er komt alleen af en toe een sirene voorbij.

Katten, zegt hij, terwijl hij omlaagkijkt naar zijn rauwe, rood geworden hand. Ja. Ze was dol op katten.

Hij kijkt Bird onderzoekend aan, zijn blik nadrukkelijker dan Bird al heel lang heeft gezien. Alsof hij iets ongebruikelijks in Birds gezicht heeft gezien, alsof er een huls vanaf getrokken is.

Miu, zegt zijn vader langzaam. Haar achternaam.

Hij schrijft het karakter in het stof op de boekenkast: een doorkruist vierkant dat een veld voorstelt, twee kleine kruisjes die uit de bovenkant ontspruiten.

苗

Het betekent zaailing, soms ook wel oogsten. Iets wat zomaar gaat groeien. Maar het klinkt als het miauwen van een kat, vind je niet? *Miu.*

En, zegt hij, en zijn stem klinkt warmer zoals altijd als hij ergens enthousiast over is, als hij het heeft over dingen waar hij van houdt, zoals woorden. Het is al heel lang geleden dat dat gebeurde. En, gaat zijn vader verder, als je dit ervoor zet, wat beest betekent...

Hij tekent nog een paar vegen, een versimpelde suggestie van een zittend dier:

貓

... dit hele ding samen betekent kat. Het beest dat het geluid *miu* maakt. Maar je kunt het natuurlijk ook zien als het beest dat de oogst beschermt.

Zijn vader is in zijn element. Zo heeft Bird hem in geen jaren meer meegemaakt. Hij was al bijna vergeten dat zijn vader zo kon zijn, dat zijn vader dit in zich had. Dat zijn ogen en zijn gezicht zo konden oplichten.

Het verhaal gaat, zegt zijn vader, dat er ooit geen katten waren in China. Geen huiskatten, in elk geval. Alleen wilde katten. Van oudsher werd kat zó geschreven – hij schetst nog een karakter...

貍

... wat eigenlijk verwijst naar een wild schepsel, zoals een vos. Toen leerden ze van Perzische handelaren hoe ze hun wilde katten konden temmen en toen voegden ze dit toe...

Hij begint een derde karakter te tekenen, bestaande uit twee helften. Eerst het karakter voor vrouw. Dan daarnaast, zo dicht bij elkaar dat ze bijna overlappen, het symbool voor hand.

奴

Slaaf, zegt zijn vader. Wilde kat plus slaaf, huiskat. Zie je?

Samen kijken ze naar de in het stof geschreven karakters.

Miu. Zijn moeder. Beest plus zaailing betekende kat. Wat voor beest zou ze zijn geweest? Een kat, zeker weten. Vrouw plus hand betekende slaaf. Was zijn moeder ooit getemd, was ze ooit een huiskat geweest?

Zijn vader veegt de boekenplank met één streek van zijn handpalm schoon.

Maar goed, zegt hij. Vroeger hadden we het altijd over dit soort dingen, je moeder en ik. Lang geleden.

Hij wrijft met zijn hand over de bovenkant van zijn broek en laat een vage grijze streep achter.

Ze vond het een leuk idee, zegt hij na een korte stilte. Dat een paar kleine streepjes haar scheidden van een beest.

Ik wist niet dat jij Chinees kende, zegt Bird.

Doe ik ook niet, zegt zijn vader afwezig. Niet echt. Maar ik versta wel een beetje Kantonees. Ik heb het een poosje gestudeerd. Met je moeder. Lang geleden.

Hij draait zich om en wil weglopen maar dan komt hij even plotseling terug.

Dat boek.

En dan, na een lange stilte: Je moeder vertelde jou toch altijd dat verhaal, of niet?

Bird knikt.

Ik weet het nog, zegt zijn vader.

En terwijl hij begint te praten, komt het weer boven bij Bird, allemaal: niet de woorden op de bladzijden van het boek, niet de paar kale zinnen die zijn vader nu gebruikt om het hem te vertellen, maar de manier waarop hij het hoorde, in zijn moeders stem. Een beeld schilderend met woorden op de witte muur van zijn gedachten. Al lang geleden begraven. Spetterend nu het weer opgegraven wordt.

Er was eens een jongetje dat heel graag katten tekende. Het was een arm jongetje en hij werkte bijna de hele dag in het veld waar hij samen met zijn ouders en de andere dorpelingen rijst plantte in de lente en oogstte in de herfst. Maar elk vrij moment zat hij te tekenen. En wat hij het allerliefst tekende, wat hij het allervaakst tekende waren katten. Grote katten, kleine katten, gestreepte, gevlekte en lapjeskatten. Katten met puntige oren en smalle ogen, katten met zwarte pootjes en zwarte snuitjes, katten met witte befjes, als arenden. Langharige katten, kortharige katten, katten die springen, katten die sluipen, katten die slapen of hun vacht schoonlikken. Op de vlakke rotsen bij de rivier schetste hij ze met een verkoold stokje. Hij trok ze in het zand van de strandjes van het meer in de buurt waar de vissers hun netten binnenhaalden. Op droge dagen kraste hij ze in het stof op het pad bij zijn huis en als het had geregend tekende hij ze in de dikke modder waar eerst de plassen glinsterden.

De andere dorpelingen vonden dit tijdverspilling. Wat heeft het nu voor zin om katten te tekenen, zeiden ze honend. Het brengt geen eten op tafel en het haalt de oogst niet binnen. De rijkste man in de stad had prachtige rollen aan de muren van zijn huis: schilderijen van bergtoppen die in de mist verdwenen en elegante tuinen, dingen van ver weg die niemand in het dorp ooit had gezien. Maar je kon gewoon naar buiten stappen om een kat te zien, die zaten overal. Ze hadden nog nooit gehoord dat een kunstenaar ervoor koos katten te tekenen. Wat had het voor nut?

De ouders van de jongen waren het daar alleen niet mee eens. Al moesten ze vele uren op het veld werken – en de jongen moest vaak helpen – ze waren trots op zijn talent. Als het werk van de dag gedaan was, verzamelde de vader stukjes bamboe zo lang als zijn hand en gaf die aan zijn zoon als penselen. De moeder sneed de uiteindes van haar eigen haar en bond die aan de stokjes. Het jongetje verzamelde stenen – elke kleur die hij kon vinden, van donkerrood tot zuiver zwart – en maalde die tot stof om zijn verf mee te maken. En elke avond schilderde hij katten – op platte stukjes bast, op snippers papier en op oude vodden – tot het bedtijd was.

Toen kwam er een jaar waarin er een ziekte rondging door het dorp en de ouders van het jongetje overleden. In het dorp wilde niemand hem in huis nemen: hij had een reputatie. Een jongetje dat tijd verknoeide, een jongetje dat nutteloze dingen deed. En trouwens, de dorpelingen hadden nauwelijks tijd. Ze waren zelf ook ziek geweest; er was weinig te eten, niets extra's voor een jongetje dat niet bij hen hoorde. Elke familie nam een handvol rijst uit hun voorraad, bond dat bij elkaar in een doek en gaf dat aan de jongen. Succes, zeiden ze. Moge het geluk je ten deel vallen. Hij bedankte ze en gooide de buidel over zijn schouder, stak de penselen in zijn zak en vertrok.

Het was winter en bitter koud. De jongen zwierf uren door het donker tot hij bij een klein dorp aankwam, waar elke deur op slot zat. Hij kon het vuur door de ramen zien gloeien maar niemand deed open als hij aanklopte. Er begon ineens een straffe wind te waaien; sneeuw blies om hem heen als geesten die hem in het gezicht sloegen. Bij het laatste huis gluurde een oude vrouw naar buiten. Het spijt me, zei ze. Mijn man vermoordt me als ik je binnenlaat. We durven geen vreemden in huis te nemen. Dit hele dorp is als de dood. Als de dood? vroeg het jongetje. Waarvoor dan? Maar de vrouw schudde alleen haar hoofd.

Wanhopig keek het jongetje om zich heen door de uitgestorven straat. Aan het eind ervan, vlak na de allerlaatste huizen, zag hij een klein gebouw dat hem nog niet eerder was opgevallen. En dat verlaten huis daar dan? vroeg hij. Daar kan ik toch wel overnachten?

De oude vrouw greep zijn handen. Dat huis is gevaarlijk, zei ze. Vervloekt. Ze zeggen dat daar een monster woont. Niemand die er naar binnen gaat komt ooit nog naar buiten.

Ik ben niet bang, zei het jongetje, en trouwens, of ik nou word opgegeten door een monster of hier op straat doodvries, dat maakt ook niet uit.

De oude vrouw boog haar hoofd en gaf hem een toorts die ze had aangestoken met het vuur onder haar kookpot. Neem deze maar mee, zei ze. En hou je bij het kleine. Toen zegende ze hem en veegde een traan van haar wang. Opdat je het daglicht weer zult zien, zei ze. En als dat gebeurt, dan hoop ik dat je ons wilt vergeven.

Het jongetje liep naar het verlaten huis. De sneeuw bleef inmiddels liggen op de grond en de kale takken, en toen hij bij het huis aankwam, vormde zich al een hoopje sneeuw bij de deur. Maar die deur zat niet op slot en hij ging naar binnen. Hij maakte een vuur in de haard en keek om zich heen. Er was maar één kamer, met maar één meubelstuk erin: een kleine kast, zo eentje waar zijn moeder ooit hun dekens in bewaarde. Er lagen geen tapijten op de vloer en er hingen geen tekeningen aan de wanden: er waren alleen witte muren en de vloer was niet meer dan een stuk schoongeveegde grond.

Nou ja, dacht hij, dit huis mag dan vervloekt zijn, het is hier tenminste droog en warm. Hij wilde net zijn deken uitrollen op de grond om te gaan slapen toen de witte muren zijn aandacht trokken. Ze zagen er zo kaal, zo leeg uit. Als een gezicht zonder ogen en mond. Hij stak zijn hand in zijn zak en trok er zijn penselen uit, en voor hij er erg in had, had hij al een kat op een van de muren geschilderd. Een kleintje maar, een klein gestreept grijs met wit beestje. Een kitten nog maar. Zo, dacht hij, dat is beter, en hij wilde weer gaan liggen.

Maar de kat zag er zo eenzaam uit, helemaal in zijn eentje op die muur – en er was nog zoveel muur. Hij schilderde een vriendje voor de kat, een grotere kat, cypers, die naast de kitten zijn pootje zat te likken. Hij ging er ineens helemaal in op. Hij schilderde nog een kat, een grote rode kater die bij de haard lag te slapen. Een zwarte kat klaar voor de aanval, een witte kat die je aankeek met grote blauwe ogen, een schildpadpoes die door de balken kroop. Hij schilderde katten tot alle muren vol waren, een hele coterie van poezen om hem gezelschap te houden en pas toen er geen ruimte meer was – en er alleen nog wat sputterende sintels in het vuur lagen – legde hij zijn penselen weg.

Het jongetje was moe – dat was niet zo gek, aangezien hij uit het niets honderden katten tevoorschijn had getoverd. Hij rolde zijn deken uit maar ondanks al die katten was hij eenzaam. Hij miste zijn ouders en hij zou zo graag weer gewoon in zijn eigen huis willen zijn, met zijn vader en moeder naast hem in bed. Hij dacht aan zijn penselen, gemaakt van zijn vaders bamboe en zijn moeders haar. Hij dacht aan hun kleine gebaren die hij het meest miste: zoals zijn moeder haar hand door zijn haar haalde om het uit zijn gezicht te vegen; zoals zijn vader altijd neuriede als hij op het veld aan het werk was, zo zachtjes dat het klonk als bijengezoem. Hij voelde zich klein en ineens dacht hij aan wat de oude vrouw had gezegd: hou je bij het kleine. Hij pakte zijn deken op, deed de kast open en maakte daar een bedje. Het leek eigenlijk best een beetje op zijn bedje thuis en hij kroop erin, met al zijn bezittingen, en trok de deur stevig achter zich dicht.

Midden in de nacht werd hij wakker van een vreselijk geluid. Het was een onaards gekrijs: als het kreunen van oude bomen die versplinteren als ze omvallen, als het geloei van honderd winterwinden, als het brullen van de aarde als die zichzelf openrijt. Alles in hem schrok, tot en met zijn wimpers aan toe. Hij bracht zijn oog naar een piepkleine spleet in de kastdeur, maar het enige wat hij zag was een gruwelijk rood licht, alsof de hele kamer onder het bloed zat. Hij kneep zijn ogen dicht, hield zijn adem in en trok de deken over zijn hoofd. Ik moet nu absoluut geen geluid maken, dacht hij.

Na een lange tijd – hoe lang wist hij niet – werd het weer rustig. Toch bleef hij stilletjes wachten. Er ging een uur voorbij. Twee uur. Hij bracht zijn oog weer naar de spleet en deze keer was er geen rood: alleen een vage streep zonlicht. Met trillende handen duwde hij de kastdeur open. De katten waren er nog, op de muren, precies zoals hij ze had geschilderd. Maar ze hadden allemaal een rood bekje. En de vloer was bedekt met honderden afdrukken van poezenvoetjes en de veegsporen van een gevecht. De muren zaten onder de bloed- en schuimspetters. En daar, in de hoek – een gigantisch harig dood ding. Doodstil, half aan flarden gereten. Een rat zo groot als een os.

Dus wat betekent dat, denkt Bird als hij die avond in zijn bed ligt. Het is al ver na middernacht en zijn vader snurkt een keer in het bed onder hem en blijft dan stil. Buiten is de stad stil en klinkt alleen af en toe een jammerende sirene door het donker. *We beloven dat we over elkaar zullen waken.*

Bird sluipt naar de woonkamer, duwt de rand van de gordijnen opzij, glipt erdoor en kijkt naar buiten. Het enige wat hij ziet zijn de logge vormen van de gebouwen, de verre vlekjes lantaarnlicht. De vlakke donkere streep van de straat. Net weer zwart gemaakt bloeit ergens daaronder een geschilderd hart. Zo riskant, denkt hij, en wat had het voor zin? Als een paar uur later elk spoor ervan weer verdwenen was.

Maar de waarheid is: het ís niet weg. Hij kan niet naar dat naakte stuk grond kijken zonder eraan te denken. De felgekleurde vlek flitst door zijn gedachten, scherp als het gegrom van een wilde kat.

Zouden ze dan niet bang zijn geweest?

Hij probeert zich voor te stellen hoe het moet hebben gevoeld om die schilder te zijn. Sluipend over straat. Adem heet als die van een draak onder een masker. Hartslag een oorverdovend gedender. Met trillende handen het sjabloon op het wegdek gooien, een sissende wolk van rode verf erop spuiten. En dan rennen, longen brandend van angst en verfdampen, snel een afdakje zoeken om onder te schuilen. Rode verf als vegen bloed op zijn handen.

En dan overvalt het hem ineens. Het stroomt over hem heen alsof iemand ergens een stop uit een bad heeft getrokken.

Een spelletje dat ze speelden, zijn moeder en hij, toen hij nog heel klein was. Voor school, voor hij naast haar nog een andere wereld had. Zijn lievelingsspelletje, eentje waar hij haar om smeekte. Hun speciale spelletje dat ze alleen speelden als zijn vader naar zijn werk was en dat hun geheimpje was.

Jij bent het monster, mama. Ik verstop me en dan ben jij het monster.

Ze hing dan vellen papier aan de muren en Bird tekende de ene na de andere kat: met krijtjes, half opgedroogde arceerstiften, stompjes potlood. Simpele katten, krabbels met oren, maar toch. Katten. Katten door zijn hele kamer. En dan, als hij uitgetekend was, kwam het tweede deel van het spelletje. In zijn kast was een kruipruimte die zijn ouders hadden ontdekt toen ze het huis verbouwden. Die zat onder de dakspanten en was te klein voor iets praktisch, maar zijn moeder had hem toch intact gelaten. Voor hem. Een perfect hol voor een jongetje. Ze had er een schuifdeurtje voor gezet, en er een kussen, een deken en een zaklamp in gelegd. Een drakengrot. Een boevenhol. En soms de kast waarin het jongetje zich verstopte.

Dan kroop hij erin en schoof de deur dicht en begon vervolgens luid te gapen, ging liggen en maakte snurkgeluiden. Buiten klonk dan een grom waardoor hij kippenvel kreeg over zijn hele arm. Een hoop vals gemiauw. Binnen trok Bird dan zijn deken over zijn hoofd en lag heerlijk te huiveren. Na een paar minuten werd het stil en kroop hij uit het warme holletje eerst de kast in en vervolgens in het licht van de kamer en daar, op het vloerkleed: zijn moeder, op haar rug, armen krom voor haar borst geslagen. Doodstil. De snuiten van alle katten die hij had getekend waren besmeurd met rood.

Dan rende hij op haar af en stortte zich boven op haar en zij ving hem op in haar armen, warm en sterk, en kietelde hem lachend. Altijd een moment van intense angst als hij haar daar zag en een warme stroom van opluchting als ze weer tot leven kwam. Ze speelden dit spel steeds maar weer en zijn moeder deed altijd weer mee. Zo lang geleden dat hij het was vergeten. Hij ging naar de kleuterschool, er kwamen nieuwe vrienden, nieuwe spelletjes en die hadden hun spel uitgewist. En toen, nadat ze was vertrokken, had hij die herinnering ingepakt met al het andere en had hem achtergelaten in het huis waar ze ooit woonden. Waar hij haar misschien – heel misschien, al durft hij de woorden nauwelijks te denken – weer terug zal vinden.

Iets wat hij nog nooit aan iemand heeft verteld, zelfs niet aan Sadie: hij is daar in de loop der jaren nog vaak geweest. Het is maar een paar straten bij zijn nieuwe school vandaan en ook al moet hij eigenlijk meteen uit school naar huis, neemt hij soms een omweg om langs het oude huis te gaan. Gewoon om het even te zien. Het is de enige reden waarom hij ooit van de vaste route afwijkt. Er werd aan de weg gewerkt, zal hij tegen zijn vader zeggen, denkt hij, de hoofdstraat was afgesloten, ik moest omlopen. Of: de politie leidde de mensen om – kweenie waarom. Zijn vader zou daar nooit iets van zeggen; hij herinnerde Bird er altijd aan dat Bird geen problemen mocht maken, bij de politie uit de buurt moest blijven.

Maar zijn vader vroeg er niet eens naar. Hij weet zo zeker dat Bird zich altijd aan de regels zal houden, is zo vol vertrouwen in Birds absolute gehoorzaamheid, en op die dagen – als hij op de stoep staat en omhoogkijkt naar het huis waar ze niet meer in wonen, naar de ramen met rolluiken ervoor als gesloten ogen – dan wordt Bird er boos om, om het idee dat er toch niets is buiten dat voorgeschreven pad wat hij zou willen of missen of wat hij nodig heeft.

In de afgelopen drie jaar is hier niemand komen wonen. Zijn vader heeft het nog niet verkocht – dat kan niet zonder zijn moeders handtekening – en blijkbaar wil niemand het huren zodra ze horen wie hier eerst woonde. Telkens als Bird er langsgaat is het nog precies zoals het was, ramen met luiken ervoor, een hoge poort achter het huis die altijd stevig op slot zit. Geen van de huizen in deze buurt hebben voortuinen; de huizen staan direct aan de straat, als opdringerige buren die zich met de ellebogen naar binnen willen werken. Tussen de stoep en de straat ligt een schraal stukje gras, als een sleets lint, en dat is het enige wat van bezoekje tot bezoekje verandert: eerst overgroeid en sprieterig, dan kniehoog en vol zaden, dan begraven onder een strook niet geruimde sneeuw. Een keer was hij er in de lente langsgegaan en toen stond het vol met narcissen: hij was al vergeten dat zijn moeder die had geplant en hun vrolijke geel – haar lievelingskleur – deed hem zoveel pijn dat hij een hele maand wegbleef, tot de bloemen verschrompeld waren en er niets meer van over was behalve platliggende stengels en verwelkt blad.

Wat hij daaruit kan opmaken: dat het huis nog steeds leegstaat. De perfecte schuilplaats.

De volgende dag na school gaat hij niet naar huis, maar volgt in plaats daarvan de weg langs de bocht in de rivier, terug naar hun oude huis. Onder het lopen komen er met elke stap herinneringen boven; kleine lichte stenen die een pad door het woud bijlichten. Daar staat de grote grijsbruine esdoorn, als een enorme olifantspoot, die ze zelfs met zijn allen niet konden omarmen. Daar staat het scheve witte huis, twee eeuwen oud, met al zijn hoekjes en aanbouwtjes: het hutspothuis, noemde hij het. Zijn moeder had het het Huis met de Zevenendertig Gevels genoemd. Daar is de abdij achter zijn hoge zandstenen muur, ondoordringbaar en onverstoorbaar als altijd. Er wonen monniken, had ze hem verteld en toen hij had gevraagd *wat is een monnik* had ze geantwoord: dat is iemand die aan de wereld wil ontsnappen. Alle herkenningspunten van zijn jeugd komen terug, wijzen geduldig de weg. Heel even blijft hij staan voor een grote holle boomstronk, gedesoriënteerd, tot het tot hem doordringt: de grote esdoorn uit zijn herinnering is omgezaagd. In de herfst regenden er rode bladeren uit over de stoep, de kleinste zo groot als zijn gezicht. Zijn moeder had er eentje opgepakt, er twee ogen in geprikt en dat had ze hem als masker opgezet. Voor zichzelf ook eentje. Een paar woudgeesten die door de stad waarden. De boom moet al die tijd al zijn vergaan vanbinnen, rottend en brokkelend als een spons. Het is zo tragisch dat het hem bijna verplettert, tot hij in de holte gluurt en ziet dat er kleine groene takjes uit het koppige hout spruiten.

In hun oude straat heeft elk huis een andere saaie kleur: beige, vaal crème, het verwassen grijs van mottig wasgoed: alsof alle kleur er sinds zijn jeugd uit weggelekt is. Met hun afhangende schouders, licht afhellend naar één kant, lijken ze op oude dametjes met sleetse en loshangende kleren. Achter de hekken staan volle vuilnisbakken – maar het is stil. En daar is het weer: hun huis, zoals het altijd is geweest. Grijsgroen, als de onderkant van een blad. Een houten trappetje naar het portiek, genadig ingezakt, de randen rond van ouderdom. De voordeur, ooit kersrood, was vervaagd tot het zachte bruin van oude baksteen.

Als zijn vader het huis nooit heeft verkocht, redeneert Bird, dan is het nog steeds hun huis. Dus dat wil zeggen dat het geen verboden terrein is. Technisch gezien schendt hij de regels niet. Toch werpt hij een blik over zijn schouder, speurt de straat af terwijl hij voorzichtig door het onkruid naar de poort en de achtertuin loopt. De ramen van de andere huizen branden boos in zijn rug.

Nadat zijn moeder was vertrokken, gingen sommige buren hen uit de weg. Daarvoor hadden ze gezwaaid, hallo gezegd, misschien tegen Bird gezegd hoe groot hij al werd of iets gezegd over het weer. Daarna: zuinige monden, een nauwelijks zichtbaar knikje. Ze schoten snel naar binnen, alsof ze iets vergeten waren, iets op het vuur hadden laten staan. Een keer waren Bird en zijn vader op Harvard Square Sarah tegengekomen die twee huizen verderop woonde, die hun weleens rabarbermuffins kwam brengen en Margarets snoeischaar kwam lenen. Ze stak de straat over toen ze dichterbij kwamen, nonchalant maar snel, alsof er een bus aan kwam die ze moest halen. De volgende keer dat ze haar zagen, in hun eigen straat, was ze de kliko's weer terug aan het slepen nadat de vuilniswagen was geweest en toen keek ze hen niet aan.

Erger nog dan de buren die hen negeerden: degenen die hen begonnen te controleren. Ik kom alleen even langs om te zien of jullie iets nodig hebben, zei eentje dan. Ik wil alleen even vragen hoe het met jullie gaat. Of jullie een beetje overeind blijven. Hoezo zouden ze dan niet overeind blijven, vroeg Bird zich af, maar later snapte hij het wel. Die eerste dagen, die ochtenden waarin hij leerde om zijn cornflakes droog te eten omdat de melk in de ijskast altijd geschift leek, toen voelde het alsof ze marionetten waren en de touwtjes die hen *overeind moesten houden* er slap bij hingen. Zijn moeder had voor al die dingen gezorgd, maar zij was weg en ze zouden moeten leren om alleen te overleven: wat bijna onmogelijk was, die eerste weken.

Toen het rookalarm afging kwam de brandweer en moest zijn vader uitleggen: nee, er was niets aan de hand, hij had gewoon de pannenkoeken te lang in de pan laten zitten. Ja, hij wist dat je nooit bij het fornuis weg moest lopen. Bird had hem geroepen, vanuit de andere kamer. Nee, Bird was volkomen veilig, alles was onder controle. Een andere middag was Bird op de hoek van zijn fiets gevallen en had allebei zijn knieën geschaafd. Hij was terug naar huis gehold, gillend, het bloed over beide schenen druipend. Hij had op het toiletdeksel zitten sniffen terwijl zijn vader zijn benen bette met nat wc-papier – niks aan de hand, Bird, zie je wel? Het zijn maar wat schrammen, het is niet zo erg als het lijkt – toen de politie arriveerde. Een van de buren had ze gebeld. Het kleine jongetje, huilend en alleen. Het fietsje verlaten, het voorwiel ronddraaiend. *We komen alleen even controleren of er wel toezicht is. Omdat zijn moeder weg is, snapt u wel. We wilden alleen even zeker weten dat er iemand op hem paste.*

Het leek wel alsof er altijd iemand was die hen in de gaten hield: als Bird zonder muts naar buiten ging en stond te rillen bij de bushalte; als Bird zijn lunch was vergeten en zijn juf hem vroeg of zijn vader hem wel genoeg te eten gaf. Er lag altijd iemand op de loer. Er was altijd iemand die iets wilde komen checken.

Het is waarschijnlijk niets, maar...

Ik dacht, ik moet er toch iets van zeggen, voor de zekerheid...

Ik weet zeker dat alles in orde is, maar...

Toen waren er in de hele stad posters verschenen. In het hele land. *Verenigde buurten zijn rustige buurten. Wij waken over elkaar.* Jaren later zag Bird Sadie een stift uit de zak van haar spijkerbroek halen en *waken over* vervangen door *verlinken.* Vooral hun overbuurvrouw, die hen al nooit had gemogen, die zei dat ze hun tuin verwaarloosden en dat hun huis een schilderbeurt nodig had en hun auto te dicht bij die van haar geparkeerd stond, schepte er genoegen in om overal melding van te maken. Toen zijn vader zijn hand had gebrand aan de gietijzeren koekenpan en die met een harde klap en een luide vloek op de vloer had laten vallen, belde er een kwartier later een agent aan. Er was melding gemaakt van huiselijke twist, had die gezegd. Kwam het vaker voor dat hij godslasterlijke taal uitsloeg waar zijn zoontje bij was? Zou hij zeggen dat hij driftig was? En aan Bird vroeg ze, zodat zijn vader het niet kon horen, of hij weleens bang was voor zijn vader, of zijn vader hem ooit sloeg, of hij zich thuis wel veilig voelde?

Om de zoveel dagen verschenen er dreigende dingen in hun brievenbus of voor hun deur: glasscherven, zakken met vuilnis en ook een keer een dode rat. Briefjes in hoofdletters die zijn vader verscheurde voordat Bird ze kon lezen. Het was niet lang daarna, beseft hij nu, dat zijn vader overgeplaatst werd naar zijn nieuwe baan, dat hij Bird op een andere school had gedaan, dat ze in de studentenwoning waren getrokken. Voor het eerst bedenkt hij wat er misschien was verschenen op zijn vaders werk, voor zijn kantoor, op de bureaus in zijn collegezaal. Wat zijn bazen misschien hadden gezegd, of niet hadden gezegd, over dat alles.

Goed nieuws, had zijn vader gezegd, de universiteit vindt

het goed dat we een appartement in een van de studentengebouwen gebruiken.

Met zijn nieuwe baan verdiende hij een uurloon, nauwelijks genoeg voor eten en kleding, niet genoeg voor een huurhuis in Cambridge. Maar dankzij gunsten en de vriendelijkheid van anderen was het hem gelukt een veilige plek te regelen waar ze konden wonen. Boven in een flat, met een binnenplaats als buffer en een keycard, een lift. Een plek waar ze konden vluchten voor nieuwsgierige blikken.

Terwijl Bird de poort achter het huis openduwt, schiet er ineens iets weg, een veeg bruin met een flits wit: een konijn dat schrok toen het in ongemaaid gras rondscharrelde. Het schiet door een gat onder de schutting door en verdwijnt en Bird loopt voorzichtig door het gras. Het onkruid komt tot zijn middel na drie jaar verwaarlozing en bedekt bijna het hele pad; hier en daar een tak, lang en kaal, die aan zijn mouw trekt als een bedelaar die om een aalmoes vraagt. Er komt weer een verhaal bij hem op: een kasteel, helemaal overgroeid door rozenstruiken. *Zo dik dat je er niets meer van kon zien, zelfs de vlag op het dak niet.* Al die prinsen die zo hun best moesten doen om zich er een weg doorheen te banen. En toen de ware prins kwam, na honderd jaar, maakten de struiken een pad voor hem. Ooit vond hij dat een prachtig verhaal. Ooit had zijn moeder het hem verteld en had hij het geloofd, woord voor woord.

Als hij om zich heen kijkt, fladderen de herinneringen om hem heen voor ze als libellen op zijn schouders landen. Hier stonden vroeger bloemen: lavendel en kamperfoelie en van die grote paarse bollen, de lievelingsbloemen van zijn vader. Witte rozen zo groot als zijn vuist waar dikke goudkleurige bijen zich in wurmden. Klimplanten met paarse, stervormige bloemen. Hier was de moestuin, kalebassen met harige bladeren en uitdijende tomatenplanten. Zijn moeders groene rubberlaarzen, het profiel vol aangekoekte modder. Die van hem waren oranje. Hij was een keer gestoken en zijn moeder had zijn pols naar haar mond getrokken en de angel uit zijn huid gezogen.

Hij loopt wat verder door, het onkruid uit elkaar houdend. Daar is de stok waar de bonenstaken zich ooit om een tent van draad kronkelden. Een koel groen verstopplekje. Zijn vader had er eentje gehad als kind en zijn moeder had er eentje voor hem gemaakt. Nu zijn de draden naakt, grauw verweerd, sommige hangen slap en sommige zijn gerafeld. Aan zijn voeten ligt een hoopje droge, verdorde bonenplanten.

Hier ergens, herinnert hij zich, hier ergens in deze tuin ligt een sleutel. Hij weet het zeker. Bij de trap naar de achterdeur misschien, of onder de veranda. Een steen met een sleutel eronder.

Ze waren buiten geweest. Hoe oud was hij toen? Vier? Vijf? Zijn vader was aan het werk. Zijn moeder was aan het tuinieren: wiedde onkruid, snoeide struiken, bond takken – gezwollen van de rijpende vruchten – aan hun stammen. Hij had de achterdeur dichtgedaan en die ging niet meer open en hij was in tranen uitgebarsten want hij wist zeker dat ze nu voor eeuwig buitengesloten waren. Het geeft niet, had ze gezegd. Luister, dan zal ik je een verhaaltje vertellen. Ze vertelde hem vaak verhaaltjes als zij aan het werk was en hij in het zand aan het graven was, takjes verzamelde, in het gras aan haar voeten lag. *Er was eens een heks met een magische tuin. Er was eens een jongeman die de taal van de dieren kon verstaan. Er was eens een tijd dat er negen zonnen aan de hemel stonden en toen was het zo heet dat er niets kon groeien op aarde.*

Deze keer, terwijl ze het vuil van zijn natte wang veegde: *Er was eens een jongetje dat een gouden sleutel vond.* Ze knielde neer aan de voet van de trap en tilde een steen op. Hopla! Daar was hij.

Dat deed ze altijd, hem verhaaltjes vertellen. Kieren maken waar magie door naar binnen kon sijpelen, van de wereld een vat vol mogelijkheden maken. Nadat ze vertrokken was, was hij gestopt in al die fantasieën te geloven. IJle, valse dromen die uiteenvielen in het ochtendlicht. Nu bedenkt hij dat er misschien toch wel waarheid in school.

Hij doet er lang over, maar hij vindt hem. In de grond geduwd, roest rond de tanden. Maar daar ligt hij hard en solide en echt in zijn hand. Hij past toch nog in het slot, klikt toch nog als hij hem omdraait, laat de grendel toch nog opzij schuiven zodat hij de knop kan omdraaien en naar binnen kan.

Binnen: de geur van een huis dat al lang niet meer bewoond wordt. Een klamheid, de stoffige geur van lucht die niet verzacht wordt door de warmte van lichamen, maar dat had hij wel verwacht. Wat hij niet had verwacht is hoe vertrouwd het is. De lange smalle gang van de keuken naar de zitkamer waar hij en zijn vader opwindbare speeltjes tegen elkaar hadden laten racen, de bakstenen haard in de muur, de trap die steil voor hem opsteeg en in het donker boven hem verdween. Als een plek waar hij ooit in een droom is geweest, een plek die hij kent zonder hem te herkennen, een plek waar hij de weg weet al zou hij er geen plattegrond van kunnen maken. Waar hij ook kijkt roeren de herinneringen zich. Hij kent de verdwenen meubelstukken, ooit zo groot en solide: zijn moeders geliefde leren armstoel, de salontafel met het glazen blad waar ze ooit met zijn drieën Candyland speelden. Hij herinnert zich het licht in de avonden als het bijna bedtijd was: honingkleurig en warm. Het zette alles altijd in een zoete, stroperige gloed.

Binnenin het kasteel was alles bevroren in de tijd. Het dienstmeisje zat in de keuken te dutten met een half geplukte kip op schoot. De kok snurkte, nog met één hand in de lucht gestoken om de keukenknecht een draai om zijn oren te geven.

Hallo? Roept hij, maar niemand geeft antwoord.

Er is hier niets meer, behalve de spikkels stof die in het zonlicht hangen dat langs de dichtgetrokken rolgordijnen naar binnen komt. Een donkere rechthoek op de houten vloer die hun vloerkleed jarenlang tegen verkleuring had beschermd. Een hoop as op het haardrooster, de kleur van vergane beenderen. Zijn vader had zijn moeders boeken daarop gelegd en een lucifer bij de hoeken gehouden.

Nergens is hier een spoor van haar te vinden. Overal zijn hier sporen van haar te vinden.

Hij legt zijn hand op de trapleuning en loopt naar boven. Bij elke traptrede laten zijn voeten afdrukken achter in het stof.

De overloop boven wordt ook weer alleen verlicht door lichtstralen die langs de gordijnen kunnen dringen. De slaapkamer van zijn ouders. De badkamer, het bad op pootjes nu vol roestige strepen. En daar, aan het eind van de gang, zijn kamer, met de apart gevormde deur: een hoek is eraf zodat hij onder het schuine dak past. Hij duwt hem voorzichtig open, maar er is hier niemand. In de hoek staat een frame zonder matras, het skelet van een bed. Tegen de muur ertegenover een lege boekenkast, een ladekast waar de lades half uit hangen. Hij gluurt erin: leeg. De huls van zijn vroegere leven. Een herinnering van lang geleden komt boven en hij laat zijn hand langs de deurstijl omlaagglijden, het vuil opzijduwend, tot hij ze vindt. Potloodstreepjes als de sporten van een ladder, met een datum erbij en twee letters. BG. Bird Gardner. Zijn naam, ooit. 91 cm. 97 cm. 1 m 9 cm. Langzaam steeds wat omhoog kruipend.

De scharnieren van de deur kreunen als hij die opentrekt. Leeg. Boven zijn hoofd hangt een eenzame metalen kledinghanger aan de lege stang. Daar is het, op de muur achter in de kast: het paneel dat eigenlijk een deur is, het geheim dat hij zo goed heeft bewaard dat hij het zelfs nooit aan zijn vriendjes heeft laten zien en altijd voor zich heeft gehouden. En voor zijn moeder. Precies zoals hij het zich herinnert, griezelig gewoon. Alsof zijn fantasie het tot leven heeft gebracht.

Voorzichtig tilt Bird de grendel op en schuift het paneel opzij waardoor er een gat zichtbaar wordt dat krap zou zijn voor een kind van vijf. Hij laat zich op de grond in de kast zakken, steekt zijn hoofd en één schouder naar binnen. Hij kan niets zien, maar voelt om zich heen in het hol met zijn handen, laat zijn handen alles betasten. In zijn herinneringen is het een enorme ruimte, een gigantische grot, maar in werkelijkheid is het maar een klein hoekje. Als hij zich nu door de opening naar binnen zou persen, zou hij er zelfs ineengedoken niet in passen.

Binnenin vindt hij een oude zaklamp en hij knipt hem aan: de batterij doet het natuurlijk allang niet meer. Een versleten kussentje. Een gekreukt cellofaantje dat bij nadere inspectie een leeg Twinkie-papiertje blijkt te zijn met een laag stof erop. Verder niets. Hij voelt zich ineens zo dom dat hij überhaupt had gedacht dat ze hier zou kunnen zijn.

Bird wurmt zich naar achteren, haakt zijn handen rond de opening om zichzelf uit het hol te duwen en dan voelt hij het.

Een klein kaartje dat binnen in de deurpost van het hol is gestoken. Nee, geen kaartje, een stuk papier. Stoffig, zoals alles hier, alsof het er al heel lang zat. Er staat één woord op geschreven, met een zwarte pen – HERTOG – en daaronder een adres in New York, op Park Avenue. Het is zijn moeders handschrift.

De volgende dag gaat hij na school weer naar de bibliotheek, de openbare, en de woorden van de bibliothecaresse komen weer bij hem boven als hij bijna bij de ingang is: *Als er iets is waar ik je bij kan helpen.* Hij weet niet zeker of ze dat kan, maar als hij zich één ding kan herinneren van verhalen dan is het wel dat je mensen die je op je pad hulp aanbieden – of ze je nu de weg wijzen naar een schat of je waarschuwen voor gevaar – niet moest negeren.

Tot Birds ongenoegen is de bibliotheek vandaag niet helemaal uitgestorven. Er is nog een bezoeker: een oudere zwarte man op de afdeling met doe-het-zelfboeken, niet ver van de balie. Lang en slank, een grijze baard, lange grijze dreadlocks die onder in zijn nek bijeengebonden zijn. Bird hangt wat rond bij de kookboeken, uit het zicht, en ziet de man de boeken openslaan en weer dichtklappen en terugzetten, kennelijk zonder belangstelling voor wat erin staat. Hij wacht wel gewoon tot de man weggaat, besluit hij, en dan kan hij met de bibliothecaresse praten zonder dat iemand kan meeluisteren.

Maar nadat de man al bijna tien minuten zinloos heeft staan bladeren, hangt hij daar nog steeds rond. Waarom duurt het zo lang? Bird weet wel dat mensen hier soms binnenkomen omdat ze gewoon op zoek zijn naar een plek waar ze warm kunnen worden. Het is oktober; het wordt met de dag kouder en een vol decennium na de Crisis zijn er nog steeds mensen die op straat leven – rondhangend op straathoeken, ineengedoken op parkbankjes, wegduikend voor de politie en de buurtwachten. Maar deze man ziet er niet uit alsof hij op straat leeft. Hij draagt een donkere spijkerbroek en een slank gesneden beige blazer, schoenen van gepoetst leer. Hij lijkt zich hier op zijn gemak te voelen – ondanks zijn schijnbare doelloosheid – iets wat Bird niet met hem deelt. Toch is er ook een zekere spanning: alsof hij zich schrap zet voor een moeilijke taak.

Dan trekt de man een klein strookje papier uit de zak van zijn blazer, steekt het zorgvuldig tussen de bladzijden van een handboek over wasmachinereparatie en klapt het weer dicht. Een boekenlegger, denkt Bird. Toch trekt het zijn aandacht: de licht schichtige blik die de man over zijn schouder werpt, de manier waarop hij de boeken eromheen weer op hun plek duwt en de ruggetjes zo precies recht zet dat je niet kunt zien dat er een boek is verdwenen. Ineens herinnert Bird zich hoe de bibliothecaresse de vorige keer de boeken op haar balie doorzocht, het briefje dat ze eruit had gehaald. Aan zijn kant van de boekenkast gaat de man rechtop staan alsof hij een besluit heeft genomen, steekt het boek onder zijn arm en loopt naar de uitleenbalie met een nieuw doelbewust air.

Neem me niet kwalijk, zegt hij tegen de bibliothecaresse. Ik zag dit boek hier ergens liggen. Ik weet het niet zeker, maar volgens mij... ik denk dat iemand het van zijn plek heeft gehaald.

Bird kan hem nu beter zien. Het zwartbruin van zijn ogen, de stralend witte kraag van zijn overhemd. De precies getrimde randen van zijn baard.

De bibliothecaresse kijkt op en als ze spreekt klinkt er een strak ingehouden gretigheid door in haar stem. Dank u, zegt ze. Ik zal eens kijken.

De man legt het boek op de balie. Ik weet het niet zeker, hoor, zegt hij. Maar ik dénk dat iemand er misschien naar op zoek is.

Hij schuift het boek naar haar toe, maar hij houdt zijn hand nog steeds op het omslag gedrukt. Alsof hij het vreselijk vindt om het los te laten.

Diegene zal zich waarschijnlijk heel veel zorgen maken, zegt hij. De woorden komen er dik en kleverig uit, alsof hij zijn best doet om niet te huilen.

Ik zal mijn best doen om uit te zoeken waar het thuishoort, zegt de bibliothecaresse.

Bird, die vanachter de plank met kookboeken toekijkt, begrijpt dat er iets wordt gezegd wat hij niet kan horen. Hij voelt het al voordat het tot hem doordringt: een vaag kloppen diep in zijn gebeente. Wie huilt er nu om een boek dat iemand verkeerd heeft teruggelegd.

Ik zal het tegen niemand zeggen, zegt de bibliothecaresse. Haar stem klinkt zo zacht dat Bird zich moet inspannen om de woorden te kunnen verstaan. Dank u wel. Dat u het me hebt gebracht.

Dan schenkt ze de man een glimlach, legt haar hand naast die van hem op het omslag zonder het boek weg te halen. Ze houdt het alleen maar vast en wacht tot de man klaar is en dan laat de man het eindelijk gaan.

Ik zou niet met mezelf kunnen leven als ik het niet deed, zegt hij zachtjes. Mijn broer en ik zijn opgegroeid bij een pleeggezin, jaren geleden. Ze zeiden dat onze ouders niet voor ons konden zorgen – ik was al bijna volwassen tegen de tijd dat ze ons terugkregen.

En dan is hij weg.

De bibliothecaresse heeft net het papiertje uit het boek gehaald als ze Bird ziet staan en klapt dan het boek snel weer dicht. Deze keer vangt Bird er een glimp van op voor ze het in de zak van haar trui steekt: een krabbel, een adres, misschien, een naam. Het enthousiasme op haar gezicht bekoelt tot argwaan als ze hem herkent.

Zo, ben je daar weer, zegt ze. Had je nog iets nodig?

U zei dat u me kon helpen, zegt Bird. Toen ik hier laatst was. U zei – als u me ergens mee kon helpen dat ik dan terug moest komen.

De bibliothecaresse zegt geen ja en ze zegt geen nee. Met het boek nog in haar handen geklemd bestudeert ze hem.

Ik kan het proberen, zegt ze. Wat heb je nodig?

Bird schraapt zijn keel.

Ik moet naar New York, zegt hij. Naar New York City. Er is daar iemand die ik moet zien.

De bibliothecaresse schiet in de lach. Dat valt buiten mijn expertise, zegt ze. Ik bedoelde hulp bij een ander boek. Of het opzoeken van informatie.

Dit gaat ook om het opzoeken van informatie, zegt hij. Er is daar iemand die ik moet spreken.

Hij heeft er gisteravond de hele tijd aan gedacht. Zijn moeder heeft dit adres expres voor hem achtergelaten, dat weet hij zeker. Er was verder niemand die van het hol wist, laat staan dat iemand er iets in achtergelaten zou hebben. Haar brief, het verhaal, dit briefje: het is allemaal te toevallig. Wat Bird betreft heeft het de zekerheid van een profetie of een queeste; hij voelt het met het arrogante vertrouwen dat alleen een kind kan voelen. Die hertog, wie het ook maar is, heeft hem iets te vertellen over zijn moeder en daarom is de volgende stap dat hij daarheen gaat om het te horen.

De bibliothecaresse wrijft met een knokkel over haar slaap. Het spijt me, zegt ze, daar kan ik echt niet bij helpen.

Alstublieft, zegt hij. Het is om een goede reden. Echt waar.

Maar ze blijft haar hoofd schudden.

Ik ben geen reisbureau. En zelfs al was ik dat wel, dan nog kan ik niet een kind helpen om weg te lopen.

Ik loop niet weg, begint Bird, maar ze luistert al niet meer.

Het spijt me, zegt ze nog eens en dan begint ze zich om te draaien en hij besluit te bluffen.

Ik weet wat u doet, zegt hij, ook al weet hij dat natuurlijk helemaal niet precies; hij weet alleen dat het iets heimelijks is, iets beschamends of misschien zelfs iets illegaals en daarom is het een koevoet: iets wat kan worden gebruikt als breekijzer, of, als het erop aankomt – iets om mee uit te halen.

Ze reageert niet maar blijft staan, half van hem afgekeerd en uit haar lichte verstijven kan hij opmaken dat ze luistert en hij besluit door te drukken.

Ik heb die man net gezien, gaat hij verder, zijn blik strak op haar rug gericht. En ook wat u de vorige keer deed. Dat briefje in het boek.

Dan zet hij zich schrap en waagt het erop: ik heb gezien wat u net in uw zak stak, zegt hij.

Het werkt. De bibliothecaresse draait zich om en al is haar gezicht kalm en onbewogen, in haar stem klinkt een spanning door die er eerder nog niet was.

Laten we praten in mijn kantoor, zegt ze, en dan pakt haar hand zijn elleboog, als een klem, en ze marcheert met hem langs de kasten, weer naar het kantoor met ALLEEN TOEGANG VOOR PERSONEEL op de deur. Deze keer grijpt ze hem zodra ze binnen zijn bij de schouders met een woeste blik.

Ik wist wel dat je aan het spioneren was, zegt ze. Laatst. Ik wist dat je voor problemen zou zorgen. Je mag niemand – maar dan ook niemand – zeggen wat je hebt gezien. Begrepen?

Bird probeert zich los te wrikken, maar het lukt hem niet. Ik heb gewoon uw hulp nodig, meer niet, zegt hij.

Niemand mag hiervan weten, zegt ze. Als iemand hiervan weet, komen er mensen in gevaar – echt in gevaar.

Zoals die man? vraagt Bird. Een gok, maar een juiste. De bibliothecaresse laat hem los, zoekt steun tegen een muur en drukt het boek tegen haar borst.

Hij probeert te helpen, zegt ze. En alleen al door dat te proberen, zet hij zoveel op het spel. De meeste mensen doen dat zelfs niet eens. Die sluiten liever hun ogen, zolang het niet om hun eigen kinderen gaat.

Ze keert zich weer om naar Bird.

Hoe oud ben jij. Twaalf? Dertien? Je bent oud genoeg om dit te snappen, toch? Er staan mensenlevens op het spel. Levens van kinderen.

Ik wil geen problemen veroorzaken, zegt Bird. Zijn tong voelt vreemd en onhandelbaar, als een vis die op het droge ligt te spartelen. Het spijt me. Echt. Alstublieft. U helpt hen, dus waarom kunt u mij dan niet helpen?

Uit de zak van zijn spijkerbroek haalt hij het papier met het adres tevoorschijn, inmiddels gehavend en gekreukt.

Het enige wat ik wil is mijn moeder vinden, smeekt hij, en dan ineens bedenkt hij: dit is uitgerekend datgene wat haar misschien kan overhalen. Ze kende zijn naam, immers, de vorige keer. Hoe kon ze die anders weten dan via zijn moeder? De puzzelstukjes vallen keurig op hun plek in Birds hoofd. De schildering op straat, het spandoek in Brooklyn, de ongrijpbare flyers die in elke buurt te vinden zijn. Zijn moeders gedichten, de gestolen kinderen, onze verloren harten. Hij ziet het allemaal, zo duidelijk als een bedauwd spinnenweb waarvan de dunne draden kriskras een schitterend kristallen geheel vormen. Ze staan aan dezelfde kant.

Mijn moeder is een van de leiders, zegt hij vol trots. Een gevoel dat hij nog nooit heeft durven hebben, wat haar betreft, en nu hij het zegt voelt het alsof hij voor het eerst rechtop staat na jaren op zijn hurken te hebben geleefd.

De bibliothecaresse kijkt hem aan. Het is een wrange blik, alsof hij op het punt staat haar een mop te vertellen die ze al kent.

Je moeder, zegt ze.

Bird schraapt zijn keel. Margaret, zegt hij en zijn stem breekt alleen even bij de *M*, een haarscheurtje. Margaret Miu.

Hij kan zich niet heugen wanneer hij haar naam voor het laatst heeft uitgesproken. Misschien is het zelfs wel de eerste keer. Het voelt als een bezwering. Hij wacht... waarop? Aardbevingen. Lichtflitsen. Donderslagen. Maar het enige wat hij ziet is een halve grijns op het gezicht van de bibliothecaresse. Hij had gedacht dat de naam het wachtwoord zou zijn dat hem toegang zou verschaffen tot de geheime ingang naar de schitterende zalen na de poort. In plaats daarvan loopt hij tegen een muur op.

O, ik weet heel goed wie jouw moeder is, zegt de bibliothecaresse.

Ze bestudeert Bird en buigt zich wat dichter naar hem toe, zo dicht dat hij de zure koffie van die ochtend in haar adem kan ruiken, en onder die blik laat hij zijn schouders zakken.

Weet je, eerst herkende ik je niet, zegt ze. De laatste keer dat ik je zag was je nog maar een baby. Ze kwam hier altijd met jou in een draagdoek. Maar toen je me naar haar boek vroeg, realiseerde ik me aan wie je me deed denken. Waarom je me zo bekend voorkwam. En toen het kwartje viel zag ik hoeveel je eigenlijk op haar lijkt.

Bird heeft zoveel vragen die hij haar wil stellen, maar ze lopen allemaal vast in zijn gedachten en vallen in een warrige kluwen neer. Hij probeert het voor zich te zien: zijn moeder, hier, tussen deze boekenkasten. Hij, nog klein, tegen haar borst aangedrukt.

Ze kwam hier altijd? herhaalt hij. Hij moet nog verwerken dat zijn moeder ooit precies op deze plek heeft gestaan, dezelfde boeken heeft aangeraakt die overal om hem heen staan.

Elke dag. Om boeken te lenen, in de tijd dat ze nog gedichten schreef. Voor ze de *stem van de revolutie* werd.

De bibliothecaresse lacht, een kort lachje met een bitter randje. Ze sluit haar ogen en draagt op zangerige toon voor.

Al onze verloren harten
uitgezaaid om elders te ontkiemen

Bird laat het over zich heen komen, laat het tot zich doordringen als regen in een steen. Regen die een donkere natte plek achterlaat. Niet gewoon maar een boek, maar ook een gedicht en ook een strofe uit een gedicht.

Ik heb het nog nooit helemaal gehoord, geeft hij toe.

De bibliothecaresse leunt weer tegen de muur, haar handen op haar heupen. Al die posters en spandoeken met haar slogan. Zulke goeie *branding*. Al die mooie plaatjes die viraal gingen.

Ze snuift.

Het zal wel gemakkelijker zijn, zegt ze, om dappere woorden te schrijven dan om daadwerkelijk de handen uit de mouwen te steken.

Dus dat is wat u doet, zegt hij. U vindt de kinderen en brengt ze weer thuis.

De bibliothecaresse slaakt een zucht.

Zo simpel is het niet, geeft ze toe. Er hangt zoveel angst omheen. De meeste mensen willen niet eens publiekelijk toegeven dat hun kinderen meegenomen zijn. Mensen wordt verteld dat als ze zich stilhouden, ze hun kinderen weer terug kunnen krijgen. Maar...

Ze zwijgt, knijpt in de brug van haar neus. We proberen ze te overtuigen. We houden een lijst bij: naam, leeftijd, omschrijving. En als we horen van een kind dat herplaatst is, dan proberen we erachter te komen wie het is. Soms leiden de aanwijzingen ergens toe, soms niet.

Onbewust raakt haar hand de zak van haar sweater aan en het briefje van de man dat erin zit verkreukt.

Het is riskant, weet je – veel mensen willen er gewoon niet bij betrokken raken. Maar we proberen mensen te vinden die we kunnen vertrouwen, hier en daar.

Zoals die man, zegt Bird en ze knikt.

Heel vaak weet niemand waar de kinderen naartoe gebracht zijn. Sommige jongere kinderen worden op zijn minst herplaatst. Maar sommige krijgen daarnaast ook nog een nieuwe naam. Sommigen zijn zo jong dat ze de naam van hun ouders niet eens weten. En meestal worden ze ver van huis herplaatst. Niet toevallig.

Bird denkt aan Sadie, de honderden kilometers tussen Cambridge en haar ouders in Baltimore. Hoe onmogelijk het moet zijn voor een kind om die afstand alleen te overbruggen.

En dan? vraagt hij.

Voorlopig niks, dan, zegt ze en hij voelt hoe bitter de woorden smaken op haar tong. We kunnen nog niks doen, we kunnen ze nog niet daadwerkelijk naar huis brengen. Tenminste, niet zolang de PACT nog van kracht is. Maar we hebben wel een aantal kinderen kunnen vinden en ik geloof dat het die gezinnen helpt als we ze op zijn minst kunnen laten weten dat hun kinderen veilig zijn en waar ze zijn. We proberen het gewoon bij te houden. Wie er zoek is en wie er is gevonden. Zo veel mogelijk.

We?

We zijn met een handjevol mensen, zegt ze behoedzaam. Over het hele land verspreid. We delen briefjes. Ze glimlacht half. Dat hoort namelijk bij ons werk: informatie. Om dat te verzamelen. Te bewaren. Mensen helpen te vinden waar ze naar op zoek zijn.

De hele tijd flikkert er binnenin Bird een vraag.

Maar waarom, vraagt hij. Als dat zo riskant is. Zullen ze jullie dan niet ook straffen als ze erachter komen?

De bibliothecaresse klemt haar lippen op elkaar.

Dat kan natuurlijk, ja. Mij en alle anderen die hun best doen om die kinderen te vinden. Die mensen en alle anderen die informatie aan ons doorspelen. Natuurlijk is het een risico. Maar...

Ze blijft even stil en wrijft over haar slapen.

Mijn overgrootvader zat op Carlisle, zegt ze alleen, alsof dat alles verklaart. Dan, als ze Birds niet-begrijpende blik ziet, snuift ze. Jij hebt geen idee, hè, zegt ze. Hoe zou je het ook moeten weten? Ze leren je hier niks over. Te onvaderlandslievend, of niet soms, om jullie alle verschrikkelijke dingen te vertellen die ons land vroeger heeft gedaan. De kampen in Manzanar, of wat er bij de grens gebeurt. Ze zullen jullie wel leren dat de meeste plantage-eigenaren goed voor hun slaven waren en dat Columbus Amerika *ontdekt* heeft, of niet soms?

Want als ze jullie zouden vertellen wat er echt is gebeurd, zouden ze daarmee on-Amerikaanse ideeën omarmen en dat willen we natuurlijk helemaal niet.

Bird begrijpt dat allemaal niet echt, maar wat hij wel snapt, ineens, met een kracht die zijn hoofd doet tollen, is hoeveel hij niet weet.

Sorry, zegt hij schaapachtig.

De bibliothecaresse zucht. Hoe kan je het ook weten, zegt ze, als niemand het je leert, als niemand er ooit over praat en als alle boeken die er over gaan zijn verdwenen?

Het blijft lang stil tussen hen.

Ik wilde geen problemen veroorzaken, zegt Bird uiteindelijk. Echt niet. Ik wil alleen – ik wil alleen mijn moeder vinden.

Ze verzacht.

Ik heb je moeder maar een klein beetje gekend, zegt ze. En dat was heel lang geleden. Maar ik herinner me haar wel. Ze was een aardig mens. En een goede dichter.

Maar een slechte moeder, denkt hij.

Pas als de bibliothecaresse antwoordt, beseft hij dat hij het hardop heeft gezegd.

Dat moet je niet zeggen, zegt ze. Niet over je eigen moeder.

Ze legt haar hand weer op Birds schouder – zachtjes, deze keer. Een teder kneepje.

Ik zeg niet dat er geen slechte moeders zijn, zegt ze. Alleen dat je het niet altijd kunt weten. Wat hen ertoe brengt om iets te doen of iets niet te doen. De meesten van ons doen gewoon wat we kunnen.

Iets in haar stem legt Bird even het zwijgen op. Een broze klank. Een klank vol scheurtjes.

Hebt u zelf kinderen? vraagt hij.

Twee, zegt ze langzaam. Ik had er twee.

Verleden tijd. De zin wordt erdoor in tweeën geknipt: voor en na.

Wat is er met hen gebeurd? vraagt Bird.

Mijn dochtertje werd ziek, zegt ze. Tijdens de Crisis. We konden het ons niet veroorloven om naar het ziekenhuis te gaan, dat kon toen bijna niemand. Toen had mijn zoontje uiteindelijk geen insuline meer.

Haar ogen zijn van hem weggedwaald en zijn gericht op een punt vlak boven zijn schouder, op de muur achter hem.

Waar je moeder ook is, wat ze ook doet, zegt de bibliothecaresse, één ding weet ik zeker: dat ze dolgraag zou willen weten dat je groot geworden bent en dat het goed met je is gegaan. Dat je hier nog bent.

Dan knippert ze met haar ogen, een keer, twee keer. Dan keert ze terug naar het heden, naar hem.

Maar luister, Bird, zegt ze, als je naar New York wilt, dan moet je dat zelf zien te regelen. Ik kan alleen informatie doorgeven. Geen mensen.

Bird knikt.

En ik kan je niet laten gaan tot je belooft dat je hier niets over zult zeggen. Alsjeblieft, Bird. Uitgerekend jij zou dat moeten begrijpen. Doe maar net alsof je hier niets van weet – ik bedoel echt hélemaal niets. Er staan mensenlevens op het spel.

Ik zou het nooit vertellen, zegt hij, het laatste woord half ingeslikt. Echt nooit. En dan, om haar te bewijzen dat hij het meent: mijn beste vriendin, Sadie, was ook zo'n kind.

Een lange, verblufte stilte.

Kende jij Sadie? vraagt ze.

En dan herinnert Bird het zich weer: natuurlijk. Sadie die na school elke dag even naar de bibliotheek ging, al was het maar een paar minuten.

We praatten altijd, zegt de bibliothecaresse. Het valt nogal op als er zo'n meisje binnenkomt, in haar eentje.

Ineens voelt Bird de hoop in zich oplaaien.

Is ze daarom weggegaan? vraagt hij opgewonden. Hebt u haar weer naar huis gestuurd? Terug naar haar vader en moeder?

Maar de bibliothecaresse schudt haar hoofd.

Ik kon er niet achter komen waar haar ouders naartoe waren, zegt ze. Niemand kon iets te weten komen, behalve dat ze niet meer thuis waren. En toen was Sadie ook ineens verdwenen.

Een moment stilte waarin de bibliothecaresse hem aankijkt met een zachte en vriendelijke blik. Het is fijn, verbazingwekkend fijn, om het over Sadie te hebben met iemand die haar kende. Om aan haar terug te denken.

Luister, zegt de bibliothecaresse. Ik kan je niet naar New York brengen. Ik ken ook niemand die dat wel kan. Maar ik kan wel iets voor je doen.

Ze gaat hem voor het kantoor uit en loopt door de boekenkasten naar een dikke, bordeauxrode map. Erin: eindeloze bladzijden met dienstregelingen, afgedrukt in lichtblauwe kolommen.

Dienstregelingen en routes van treinen, zegt ze. Deze map hier is voor de bussen. Op het station kun je naar het loket gaan, maar er zijn ook machines waar je kaartjes kunt kopen. Voor het geval je... geen zin hebt in vragen.

Dank u wel, weet Bird uit te brengen.

Ze glimlacht. Ik zei het toch, zegt ze, dat is mijn werk. Informatie. Om dat door te geven. Om mensen te helpen vinden wat ze nodig hebben.

Ze legt de opengeslagen map op de plank en schuift die naar hem toe.

Wat je doet met deze informatie, zegt ze, is helemaal aan jou.

Op maandagochtend zit zijn vader al te wachten, werktas in de hand, als Bird uit de slaapkamer tevoorschijn komt. Hij heeft zijn schoolboeken verstopt onder de deken op zijn bed; in hun plaats zitten er in de tas aan zijn schouder wat schone kleren, een tandenborstel en al het geld dat hij heeft. Alle gevallen biljetten die hij in de loop der jaren heeft gevonden en opgespaard, al het lunchgeld dat hij heeft uitgespaard in de dagen dat hij liever buiten zat, alleen met zijn gedachten, dan dat hij naar de kantine ging. Net genoeg, volgens de dienstregelingen in de bibliotheek, voor een enkeltje naar Manhattan. De bus die hij heeft uitgekozen vertrekt om tien uur. Meer dan genoeg tijd.

Al is de lift inmiddels eindelijk gerepareerd, toch piept en kraakt hij als hij schokkend zijn langzame tocht naar beneden maakt. Tussen de spiegelwanden vormen Bird en zijn vader een eindeloze keten, tot in de verte.

Bird wacht tot het nummer aftelt van zes naar vijf voor hij iets zegt.

Ik ben mijn lunch vergeten.

Noah, antwoordt zijn vader, hoe vaak moet ik het nou nog zeggen.

De lift komt moeizaam tot stilstand en opent zijn deur naar de lobby van het gebouw. Zonlicht stroomt door de matglazen ruiten naar binnen, zo fel dat hij zich net een insect op een lichtbak voelt. Zijn vader kan aan zijn gezicht zien dat hij liegt, hij weet het zeker. Maar zijn vader slaakt alleen een zucht en kijkt op zijn horloge.

Vandaag om negen uur een personeelsbijeenkomst, zegt hij. Ik kan niet op je wachten. Ren nou maar naar boven en ga dan snel naar school. Niet treuzelen, oké?

Bird knikt en drukt weer op de liftknop en zijn vader draait zich om en loopt weg. Bij de aanblik van zijn rug – zo vertrouwd, in zijn oude bruine jas – knijpt Birds keel dicht.

Papa, roept hij en zijn vader keert zich weer om en slaakt een zachte *oef* als Bird zijn armen om hem heen slaat.

Wat krijgen we nou? vraagt zijn vader. Ik dacht dat jij te oud was voor knuffels.

Hij zegt het maar om te plagen en hij drukt Bird stevig tegen zich aan, en Bird kruipt tegen de lekker stoffige wol van zijn vaders overjas. Ineens wil hij hem alles vertellen. Kom mee, wil hij zeggen. Dan gaan we samen naar haar op zoek. Maar hij weet dat zijn vader hem nooit zal laten gaan, laat staan dat hij met hem meekomt. Als hij wil gaan, zal hij in zijn eentje moeten gaan.

Dag pap, zegt hij en zijn vader zwaait nog even en weg is hij.

Boven gaat Bird hun appartement binnen en loopt snel naar het raam. Hij duikt achter de gordijnen en gluurt omlaag naar het vierkante grasveldje op de binnenplaats. Daar is het: het donkere stipje dat zijn vader is, al bijna bij de poort.

Hij heeft zijn vader deze binnenplaats al vaker zien oversteken, op dagen dat er sneeuw lag en Birds school dicht was maar zijn vaders werk niet. Dan ging hij altijd bij het raam staan en wachtte tot zijn vader tevoorschijn kwam, daar helemaal beneden, en keek hem na terwijl hij het pad afliep en uit het zicht verdween. In de winter waren de kleine voetstapstipjes die in zijn vaders kielzog verschenen iets magisch. Van dichtbij, wist Bird, waren het rafelige gaten die in het ijs gestampt waren. Maar vanaf zijn uitkijkpunt – tien verdiepingen hoog, met zijn neus tegen het glas gedrukt – waren ze sierlijk en precies. Prachtig. Doelgericht. Dun stiksel op een sneeuwwitte sprei; een spoor van steentjes neergelegd om de weg naar huis terug te vinden, of om iemand die weg te wijzen. Zo geruststellend, de wetenschap dat hij naar beneden kon en dan de afdrukken die zijn vaders voeten hadden gemaakt kon volgen, helemaal tot waar hij naartoe was gegaan.

Nu ziet hij de eenzame figuur in de bruine jas de jas steviger om zich heen trekken tegen de kille herfstwind en de poort door lopen. Er is nog geen sneeuw die de voetstappen vasthoudt en heel even, terwijl zijn vader uit zicht verdwijnt, is het alsof hij daar nooit gelopen heeft. Vandaag vindt Bird dit ondraaglijk verdrietig, voorbijkomen zonder een spoor van je bestaan achter te laten. Niemand te hebben die nog weet dat jij er was. Hij wil alle tien de trappen afrennen en zijn voeten in de onzichtbare voetafdrukken zetten die zijn vader heeft achtergelaten. Hij drukt zijn vingertoppen tegen het koele glas alsof – als hij maar hard genoeg zijn best doet – hij de hele ruit opzij zou kunnen duwen en de lucht boven dit alles in kon stappen.

Hij had niet opgekeken toen ze afscheid nam.

Birdie, had ze gezegd, ik moet weg.

Was dat het? Of had ze gezegd: ik moet gaan? Hij weet het niet meer. Hij had met zijn LEGO zitten spelen, was iets aan het bouwen. Wat weet hij ook niet eens meer.

Bird, riep ze nog eens. Ze was vlak achter hem gaan staan en hij was ontzettend geïrriteerd. Wat hij ook maar aan het bouwen was, bleef niet staan. Het viel de hele tijd maar om in een regen aan blokjes. Het brak zichzelf steeds maar weer in stukken. Hij pakte twee blokjes op en beukte die zo hard hij kon tegen elkaar, zo hard dat de puntjes afdrukken achterlieten op zijn huid.

Birdie, zei ze. Ik... ik ga nu.

Ze stond op hem te wachten, ze wachtte tot hij haar een kus zou geven, zoals hij anders altijd deed, en hij zette nog één legoblokje op het gebouw en alles stortte alweer kletterend op de grond en hij gaf haar de schuld omdat ze hem riep terwijl hij het druk had met iets anders.

Oké, zei hij. Hij pakte de blokjes weer op, zette het hele gevaarte nog een keer in elkaar en tegen de tijd dat hij zich eindelijk omdraaide om te zien of ze daar nog stond, was ze verdwenen.

Het is bijna negen uur: tijd om te gaan. Als zijn vader thuiskomt voor het eten zal er niemand thuis zijn en zit Bird in New York. Hij heeft er het hele weekend over nagedacht, hoe hij zijn vader moet laten weten waar hij naartoe is. Hij kan niets zeggen over zijn moeder, dat is een te groot risico, dus zijn briefje is kort en vaag: *Pap, ik ben over een paar dagen terug. Maak je geen zorgen.* Naast zijn briefje legt hij de kattenbrief in de bijbehorende envelop. Dan scheurt hij het papiertje uit zijn holletje doormidden: het adres op Park Avenue steekt hij in zijn achterzak; de laatste regel ervan – *New York, NY* – legt hij naast de envelop en zijn briefje. En tot slot een doosje lucifers. Hij hoop dat zijn vader het zo begrijpt – waar hij naartoe is en waarom, en vooral: wat hij moet doen met deze informatie.

Hij is nog nooit buiten Cambridge geweest. De hele nacht heeft hij liggen piekeren over de gevaren die hem mogelijk wachten. Op de verkeerde trein stappen of de verkeerde straat inslaan of de verkeerde bus nemen en Joost mag weten waar terechtkomen. Een lokettist die vraagt: Waar zijn je ouders? Politieagenten die hem tegenhouden, hem achter in een patrouillewagen stoppen, hem naar zijn vader terugrijden – of erger nog, ergens anders naartoe. Vreemden, zoveel vreemden, die hem in de gaten houden. Die hem de maat nemen met hun blik, inschatten of hij een dreiging is of bedreigd moet worden.

Maar niets van dat alles gebeurt. Met zijn honkbalpet omlaaggetrokken, zonnebril op, neemt hij de bus richting het grote busstation. De agenten op het perron, die over voetbal staan te kletsen, kijken niet eens naar hem. In plaats van naar het loket te gaan, loopt hij naar de automaat: cash erin, kaartje eruit, niemand die hem iets vraagt. Op het busstation kijkt niemand om zich heen; iedereen lijkt zich op de grond te concentreren en oogcontact te mijden en hij bedenkt dat zij misschien ook allemaal hopen dat niemand ze opmerkt. Een pact tussen vreemden, een stilzwijgende afspraak om elkaar allemaal te negeren om zich voor de verandering eens met hun eigen zaken te bemoeien. Terwijl de ene na de andere angst niet bewaarheid wordt, krijgt Bird steeds meer, belachelijk veel zelfvertrouwen. Het is alsof het universum hem laat zien dat hij op de goede weg is, dat hij precies datgene doet wat hij hoort te doen. Als zijn bus het station binnenrijdt, neemt hij een plek bij het raam, achterin. Hij heeft het gered. Hij is op weg.

Nadat zijn moeder was vertrokken lag hij maandenlang ’s avonds in bed te denken dat ze wel weer terug zou komen als hij maar lang genoeg wakker bleef. Om voor hem onverklaarbare redenen was hij ervan overtuigd dat zijn moeder 's nachts thuiskwam en tegen de ochtend weer verdween. Doordat hij in slaap viel, liep hij haar steeds maar mis. Misschien was het een test – om te zien hoe graag hij haar weer wilde zien. Lukte het hem om wakker te blijven? Hij stelde zich elke avond voor dat zijn moeder hoofdschuddend aan zijn bed stond. Lag hij alweer te slapen! Was hij alweer niet geslaagd voor de test.

Hij vond het volkomen logisch; nog steeds trouwens. In alle verhalen die zijn moeder hem had verteld was er een beproeving die de held moest doorstaan: klim deze put in en haal de tondeldoos. Ga onder deze waterval liggen en laat die je aan flarden kletteren. Hij wist zeker dat zijn moeder er zou zijn als hij maar wakker bleef. Het feit dat de test zo willekeurig was deed hem niets: de proefwerken op school waren ook willekeurig: omcirkel de zelfstandige naamwoorden en onderstreep de werkwoorden; tel deze twee zomaar gekozen getallen bij elkaar op tot een derde getal. Tests waren altijd willekeurig; dat was een deel van hun aard en sterker nog, als ze niet willekeurig waren, waren ze geen test. Haal voor het krieken van de ochtend alle erwtjes en linzen uit de as. Ga de zee in, kom terug met de parel die 's nachts licht geeft.

Hij kneep in zijn eigen armen, die bont en blauw werden, in een poging om wakker te blijven. Avond in, avond uit pakte hij een stukje vel tussen duimnagel en wijsvinger en kneep tot hij witte vlekjes zag in zijn ooghoeken. In de ochtend was zijn moeder nog steeds weg en stond er een paars halvemaantje op zijn onderarm. Dan vroeg zijn vader of de jongens op school hem soms pestten. Dat deden ze inderdaad, maar niet zoals zijn vader dacht. Het geeft niet, pap, zei hij, en de hele dag zakten zijn oogleden dicht en die avond probeerde hij weer wakker te blijven en slaagde daar alweer niet in. Het was rond die tijd dat hij was gestopt met geloven in verhalen.

Nu, na al die tijd, is hij op weg om haar te zoeken. Net als iemand uit precies zulke verhalen die zij hem al die jaren geleden vertelde. Hij gaat op reis naar waar zijn moeder geduldig op hem wacht. Zodra ze hem ziet zal de betovering die haar al die tijd bij hem weggehouden heeft, verbroken worden. In de sprookjes gebeurt zoiets meteen, alsof er een knop omgaat: ze herkende hem meteen. Ze herkende meteen haar ware ik. Hij weet zeker dat het bij zijn moeder precies zo zal gaan. Ze zal hem zien en meteen zal ze weer zijn moeder zijn en dan leven ze nog lang en gelukkig.

De snelweg rolt voorbij terwijl de motor het regelmatige ritme van de hoogste versnelling aanneemt. Hoe verder ze weg raken, hoe relaxter Bird kan ademen. Hij valt in slaap en wordt pas wakker als de bus een versnelling lager gaat en links invoegt waardoor hij tegen het raam gedrukt wordt. Langs de weg: een donkerblauwe SUV die in de berm geparkeerd staat en erachter een politiewagen met zijn sirenes aan. Een agent in zijn blauwe uniform stapt uit aan de bestuurderskant. Blijf uit de buurt van de politie, zegt zijn vader in zijn gedachten en Bird trekt de klep van zijn pet wat omlaag om zijn gezicht af te schermen als ze langsschieten. Hij zou bang moeten zijn, maar tot zijn verbazing is hij dat niet. Alles aan de andere kant van het raam voelt ver weg, van hem gescheiden door het glas en zijn hart klopt mee op het langzame, regelmatige bonken van de wielen onder hen. Buiten de ruit vormen bomen en velden vol struiken een eindeloos waas.

De bus zet hem af in Chinatown, midden in een miezerbui. Een andere wereld: meer mensen dan hij ooit heeft gezien, meer drukte, meer lawaai. Ondanks het geschreeuw en gedoe voelt hij zich wonderlijk thuis en het duurt even voor hij doorheeft waarom: overal om hem heen zijn ineens mensen met gezichten zoals dat van haar. En een beetje zoals dat van hem. Hij is nog nooit op zo'n plek geweest, waar niemand vreemd opkijkt van hem. Als zijn vader hier nu was geweest, zou hij degene zijn geweest die opviel, niet Bird, en Bird lacht. Voor het eerst in zijn leven is hij niets bijzonders en dat voelt als macht.

Voor hij vertrok heeft hij de plattegrond bestudeerd die de bibliothecaresse zwijgend zijn kant op had geschoven. Gewoon tellen, van boven naar beneden en van links naar rechts. Hij rekent uit: na Bowery komt Third Avenue; zevenentachtig straten omhoog en dan twee straten in westelijke richting. Net iets meer dan acht kilometer. Hij hoeft alleen maar in een rechte lijn te blijven lopen.

Hij begint.

Hij begint dingen te zien.

Dat op alle bordjes hier in Chinatown iets overschilderd of afgeplakt is of, in sommige gevallen, uitgekrast. De gaatjes waar ooit iets vastgespijkerd was, kan hij nog zien zitten, hij kan de gestanste vormen onder het zilvergrijze plakband nog onderscheiden. Het valt hem op dat ook de straatnamen overschilderd zijn: er lopen dikke zwarte strepen onder keurig witte letters die MULBERRY en CANAL aangeven, als een schaduw als de zon op haar hoogst staat, een kring onder het wit van een oog. Pas als hij er eentje ziet waar de verf is gaan bladderen en daaronder een wirwar van karakters zichtbaar worden, snapt hij het. Hij herinnert zich zijn vaders vinger die ooit dit soort karakters in het stof trok: ooit stonden er op al deze borden twee talen. Iemand – iedereen – heeft geprobeerd het Chinees uit te wissen.

Er beginnen hem nog andere dingen op te vallen.

Dat de mensen die hij passeert ofwel Engels praten of helemaal niet praten, dat ze elkaar snel een blik toewerpen maar niets zeggen. Alleen als ze een winkel in duiken kan hij soms een zacht gemompel in een andere taal horen – Kantonees, gokt hij. Zijn vader zou het wel weten. Zijn vader zou het misschien zelfs verstaan. Iedereen hier lijkt op zijn hoede en gespannen. Iedereen speurt de stoepen en de straat af, kijkt over zijn schouder. Klaar om het op een lopen te zetten. Hij ziet hoe ongelofelijk veel Amerikaanse vlaggen hier hangen – aan bijna elke winkelpui, aan de revers van bijna iedereen die hij tegenkomt. In de hoek van elke winkel hangt hetzelfde soort posters als thuis: GOD ZEGENE IEDERE TROUWE AMERIKAAN. Door heel Chinatown, er is geen winkel waar ze niet hangen. Sommige hebben ook andere bordjes hangen, schreeuwerig in rood-wit-blauw: AMERIKAANSE EIGENAREN EN PERSONEEL. 100% AMERIKAANS. Pas als hij Chinatown uit is en de gezichten om hem heen zwart en wit worden in plaats van Aziatisch, worden de vlaggen zeldzamer. Hier zijn de mensen er kennelijk zekerder van dat het wel duidelijk is waar hun loyaliteit ligt.

Hij loopt.

Hij passeert etalages die afgeschermd worden door metalen luiken vol graffiti. Nieuw en Gebruikt. Aangekocht en Verkocht. Te huur. Een betonnen mediaan die de lappendeken van betonnen straten scheidt. Raadselachtige namen: Max Sun. Chair Table Booth. Op de stoep: kapotte pallets, breeduit, als beenderen die door de woestijn gebleekt zijn. Geen gras, geen bomen, niets groens, alleen lantaarnpalen in dezelfde kleur grijs als de stoep, het wegdek, het stof dat vanaf de grond langs de zijkant van de gebouwen omhoogkruipt. Alles heeft de kleur van grind, alsof het aan de aandacht probeert te ontsnappen. De mensen die langs hem lopen dragen zwarte plastic tassen, trekken boodschappenwagentjes mee, mijden elkaars blik. Ze treuzelen niet. Soms zijn de zebrapaden onder hun voeten simpelweg opgespoten, de strepen wiebelig en onvast; op andere plekken zijn niet eens zebrapaden. Ruim een decennium na het einde van de Crisis zijn zoveel dingen nog steeds niet hersteld.

Per straat beginnen de dingen om hem heen te veranderen. Piepkleine graspolletjes vechten zich omhoog door de kieren in de stoep. Hoe lang is hij al aan het lopen? Een uur? Hij heeft al geen idee meer. Hebben ze op school zijn afwezigheid al opgemerkt, hebben ze zijn vader geïnformeerd? Door, door, door. De motregen neemt af, stopt dan. Supermarkten met gigantische glimmende billboards met pizza erop, kunstig opgekrulde boerenkool, stukjes mango die hem doen watertanden. Zijn maag rammelt maar hij stopt niet: hij heeft trouwens toch geen geld meer. Buurtsupers met overvolle bergen fruit en emmers in plastic verpakte rozen en onverschillige, geeuwende katten uitgestrekt op de tafels; kapperszaken waaruit het lachen van mannen door de open deuren naar buiten drijft op een wolk van aftershave. Voor de ramen hangen vertrouwde posters: TROTS EEN AMERIKAAN TE ZIJN, WE WAKEN OVER ELKAAR. Nu zijn er bomen, klein en spichtig, nauwelijks langer dan een volwassen man, maar toch, bomen. Ergens slaat een kerkklok. Drie uur, of vier? De straat gonst van het leven en hij kan de klokslagen niet onderscheiden van de echo's. Hij zou nu van school naar huis lopen, maar in plaats daarvan is hij hier. Zijn hartslag gaat per straat omhoog. Hij is er bijna.

Hij loopt sneller en om hem heen verandert ook de stad sneller, als een video die versneld wordt afgedraaid richting toekomst, of misschien het verleden. Zoals de dingen vroeger waren, die gouden wereld van voor de Crisis die hij alleen kent uit verhalen. Meer taxi's, mooiere, nieuwere. Schonere, alsof ze net gewassen zijn. Hier zijn de lantaarnpalen glimmend zwart, hoger, eleganter, alsof er meer ruimte voor ze is om met opgeheven hoofd te staan. Hij passeert gebouwen met kronen van decoratief metselwerk boven alle ramen; hier, verder naar het noorden, heeft iemand de moeite genomen om beige details aan te brengen tegen het rood, gewoon omdat dat mooi is. Nu zijn er winkels met brede glazen ramen, niet bang te worden ingeslagen. Restaurants met luifels. Mensen die kleine hondjes uitlaten; bomen met keurige stalen hekjes eromheen niet hoger dan zijn knie: voor de mooi, niet ter bescherming.

Naarmate de mist optrekt ziet hij stukken groen, hoog in de lucht: begroeide dakterrassen, groenblijvende bomen in potten met toppen die naar de hemel wijzen. De gebouwen en bedrijven proberen zich niet meer te verstoppen. JA, WIJ ZIJN OPEN. Flitsende, pakkende, geestige namen proberen op te vallen, proberen je aandacht te trekken en te blijven hangen: The Salty Squid. Sound Oasis. Chickenosity. Zijn vader zou erom moeten lachen. Achter elke ruit: het vertrouwde aanplakbiljet met de Amerikaanse vlag. Spandoeken die benadrukken hoe luxe de dingen zijn waar ze reclame voor maken, niet hoe goedkoop ze zijn. Steeds verder naar het noorden lopen de nummers van de dwarsstraten op: Fiftieth, Fifty-Fifth, Fifty-Sixth. Mannen in pakken. Mannen met dassen.

Mannen met leren schoenen met kwastjes en gladde zolen waarin je niet hoeft te rennen. Zijn vader had ook zulke schoenen, lang geleden. Banken, zoveel banken – drie, vier, vijf op een rij, soms dezelfde bank aan beide kanten van de straat, de een tegenover de ander. Hij had geen idee dat je zo rijk kon zijn dat je niet wilde oversteken.

Een warenhuis dat een hele straat in beslag neemt, een en al strak donker graniet, spiegelend gepolijst. Alsof het wil zeggen: hier stralen zelfs stenen als sterren. In de etalages dragen poppen zonder gezichten zijden bloemensjaals om hun hals. Hoge flats, elk raam een stukje weerspiegelde hemel, in de muur gezet als een edelsteen. Hij stelt zich voor dat zijn moeder in zo'n appartement woont, omlaagkijkt om te zien of hij eraan komt, op hem wacht. Nog even en hij weet het. Koelwagens staan te niksen langs de kant van de straat, propvol leveringen, en puffen hun ijskoude adem uit. Nu zijn er koffiezaken, plekken bedoeld om in rond te hangen. Posters voor het wit maken en rechtzetten van tanden; hotels met piccolo's in pak en met hoedjes voor de deur. Hier dragen mensen tassen die niet bedoeld zijn om spullen in te dragen maar om mooi te zijn. De ene na de andere stomerij voor kleding die te kwetsbaar is om in de was te doen. Bij elke deur staan potige kerels van de buurtwacht op wacht.

Seventy-Fifth Street. Seventy-Sixth. Gebouwen die mooi oud zijn geworden, die er sober uitzien, niet haveloos. Hier worden buitenlandse woorden met trots getoond: Salumeria. Vineria. Macarons. Iets veiligs en begerenswaardigs buitenlands. Winkels die gemerkt zijn met *delicatessen* en *luxe* en *vintage*. Hier – en het lijkt onbestaanbaar dat dit dezelfde straat is die hij heeft afgelopen vanaf die overschilderde bordjes en het angstige gefluister; het moet een andere wereld zijn waar hij naartoe gereisd is – is de straat breed en met bomen omzoomd. Hij vindt het een fijn idee dat zijn moeder hier is, op deze prachtige plek. Blonde vrouwen in hardloopleggings puffen naast hem, hun paardenstaarten zwiepend, terwijl ze wachten tot het stoplicht op groen springt. Kindermeisjes duwen kekke wandelwagens voort, de baby's erin luxueus gekleed. Hij loopt langs winkels waar ze alleen fotolijsten maken, restaurants waar ze alleen salades serveren, winkels waar ze roze overhemden verkopen met kleine glimlachende walvisjes erop geborduurd. Gebouwen zo hoog dat hun toppen niet zichtbaar zijn, zelfs niet als hij zijn nek zo ver uitrekt dat hij bijna achterovervalt. Hier zou alles kunnen gebeuren, alles gebeurt hier ook. Het is een sprookjesland, of een sprookje.

Dit is de plek, denkt hij. Dit is waar ze is.

En omdat dit een magisch sprookjesland is waar alles mogelijk is, omdat hij zich zo gesterkt voelt door alles wat hij heeft gezien, nog altijd licht in het hoofd van de lucht die zijn longen vult en die zo rijk aan mogelijkheden is, is hij niet verbaasd als ze daar ineens is: zijn moeder, aan de overkant van de straat. Met een klein bruin hondje aan haar zijde. Iets vanbinnen maakt een sprong in een wolk vonkjes en hij schreeuwt het bijna uit van blijdschap.

Dan kijkt zijn moeder omlaag naar het hondje dat rondneust in een keurig onderhouden bloemenperk en het is zijn moeder helemaal niet. Gewoon een vrouw. Die trouwens helemaal niet eens op haar lijkt; hoogstens oppervlakkig – een Oost-Aziatische vrouw met lang zwart haar dat nonchalant is opgestoken. Het gezicht, nu hij haar beter kan zien, lijkt totaal niet op dat van zijn moeder. Zijn moeder zou nooit zo'n hondje hebben, zo'n klein oranje poederdonsje, als een teddybeer met zwarte knoopogen en een parmantig fluwelen neusje. Natuurlijk is zij het niet, berispt hij zichzelf, hoe zou dat ook kunnen. En toch is er iets aan haar houding – die alertheid, de snelle blik – wat hem aan haar doet denken.

De vrouw ziet hem vanaf de andere kant van de straat, ziet hem naar haar kijken en glimlacht. Misschien doet hij haar ook aan iemand denken; misschien zag zij hem op het eerste gezicht ten onrechte aan voor iemand van wie ze houdt en die liefde raakt hem nu ook, een zekere mildheid. En misschien omdat ze naar hem staat te kijken, omdat ze naar hem glimlacht en misschien warme gedachten heeft aan dat jongetje dat haar doet denken aan iemand van wie ze houdt, ziet ze het niet aankomen: een vuist die tegen haar gezicht smakt.

Het gebeurt in een seconde, maar die seconde lijkt zich eindeloos uit te rekken. Zomaar, uit het niets. Een lange witte man. De vrouw zakt ineen tot een hoopje. Birds eigen lichaam is versteend, zijn kreet in zijn keel vastgemetseld. De man staat over haar heen gebogen, schop, schop, schop, zachte, misselijkmakende klappen als een vleeshamer op vlees: haar buik, haar borst en dan – als ze zich opkrult als een gepelde garnaal, armen over haar gezicht in een poging te beschermen wat ze kan – de kromming van haar rug. Haar kreten woordeloze geluiden die in de lucht hangen als glasscherven. De man zelf zegt niets, alsof hij een taak uitvoert, iets wat niet persoonlijk is maar wel nodig.

Niemand schiet haar te hulp. Een ouder stel maakt rechtsomkeert, alsof ze ineens hebben bedacht dat ze ergens anders iets dringends te doen hebben. Een man schiet weg, gebogen over zijn telefoon; auto's stromen onverstoord langs. Ze moeten het toch zien, denkt Bird, hoe kunnen ze dit nu niet zien? Het hondje, enkelhoog, keft en keft. Een conciërge komt tevoorschijn uit het gebouw achter haar en Bird kan wel huilen van dankbaarheid. Help, denkt hij. Help haar. Alstublieft. Dan trekt de conciërge de voordeur dicht. Bird kan hem nog vaag zien aan de andere kant van het dikke matglas, wazig en spookachtig, alsof hij naar een scène op een televisiescherm kijkt: naar de wang van de vrouw die inmiddels op de stoep ligt, de schok van haar lichaam bij elke schop. Wachtend tot het voorbij is zodat hij de deur weer kan openen.

De vrouw beweegt niet meer en de man kijkt op haar neer – vol walging? Tevreden? Bird weet het niet. Het hondje staat nog altijd te grommen en te blaffen, woest en machteloos, zijn kleine pootjes schuifelend over de stoep. Met één snelle beweging brengt de man zijn laars omlaag, hard, op zijn ruggetje. Alsof hij een colablikje platstampt, of een kakkerlak.

Dan schreeuwt Bird het uit en de man draait zich om en ziet dat Bird naar hem staat te kijken en Bird zet het op een lopen.

Blindelings, zo hard als hij kan. Hij durft niet achterom te kijken. Zijn schooltas dreunt tegen hem aan als tromgeroffel. Doornat van het zweet, warm en dan koud op zijn onderrug. Is ze dood, denkt hij, is de hond dood? Deed het ertoe? De ogen van de man boren nog in zijn nek en Bird moet overgeven, maar er komt niets uit. Hij schiet een steeg in en kruipt achter een vuilcontainer, komt op adem. De achterkant van zijn nek is rauw en brandt.

Hij was het vergeten: ook in een sprookjeswereld bestaat het kwaad. Monsters en vloeken. Gevaren die zich vermomd hebben. Demonen, draken, ratten zo groot als een os. Dingen die je met een blik kunnen vernietigen. Hij denkt aan de man in het park. Hij denkt aan zijn vader, zijn brede schouders en sterke handen die hem weer overeind hielpen. Maar zijn vader is ver weg, in de cocon van de geluidloze bibliotheek, waar de buitenwereld niet naar binnen kan. Hij heeft geen idee waar Bird is en dat is het vooral waardoor Bird zich verschrikkelijk alleen voelt.

Hij blijft daar heel lang zitten en probeert zijn ademhaling weer regelmatig te krijgen, zijn handen te laten stoppen met trillen. Als hij er eindelijk klaar voor is, staat hij met bevende benen op en loopt hij voorzichtig terug naar de hoek. Hij holt terug, want hij is een paar straten van zijn route afgeweken. Als hij bij Park Avenue aankomt loopt hij snel en behoedzaam door en speurt ondertussen de straten af. Hij heeft nu het gevoel dat hij opvalt; hij ziet dat mensen hem zien. Hij snapt nu wat hij eerst niet inzag. Misschien was hij ooit onzichtbaar, maar de betovering is verbroken – of misschien bestond die alleen in zijn fantasie. Mensen kunnen hem zien en eindelijk snapt hij hoe klein hij is, hoe eenvoudig de wereld hem aan stukken zou kunnen scheuren.

Het is tegen het eind van de middag als hij eindelijk aankomt bij het adres: een groot bakstenen gebouw, plantenbakken vol bloemen, een enorme groene deur. Geen flat – een herenhuis. Hij wist niet dat ze die hier hadden. Het kasteel van de hertog. Hij bestudeert het behoedzaam vanaf de overkant van de straat. In verhalen kun je van alles aantreffen in een kasteel: rijkdom, een tovenares, een boeman die je opwacht om je te verslinden. Maar dit is het, het huis waar zijn moeder hem naartoe heeft gestuurd. Straatnaam en huisnummer in haar eigen handschrift. Dus hij moet vertrouwen hebben.

Hij loopt de marmeren stoep voor het huis op, pakt de koperen klopper en tikt ermee op het groen geschilderde hout. Drie keer.

Het voelt als een eeuwigheid, maar eigenlijk duurt het maar

een minuut of twee voor een oudere witte man opendoet. Hij is een beetje gezet en draagt een uniform: glimmende koperen knopen op donkerblauwe wol, als een kapitein op een schip. Hij kijkt Bird koeltjes aan en Bird moet twee keer slikken voor hij iets kan zeggen.

Ik kom voor de hertog, zegt Bird en als bij toverslag knikt de kapitein en doet een stap opzij.

Een zonnig gele hal, een haard waarin een vuur brandt, ook al is het pas oktober. Crèmekleurige tegels op de vloer vol oranjebruine spikkels. Midden in een ruimte een laag tafeltje met een marmeren blad en gekrulde poten, dat blijkbaar alleen dient als voetstuk voor de grootste vaas die Bird ooit heeft gezien. Overal om hem heen hebben de lichten een gouden aureool.

Ik kom voor de hertog, zegt Bird nog eens en hij doet zijn best om zekerder te klinken dan hij zich voelt, en de kapitein kijkt op hem neer door half toegeknepen ogen.

Dan zal ik naar boven moeten bellen, zegt hij. Wie mag ik zeggen, alstublieft?

En omdat hij honger en dorst heeft en doodmoe is, omdat hij kilometers heeft gelopen op een lege maag, omdat zijn hoofd vreemd los lijkt te zijn gekomen van zijn lichaam, als een ballon die net boven zijn schouders zweeft en omdat hij niet zeker weet of dit huis wel echt is, laat staan deze stad, of de hertog voor wie hij is gekomen, geeft Bird antwoord alsof ook hij een sprookjesfiguur is.

Bird Gardner, zegt hij, Margarets zoon.

Blijf hier wachten, alsjeblieft, zegt de kapitein.

Bird hangt onzeker bij een van de stoelen naast de haard. Hij is bekleed met zandkleurig fluweel en doet hem denken aan een troon. Hij laat zijn vingertoppen over de uitgebeitelde groeven op de armleuningen glijden en woorden die zijn vader hem heeft geleerd komen weer boven: mahonie. Albaster. Filigrein. Hij schraapt zijn keel. Op de schoorsteenmantel staat een gouden klokje, een klein gouden vrouwtje dat hoffelijk naar de tijd gebaart. Bijna vijf uur. Zijn vader zal bijna thuis zijn en ontdekken dat hij weg is.

De kapitein komt terug. Als je me wilt volgen, zegt hij.

Hij beent onder een boog door de gang in en Bird loopt achter hem aan, voorzichtig, om een hoekje glurend, in de verwachting dat er een monster staat, klaar om hem te bespringen. Maar het enige wat ze passeren zijn luxedingen, een paleis waardig. Een zijden kamerscherm vol geborduurde cipressen en kraanvogels en helemaal in de verte een pagode. Een bankje bekleed met gele zijde en kussens die op rolletjes snoep lijken; een gigantisch grote ovale eetkamer met duizelingwekkend parket op de vloer. Alles hier lijkt een laagje goud te hebben: de handvatten van de urnen en vazen op de schoorsteenmantels, de gedraaide tressen aan de gordijnen, zelfs de klauwen van de leeuwenpoten waar de tafels en stoelen op rusten. Dan zijn ze aan de voet van de grootse, gedraaide trap die eindeloos omhoogwentelt. In het midden stroomt een dikke, beige traploper omlaag. Zo'n trap heeft hij nog nooit gezien. Een verfijnde kroonluchter bungelt aan een in fluweel gewikkelde ketting. Bird telt: één verdieping, twee, drie, vier en hoog boven hem is een kompasvormige lichtkoepel, een blauwkristallen poel van lucht.

Hierheen, graag, zegt de kapitein. En dan ziet Bird hem, net naast de trap: een kleine lift met houten wanden en parket op de vloer. Een lift in een huis, denkt hij vol ontzag. De kapitein gebaart met één hand en Bird gaat naar binnen. Het voelt alsof hij een opgepoetste notendop binnengaat.

Ze verwacht u boven, zegt de kapitein. Hij trekt een koperen hek dicht, zodat Bird nu in een kooi zit.

Als de lift schoksgewijs omhooggaat, weet Bird niet hoe hij het heeft. Om hem heen ratelen de koperen spijlen van het hek alsof iets eruit wil, of erin. Hij heeft geen idee waar hij naar op weg is. Alleen dit: geen hertog, maar een hertogin. Hoe zou ze zijn? Zou ze aardig zijn, of zou ze dreigend zijn? Hij denkt aan de boze koninginnen uit sprookjesboeken, een en al kwaadaardigheid verpakt in charme. Heb vertrouwen, denkt hij bij zichzelf: in de verhalen moest je vertrouwen hebben in de vreemdelingen die je op je zoektocht tegenkwam. Zelfs de lift is versierd, zoals dat hoort in een paleis. Miniatuur gouden lijstjes om schetsen van eeuwenoude gebouwen en vrouwen met vleugels. Een kleine witte telefoon. Om de muur aan het eind van de ruimte bolt en buigt een ronde spiegel, zodat zijn gezicht vervormd naar hem terugkomt: als dat van een boeman of misschien een dwerg.

Eindelijk gaat de lift open. Een zitkamer zo groot als hun hele appartement thuis. Nog een tafel, nog een kom die uitpuilt van de bloemen. In het gepolijste tafelblad kijkt hij zichzelf in de ogen. Het vloerkleed onder zijn voeten heeft een gouden patroon. Het huis van een adellijk iemand, dat staat wel vast.

En dan is ze daar, ze schrijdt door een dubbele deur aan het eind van de kamer: de hertogin. Jonger dan hij had verwacht: koninklijk, blond haar, kortgeknipt rond haar hoofd. Parels. Een blauw, losvallend broekpak in plaats van een japon, maar het is hem duidelijk dat dit een machtige vrouw is. Eventjes kan Bird zijn stem niet vinden en staart hij alleen maar omhoog naar haar. Ze verbreekt de stilte niet, kijkt hem alleen verwonderd aan.

Bent u de hertogin? vraagt hij dan eindelijk. Maar hij weet al dat ze het is.

En wie hebben we hier? vraagt ze. Met één opgetrokken wenkbrauw. Sceptisch.

Bird, zegt hij trillend. Margarets zoon.

Heel even is hij bang dat ze zal zeggen: Wie? Maar dat doet ze niet. In plaats daarvan zegt ze nogal koeltjes: Wat kom je hier doen?

Mijn moeder, zegt hij, want het antwoord ligt zo voor de hand dat het belachelijk voelt om het te zeggen. Ik ben hier voor haar.

Hoe kom je erbij dat ze hier is? vraagt de hertogin. Er krult een heel dun rankje nieuwsgierigheid om de rand van haar stem.

Omdat, zegt hij en dan zwijgt hij. Hij tast naar het antwoord binnenin zichzelf. *Omdat ik wil weten waarom ze me verlaten heeft. Omdat ik haar terug wil. Omdat ik wil dat zij mij ook terug wil.*

Ze heeft me een boodschap gestuurd, zegt hij.

De hertogin tuit haar lippen en hij weet niet of ze perplex is of blij of boos. Heel eventjes lijkt ze net een lerares die het antwoord dat hij heeft gegeven wikt om te beslissen of ze het moet prijzen of bestraffen.

Aha. Dus je moeder... je moeder heeft je gevraagd hiernaartoe te komen?

Bird aarzelt. Vraagt zich af of hij moet liegen, of dit een test is. Hij voelt druk op zijn borst.

Ik weet het niet zeker, geeft hij toe. Maar ze heeft dit adres voor me achtergelaten. Lang geleden. Ik dacht... ik dacht dat u misschien zou weten waar ze is.

Uit zijn zak haalt hij het stukje papier, of wat daarvan over is. Gescheurd en gekreukt, de randjes besmeurd met het blauw van zijn spijkerbroek. Maar daar staat het, in zijn moeders handschrift: het adres waar ze nu zijn.

Aha, zegt de hertogin nog eens. En je bent hier alleen heen gekomen? Waar is je vader?

Hoe weet ze van zijn vader, denkt Bird met een schok.

Hij weet niet dat ik hier ben, zegt hij en zodra de woorden over zijn lippen rollen beseft hij weer hoe angstaanjagend waar dat is. Zijn vader heeft geen idee waar hij is: zijn vader kan hem niet helpen of redden.

De hertogin buigt zich wat dichter naar hem toe, monstert hem, haar ogen scherp als naalden. Van dichtbij zie je dat haar gezicht nog maar net is gaan rimpelen, dat haar haar nog niet grijs is. Ze is misschien even oud, beseft hij, als zijn moeder zou zijn.

Dus wie weet wel dat je hier bent? wil ze weten. Een stalen flits van dreiging in haar toon.

Birds keel wordt dik. Niemand, zegt hij. Ik heb het hem niet verteld. Ik heb het niemand verteld. Ik ben alleen gekomen.

U kunt me vertrouwen, is wat hij wil zeggen. Een zweterige paniek glibbert over hem heen, dat hij zo ver is gekomen en misschien uiteindelijk weggestuurd wordt. Dat deze hertoginnendraak en haar vergulde paleis hem misschien zullen verzwelgen en voor eeuwig gevangen zullen houden.

Interessant, zegt de hertogin. Ze draait zich om en Bird heeft het gevoel alsof er een heel fel licht uitgedaan wordt. Wacht hier, zegt ze en zonder een woord loopt ze snel de kamer uit en laat hem alleen achter.

Bird loopt een rondje, want hij is onrustig. Matgouden vitrage voor de ramen waardoor hij beneden op straat het verkeer ziet glinsteren. In de hoek een vleugel. Op de console: een zilveren fotolijstje van een vrouw en een man: de hertogin, veel jonger en met langer haar, nauwelijks meer dan een meisje, en iemand die misschien haar vader is. De oude hertog, meent hij, al draagt de man op de foto een poloshirt en een kaki broek, en lijken ze op het dek van een zeilboot te staan. De blauwe lucht en het nog blauwere water komen samen aan de horizon achter hen. Een strenge, bijna boze uitdrukking op zijn gezicht. Hij vraagt zich af waar de oude hertog is. Hij vraagt zich af hoe de hertogin zijn moeder kent. Hij vraagt zich af wat zijn moeder al die jaren heeft gedaan, weg van hem. Of ze hem zal herkennen als ze hem ziet. Of ze het jammer vindt, of ze ooit nog aan hem denkt. Of ze spijt heeft.

Buiten is de lucht betrokken, verhard tot een effen staalgrijs. Tot zijn verbazing heeft hij helemaal geen honger meer. Hij stelt zich zijn vader voor die thuiskomt in hun piepkleine uit betonblokken opgetrokken appartement, donker en verlaten. Dat hij naar Bird op zoek gaat. Zijn naam roept. Niks aan de hand, pap, denkt hij, ik kom snel weer thuis. Hij voelt zich vreemd alert en levend, zijn aderen sidderen alsof er elektriciteit doorheen gaat. Hij is er bijna. Na al die tijd.

Ver weg in de krochten van het huis slaat een klok. Een laag, sonoor geluid. Vijf uur. En dan, alsof dit een signaal is, komt de hertogin terug.

Als je echt bent wie je zegt dat je bent, bewijs het dan. Wat voor kleur heeft je fiets?

Wat?

Als je maar weet, voegt ze eraan toe, dat ik geen enkele scrupule heb om de autoriteiten te bellen als je niet bent wie je zegt dat je bent.

Ik... Bird zwijgt verbijsterd. Hij mocht niet meer op zijn fiets van zijn vader sinds die dag dat hij ervanaf viel en de buurvrouw de politie had gebeld.

Ik heb geen fiets, flapt hij eruit. Het gezicht van de hertogin blijft kalm en onbewogen en uitgestreken.

Wat voor melk doe je 's ochtends over je cornflakes?

Weer is Bird te verbluft om iets te zeggen. Hij aarzelt, maar zijn enige optie is om de waarheid te zeggen, al lijkt die nog zo vreemd.

Ik eet mijn cornflakes droog, zegt hij.

Weer geeft de hertogin geen reactie. Waar in de kantine eet jij je lunch? vraagt ze en Bird blijft stil, ziet zichzelf als van bovenaf, een eenzame stip op het bordes met een bruinpapieren zak.

Ik lunch niet in de kantine, zegt hij. Ik eet buiten. In mijn eentje.

De hertogin zegt niets, maar ze glimlacht en door die glimlach snapt hij dat hij geslaagd is.

Dus je wilt je moeder zien, zegt ze.

Het is geen vraag.

Nou. Kom dan maar mee.

In de gang drukt ze op een knop op de muur en er glijdt een paneel opzij. Magie? Nee: een lift, slim gecamoufleerd in de gang. Sterker nog, het is dezelfde lift als die waarin hij hier naar boven is gekomen. Met de vingerdruk van de hertogin gloeit de knop waar B bij staat op met de kleur van vlammen. Als de deur weer opengaat, bevinden ze zich in een vaag verlichte grot: een ondergrondse garage waar de motor van een strakke zwarte wagen al draait. Een besnorde man in een pak staat in de houding naast de wachtende auto. De knecht, denkt Bird als ze op de achterbank gaan zitten.

En dan rijden ze weg.

De auto glijdt de helling op, de garage uit en voegt zich tussen het drukke verkeer: soepel, vloeiend, koninklijk. Daarbinnen kan Bird helemaal niets horen. Niet de stemmen van de mensenmassa's die zich op straathoeken hebben verzameld, uitdunnend en samenballend bij de stoplichten, als een enorme slang die door de stad schuift. Niet de loeiende motoren van de auto's die in een roedel om hen heen staan. Niet het getoeter dat, weet hij, door de lucht moet scheuren, dat oorverdovende schallen van machteloze frustratie. Er is gewoon geen enkel geluid en door de getinte ruiten rolt de stad in sepia voorbij als een stomme film. Hij heeft het gevoel dat ze niet rijden maar zweven.

Autogordel, graag, zegt de hertogin naast hem. Het zou zonde zijn als je zover bent gekomen en dan je hersenpan breekt.

Bird doet zijn mond open en de hertogin sluit hem met een blik.

Ik ben hier niet om vragen te beantwoorden, zegt ze. Dat is je moeders taak, niet de mijne.

Daarna zegt ze helemaal niets meer terwijl ze van links naar rechts en weer terug langs de rivier rijden en een lange tunnel in gaan en vervolgens weer de schemering in rijden, met de maan die net opkomt. De tijd beweegt zich met horten en stoten, start en stopt zoals het verkeer om hen heen. Soms dommelt Bird in en als hij wakker wordt, ziet hij dat ze helemaal niet vooruitgekomen zijn. En soms weet hij zeker dat hij zijn ogen niet gesloten heeft, maar lijken ze een heel stuk verder geteleporteerd te zijn en komt niets buiten hem bekend voor. En dan stremt en verstopt het verkeer rondom hen zodat ze kruipend door moeten rijden. Totdat eindelijk – hij weet niet hoeveel tijd er voorbijgegaan is – de zon onder is gegaan en de straten om hen heen rustig en verlaten zijn, met herenhuizen aan weerszijden en dan wordt de auto eindelijk aan de stoep geparkeerd.

Luister goed, zegt de hertogin op een dringende toon die hij niet eerder van haar hoorde. Alsof dit de laatste keer is dat ze hem zal spreken, alsof de ware test nu gaat beginnen. Volg deze aanwijzingen heel precies op, zegt ze tegen hem. Ik ben niet verantwoordelijk voor wat er gebeurt als je dat niet doet.

Bird, met kleine oogjes, half duizelig van opwinding en vermoeidheid, vindt dit niet gek. Sterker nog: hij had niet anders verwacht. In verhalen zijn er altijd ondoorgrondelijke regels waar je je aan dient te houden. *Laat het gouden zwaard links liggen; gebruik in plaats daarvan het oude, roestige zwaard. Hoeveel dorst je ook hebt, drink niet van de wijn. Zeg geen woord, zelfs niet als je geknepen en geslagen wordt, zelfs niet als ze je hoofd afhouwen.* Als de auto wegrijdt en hem heeft achtergelaten op de stoep doet hij precies wat de hertogin hem heeft opgedragen. Hij loopt twee straten naar links en drie straten naar het noorden, steekt over en daar is het, precies zoals ze had gezegd: een groot herenhuis van bruine baksteen met een rode deur, alle ramen geblindeerd. *Het ziet er uitgestorven uit, maar niet alles is wat het lijkt.* Zoals de opdracht luidde laat hij de brede stoep voor het huis links liggen en loopt hij naar de zijkant van het pand. *Niemand mag zien dat je de poort doorgaat.* Twee keer rijdt er een auto voorbij terwijl hij op zoek is naar de grendel en het ruwe hout in zijn vingertoppen prikt. En dan heeft hij hem. Het metaal voelt koel en solide en glad. Hij werpt een blik over zijn schouder naar de verlichte ramen in alle huizen om hem heen en als hij zeker weet dat er niemand kijkt, schuift hij de grendel opzij en zwaait de poort open.

Aan de achterkant van het huis is een deur. Als je daarnaartoe loopt, moet je muisstil zijn. Met zoekende stapjes loopt Bird door de kluwen onkruid en gras. Dit moet ooit de achtertuin zijn geweest, al jaren onaangeroerd. Hier en daar struikelt hij over een zaailing, vechtlustig en brutaal, die zijn takken in zijn gezicht slaat. Maar in het maanlicht ziet hij de vage glinstering van een pad, glanzende steentjes ingebed in het cement, die hem de weg wijzen en hij volgt het naar de donkere kolos van het huis. *Voer de volgende nummers in – acht, negen, zes, nul, vier – en hij zal opengaan voor je.* Hij tast de muur van het huis af alsof hij een slapende draak aait met zijn vingers, op zoek naar de achilleshiel: baksteen, baksteen, baksteen en dan is daar een deur, een bedieningspaneeltje. Te donker om te kunnen zien, maar hij telt de knoppen, toetst de toegangscode in. Een vaag piepje. Hij draait de knop om.

Binnen: een smalle gang die naar nog meer duisternis voert. *Je moet de deur achter je dichttrekken ook al is het dan aardedonker. Je kunt haar pas zien als je dat doet.*

Langzaam trekt hij de deur dicht en de buitenwereld versmalt tot een strook, dan een streepje en dan verdwijnt hij. De schoot van het slot klikt en sluit hem op in duisternis.

En dan hoort hij voetstappen die op hem afsnellen. Een klein lampje springt aan en strooit gouden vonkjes door zijn gezichtsveld.

Zijn moeder, verbijsterd. Met haar armen uitgestrekt. Die deze armen om hem heen slaat. Haar warmte. Haar geur. De schok en verwondering en verrukking op haar gezicht.

Bird, roept ze. O Bird. Je hebt me gevonden.

Deel 2

Daar is hij dan: Bird. Haar Bird.

Langer dan ze had verwacht; magerder. Het laatste beetje babyvet al bijna uit zijn gezicht verdwenen. Een slank, koel gezicht, een sceptisch gezicht, een harde trek om zijn mond, een vierkante lijn in de kaak die ze niet precies kan plaatsen. Niet van Ethan; zeker niet van haar.

Bird, zegt ze. Je bent zo lang geworden.

Nou ja, zegt hij ineens gereserveerd. Het is ook best een poos geleden.

Hij vertrouwt haar niet, dat ziet ze al wel: zoals hij daar bij de deur blijft staan, zonder haar aan te kijken. Nog niet, denkt ze. Hij vertrouwt haar nóg niet. Ze knipt het licht uit.

We mogen geen aandacht trekken, zegt ze.

Ze ziet hem al denken: *Wat is dit voor een huis?*

De gang is smal en achter haar zijn Birds voetstappen traag terwijl hij voorzichtig tussen de onbekende muren door loopt. Een stotterende tred, een pauze. De zolen van zijn sneakers schuifelen over de vloer terwijl hij zijn voeten voortsleept.

Deze kant op, zegt ze. Wacht. Voorzichtig, de vloer is hier niet vlak. Let op waar je loopt.

Ze spreekt snel, kletst tegen haar gewoonte in, woorden struikelen over elkaar terwijl ze uit haar mond tuimelen, maar ze kan er niets aan doen.

Ik wist wel dat je het zou snappen, zegt ze als ze verder lopen door de verduisterde gang. Ik wist wel dat je daar slim genoeg voor was.

Hoe dan, vraagt hij.

Bij de ingang van de zitkamer blijft ze staan en wacht tot hij daar ook is en zijn hand strijkt langs haar onderrug, op zoek naar iets bekends, iets wat houvast biedt. Ze wil die hand in de hare nemen, tegen haar gezicht drukken, maar ze weet dat hij daar nog niet klaar voor is.

Dat heeft iemand me verteld, zegt ze.

Na het duister in de gang is de zitkamer verblindend. Birds hand vliegt omhoog om zijn ogen af te schermen, alsof hij in hel zonlicht is gestapt. Ze ziet dat hij zich op de kamer probeert te focussen, om hem stukje bij beetje in zich op te nemen. Het behang, dat in stroken naar beneden zakt, als oude huid. Een verschoten en versleten bank, ineengedoken tegen de muur, een opklapbaar tafeltje dat vol ligt met gereedschap. Eén enkele lampenvoet zonder kap, de naakte gloeilamp die hem aanstaart. Ze ziet zijn ogen naar het triplex dat tegen de raamkozijnen is gespijkerd schieten, naar de vage cirkels op het plafond waar de regen naar binnen is gelekt. Naar haar, haveloos en onverzorgd in een kapot T-shirt en een versleten spijkerbroek. Zich als een kluizenaar verstoppend in het aardedonker. Hij had haar niet op zo'n plek verwacht. Zij had zichzelf ook niet op zo'n plek verwacht.

Je zult wel moe zijn. Ik heb een kamer voor je klaargemaakt.

Ze gaat hem voor naar boven. De oranjerode traploper dempt hun voetstappen. Helemaal boven markeren vierkante vlekken op het behang de plekken waar ooit schilderijen hingen.

Van wie is dit huis?

Van niemand meer. Voorzichtig. Let op waar je loopt. Hier is de trapleuning kapot.

Op de overloop bovenaan de trap opent ze een deur. Een grote kamer die duidelijk ooit van een klein kind is geweest: als ze het licht aandoet toont de plafonnière een clownsgezicht. Een rode neusschroef houdt de glazen koepel op zijn plek. In een hoekje staat nog een peuterbedje waarvan aan een kant de spijlen omlaag zijn gedaan, het matrasje kaal. Ze heeft de kamer schoongeveegd, maar daarmee is het nog geen gezellige kamer geworden. Een deel van het gipsen plafond is afgebrokkeld en toont de smalle houten latten eronder als een skelet. De ramen zijn met zwart bekleed.

Vuilniszakken, verklaart ze. Om het licht te verhullen. We moeten voorzichtig zijn – de buren denken dat dit een verlaten huis is.

Bird zet zijn schooltas op de grond, raakt met een hand het over het raamkozijn uitgerekte plastic aan. Zelf heeft ze dat ook vele malen gedaan, de vage trilling voelend als er beneden op de straat een auto voorbij dendert.

Dit heb ik voor jou geregeld. Voor het geval je het zou redden. Ze strijkt de slaapzak die op de vensterbank is klaargelegd glad, schudt het kleine sierkussentje aan het hoofdeinde op. Het spijt me dat ik geen echt bed heb. Maar het is in elk geval comfortabeler dan de vloer.

Bird haalt een schouder op en draait zich half weg. Vanbuiten wurmt het ijle gejammer van een sirene zich door de plastic raambekleding, wordt luider, ebt dan weer weg. Als alles anders was, denkt ze, als ze hem al die jaren bij zich had gehad zoals zou moeten, zou deze taal misschien minder vreemd zijn. De taal van hen die op het punt staan hun kindertijd van zich af te schudden: alle gebaren en ondertonen, alle reserves en misprijzen. Misschien had ze dan geleerd het te begrijpen. Ze vraagt zich af of Ethan het begrijpt.

Heb je honger? vraagt ze en hij schudt zijn hoofd al weet ze vrij zeker dat dat een leugen is. Ga dan maar gewoon even rusten, zegt ze. Dan praten we later wel.

Ze blijft even staan en keert zich dan weer naar hem om.

Bird. Ik ben zo blij dat je hier bent.

Als peuter moest hij huilen als andere mensen huilden. Bepaalde liedjes op de radio gaven hem een soort prikkeldraadgevoel, deden hem letterlijk pijn. Zo verschrikkelijk dat *Jackie Paper came no more*. Zo tragisch dat *she's leaving home after living alone for so many years*. Zo angstaanjagend *the only living boy in New York* te zijn. De muziek trok zijn huid los, noot voor noot, en de naakte spieren klopten en staken. Zet af, mama, snikte hij dan, zet nou áf, en dan holde Margaret verschrikt naar de stereo en zette de muziek af en nam hem in haar armen.

Het verbluftte haar hoe gretig en vol verwondering hij was over alles. Hij was een rustig kind dat aandachtig keek, alles in zich opzoog – het goed en het kwaad, de vreugde en de pijn. De roze nippels van de kersenboom die aanzwollen tot bloesems. De dode mus die klein opgevouwen op de stoep lag. De uitbundige bos ballonnen die de wijde blauwe hemel in vloog. Zo poreus was hij, de grens tussen hem en de wereld, alsof alles door hem heen stroomde als water door een net. Ze was bezorgd om hem geweest, zoals hij zich door een ruwe wereld moest bewegen als een teer, bloot hart dat in de openlucht klopte, waar alles het kon butsen.

Deze jongen die nu voor haar staat, lijkt op Bird en klinkt als Bird. Ze zou het uit duizenden herkennen, dat gezicht. Maar er staat iets tussen hen in waardoor ze hem niet echt kan zien of verstaan, iets ondoorzichtigs en hards, een laag als het schild van een schildpad. Alsof hij altijd net iets meer dan een armlengte bij haar vandaan is. Hij is verlittekend vanbinnen. Ach Bird, denkt ze.

Boven werpt Bird een blik in de gang. Geen licht, alleen een vage halvemaangloed op de muur van die ene lamp beneden. Hij sluipt langs de ene na de andere donkere kamer. In de badkamer zijn het toilet en de wastafel groenig en groezelig; mos strekt zich uit als een weelderig tapijt vanaf de roestige badkuip. Er lijkt maar één andere kamer bezet. Er ligt een kale matras in een hoek, een oude tafellamp, kaploos, staat ernaast op de grond. Zijn moeders kamer. De scherpe geur van zweet hangt in de lucht. Zijn moeder, die bloemen in de zon plantte en 's avonds verhalen in zijn oren fluisterde, is op de een of andere manier deze vreemde vrouw geworden die zich in de schaduw ophoudt. Was zijn vader hier maar om het te verklaren. Om hem te helpen het te begrijpen. Om te beslissen wat te doen.

Hij loopt terug naar de overloop waar het licht van beneden er smoezelig uitziet, als iets tweedehands, en hij moet zich met zijn vingertoppen helemaal de gang door leiden, terug naar zijn eigen eenzame kamer.

Als Bird wakker wordt, zit Margaret op de grond naast zijn bed. Voeten onder zich op het sleetse tapijt, haar blik zachtjes op hem rustend. Alsof ze hem in zijn slaap heeft zitten bestuderen, geduldig wachtend tot hij weer wakker werd. Wat ze ook heeft gedaan.

Hoe laat is het, vraagt hij hees. Onder de verduisterde ramen valt niet te zeggen of het avond is of dag.

Iets na middernacht, zegt ze.

Ze heeft een beker oploskoffie voor hem meegenomen. Wat hij niet lekker vindt, dat ziet ze aan zijn gezicht, wat voor moeder geeft haar kind nou koffie, ze had iets anders moeten geven, maar koffie is het enige wat ze heeft. Ze weet niet meer zo goed hoe het moet. Maar de beker is warm en gezellig in de kilte van de kamer en hij hijst zichzelf overeind en neemt kleine slokjes. Zij drinkt ook uit haar eigen beker. Bitter maar troostrijk. Als een sterk medicijn.

Het gas is afgesloten, zegt ze. Dus geen verwarming, niet echt koken. Alleen een kookplaatje. Maar het water en de elektriciteit doen het nog. Meer heb ik niet nodig.

Wat is dit voor een huis? vraagt hij, maar ze geeft geen antwoord. Er zijn andere dingen die ze eerst moet uitleggen. Bij het begin beginnen, brengt ze zichzelf in herinnering. Dit is waarom je hem hiernaartoe hebt laten komen.

Bird, zegt ze. Ik wil je iets laten zien.

Ze neemt hem nog een trap mee op, naar de tweede verdieping, waar alle kamers leeg zijn. Door hun halfopen deuren lijkt het kale hardhout op diep water: donker dat zich terugtrekt in nog donkerder. Ze is er ooit eentje binnengegaan, toen ze hier pas aankwam. Het stof had zich er opgehoopt als sneeuw. Oude meubels, ontbrekende voeten en poten, half geknield op de grond; een oude platenspeler met de plaat er nog op, te gekrast om nog te kunnen draaien. Alles daarbinnen was een teken dat de buitenwereld binnenkroop en de boel overnam. In de badkamer had een lange arm klimop zich door een gebroken ruit een weg naar binnen gekronkeld en een greep naar de deurgrendel gedaan; in de slaapkamer had ze een woud aan paddenstoelen aangetroffen dat uit het verregende vloerkleed onder een barst in de muur was ontsproten.

Nu, bovenaan de trap, reikt ze omhoog in de schaduw, tastend naar het koord en als ze het vindt en eraan trekt, komt er een valluik omlaag en vouwt er een ladder uit. Instinctief wil ze zijn hand pakken om hem te helpen, maar ze verzet zich ertegen. Dat zou hij ook doen, weet ze.

Kom mee, zegt ze en ze klimt omhoog, de verhulde duisternis in. Zonder op hem te wachten.

Achter haar hoort ze Bird een eerste aarzelende voet op de onderste sport zetten. Ze dwingt zichzelf om verder te gaan, om door te lopen. Om erop te vertrouwen dat hij zal volgen. Helemaal aan het andere eind van het huis stopt ze en dan pas draait ze zich om, om naar hem te kijken. Haar ogen zijn gewend aan het donker maar die van hem niet en hij loopt eerder op zijn gehoor dan op zijn zicht achter haar aan, op de tast langs de balken die onder hem door lopen als spoorlijnen. Het is hier stoffig en koud en straaltjes maanlicht dringen door kieren in de gevel en vormen lichtbundels waar hij voor wegduikt terwijl hij voorzichtig de zolder over loopt. Als hij bij haar is zet ze haar schouder tegen het luik in het plafond.

Kijk, zegt ze terwijl het luik piepend meegeeft. Pas op waar je loopt.

Ze stappen op het platte dak in een poel nacht. Het is kil en de wind schraapt over de toppen van de stad als een mes dat meel in een maatbeker gladstrijkt, maar als ze het dak op stappen voelt Margaret hoe ze verzacht. Door al die schoonheid.

Om hen heen spreidt de stad zich uit als een stuk stof dat op de grond gevallen is, een en al pieken en richels en verborgen plooien. Zelfs op dit stille uur slalommen de felle autolinten door de straten, het maanlicht weerkaatsend in hun donkere ruiten.

Het dak is kaal; hierboven zijn alleen de stad en de hemel en zij. Een reling, alleen de scherpe rand en dan de grond eronder. Ze hoort Bird naast haar op adem komen en heel even ziet ze hem: haar zoon, zoals ze zich hem herinnert. Nieuwsgierig, alert. Glimmende ogen. Vol verwondering over hoe het mogelijk is dat er zoveel leven is, daarbuiten.

Ik wist niet... begint hij en dan valt hij weer stil. Langzaam zet hij een stap op het vlakke dak en dan nog eentje. Behoedzaam, alsof hij zich op rotsachtig terrein begeeft. Ik wist niet dat de stad zo groot was, zegt hij. Hij steekt een hand uit alsof hij met een vingertop de spits van een wolkenkrabber verderop kan aanraken.

Mooi, hè, beaamt Margaret. Ik kom hier alleen 's nachts. Zodat niemand me kan zien. Fantastisch toch? gaat ze verder en ze draait zich om naar de horizon. Zoveel groter dan ik me had voorgesteld voor ik hier kwam. De eerste keer dat ik naar de stad ging, toen ik nog jong was, deed ik alles te voet. Gewoon om alles in me op te nemen.

Birds hoofd keert zich een fractie haar kant op en ze weet dat ze zijn interesse heeft gewekt. Ze doet net alsof ze het niet ziet.

Ik heb natuurlijk veel van de stad gezien dankzij mijn werk. Ik ken de weg hier vrij goed.

Ze zwijgt, wacht af. Vraagt zich af of Ethan hem iets heeft verteld. Of Bird überhaupt iets weet. En dan hapt Bird toe.

Wat voor werk? vraagt hij zonder haar aan te kijken. Alsof het hem totaal niet boeit.

Koerier. Ik bracht brieven rond en andere dingen. Tijdens de Crisis. Ik had een fiets, voegt ze eraan toe, alsof het een bijzaak is.

Bird zegt niets maar heel even lijkt het doek tussen hen een stukje te zakken. Ze heeft hem nooit iets verteld over haar tijd in New York, of wat dan ook over haar leven voor hem. Eerst was hij te jong en toen was ze weg. Wat hem betreft is zij voor hem een leeg vel. Ze ziet dat hij aan het idee moet wennen, aan dit nieuwe brokje informatie. Die nieuwe beelden van zijn moeder: racend door de stad, dingen rondbrengend.

Wat voor dingen? vraagt hij.

Leveringen, over het algemeen. Soms documenten die ondertekend moesten worden. In die tijd gingen zoveel dingen dicht en er waren nog niet zoveel busjes. Wij fietskoeriers waren goedkoper en sneller en benzine was ook duur.

Ze kijkt naar zijn gezicht. Soms ook eten, gaat ze verder. En medicijnen, als mensen ziek waren en zelf niet naar buiten konden. Dan haalden wij het op bij de apotheek en zetten het bij hen op de stoep.

Wij? vraagt Bird.

We waren met heel veel. We konden allemaal amper rondkomen.

Ze overweegt of ze er meer over moet zeggen. Wacht, zegt ze.

Heb je zo mijn vader leren kennen?

Margaret schudt haar hoofd.

Hij zat in een andere wereld. Een student. Het was puur toeval dat we elkaar überhaupt ontmoetten.

Ze blijft even stil.

Hoe is het met hem? vraagt ze. Ze weet niet precies hoe ze moet vragen wat ze eigenlijk wil weten: wie is hij nu, is hij in al die jaren zonder elkaar veranderd, na alles wat er is gebeurd. Hij moet gek zijn van bezorgdheid om Bird, denkt ze, met een steek van spijt. Kon ze hem maar bellen, om hem gerust te stellen dat alles goed is met Bird. Maar het is te gevaarlijk; er is niets veranderd. Nog niet. Hij zal vertrouwen moeten hebben – zoals zij al die tijd vertrouwen heeft gehad dat hij hun kind zou behoeden.

Bird haalt weer één enkele schouder op en laat hem weer zakken. Zo achteloos dat zelfs zijn schouders het niet eens zijn.

Met hem is alles prima, zegt hij. Denk ik.

Ze wacht af, houdt haar adem in, maar hij zegt verder niets meer. Al die tijd heeft Bird zijn blik niet afgewend van de stad onder hen, die opeengepakte rondzwalkende zwerm. Een hand steekt nog steeds half in de lucht alsof hij steun zoekt tegen de lucht of de rand van de skyline probeert te grijpen. Ze wacht af, laat het moment ademen en afdrijven, erop vertrouwend dat het zelf wel de weg omlaag kan vinden om te landen.

Waarom moest je weg, zegt hij ten slotte.

Het is op de een of andere manier makkelijker om het hier over deze dingen te hebben, waar allesbehalve zijzelf klein en ver weg is.

Ze spreidt haar armen wijd, alsof ze wil duiken, legt haar hoofd in haar nek, sluit haar ogen. Het maanlicht legt een vrieslaagje van zilveren glinsteringen om haar haren. Zoals ze daar even stil blijft staan, lijkt ze net een boegbeeld van een schip dat onverschrokken voorwaarts zeilt, vreemde nieuwe wateren tegemoet. Dan vallen haar handen naast haar zij en keert ze zich weer om.

Ik zal het je vertellen, zegt ze. Ik zal je alles vertellen. Als je belooft dat je luistert.

Ze begint het verhaal terwijl ze aan het werk is: gebogen over de opklapbare tafel waar klossen met draad en lange stukken leiding op liggen. Voorzichtig kiest ze een stuk leiding en draait er een mesje omheen, drukt de stukjes eraf met haar duim en maakt de randjes glad met een vijl. Om haar heen verschijnt een aureool van zilverkleurig stof. Bird zit aan de rand van het vloerkleed te wachten. Te kijken. Buiten, achter de geblindeerde ramen, kleurt het ochtendlicht de grijsschaal van de wereld.

Ik zal je eerst vertellen hoe ik in de stad terechtgekomen ben.

De ambities van haar ouders had hen overzee gebracht en zijzelf kreeg van hen een ambitieuze naam: Margaret. Een premier, een prinses, een heilige. Een naam met een stamboom zo oud als de tijd zelf, een solide stam die groeide uit robuuste wortels: in het Frans, la Marguérite, de margriet; in het Latijn, margarita, de parel. Allebei haar ouders waren keurige katholieken, thuis, in Kowloon, waar ze opgeleid waren door priesters en nonnen, grootgebracht met hosties en biechten en elke dag een mis. De Heilige Margaretha, de drakendoder, vaak afgebeeld half in en half buiten de bek van een draak.

Iets waar ze pas later achter kwam: de bom in hun brievenbus, twee maanden voor haar geboorte. Net genoeg om het aluminium deurtje uit zijn sponningen te blazen en van binnenuit te vervormen, alsof een klein, razend wezentje had getracht zich al stompend een weg naar buiten te banen. Een nieuwe brievenbus, een nieuw thuis, haar vader de nieuwe technicus in de fabriek in een klein stadje in de Rust Belt. Minimale explosieve kracht, zei de politie. Gewoon een geintje, Joost mag weten waarom. Margarets vader had daarna de verbogen stalen paal uitgegraven, zijn haar tegen zijn voorhoofd plakkend van het zweet, terwijl Margarets moeder vanaf de drempel had toegekeken met een hand op haar buik, waar Margaret nog in groeide. Vanachter hun ramen keken hun nieuwe buren ook toe, zwijgend, en toen de paal loskwam en de gedeukte brievenbus op de grond kletterde, liepen ze weer van de ramen weg.

De PACT zou pas decennia later komen, maar haar ouders voelden het al wel; de ogen in de buurt die hen voortdurend in de gaten hielden. Ze konden zich maar het beste zo veel mogelijk aanpassen, besloten ze. Dus nadat zij geboren was, trokken ze haar een roze ribbroek aan en schoenen met een bandje over de wreef, en deden ze roze lintjes in haar vlechtjes. Toen ze ouder werd, kochten ze kleren voor haar van de hoofdeloze paspoppen in het warenhuis; alles wat die pop aanhad, droeg zij ook. Heimelijk bestudeerden ze de buurtkinderen en kochten dan voor Margaret waar ze hen mee zagen: barbies, een barbiehuis, een Cabbage Patch Kid genaamd Susanna Marigold. Een roze fiets met witte linten aan het stuur. Een speelgoedoventje waarmee je brownies bakte bij het licht van een lampje. Burgerlijke camouflage uit de Sears-catalogus. Haar vaders adagium: de stok raakt de vogel die zijn kopje het hoogst uitsteekt. Dat van haar moeder: de spijker die uitsteekt wordt in het hout geslagen. Ze kan zich niet herinneren dat ze haar ouders ooit een woord Kantonees heeft horen praten. Pas later zou ze zich realiseren wat ze had gemist.

Op vrijdag bestelden ze pizza en speelden ze bordspelletjes; op zondag gingen ze naar de kerk, de enige zwartharige hoofden die de mis bijwoonden. Haar moeder kocht een set CorningWare schalen en leerde ovenschotels maken. Margaret zelf was een boekenwurm en hield van poëzie. Net als haar ouders streefde ze ernaar om *gewoontjes* te zijn en ze greep zich stevig vast aan het midden van de belcurve. Als je opviel, was je een prooi. Je kon maar beter opgaan in het struikgewas. Ze haalde gemiddelde cijfers, voldeed aan de verwachtingen maar overtrof ze zelden, was nooit lastig en was nooit voorbeeldig. Diploma, een beurs voor een universiteit in New York: *de stad*, zoals haar moeder het altijd had genoemd. Alsof er maar eentje bestond. Het was een ongrijpbare belofte die ze zo aanlokkelijk vond: dat je in de stad meerdere dingen kon zijn. En toen schuurde de stad het laagje glazuur van haar af en onthulde dat wat vanbinnen vloeibaar pulseerde.

In die eerste dagen kleedde ze zich zoals zij dacht dat een New Yorker eruitzag: zwarte spijkerbroek, hoge hakken, zijdeachtige blouse. Glamour, elegantie. Mysterie. Toen, ze was er net twee dagen, wilde ze uit de metro stappen en schreed er een bebaarde figuur voorbij in een smaragdgroene baljurk die hun rokken bijeenpakte en zich in de stoel perste waaruit zij net was opgestaan. Niemand keek op of om en toen de deuren dichtgingen haalde de persoon een exemplaar van *The New*

Yorker uit de plooien van hun jurk tevoorschijn en begon te lezen en toen nam de trein hen mee, uit het zicht. In de daaropvolgende dagen zag ze nog veel meer. Een man die met zijn fiets door het stilstaande verkeer zigzagde en luide sirenegeluiden maakte met zijn mond. *Teh-tu-teh-tu*. Een oudere dame die met haar wandelstok hobbelend Broadway afzakte, keihard zingend op de maat van haar passen: *our God is an awesome God/He reigns from heaven above*. Een man die een vrouw tegen de zijkant van een stoep voor een huis drukte, met haar knieën om zijn middel geslagen terwijl hun kreten uit dat smalle steegje naar de straat erachter opstegen als uit een luidspreker. Niemand bleef staan of trok een gezicht of keek om zich heen; iedereen liep snel door, bemoeide zich met zijn eigen zaken, zijn eigen leven. Het begon te regenen, bakken vol water werden over de stad uitgestort en Margaret liep een boekenwinkel in, volkomen doorweekt, en geen mens keek ervan op. Hier ziet niemand je, besefte ze. Wat inhield dat je alles kon doen, alles kon worden. In de wc trok ze de doorweekte sokken van haar voeten en droogde die onder de handdroger en geen mens die er iets van zei. Toen ze droog waren, trok ze ze weer aan en ze voelde de warmte om al haar tenen kringelen. Ze had zich nog nooit zo vrij gevoeld.

Ze knipte haar haren af en nam een paarse lok. Ze wilde zien hoe ver ze kon gaan voor iemand omkeek, voor iemand haar een tweede blik waardig keurde. Ze ging stukje bij beetje andere kleren dragen: hogere hakken, kortere rokjes, spijkerbroeken die meer scheur dan denim waren. Ze nam overal piercings. Niemand keek er ooit van op. Niet zoals thuis, waar mensen haar altijd nakeken, heel lang, soms. Waar ze zich keurig moest gedragen, altijd, op geen enkele manier op mocht vallen: een vogel die haar kopje gebogen hield, een spijker die zich in zacht, veilig hout had genesteld. Zorgen dat je niet opviel was hoe je overleefde.

De spanning begon toen al op te lopen. Minder werk, lagere lonen. Prijzen die begonnen te stijgen. Maar het was nog niet overal aan de hand: ze zag nog altijd mensen nieuwe kleren kopen, in restaurants eten. 's Avonds waren er nog steeds delen van de stad die glitterden en gonsden van de samengebalde energie van mensen die bijeenkwamen om jong en vol leven te zijn in het donker. Het was nog altijd mogelijk om te genieten. Om tijd te verspillen. Het was nog mogelijk om in het park op een bankje te zitten of buiten op de stoep en dan te kijken naar voorbijgangers, die glimlachten of hard lachten, en om dan naar ze terug te lachen.

Margaret dook boven op de stad. Ze nam een baantje als serveerster. Ze sloeg colleges over en liep eindeloos rond en verkende alle hoeken en gaten van de stad, verslond haar. Ze maakte vrienden. In Chinatown kon je toen mensen nog Kantonees horen praten en ze kocht Chinese kranten en een woordenboek, bestudeerde 's avonds de karakters, leerde hun onderdelen en hun klanken zoals ze misschien het lichaam van een geliefde zou leren kennen. Voor het eerst besefte ze dat haar oude leven had geschuurd als een te krappe jas. Ze leerde drinken en flirten. Ze leerde iemand te laten genieten, zelf te genieten.

Ze was toen al aan het schrijven, regels op losse papiertjes gekrabbeld, op supermarktbonnetjes, op het witte achterkantje van kauwgumpapiertjes, elk woord een stukje diamantslijpsel, scherp gerand en bijtend. Ze voelden als het werk van een ander, iemand waarvan ze niet wist dat die in haar schuilging. De Crisis kwam eraan, zou er snel zijn, maar er waren nog tijdschriften en er was nog tijd voor poëzie en er waren nog mensen om die te lezen. En redacteuren hielden van haar, hielden van haar stormachtige ritme. De schitterend wilde souplesse van haar strofen. Beelden die hun tanden in je hart zetten en weigerden los te laten. Ze leverden nooit iets op, maar dat maakte niet uit. 's Avonds legden haar vrienden en zij hun handjes bankbiljetten bij elkaar en kochten er flessen wijn voor die ze dronken uit plastic bekertjes in iemands studentenkamer, waar ze met roodgevlekte monden in een kringetje zaten.

In die tijd was de stad koortsachtig, alsof iedereen de storm voelde aankomen, de geladen lucht, tintelend van mogelijkheden. Haar ouders vonden het krankzinnig, maar wat haar betrof was het de verstandigste en meest logische weg: als de wereld in brand stond, kon je je licht maar beter zo fel mogelijk laten schijnen. Late avonden gingen over in vroege ochtenden; net genoeg geld om koffie te kopen waar ze ook maar terechtgekomen was. Terug naar huis lopen bij het krieken van de dag om het geld van de taxi uit te sparen en zien hoe de stad van grijs naar goud verkleurde terwijl de zon opkwam. Ze ging naar feestjes, danste, zoende met wildvreemden, gewoon om te zien wat er dan zou gebeuren. Vaak eindigden ze in iemands bed – dat van haar, dat van hen, dat van een ander. Beeldschone mannen. Beeldschone vrouwen. De wereld was er toen vol van en allemaal schitterden ze dat het een aard had, als sterren voor het uitdoven.

Als ze later terugdacht aan die tijd zag ze een nachtclub voor zich, de lucht dik en zwart en dampend om haar heen. Lichamen die zich verdrongen, glibberig van het zweet. Spikkels licht die rondcirkelden door de ruimte en die fragmenten zichtbaar maakten: een oog, een lip, een hand, een borst. Het gevoel op te gaan in een massa, een vormeloos, zweterig, pulserend ding, waarin zij allemaal individueel op dezelfde beat bewogen, verbonden door het moment. Boven hun hoofden: felle lampen die aan zouden springen als de avond voorbij was, als ze nog niet gevlucht waren. Onder hun dansende voeten: de vloer die plakkerig geworden was van de geknoeide drank. Er was nog geen avondklok.

Het begon langzaam, zoals de meeste dingen. Ze was derdejaars. Er werden winkels dichtgespijkerd; de etalages die vanbinnen schoongemaakt werden. Eerst alleen hier en daar, als gaatjes in een gebit, en ineens stonden hele straten leeg, door het hele land. De huren waren te hoog, de clientèle te klein. Meer zwervers die muntjes lieten rammelen in papieren bekertjes die uit vuilnisbakken waren gevist, meer bordjes, met stift beschreven stukken karton. GEZIN MET 3 KINDEREN. BAAN KWIJT. BLIJ MET ALLES. Alles kostte meer en iedereen had minder te besteden. Kledingwinkels prijsden hun truien af – tien procent korting, twintig, vijfenveertig – en nog steeds bungelden die aan de rekken. Geen mens paste ze zelfs maar. Niemand had meer geld of tijd. Een op de tien mensen was werkloos, volgens de statistieken. Toen: een op de vijf. Mensen verloren hun auto en toen hun huis. Mensen begonnen hun geduld te verliezen.

Het restaurant waar Margaret werkte moest sluiten: vijfenveertig jaar had het bestaan, maar er kwam niemand meer, behalve de mannen die er koffie bestelden en lang op een bankje bleven hangen om ervan te nippen terwijl het allang koud was. Haar baas huilde toen hij het hekwerk voor de deur naar beneden trok; hij had er als jongetje nog achter de toog gespeeld. Toen ze bij andere restaurants vroeg of ze mensen nodig hadden, begonnen sommigen te lachen. Anderen schudden simpelweg hun hoofd. Een manager vertelde haar vriendelijk dat ze weer naar huis moest gaan. Het wordt alleen maar erger, zei hij, voor het weer beter wordt. Als het al beter wordt. Hij had een dochter die ongeveer even oud was als zij die ook net haar baan kwijt was.

Ze konden het nooit helemaal eens worden, de economen, over wat de oorzaak was: sommige zeiden dat het gewoon een ongelukkige cyclus was, dat dit soort dingen nu eenmaal af en toe gebeurde – net als cicaden, of plagen. Andere schoven het op speculatie, of inflatie, of een gebrek aan consumentenvertrouwen – al werd nooit duidelijk wat dáár dan weer de oorzaak van was. Mettertijd kwamen steeds meer mensen met lijstjes vol oude rivalen op zoek naar iemand om de schuld te kunnen geven; binnen een paar jaar kozen ze voor China, die gevaarlijke, eeuwige gele dreiging. Ze zagen Chinese sabotage achter elk struikelblok en breekpunt van de Crisis. Maar aanvankelijk waren ze het allemaal alleen nog maar eens over dit: het was de ergste crisis sinds de jaren tachtig en toen sinds de Grote Depressie en daarna stopten ze met vergelijkingen maken.

Mensen die aan de top hadden gezeten deden hun deur op slot, hielden zich gedeisd tot het voorbij zou gaan. Terwijl winkels hun deuren sloten, bestelden zij hun spullen van verder weg en betaalden de stijgende prijzen. Degenen die het best goed hadden gehad, haalden de broekriem aan, begonnen op aanbiedingen te letten, schrapten inkopen, bezuinigden op alles waar ze maar op konden bezuinigen – niet meer op vakantie, geen hobby's meer, alleen maar minder, minder, minder. Degenen die het voordien al nauwelijks konden redden tot ze vrijdags uitbetaald kregen, tuimelden van een steile trap vol verliezen: eerst hun baan, toen hun huis en toen hun trots. Door het hele land konden mensen hun huur niet meer betalen; tegen die tijd waren huisuitzettingen aan de orde van de dag. Overal dezelfde beelden: meubels die met weinig ceremonie op de stoep gedumpt werden, gezinnen bij elkaar gekropen op hun bank op de stoep, voorbijgangers die koekeloerden terwijl huisbazen de sloten vervingen. Executieverkopen trokken als een rimpeling door de ene na de andere straat tot hele delen van buurten verlaten waren.

Een *correctie*, noemde het nieuws het aanvankelijk, alsof al die tijd dat mensen zich hadden kunnen redden, over het algemeen te eten hadden en een dak boven hun hoofd hadden een vergissing was geweest. Alsof de situatie erop vooruitging, in plaats van achteruit. In Houston stonden ellenlange rijen bij de voedselbanken. In Sacramento moest men uren wachten voor een blikje bonen en een paar doosjes met crackers. In Boston zaten mensen te dommelen in kerkbankjes, wachtend tot de nacht voorbij was, en de volgende dag stonden er nog meer buiten.

Al snel kwamen de protesten. Stakingen. Demonstraties die vreedzaam waren. Demonstraties met wapens. Ramen die ingeslagen werden, spullen die meegenomen werden of in brand gestoken: woede en nood die zichtbaar en tastbaar werden. Politie in volledige gevechtsuitrusting. Overal in het land herhaalde zich hetzelfde verhaal, maar dan op een andere schaal. In New York zag Margaret de stad om zich heen leegstromen. Degenen met huizen en familie elders zochten daar hun toevlucht, deelden de kosten, zetten de tering naar de nering. Degenen die dat niet hadden, verdwenen op andere manieren: ze verstopten of verschuilden zich of gingen dood. Ineens kon je tussen de pilaren van de gebouwen de vogels horen zingen. De *economische crisis*, begonnen de kranten het te noemen en toen, naarmate het meer werd dan alleen economisch, naarmate mensen hun vertrouwen begonnen te verliezen, hun doel, de bereidheid om de volgende ochtend op te staan, hun vermogen om te blijven proberen, hun optimisme dat het ooit anders zou kunnen worden, hun herinnering aan dat alles ooit anders was geweest, hun hoop dat het ooit beter zou worden – raakten er andere termen in zwang. *Onze aanhoudende nationale crisis*, stond er steeds in de krant, en al snel werd er ook op woorden bezuinigd: de Crisis. De hoofdletter C was de enige frivoliteit die men zich nog permitteerde.

Op de universiteit werden de colleges uitgesteld en toen geschrapt. Het werd almaar stiller in het gebouw, omdat ouders hun kinderen terugriepen naar hun veilige huizen. Van Margarets ouders kwamen sombere berichten: onbetaalde verloven in de fabriek, tekorten in de winkels. Met mij gaat het prima, zei Margaret tegen haar ouders. Ik blijf hier, alles is in orde, maken jullie je om mij maar geen zorgen. Wees voorzichtig. Ik hou van jullie. En dan, als ze had opgehangen, stroopte ze gangen af en viste uit de achtergebleven vuilniszakken wat ze kon gebruiken. Kleding en te grote schoenen, half opgegeten rollen koekjes. De meeste kamers zaten op slot en de mededelingenbordjes waren schoongeveegd, op één na waar in zwart op gekrabbeld was: TOT AAN DE ANDERE KANT. Ze raakte de letters met haar vinger aan. Onuitwisbaar.

Drie weken later kwam ze voor het eerst iemand tegen in die gangen: Domi. Ze hadden samen een blok gevolgd, toen er nog lesgegeven werd: het marxisme en literatuur van de twintigste eeuw. Die chique en wereldse Domi, met perfecte streepjes eyeliner die als vleugels de lucht in staken. Rijmt op *show me*, had ze gezegd, met één opgetrokken wenkbrauw.

Nu, zonder make-up, leken haar ogen groter, jonger. Eerder die van een konijn dan die van een havik.

Had niet gedacht dat er nog iemand anders zo gestoord was om hier te blijven, zei Domi. Kom mee. Tijd om te gaan.

Domi had een ex met een vriendin met een zus met een appartement met twee slaapkamers in Dumbo. Daar persten ze zich inmiddels met zijn zessen in: de zus en haar vriendje in de ene kamer, de ex en zijn nieuwe meisje in de andere, Domi op de bank en Margaret in een slaapzak op de vloer in de zitkamer. De kamer was zo klein dat hun vingers met elkaar verstrengeld raakten als ze hun armen uitstaken in het donker.

In het verduisterde herenhuis vertelt ze Bird over al deze dingen terwijl ze het draad van de klos haalt, het rode plastic wegtrekt om het glanzend koperen merg bloot te leggen. Ze heeft een zekere bedrevenheid in haar werk, precisie. Het is alsof hij kijkt naar een klokkenmaker die alle radertjes op hun plek zet. Bird zit met zijn knieën tegen zijn borst getrokken. Betoverd: door haar verhaal, door haar handen. Buiten de verduisterde ramen is het nu een uur of elf. De Crisis is allang voorbij, de stad gonst en kolkt, maar binnen is het griezelig stil bij de gloed van die ene lamp. Samen in de geluidloze bubbel, luisterend.

De zus met het appartement had nog werk, als een van de weinigen. Ze werkte voor de burgemeester, nam de telefoon aan, probeerde mensen door te verbinden met de afdeling die ze moesten hebben. Geruststelling en kalmte. Wat ze te bieden had was medeleven, een belofte dat ze hun zorgen zou doorgeven. Een ander nummer dat ze zouden kunnen proberen. Soms kwamen er brokken baksteen door de kantoorramen; soms kogels. Al snel werden de bureaus op een kluitje midden in de kamers gezet. Haar vriend werkte als beveiliger in een lege wolkenkrabber in Midtown, waar het ooit zo druk was dat er drie sets liften waren: eentje voor de onderste helft, eentje voor de bovenste, eentje een snelle lift die regelrecht naar de bovenste verdieping ging. Nu was iedereen naar huis gestuurd – met onbetaald verlof of gewoon meteen ontslagen – en hij liep rondjes in de lobby onder eenentachtig verdiepingen van verlaten ruimtes. Er stonden computers, daarboven, ergonomische kantoorstoelen, banken bekleed met tabakskleurig leer. Degenen die erop hadden gezeten, hadden niet langer toegang tot het gebouw en de eigenaren waren in hun huizen op Long Island, in Connecticut, in Key West, waar ze zaten te wachten tot de Crisis zou afnemen. Op een dag, toen niemand meer geld had en iedereen hongerig was, sloop die vriend naar boven, jatte een laptop, verkocht hem en nam negen propvolle plastic tassen met boodschappen mee, zo zwaar dat ze striemen in zijn handen achterlieten. Ze hadden er twee weken van gegeten.

Domi's ex en zijn nieuwe vriendin namen elk baantje aan dat ze konden krijgen: de ramen van failliete bedrijven dichtspijkeren, kratten in vrachtwagens laden voor hen die de stad verlieten. Hij was een vlezige, stevige man, kaal uit vrije wil. Zijn nieuwe vriendin had peper-en-zoutkleurig haar en was pezig en snel. Allebei waren ze alert op kansen. Een pakhuis in Queens sloot zijn deuren en ze waren dolblij: bijna een maand salaris voor het laden van de ene na de andere pallet op een vrachtschip totdat dat uitvoer – terug naar Taiwan of misschien Korea, dat wist niemand, gewoon weg – en het pakhuis was leeg en galmend met bundels zonlicht die er de stoffige lucht doorkliefden. Toen ze geen werk meer konden vinden, gingen ze op strooptocht, kamden de straten af, verzamelden blikjes voor het statiegeld, alles wat bruikbaar was voor hergebruik. Ze bezochten de rijke buurten waar schatten te vinden waren in het huisvuil en waar de eigenaren hen vanachter dubbele beglazing bekeken alsof ze kraaien waren die in een kadaver pikten. Ze zagen een keer een man in Park Slope die op een brancard onder een wit laken zijn huis uit werd gedragen. Op dat moment was zijn herenhuis even onbewaakt. Toen het donker was kwamen ze terug en slopen naar binnen. De meubels en kleding waren al weg, maar ze stripten meters koperen leidingen en bedradingen uit de muren en de vriendin vond een horloge – een klein zilveren geval dat nog liep, met de inscriptie *Voor A van C* – dat ze om haar pols gespte voor ze met hun buit de nacht in verdwenen. Geen van hen had last van schuldgevoel, tenminste, niet op dat moment. Dingen konden of ongebruikt blijven liggen of je kon ze ruilen voor warmte, een gevulde buik, een avondje aangeschoten en vrolijk zijn terwijl ze allemaal wachtten tot of de Crisis voorbijging of de wereld zou vergaan. Makkelijk zat.

Wat Domi en Margaret betrof: zij werden koeriers. Ze fietsten de stad door over halflege straten, door de griezelige stilte van het half verlaten Manhattan. Het was goedkoper dan dingen per post versturen en het postkantoor had het moeilijk – minder budget, postbodes die ontslagen werden, exorbitante benzineprijzen, pakjes die zo uit de bestelbusjes werden gestolen – en voor drie dollar kon een fietskoerier het binnen een uur bezorgen. Margaret ging als eerste: op een ochtend zag ze een fiets tegen een stoep geleund staan en toen die er die avond nog steeds stond, zonder slot, nam ze hem zonder schuldgevoel mee. Een hele vloot koeriers reed kriskras door de stad en ze herkende hun gezichten, leerde hun namen kennen als hun paden elkaar kruisten. Een paar weken later vonden ze nog een fiets en voegde ook Domi zich bij hen.

's Avonds werden bepaalde delen van de stad onguur. Werkloze mannen zaten in het park en verspilden hun laatste paar dollars aan een miniflesje whisky. En tegen de avond raakten die verbitterd en strijdlustig. Vrouwen leerden door schade en schande om hen te mijden. Sinds haar jeugd had Margaret de techniek om altijd over haar schouder te kijken geperfectioneerd. Om op basis van een gebaar een risico in te schatten, om te vechten als ze niet kon vluchten. Domi, die door haar vader in Westport opgevoed was – zomerhuis, paardrijles, eigen zwembad – was minder goed voorbereid. Soms schreeuwde ze in haar slaap en vlogen haar handen omhoog om haar gezicht te beschermen, alsof iemand probeerde om haar ogen uit te steken. Dan ging Margaret bij haar zitten, hield haar stevig vast, streelde haar over haar haren en dan kalmeerde Domi weer. 's Ochtends kon het zijn dat bij de paar winkels die zich koppig aan hun bestaan vastklampten de ruiten ingeslagen waren, de planken leeggehaald en dat hun alarm verwoed af bleef gaan al reageerde er verder niemand op. Sommige mensen probeerden er helemaal niet meer op uit te gaan en al snel deed Margaret boodschappen voor hen en bracht ze berichten over. Vijf dollar per klus, tien dollar, al deed ze het ook voor één dollar voor mensen in nood. Medicijnen bij de apotheek, een tas met etenswaren. Tampons, batterijen. Kaarsen. Drank. Alles wat mensen nodig hadden om van dag tot dag te overleven. Ze vouwde de dollarbiljetten die ze haar gaven op en stak ze in de cups van haar beha; aan het eind van de avond, terug in het appartement, telde ze ze, zacht als vochtig vilt van haar zweet, en streek ze weer glad. Inmiddels dacht ze nooit meer aan poëzie.

Je raakte eraan gewend, na een poosje: alle nieuwe regels die de stad en de gouverneur hadden opgelegd in een poging de orde te bewaren – wanneer je de straat op mocht, wanneer je binnen moest blijven, met hoeveel mensen je bij elkaar mocht zijn: weinig, steeds minder. Soms trok er een golf van ziekte door de stad en dan door de staat: er waren niet genoeg mensen aan het werk om de ziekenhuizen te kunnen betalen en trouwens ook niet genoeg dokters en medicijnen, alleen wat recepten voor Advil af te halen bij de drogist op de hoek, of iets stevigers bij de slijterij ernaast. Overal rijen, tekort aan alles behalve woede en angst en verdriet. Tenten schoten als paddenstoelen uit de grond aan de voet van viaducten en bruggen. Als je het nieuws mocht geloven was het overal zo. Je raakte gewend aan het wachten, aan de mannen die op de stoep zaten met kartonnen bordjes waarop stond: ALLE KLEINE BEETJES HELPEN. Je leerde om hen in de gaten te houden zonder ze aan te kijken, om ze al van ver te omzeilen. Je oren waren gespitst op geschreeuw, het gerinkel van brekend glas. Zelfs voor je het herkende, liepen je voeten al een andere straat in om je veilig uit de buurt daarvan te houden. Je raakte gewend aan brood met wat je ook maar had – ketchup, mayonaise, zout, wat het brood ook maar genoeg smaak gaf om het naar binnen te kunnen werken – en aan het hergebruiken van koffiedik, een keer, twee keer, soms een hele week, als het moest. Zelfs al was het bijna alleen nog water, dan nog was het iets wat je warm hield. Je raakte eraan gewend om niet te praten met mensen op straat, om aan ze voorbij te lopen, allebei op weg naar ergens anders, en je raakte gewend aan de sirenes die loeiden en dan ineens weer stopten als de gesmoorde kreet van een baby. Na een poosje vroeg je je niet meer af waar ze naar op weg zouden zijn, stond je niet meer stil bij degenen naar wie ze op weg waren.

Daar ergens waren ook mensen, rijkelui, die zich in hun forten verschanst hadden, weldoorvoed en warm, ook al waren ze niet gelukkig, maar daar dacht je ook al snel niet meer over na. Je stopte überhaupt met denken aan andere mensen. En uiteindelijk raakte je daaraan gewend, zoals je ook wende aan het feit dat mensen verdwenen: terug naar huis, ergens anders heen in de hoop op iets beters, en soms gewoon weg.

Waar je nooit aan wende – waar zij nooit aan wende – was de stilte. Op Times Square sprongen de verkeerslichten van rood naar groen en weer terug, soms zonder dat er ooit een auto langsreed. Boven je hoofd krijsten de meeuwen die wegdoken naar de haven waar niets meer gebeurde. Als ze haar ouders sprak was het kort, een paar minuten per belletje. De verbinding haperde en de belminuten waren duur en het enige wat je in feite wilde weten was dat de ander nog leefde. Soms fietste ze door Central Park en zag ze geen mens, niet op de voetpaden, niet op het meer, geen spoor van een ander mens, behalve de tenten waar Sheep Meadow mee bezaaid was en die er zomaar ineens stonden en even snel weer verdwenen als het gerucht ging dat de politie het park kwam schoonvegen. In de stilte tussen de dingen was er te veel tijd om na te denken en hoe hard ze ook doortrapte, haar gedachten kon ze niet achter zich laten.

In de honinggele gloed van de lamp trillen haar handen.

De Crisis. De Crisis. Bird heeft erover gehoord toen hij opgroeide: we mogen de wanorde van de Crisis nooit vergeten, zei iedereen altijd, zijn hele leven al. We mogen nooit meer terug naar zo'n tijd. Maar het was onmogelijk om uit te leggen hoe het voelde.

Elke dag huisuitzettingen en protesten en daarna ook elke

avond mensen die luid om hulp riepen, wat voor hulp dan ook. De politie schoot met rubberen kogels en spoot traangas rond. Auto's reden op de mensenmassa's in. Elke avond kwamen sirenes tot leven en jammerden een eind weg, dwars door de stad; de enige vraag was waarheen. Overal in het land braken branden uit – de ene nacht in Kansas City, de volgende nacht in Milwaukee en New Orleans – wanhopige rooksignalen van de verlatenen en vertwijfelden. In Chicago rolden er tanks langs de warenhuizen op Michigan Avenue om de dure waren te beschermen. Niemand wist precies wie ze er de schuld van moesten geven – nog niet – en zonder doel zwollen woede, paniek en angst aan bij alles, stroperig en warm, tot je longen rauw werden. Het was voelbaar in de stille verduisterde straten na de avondklok, in de loodgrijze schaduwen van de gebouwen en de galmende voetstappen van je schoenen op de verlaten stoep. Het flitste fel in de lichten van politieauto's als die voorbijreden, altijd op weg naar iets dringenders. En overal was iets dringenders.

Hoe moest je dit uitleggen aan iemand die het nog nooit had gezien? Hoe moest je angst uitleggen aan iemand die nog nooit bang was geweest?

Stel je voor, wil Margaret tegen hem zeggen. Stel je voor dat alles waarvan je denkt dat het solide is rook blijkt te zijn. Stel je voor dat alle regels niet meer gelden.

Ik heb honger, zegt Bird voorzichtig en Margaret keert met een schok terug uit haar overpeinzingen en werpt een blik op haar horloge. Het is na twaalven en hij heeft nog niet eens ontbeten. Ze vervloekt zichzelf in stilte. Het is al zo lang geleden dat ze voor iemand heeft gezorgd.

Ze legt de draadknipper neer en veegt haar handpalmen af aan de pijpen van haar spijkerbroek.

Ik geloof dat ik wel wat heb, zegt ze en ze rommelt wat in een plastic zak naast de bank. Ze vist er één enkele mueslireep uit.

Ik ga zo op in het werk, zegt ze, bijna beschaamd. Ik vergeet om eten in huis te halen. Hier, neem jij maar.

Bird trekt de folie van de reep, aarzelt dan. Hij begint het te begrijpen: zijn moeders uitgemergelde trekken, de donkere kringen onder haar ogen. Wat het ook maar is dat ze aan het doen is, het verteert haar. Ze eet nauwelijks, slaapt misschien ook bijna niet. Ze werkt de hele dag, de hele avond – of wat het nu ook maar is.

Eet, zegt zijn moeder zachtjes. Zorg nou maar dat je wat binnenkrijgt. Ik zal vanavond wat meer gaan halen.

Ze haalt nog een plastic tas onder de tafel vandaan: er zitten flessendoppen in. Doppen van een tweeliterfles. Rood, wit, oranje, een weeïg soort neongroen – plakkerig, nog vaag naar cola en cafeïne en zurige frisdrank ruikend. Ze legt er een handvol van op tafel, pakt er eentje op, inspecteert die. Legt ze twee bij twee. Wekenlang is ze bezig geweest om ze te verzamelen, deze kleine felle rondjes die ze van de stoepen heeft geplukt en uit de donkere muilen van vuilnisbakken.

Maar wat doe je dan, vraagt Bird tussen twee happen mueslireep door. Waar is dat voor bedoeld?

Margaret pakt een dop en veegt de rest aan de kant, pikt een transistor van de stapel: rood en geel gestreept, als een vruchtenhageltje. Ze brengt de soldeerbout naar een van de piepkleine uitsteekseltjes en de lucht raakt doortrokken van de hete, bijtende geur van hars.

Ik zal je vertellen hoe ik je vader heb leren kennen, zegt ze in plaats van te antwoorden.

Ze was een wilde toen ze elkaar ontmoetten.

De Crisis speelde toen al twee jaar. *Fuck alles* was inmiddels haar levensmotto. Mensen kwamen en gingen, soms welbewust, soms zonder waarschuwing vooraf. En je wist niet waar ze naartoe waren gegaan, of ze het van plan waren geweest of dat er een ongeluk was gebeurd, of nog erger. Soms, als ze haar leveringen deed, spuugden mensen haar in het gezicht, zeiden tegen haar dat dit de schuld was van China, beschuldigden haar ervan dat ze Amerika uitgeknepen had. Ze was een bandana gaan dragen die ze hoog over de brug van haar neus trok. Fuck dit, fuck alles, vonden Domi en zij, waarmee ze bedoelden: hecht je aan niets, aan niemand. Zorg maar gewoon dat je overleeft. Ze zeiden het bijna vol genegenheid tegen elkaar, als een groet of een nachtzoen. Fuck alles, mompelde Domi als ze in de zitkamer in slaap vielen en Margaret, in een deken gerold op de vloer, kneep dan in haar hand en fluisterde het terug terwijl het zweet van die dag opdroogde op hun huid tot fijne kristallen.

En toen kwam Ethan. Domi's verjaardag: het werd nog steeds gevierd, verbeten gevierd, ondanks alles. Drank genoeg om een feestje te bouwen. Het appartement vol mensen, ze konden de pot op met hun maximale groepsgrootte. De lucht warm en klef, als iemands adem. Domi was al dronken en zag hem niet, maar Margaret voelde een tinteling over haar schouderbladen zigzaggen. Een vriend van een vriend van een vriend, een vreemde eend in zijn antracietgrijze kostuum. Een kostuum! Ze voelde een onbedwingbare drang om hem van zijn onkreukbaarheid af te helpen. De kamer tolde en was vochtig en lawaaiig en ze liep weg bij Domi en liep naar de andere kant en bracht haar hand naar zijn keel en nam de strop van zijn das in haar vuist.

Ze eindigden buiten, op de brandtrap die niet meer was dan een randje, zo smal dat als ze er met zijn tweeën op gingen staan ze dichtbij genoeg waren om te zoenen. Tussen hun voeten: Domi's gebroken bloempot, vol sigarettenpeuken en as. Ethan, zei hij. Net klaar op Columbia toen alles opgeschort werd vanwege de Crisis. De hele avond kwamen en gingen de mensen in de kamer achter hen, lachend, drinkend, al het andere vergetend – voor heel even. Ze hadden het geen van beiden door. De avondlucht pakte zich samen als een deken over hun hoofd. Ze praatten en praatten tot ze ineens hun ogen halfdicht moesten knijpen in de perzikroze zonsopgang die in felle stralen tussen de gebouwen door viel. Binnen was het feestje uitgeraasd als een geblust brandje. Een handjevol mensen lag op het vloerkleed en de bank te slapen. Een kluwen eenzame puppy's. Domi was naar bed gegaan, niet alleen.

Ik moest maar eens gaan, zei Ethan en Margaret haalde zijn jasje van haar schouders. Hij had het om haar heen geslagen tegen de kilte van de nacht. Ze gaf het aan hem terug. Het was de enige keer die hele nacht dat ze elkaar aanraakten. Ze wilde hem kussen. Nee: ze wilde hem bijten, zo hard dat hij zou gaan bloeden.

Het was leuk je te ontmoeten, zei ze en ze ging naar binnen.

Toen de volgende dag de avondklok ingegaan was, liep ze de brug over, de stad in, wegduikend in de schaduw als de paar auto's die nog op straat reden langsflitsten. Ze had haar fiets in huis gezet: als je hem buiten liet staan, werden alle onderdelen eraf gesloopt, zelfs al stond hij op slot, en Ethan had verteld dat hij op de vierde verdieping woonde. Zo nu en dan liep er iemand anders voorbij en dan wisselden ze kort een blik voor ze doorliepen, ieder op weg naar een eigen heimelijk doel.

Honderdtwintig straten noordwaarts was Ethans gebouw, waar zijn raam glom als een klaarwakker oog. Ze klom de brandtrap op en zette haar vingers tegen het halfopen raam, en bij dat geluid keek hij op, geschrokken, en legde zijn boek neer, tilde het schuifraam omhoog en liet haar binnen.

De volgende ochtend had hij een bloem op zijn schouder waar ze hem had gebeten.

Domi vond het maar niks.

Je bent veranderd, zei ze. Het enige waar je nog aan denkt is híj. Zo zei ze het – híj – als een stukje pit dat ze uit moest spugen.

Dat deftige vriendje van je, zei ze. Met z'n deftige appartement. Veel móóier dan dit.

In werkelijkheid was het een studio, drie trappen hoog. Maar één kamer met een futon als bank en als bed, en een oude badkuip op leeuwenpootjes in de kitchenette – maar het was er veilig en warm. Ethans familie was helemaal niet zo deftig of rijk – zijn moeder werkte als assistente in een verpleeghuis, zijn vader was werktuigkundige – maar ze hadden connecties: zijn huisbaas was een oude schoolvriend van zijn moeder die hem zijn huis met een stevige korting verhuurde. Ethan kon het zich veroorloven om er de Crisis nog heel lang uit te zitten. De waarheid was dat Domi, als ze wilde, ook in haar eigen appartement had kunnen zitten – een veel mooier appartement; haar vaders elektronicabedrijf maakte het binnenwerk van de helft van alle mobiele telefoons en computers in het land. Hij bezat twee jachten, een klein privévliegtuig, huizen in Londen, Los Angeles en Zuid-Frankrijk. En ook eentje op Park Avenue, waar Domi was opgegroeid: op een middag had ze het Margaret een keer aangewezen en ze hadden op de stoep gespuugd en waren gevlucht voor haar vaders chauffeur hen weg kon jagen. Haar moeder was overleden toen Domi elf was en een maand later was haar vader getrouwd met de Deense au pair. Domi had gezworen dat ze nooit meer met hem zou praten als ze het huis uit zou gaan en dat had ze ook niet gedaan. Tijdens haar studie had ze zijn cheques verscheurd en de snippers had ze teruggestuurd.

Dus dat is je plan, zei Domi, je gaat je gewoon verschansen met je rijke vriendje en dit allemaal negeren, terwijl wij allemaal op een houtje moeten bijten?

Margarets handen waren kapot en rauw; een week geleden had iemand haar bij haar jas gepakt en die gescheurd, hongerig naar meer dan ze aanbood, maar ze kon wegkomen. Ze had de scheur gerepareerd met garen – rood, de enige kleur die ze had – en de steken volgden een getande scheur langs haar sleutelbeen.

Jullie kunnen allebei de klere krijgen, zei Domi, maar Margaret gaf geen antwoord. Ze was de deur al uit.

Hij sprak zes talen vloeiend, kon zich redden in nog een paar andere. Niet slecht voor een witte jongen uit Evanston, zei hij altijd voor de grap. Zijn ouders waren allebei dol op reizen, hadden voor elke vakantie een andere bestemming uitgekozen; nog voor zijn tiende was hij al op vier continenten geweest. Hij was enig kind, net als Margaret en dat was een van de dingen die hen in elkaar aantrok: het gevoel dat ze de laatste twijgjes waren aan de familiestamboom die zich samen entten om sterker te worden, om iets nieuws te smeden.

Ook Kantonees? had ze gevraagd en hij had zijn hoofd geschud.

Alleen een beetje Mandarijn. En niet eens echt goed Mandarijn, trouwens.

En toen: We zouden het samen kunnen leren. Met z'n tweeen.

Hij specialiseerde zich in etymologie: de herkomst van woorden. Als jongetje had hij gescrabbeld en kruiswoordpuzzels opgelost met zijn vader; zijn moeder had hem gecoacht voor spellingswedstrijden. Voor zijn verjaardag en met kerst vroeg hij altijd om boeken. Tegenwoordig, nu de bibliotheken en winkels dichtgingen, had hij niets anders te lezen dan de rij met woordenboeken die op de vensterbank stond opgesteld. De eerste ochtend, nadat ze wakker geworden waren, stond ze op uit zijn bed en doorkruiste de kamer om ze te bekijken. Dikke gele boeken voor verschillende talen: Frans, Duits, Spaans, Arabisch, een paar die ze niet eens herkende. Dode talen: Latijn, Sanskriet. Een heel dik Engels zo groot als een telefoonboek, bladzijden zo dun als die uit een Bijbel. Langzaam trok ze haar vingers over de ruggen en keek toen achterom naar hem – allebei waren ze nog ontkleed van de vorige avond, hun huid stralend goud in de zon van halverwege de ochtend – vol verwondering. Alsof ze ineens besefte dat hij iemand was die ze al kende.

Voor Ethan hielden woorden geheimen in zich verborgen, de verhalen over hoe ze waren ontstaan, al hun vormen uit het verleden. Hij vond de mysterieuze manieren waarop ze met elkaar verbonden waren, ging hun stamboom af om de meest onwaarschijnlijke neven en nichten te duiden. Het was bewijs dat er ondanks de chaos om hen heen logica en orde in de wereld bestond; er was een systeem en dat systeem kon worden ontcijferd. Dat vond ze geweldig aan hem, dat onwankelbare geloof dat je de wereld kon begrijpen. Dat je door de takken en afleidingen te bestuderen, de sporen die ze had nagelaten in het stof, haar kon doorgronden. Wat Margaret betrof ging het niet om wat woorden ooit geweest waren, maar waartoe ze in staat waren: hun vermogen om met één meesterlijke penseelstreek de contouren van een ervaring neer te zetten, de vorm van een gevoel. Hoe ze uitdrukking gaven aan het onuitsprekelijke, hoe ze heel even een gedaante aan konden nemen voor die weer oploste in de lucht. En dat was weer wat hij zo geweldig vond aan haar – haar onverzadigbare nieuwsgierigheid naar de wereld, dat die voor haar nooit helemaal kon worden ontrafeld, maar dat die oneindige mysteries en wonderen kende en dat ze er soms alleen maar met open mond bij kon staan kijken, in haar ogen wrijvend om het beter te kunnen zien.

Verschanst in het appartement lazen ze, trokken ze een van de woordenboeken van de plank en bestudeerden dat, breeduit op de futon, met de schoot van de ander als kussen. Ze lazen passages hardop voor, ontrafelden betekenissen, allebei gravend: zij delfde woorden als kostbare edelstenen, ze schikkend langs de randen van de wereld, hij groef de fossiele lagen op. Al die sporen van mensen die probeerden om de wereld aan zichzelf te verklaren, om zichzelf aan anderen te verklaren. *Getuigen* had zijn wortels in *tuigen*, trekken: erbij getrokken worden om iets te zien. *Auteur* betekende oorspronkelijk *iemand die iets verbouwt*: iemand die een idee tot wasdom brengt, gedichten oogst, verhalen, boeken. Poëzie kwam, als je maar lang genoeg terugzocht, van het woord voor opstapelen – de vroegste, meest basale vorm van creëren.

Daar had Margaret om moeten lachen. Dat ben ik, zei ze, een woordenstapelaar.

Krei, las ze, betekent *scheiden*. Oordelen. Als een zeef, zei

Ethan, het goede van het kwade scheiden. En vandaar *krisis*: het moment waarop een beslissing wordt genomen, richting voor- of tegenspoed.

Met één vinger had ze de verfijnde lijn van zijn borstbeen gevolgd, een kringetje getrokken in de zachte holte onderaan zijn nek.

Dus een moment, zei ze, waarop we beslissen wie we zijn.

Buiten klonken sirenes en geschreeuw en soms schoten – of waren het rotjes? Golven onrust trokken als een lopend vuur van staat naar staat, het hele land droog als brandhout, gretig om vlam te vatten. In Atlanta hadden werkloze demonstranten het stadhuis in brand gezet; ze hadden de Nationale Garde erbij gehaald. Er waren steeds maar bomaanslagen in de parlementsgebouwen in de verschillende staten, op metrostations, op de gazons van de landhuizen van de gouverneurs. Er waren spoedvergaderingen en er werd gestemd en gedemonstreerd en geprotesteerd en er leek niets te veranderen. Het kan zo niet langer, bleven de mensen maar zeggen op de paar plekken waar ze nog bijeen durfden te komen: in het pad van de supermarkt waar ze pakten wat ze pakken konden van de bijna lege planken. In de gangen van flatgebouwen als buren elkaar passeerden en over heggen terwijl mensen gevallen bladeren bij elkaar harkten – bij elke poging om orde, regelmaat en normaliteit te bewaren in een tijdperk dat bepaald niet normaal was. Het kan zo niet langer, zei iedereen, maar het ging gewoon door.

Binnen: Margaret en Ethan dronken thee en aten crackers uit de kast. Na haar douche trok ze een van zijn oude overhemden aan, waste haar jurk in de badkuip, hing hem over de stang te drogen. Ze sloten eerst de ramen en toen de gordijnen. Ze lazen. Ze maakten soep. Ze bedreven de liefde.

Zoals hij haar behandelde, als boter die van een vinger gelikt moest worden. Ze had zich nog nooit zo kalm gevoeld als na afloop in bed, met haar wang tegen zijn rug aangedrukt. Het voelde goed: je uitrekken na wekenlang opgekruld te zijn geweest. Op een ochtend bleef ze gewoon.

Ze had Domi een brief gestuurd toen ze vertrok: een schutterige poging om afscheid te nemen na hun laatste, hevigste ruzie, die ermee was geëindigd dat Domi het jack had uitgetrokken dat Margaret aan haar had gegeven – Neem maar mee, ik loop nog liever in mijn blootje rond – en de deur uit was gestormd. Het was een heel kostbaar vel vol, voor- en achterkant, en achteraf kon ze zich niet herinneren welke dingen ze had opgeschreven en welke ze had verzwegen in haar poging om Domi's toorn niet over zich af te roepen en om Domi pijn te besparen. Het enige wat ze zeker wist was dat Domi nooit belde, nooit langskwam en uiteindelijk stopte Margaret met wachten.

In de stilte van Ethans appartement kwamen de gedichten tot haar als schuwe dieren die na een storm weer tevoorschijn komen.

Ze schreef over de stilte van de stad, hoe de hartslag van de stad veranderde nu er zoveel mensen weg waren. Over liefde en genot en troost. De geur van zijn nek, 's ochtends vroeg. Hun bed dat het warme, zachte nest werd, 's avonds. Over verstilling vinden in het gegons dat al zo lang duurde, een stille plek in het vermalende, nooit-aflatende gekrijs van de Crisis. Er was nergens meer een plek om die gedichten te publiceren; alleen de grote kranten konden het zich veroorloven om nog te blijven draaien en dat ook alleen met steun van de overheid; voor poëzie, voor woorden, had niemand tijd, maar ze schreef strofen op stukjes papier, in de brede marges van Ethans woordenboeken en op een dag zouden ze de eerste uitbottende takken van haar eigen boek vormen.

Niemand kon het nog zien, maar tegen die tijd was het verhaal van de Crisis vaste vorm aan het krijgen. Nog even en het zou verharden, als het slib in troebel water, aankoeken als een dikke laag modder.

We weten wie dit allemaal hebben veroorzaakt, begonnen de mensen te zeggen. Ga maar na: wie profiteert ervan nu het met ons slecht gaat? Vingers wezen onverbiddelijk in oostelijke richting. Kijk dan hoe het bnp van China steeg, hun levensstandaard omhoogschoot. Daar had je Chinese rijstboeren met smartphones, raasde een congreslid tijdens een vergadering van het Huis van Afgevaardigden. Hier in de vs moesten Amerikanen op een emmer naar de wc omdat hun water wegens wanbetaling was afgesloten. Als dat niet gestoord is, weet ik het ook niet meer.

De Crisis was de schuld van China, hielden sommigen vol: al hun gemanipuleer, hun tarieven en devaluaties. Misschien hadden ze er zelfs wel hulp bij gehad, waren we van binnenuit ontmanteld. Ze willen ons omverwerpen. Ze willen ons land in bezit nemen.

Achterdochtige ogen schoten de kant op van hen met *buitenlandse* gezichten, *buitenlandse* namen.

De vraag is, bleef men maar zeggen, wat gaan we eraan doen?

Een panisch telefoontje van haar moeder, haar stem bijna niet te verstaan: iemand had Margarets vader van de trap in het park geduwd. Hij was langs de man gelopen die het had gedaan – zij liepen naar beneden, die man naar boven – maar ze hadden hem helemaal niet eens aangekeken en toen had die man zich omgedraaid en haar vader met beide handen een duw gegeven, recht tussen de schouderbladen. Margarets vader was vierenzestig en was magerder, schimmiger geworden. Zijn lichaam was nog wel compact maar niet meer zo sterk als het ooit was geweest. De artrose had zijn heupen en schouders aangetast. En hij was omlaaggetuimeld, had niet eens geprobeerd om zichzelf te stoppen, gewoon naar beneden, als iets wat al dood was. De rand van de laatste traptrede had zijn schedel vlak boven zijn oor verbrijzeld en alles ging zo plotseling dat ze geen van beiden zelfs maar tijd hadden gehad om te schreeuwen. Tegen de tijd dat Margarets moeder doorhad wat er was gebeurd en zich omdraaide om te zien wie hem die duw had gegeven, was de man verdwenen. Haar vader was niet meer bij bewustzijn gekomen en tweeënhalf uur na haar moeders telefoontje was hij overleden. De volgende ochtend, gek van verdriet, had haar moeder een hartinfarct gekregen in de keuken van haar lege huis – dat nu te groot was voor haar alleen – en deze keer kreeg Margaret, die nog steeds aan het proberen was om een vliegticket te boeken, het nieuws van een politieagent die haar, als naast familielid, had weten te vinden.

Toen speelde het al, al wist ze het nog niet: het speelde al, niet alleen in het van de trap duwen, maar in de mensen die de oudere man zagen vallen en zich wegdraaiden van de man die hem de duw had gegeven om hem door te laten – of het nu was van schrik, uit angst of omdat ze het goedkeurden, was iets wat niemand zich durfde af te vragen. Toen speelde het al in die drie mensen – een vrouw van middelbare leeftijd, een jongeman van in de twintig, een moeder met een kinderwagen – die doorliepen voordat een vierde een ambulance belde, op het moment dat die de oudere vrouw zich over haar mans verwrongen lichaam zagen buigen, niet gillend maar iets onverstaanbaars tegen hem prevelend in een taal die ze beiden al tientallen jaren niet meer hadden gesproken, zelfs niet met elkaar, maar die nu uit haar getrokken werd in de wanhopige hoop dat deze woorden in hem zo diepgeworteld zouden zijn, dat hij ze nog zou kunnen horen.

Ik had helemaal niet door dat hij gewond was, zou de vrouw later tegen haar man zeggen toen ze een item op het nieuws zagen over het *noodlottige ongeluk*. Ik dacht dat hij was uitgegleden en was gevallen, of zo. Ik wilde niemand een ongemakkelijk gevoel geven.

Ik hoorde haar Chinees praten, of zoiets, zou de jongeman zeggen. Het was geen Engels, dat weet ik wel, en nou ja, vanwege wat ze tegenwoordig zeggen over China – het leek me gewoon beter om me er niet mee te bemoeien.

De moeder met de kinderwagen zei er niets over. Ze had ook nooit naar het nieuws gekeken; haar baby had een kies die doorkwam en ze deden geen van beiden een oog dicht.

Een eenmalig incident, zei de politie een paar weken later. Geen aanwijzingen wat de man betrof die had geduwd. Geen bewijs waarom hij zoiets gedaan kon hebben.

Het gebeurde ook in andere steden, in een eindeloze hoeveelheid variaties: een schop of een stomp op de stoep, een klodder spuug in het gezicht. Het gebeurde overal, eerst hier en daar, toen overal. En uiteindelijk maakte het nieuws geen melding meer van de verhalen, want de nieuwigheid was ervanaf.

We kunnen naar huis vliegen, zei Ethan. Vliegtickets waren schaars en duur, maar ze hadden wat gespaard. We kunnen naar huis vliegen en regelen wat er ook maar geregeld moet worden.

Ze wist niet hoe ze moest uitleggen dat er niets meer was om voor naar huis te gaan. Dat er geen thuis meer was. In plaats daarvan concentreerde ze zich op een ander woord: wij.

Ik wil weg uit New York, zei ze tegen Ethan. Laten we hier alsjeblieft weggaan. Maakt niet uit waarnaartoe.

Het sloeg eigenlijk nergens op; haar ouders waren nooit in New York geweest. Ze was al jaren uit huis. Dus vanwaar die drang om te vluchten? Maar toch klopte het ergens wel, die drang die ze voelde om opnieuw te beginnen. Om weer opnieuw te beginnen in haar nieuwe verweesde staat, op een plek waar ze zichzelf kon afschermen voor de harde kanten van de wereld. Ze wilde een vogel zijn en haar kopje gebogen houden. Ze wilde niet opvallen. Ethan mailde zijn vader, die contact opnam met zijn netwerk: buren, collega's, oude huisgenoten, vrienden van vrienden, alle dividend van de goodwill die hij in de loop van zijn volle sociale leven had opgebouwd. Er was altijd wel iemand die weer iemand kende; zo gingen die dingen in zijn wereld en ze hadden daar allebei nooit veel bij stilgestaan. Ze waren er gewoon blij om: het bleek dat de broer van Ethans peetvader een golfmaatje was van een lector op Harvard en die zei dat de universiteit op zoek was naar iemand, of dat binnenkort zou zijn. Een paar telefoontjes, een cv dat bij iemand op het bureau gelegd werd en al snel had Ethan een baan als docent op de afdeling linguïstiek.

Binnen twee weken was het geregeld. Ze namen van niemand afscheid. Ze hadden inmiddels al geen contact meer met iedereen die ze kenden, in de stad. Ze namen weinig mee, want ze hadden niet veel om mee te nemen: samen één koffer met kleding, een stapel woordenboeken. Ze zouden helemaal opnieuw beginnen.

Hij kan het zich niet voorstellen. Ze ziet het aan zijn gezicht: de perplexe blik van iemand die probeert te voelen wat hij nog nooit heeft gevoeld. Te zien wat hij nog nooit heeft gezien. Haar vader had haar ooit een parabel verteld, over blinde mannen die probeerden een olifant te beschrijven maar alleen een deel ervan konden bevatten – een muur, een slang, een waaier, een speer. Een verhaal met een moraal: dat het onzin is te denken dat je ooit je ervaring met een ander kunt delen. Details gutsen uit haar als scherpe zandkorrels, maar het blijft de nachtmerrie van een ander. Er is niets anders wat het hem kan doen begrijpen behalve het zelf meemaken en ze zou haar leven ervoor geven om te voorkomen dat dat ooit gebeurt.

Maar hoe *eindigde* het nou, vraagt Bird en ze denkt: ja. Nog zoveel te vertellen.

Ze zonk weg in haar nieuwe leven alsof het een dik donzen dekbed was. In hun kleine huis in Cambridge, gekocht met elke cent die ze hadden gespaard – het enige voordeel van de Crisis, zo grapte Ethan grimmig, was dat er zoveel huizen voor een schijntje te koop waren – verfde ze de muren warm oranje-goud. De kleur van het leven dat ze voor hen wilde. Ze repareerden de ramen, schuurden de vloeren, legden een tuin aan: pompoen en tomaten, knalgroene sla. Binnen het hoge hek dat hun postzegelgrote achtertuin inperkte, kon je gemakkelijk doen alsof de rest van de wereld ook zo was. Je vergat zomaar dat daarbuiten de Crisis nog altijd tekeerging, want met geld en mazzel en connecties waren zij er gewoon uitgestapt, zoals je uit een storm een warme, droge schuilplaats in kunt lopen.

Voor alle anderen kwam er een eind aan met een vage videoclip van een beveiligingscamera. De beelden toonden een korrelige grijze figuur gehuld in een hoody die voor een kantoorgebouw in een straat in Washington D.C. rondhing. Het gebeurt allemaal heel snel: een man in een donker pak komt de lobby uit lopen, de figuur met de hoody houdt een pistool omhoog. Een lichtflits. De persoon in het donkere pak zakt in elkaar. En dan, vlak voor hij het beeld uit vlucht, kijkt de man met de hoodie op naar de beveiligingscamera, alsof die hem nu pas opvalt, zijn bezonnebrilde gezicht in het midden van het shot.

De man in het donkere pak, verklaarde de nieuwsprogramma's terwijl ze de clip eindeloos vaak lieten zien, was een senator uit Texas. Een van degenen die de meeste oorlogsretoriek gebruikte over wat hij de *Chinese Crisis* noemde. Hij had naam gemaakt met hartstochtelijke pleidooien voor sancties, polemieken over de sluipende dreiging van de Chinese industrie, nauwelijks verhulde insinuaties over loyaliteit. Maar na die moordaanslag maakte de publieke opinie direct een totale ommezwaai: ook al was het gezicht van de man met de hoody te vaag om hem te kunnen identificeren, uit het plaatje viel duidelijk op te maken dat hij Oost-Aziatisch was – *gezien de context*, concludeerden analisten, *hoogstwaarschijnlijk Chinees*. Politiebureaus werden overstelpt met telefoontjes die buren, collega's of de barista in de koffiezaak op de hoek als schuldige aanwezen. Op social media werden tientallen foto's – uit onlinebestanden, datingprofielen, kantoorportretten, vakantiekiekjes – naast het beeld uit de beveiligingsvideo gepost door mensen die er zeker van waren dat ze de zaak opgelost hadden. Alles bij elkaar werden door deze amateurdetectives vierendertig verschillende mannen aangewezen, tussen de negentien en vijfenzestig jaar oud, allemaal met een totaal verschillend uiterlijk, en daardoor zou de schutter nooit gepakt worden, niemand zou ooit voor de daad terechtstaan en elk Aziatisch gezicht zou altijd verdacht blijven – van de aanslag of van het stiekem sympathiseren met de aanslag. Vanuit zijn ziekenhuisbed liet de senator, zijn verbonden schouder prominent in beeld, van zich horen. *Zie je nou wel? Ze deinzen nergens voor terug, zelfs niet voor koelbloedige moord. En wie is de volgende?* Commentaren van krantenredacties deden een duit in het zakje: *Niet slechts een aanval op het leven van één senator, maar een regelrechte aanval op onze overheid, op onze manier van leven.*

Sommigen probeerden de schutter te verdedigen: *Kijk dan naar de haat die deze senator zaait. Geweld is nooit de oplossing, maar kun je het de schutter wel echt kwalijk nemen?* Chinees-Amerikaanse organisaties veroordeelden de onbekende schutter meteen als een lone wolf, een uitzondering, een dwaling. Hij spreekt niet namens ons, sprak smekend uit hun verklaringen. Maar het was al te laat. Verdachtmakingen verspreidden zich als inkt op natte stof, helemaal tot de randjes, totdat iedereen ervan doortrokken was. Het was dezelfde bezoedeling die in de jaren erna werd aangevat om de zijdelingse blikken op iedereen die er Chinees uitzag te rechtvaardigen en excuses te maken voor de weigering om zo iemand te bedienen, de scheldkanonnades of het spugen in iemands gezicht, en later de honkbalknuppels, de gelaarsde voeten.

Het was de katalysator die nodig was voor het invoeren van de PACT. Iedereen was de Crisis beu; ze sleepte zich al bijna drie jaar voort, lang genoeg om iedereen op de knieën te krijgen. De meeste mensen vonden de PACT vrij gematigd, verstandig, zelfs: vaderlandsliefde, algemene waakzaamheid. Waarom zou je daar niét voor zijn? Margaret keek naar een video waarin de president de wet ondertekende, met een groepje parlementsleden om hem heen. Vlak achter zijn rechterschouder stond de gewonde senator met zijn arm in een mitella onverbiddelijk te knikken.

De PACT zal ons beschermen tegen de zeer reële dreiging die uitgaat van allen die ons van binnenuit ondermijnen, zei de president. Alle loyale Amerikanen – waaronder loyale personen van Aziatische afkomst – hebben van deze wet niets te vrezen.

Hij zweeg even en zette toen een zwierige handtekening onderaan de bladzijde. Camera's flitsten. Toen draaide hij zich om en overhandigde de pen aan de mitella-senator die hem koket in ontvangst nam met zijn niet-gewonde hand.

De PACT: *Preserving American Culture and Traditions*. Een wet ter behoud van de Amerikaanse cultuur en tradities. Een plechtige belofte om elk anti-Amerikaans element dat de natie ondermijnt uit te roeien. Het financieren van buurtpreventiegroepen om protesten uiteen te slaan en bedrijven en winkels te bewaken, van werkgelegenheidsprojecten waarbij in groten getale vlaggen, buttons en posters werden gemaakt die waakzaamheid stimuleerden en *herinvesteringen in Amerika*. Het financieren van nieuwe initiatieven om China in de gaten te houden – en nieuwe toezichthouders om vast te stellen wiens loyaliteit misschien verdeeld was. Beloningen voor burgerlijke waakzaamheid, *informatie die mogelijke oproerkraaiers kan helpen vinden*. En tot slot het allerbelangrijkste: het voorkomen van de verspreiding van on-Amerikaanse standpunten door in stilte kinderen te verwijderen uit on-Amerikaanse omgevingen – iets waarvan de definitie almaar ruimer werd: kennelijke sympathie voor China aan de dag leggen. Kennelijk onvoldoende anti-China zijn. Twijfels hebben aan iets Amerikaans, van welke aard dan ook. Banden hebben met

China, van welke aard dan ook – hoeveel generaties geleden dan ook. De vraag opwerpen of China wel echt het probleem was. De vraag opwerpen of de PACT wel rechtmatig werd toegepast. En uiteindelijk vragen stellen bij de PACT op zich.

In de dagen na het doorvoeren van de PACT werd de situatie langzamerhand weer rustig, eerst nauwelijks merkbaar, als het langs de hemel bewegen van een ster. De rust op straat strekte zich uit tot een, twee, tien achtereenvolgende avonden. Mensen begonnen weer werk te vinden. De geluiden van de stad kwamen weer tot leven, als het schrapen van de keel na lang zwijgen. Hier en daar, naarmate de koop-Amerikaanse orders de stilgelegde fabrieken nieuw leven inbliezen, gingen er weer winkels open, raakten de planken in de supermarkten voller. Mensen strompelden het daglicht in als overlevenden uit een schuilkelder. Knipperend met hun ogen, verbluft en suffig. Schichtig, voorzichtig en verdwaasd. Maar vooral met de wens om alles achter zich te laten.

De PACT, zo zeiden de voorstanders, zou de natie sterker en eendrachtiger maken. Wat ze er niet bij vertelden was dat die eendracht een gezamenlijke vijand vereiste. Een vakje waar ze al hun woede in kwijt konden; een stroman die al hun angsten kon belichamen.

De meldingen begonnen langzaam binnen te komen. Een Chinees-Amerikaanse man die in het gezicht was gestompt in Washington D.C. Twee tantes van middelbare leeftijd die met vuilnis waren bekogeld in Seattle. Een Chinees-Amerikaanse vrouw uit Oakland die een steeg in gesleurd en betast was terwijl op de stoep haar baby in de wandelwagen lag te krijsen. Margarets vader, zo bleek, was een van de eersten maar verre van de laatste.

Al snel werd duidelijk dat iedereen die ook maar in de verste verte voor Chinees kon worden aangezien risico liep. In Miami werd een Thaise man neergestoken toen hij op weg was naar zijn kantoor. In Pittsburgh werd een Filipijnse tiener die naar huis liep na zwemtraining met een hockeystick geslagen. In Minneapolis werd een Hmong-vrouw het verkeer in geduwd en bijna geraakt door een bus. De daders werden zelden gepakt en nog veel minder vaak in staat van beschuldiging gesteld: het was lastig te bewijzen dat ze zo hadden gehandeld omdat het slachtoffer Chinees was – of omdat ze dachten dat dat zo was. *Men kan redelijkerwijs niet van de gemiddelde Amerikaan verwachten dat deze op het oog onderscheid kan maken tussen de verschillende soorten mensen van Aziatische afkomst*, zo luidde de uitspraak van een rechter. Alsof het om soorten appels ging, of hondenrassen. Alsof die *mensen van Aziatische afkomst* zelf niet telden als gemiddelde Amerikaan. Alsof dit allemaal te rechtvaardigen viel door het zorgvuldige onderscheid dat werd gemaakt door degene die met de knuppel zwaaide.

De mensen van Aziatische afkomst werden daarentegen scherp onder de loep genomen. Een wake voor de Thaise man in Miami werd door de politie uiteengeslagen op grond van burgerlijke ongehoorzaamheid. Actievoerders voor de jonge moeder in Oakland weigerden hun demonstratie te staken wat resulteerde in twee arrestaties. De Chinees-Amerikaanse man die in zijn gezicht gestompt was in Washington D.C. bleek een parkeerboete niet te hebben betaald en belandde dertig dagen in de gevangenis. De Filipijnse tiener had teruggevochten en zijn aanvaller een hersenschudding bezorgd dus hij werd aangeklaagd voor mishandeling. En toen de protesten, wakes en demonstraties niet stopten, volgden al snel de eerste herplaatsingen van kinderen onder de PACT.

De eenvoudige waarheid was dat Margaret hier, zoals de meeste mensen, niet zo erg bij stilstond. De nieuwe wet was gericht op hen die er on-Amerikaanse denkbeelden op na hielden – maar dat deed zij helemaal niet. Zij kocht een tafelloper, warme pantoffels, een nieuwe sprei. Er werden weer tijdschriften gedrukt waarin prachtige mensen met prachtige levens werden getoond waar je je aan kon vergapen en spiegelen; je kon weer uit eten in een restaurant waar je wijn werd ingeschonken door een ober in een wit overhemd. Net als iedereen probeerde ze een nieuw, glansrijk, prachtig leven te bouwen. Wat was er nu Amerikaanser dan dat?

Een huis, een echtgenoot. Een tuin met een hek erom. Twee soorten laarzen, van rubber voor plassen, met bontvoering voor sneeuw. Geurkaarsen en onderzetters, een recyclebak, een elektrische tandenborstel, alle parafernalia van het huiselijk leven. Alle dingen waaraan ze eerst nog zo graag had willen ontsnappen. Als je haar op haar twintigste zou hebben verteld wat ze vijf jaar later zou zijn, had ze je in je gezicht uitgelachen. Het idee dat ze al die dingen niet alleen weer zou hebben, maar ze ook zou willen. Ernaar zou snakken. Het enige wat ze zou hebben geloofd was Bird: ze had altijd al een kind gewild. Toen ze nog in Ethans piepkleine appartementje woonden, hadden ze er samen over gedagdroomd, zich voorgesteld hoe hun kind zou zijn. En tot hun verrukking zouden ze daar al snel achter komen.

Binnen in haar begon Bird te groeien. Zo groot als een linze. Zo groot als een erwt. Zo groot als een walnoot en toen een citroen. Elke ochtend kuste Ethan haar buik, vlak boven de navel, voor hij naar zijn werk ging. Een jaar ervoor stonden zij en Domi nog tegenover elkaar, zich schrap zettend voor de strijd die de dag zou brengen. Pantser in orde, zeiden ze dan, meer niet. Geen afscheid, geen tot straks, ook al betekende het dat allemaal wel. Margaret trok misschien de kraag van Domi's sleetse leren jack recht; Domi trok misschien Margarets sjaal wat omhoog om haar gezicht te verhullen. Pantser in orde, zeiden ze allebei voor ze wegreden. En met die drie woordjes: hou je haaks, kom veilig terug, ik hou van je.

Nu, in het stille huis met de zuidelijke zon en het getjilp van mussen dat door de ramen naar binnen kwam, droeg ze een lange, zachte jurk waaronder Bird net begon op te zwellen. Wollen pantoffels waar ze niet op kon rennen. Ze had hier geen pantser nodig, maar toch miste ze Domi op deze momenten het meest, als ze zich herinnerde dat stoer zijn niet meer nodig was.

Ethans ouders kwamen op bezoek en Margaret maakte het bed in de tweede slaapkamer voor hen op – wat binnenkort de babykamer zou worden - met schone witte lakens. In de keuken leerde zijn moeder haar hoe ze shepherd's pie moest maken, Ethans lievelingskostje als kind. Ethan keek naar hen vanuit de deuropening, met een schort voor en in een aureool van middaglicht, Margaret met een pollepel in de ene hand terwijl ze aantekeningen maakte op een receptenkaartje met de andere en zijn moeder die haar vrije hand op Margarets bollende buik legde, teder, alsof het een babyhoofdje was.

Bird groeide: zo groot als een perzik, een mango, een meloen. Hoe kon ze het allemaal snappen, die verbluffende sensaties, dat verbijsterende nieuwe fenomeen dat haar lichaam was geworden? Margaret ging op weg naar de openbare bibliotheek – die was weer geopend dankzij particuliere donaties – door straten die weer zachtjes gonsden. Winkels waren ook weer opengegaan, een voor een, en verkochten chique schriften, snoep en sieraden. Er liepen weer mensen over de stoep. Het was als de eerste lentedagen na een lange winter vol sneeuw als iedereen het zat was om alleen te zijn. Een kort, heerlijk moment schonken onbekenden elkaar een glimlach in het voorbijgaan, zo blij om elkaar te zien: *Je bent er nog? Ik ook!* Opgelucht, toen nog, nog niet bang. Glanzend rood, wit en blauw op ieders kraag en jas.

In de bibliotheek was nog niets weggehaald; iedereen was gewoon blij om weer boeken te hebben. De jonge bibliothecaresse achter de balie wees haar de ene na de andere kast aan: Margaret wilde veel meer weten dan *wat te verwachten* en 's avonds, als ze in bed lagen, las ze stukjes voor aan Ethan. Moederpanda's kropen in hun eentje een hol in; de eerste maanden van het leven van het jong was er geen andere wereld dan dat donkere holletje, geen enkel ander schepsel dan zijn moeder. Koekoeken kropen in het nest van andere vogels, legden hun eieren tussen die van vreemden en vlogen dan weg, in het vertrouwen dat de andere moeders hun jongen als hun eigen kinderen zouden grootbrengen. De octopus legde haar eitjes in snoeren, als lange parelslingers, die ze bewaakte tot haar dood, uitgehongerd terwijl ze er lucht overheen blies om ze in leven te houden.

Ze werd dikker. Vanbinnen roffelde Bird tegen haar aan: zijn hakken de stokjes, haar buik de trommel. Ze kon het voelen als hij de hik had, een microscopisch klein schokje. Als hij zich draaide, voelde ze de beweging binnen in haar stilte. Hoe voelt het, vroeg Ethan vol verwondering en ze probeerde het uit te leggen: zoals de bodem van de oceaan voelde als de golven aan land rolden en weer terug. De bibliothecaresse schoof een ander boek over de balie terwijl ze steeds verder van de kust vandaan durfde. Sommige vissen hebben geen partner nodig, leggen eitjes en broeden die alleen uit, elk vissenkindje een perfecte kopie van zijn moeder. Sommige eencelligen deelden zich gewoon, ritsten zichzelf keurig in tweeën. Elke week een nieuw boek, een nieuw wonder. Een nieuw stukje van het eeuwige mysterie, de behoefte van het leven om meer leven te scheppen. Van het dierenrijk naar de planten: zijdeplanten stuurden hun zaden mee op de wind om ver van huis te gaan groeien. Dennenappels openden hun schubben aan hun moeders voeten, een baaierd van stoppelige zaailingen die om ruimte en licht vochten. Vetplanten groeiden door uit een afgebroken blad, schoten wortel in de lucht en die wortels verdwenen dan in de aarde: een deel van zijn eigen lichaam transformeerde tot zijn kind. Ze dacht aan het Bijbelvers dat haar eigen moeder haar eens had laten opzeggen op zondagsschool: *been van mijn gebeente en vlees van mijn vlees.*

Overal zag ze moeders, zelfs in de tuin als ze haar planten aan het verzorgen was. Als de vorst komt, zo leerde ze, kun je tomaten alsnog laten rijpen door hun wortels in elkaar te draaien. Trek ze omhoog tot de aarde wijkt en de haarwortels eronder breken als doorgesneden touwtjes. Daardoor weet de plant: je einde is nabij – redden wat je redden kunt. Hou maar op met hoger groeien; hou maar op met breder vertakken. Denk alleen nog maar aan je vruchten die als harde groene vuistjes aan je hangen. Put jezelf maar uit. Laat je bladeren verschrompelen en geel worden. Het doet er niet toe. Ga door tot er niets meer van je over is behalve een dorre staak die een ronde rode bol omhooghoudt. Verpieter, zorg dat die ene zoete vrucht rijp wordt, in de hoop dat in de zomer iets van jou weer zal ontspruiten.

Toen ze 's nachts wakker werd van Birds rusteloze salto's schreef ze: lieve dingen die zich aan elkaar vastklampten, voorzichtig, als visseneitjes. Een gedicht, twee. Toen tien.

Toen genoeg voor een bundel. Op een zo'n nacht, toen Bird al acht en een halve maand in haar buik zat, had ze ineens heel erg zin in iets. Die ochtend had Ethan een granaatappel voor haar meegenomen en ze scheurde hem met haar handen in bloederige helften. Eindelijk waren ze weer verkrijgbaar, na de Crisis, en hij voelde precies zo luxueus als hij was, zwaar van de piepkleine edelsteentjes. Glinsterende zaden vielen op de grond, rode druppeltjes spatten uiteen op de tegels. Hoeveel bomen zouden er kunnen ontstaan uit één zo'n harde bol? Dat was de taak van die bol, begreep ze ineens: om al die zaden te maken en om dan te ontploffen. Binnen in haar gaf Bird haar een schop, een zacht schopje, deze keer. Alsof hij een spelletje speelde. Wist de granaatappel, dacht ze, vroeg die zich ooit af waar ze naartoe gingen, wat er van ze terechtkwam? Of ze ooit tot wasdom kwamen? Al die stukjes van zijn verloren hart. Verspreid om ergens anders te wortelen.

Toen de bundel klaar was, werd dit het gedicht op de laatste bladzijde.

Het doet pijn het toe te geven: in die tijd had ze gedacht dat de PACT vooruitgang betekende, dat ze iets achter zich hadden gelaten. Dat ze op weg waren naar iets beters. Dat dit allemaal geen betrekking had op haar als ze zich zou gedragen. Af en toe waren er nog altijd berichten over ongeregeldheden op het nieuws: buurtwachten die *radicalen* hadden ontdekt die een bedreiging vormden voor de openbare orde; onderzoek naar *verdachte activiteiten*. Maar dat was elders, abstract en vaag. Incidenten die op zich stonden. Wat concreet was, was hier: het heimelijk schommelen van Bird vanbinnen, als een schip dat over de baren voer; haar man, warm en robuust in hun bed. De lange avonden die ze zij aan zij op de bank lezend doorbrachten, haar voeten bij hem op schoot. Ze deelden hun lievelingspassages met elkaar. Zo vaak dat ze achteraf het gevoel had dat zij zijn boek had gelezen en hij dat van haar. Ze breide kleine sokjes. Ethan schilderde de babykamer. Als Bird met zijn voetjes tegen haar buik tikte, tikte zij terug. Ze kocht een schort. Ze braadde een kip. Ze zette borden op een plank.

Ze was nog nooit zo gelukkig geweest.

Terwijl ze hem dit vertelt, windt ze de draden stevig om haar vingertop en stopt het bundeltje dan in de flessendop. Een korte beweging met de schroevendraaier en de kleine capsule zit dicht, een dikke plastic pil.

Bird moet het weten. Wat is dat, vraagt hij.

Verzet, zegt zijn moeder, en ze legt de flessendop op het tafelblad bij de rest.

Er komen geruchten. Over hoe er in de nacht op de deur wordt geklopt, over kinderen die in zwarte auto's worden gestopt en weggevoerd worden. Een clausule verstopt in de plooien van de nieuwe wet die het federale overheden toestaat om kinderen weg te halen uit huishoudens die als on-Amerikaans worden gezien. Een paar journalisten hadden er al op gewezen voordat de PACT werd aangenomen. Een vrouwelijk congreslid had gevraagd of dat wellicht tot misbruik zou leiden, of het wel echt noodzakelijk was. Maar de consensus – op Capitol Hill en onder de mensen in het algemeen – was dat perfectie de vijand was van het goede, dat te veel beter was dan helemaal niets. Dat alle instrumenten moesten worden ingezet om de nationale veiligheid te bewaken, dat er niets was wat niet ter tafel kon komen. Natuurlijk had niemand er belang bij om gezinnen uit elkaar te halen. Alleen in de allernoodzakelijkste gevallen.

Een paar van dit soort gevallen haalden het nieuws. In Orange County liep een demonstratie tegen anti-Chinese vooroordelen uit op een gevecht met omstanders die stonden te schelden en het eindigde met de ME, tasers, een driejarig Chinees-Amerikaans kind dat met een bus traangas werd neergeslagen. Dat kwam de agent op betaald verlof te staan en de demonstranten op een volledig onderzoek naar hun familiebanden. Nieuwslezers van de kabelzenders wezen erop dat dit niet de eerste demonstratie was waar het kind mee naartoe was genomen; op social media toonden foto's haar als peuter op haar vaders schouders, als baby op haar moeders borst gebonden als een bomvest. Dat de ouders tweede en derde generatie Amerikanen waren, deed er niet toe en ook niet dat hun grootouders in Los Angeles woonden voordat Union Station de plaats van Chinatown innam. In plaats daarvan flitsten de politiefoto's over het scherm, met hun donkere haren en boze blikken, zo overduidelijk *buitenlands*. Niet een van ons. Het kind werd vanuit het ziekenhuis bij hen weggehaald. De best mogelijke uitkomst, luidden alle krantenkoppen. Een kind moest beschermd worden tegen het leren van zulke schadelijke meningen.

Margaret, die het nieuws op haar telefoon las, een door de melk versufte Bird dommelend aan haar borst, dacht: *wat verschrikkelijk*. En: *hoe haalden die lui het in hun hoofd hun kind zo in gevaar te brengen*. Ze probeerde zich in te denken dat ze met Bird zo'n menigte in zou gaan, met rookbommen die afgingen aan hun voeten, het bijtende traangas dat haar neusgaten in brand zette. Haar brein gooide de deur dicht voor die gedachte. Hier lag hij, veilig in haar armen: haar Bird. Lange wimpers die rustten op wangetjes. Zoiets zachts als die wangetjes had ze nog nooit gevoeld. Een klein fronsje tussen zijn wenkbrauwen. Wat voor verontrustende dromen kon een baby al hebben? Ze streek het fronsje glad met haar duim tot zijn gezichtje weer rust uitstraalde. Naast haar kneep Ethans hand haar in haar schouder en gleed vervolgens achter Birds hoofdje. Zij zou nooit zoiets doen, beloofde ze Bird stilzwijgend. Dit zou hen allemaal nooit treffen.

De volgende demonstratie tegen anti-Chinese haat, in Queens, kende maar heel weinig deelnemers; daarna volgde een lange demonstratieloze periode.

Waar zij aan dacht waren haar gedichten, haar tuin, haar man. Aan Bird. Ze duwde zaden in de aarde en gaf ze water tot er groene stengeltjes omhoogkwamen. Ze plaatste doormidden gesneden melkflessen over zaailingen om ze tegen de nachtelijke kou te beschermen. Ze breide een dekentje voor Bird van crèmekleurige wol. 's Avonds laat vree ze met Ethan. 's Ochtends bakte ze, voldaan, bananenscones, likte ze honing van de lepel.

Ethans ouders kwamen op bezoek als ze maar even konden: met Birds verjaardag, met Halloween. Dan namen ze snoep mee dat hij nog niet kon kauwen. Met Kerstmis, met armen vol cadeaus die zwaarder waren dan hun kleine ontvanger. Zijn moeder gaf Margaret voedingstips. Op een middag, toen Margaret gevloerd op de bank lag te dutten met een door een driftbui uitgeputte Bird op haar borst, spreidde Ethans vader een deken over hen heen en deed toen het licht uit. Margaret en Ethan vonden het allebei hartverwarmend om te zien hoe gretig en open Ethans ouders Margaret in hun leven opnamen.

Hij lijkt precies op haar, zeiden Ethans ouders steeds en aanvankelijk dachten ze dat het een compliment was – en dat was het misschien ook, al begonnen ze zich later allebei af te vragen of er niet ook iets van ongemak in school, dat het gezicht van een ander zo'n duidelijke afdruk naliet op een kind dat wat hen betrof van hén had moeten zijn. Zelf vonden Margaret en Ethan dat Bird gewoon op Bird leek. Als ze 's avonds laat bij zijn bedje stonden, zagen ze wel de kleine trekjes die ze konden herleiden tot hun oorsprong – Margarets jukbeenderen, Ethans wimpers – maar waar zij vooral overeenkomsten zagen, was in de gezichtsuitdrukkingen: de twee parallelle rimpels op Birds voorhoofd als hij nadacht, het kuiltje in zijn wang, als een vingerafdruk, als hij lachte. Dat was Ethans rimpel op Margarets voorhoofd, Margarets kuiltje net ten zuidwesten van Ethans mond. Het was een vreemde en wat ongemakkelijke ervaring om uitdrukkingen die ze kenden over het gezicht van dit kleine mensje te zien schieten, deels zijzelf en deels degene van wie ze het allermeest hielden. En ze voorvoelden dat dit nog maar de eerste van vele vreemde en ongemakkelijke ervaringen zou zijn die het ouderschap ging brengen.

Margaret schreef nog meer gedichten. Uitgevers drukten weer boeken en toen Bird drie was wilde een klein en dapper fonds dat van haar wel uitgeven. Op het omslag stond een opengespleten granaatappel, van zo dichtbij gefotografeerd dat het wel een orgaan leek, of een wond: je moest twee keer kijken om te zien wat het was. *Onze verloren harten* werd geprezen door een paar poëziecritici en door bijna niemand gelezen. Er zijn tien exemplaren verkocht, had ze droogjes tegen Ethan gezegd, wie leest er tegenwoordig nog poëzie? En hij had voor de grap geantwoord, wie las die vroeger dan?

Het maakte niet uit. In die tijd was de wereld wat haar betrof vol gedichten.

Ze leerde Bird om vuurvliegjes te vangen: een kommetje maken van je handen, limoenkleurige lichtflitsjes tussen de spleten van zijn vingers. En om ze dan vrij te laten, de lucht in kringelend als een uitdovende vonk. Ze leerde hem om stil te liggen in het gras en te kijken naar de konijntjes uit de buurt die door de klaver snuffelden, zo dichtbij dat zijn adem het fijne witte pluis van hun staartjes beroerde. Ze leerde hem de namen van bloemen, insecten en vogels, om het lage *roekoe-roekoe* van de vroege duif te herkennen en het schelle krijsen van de blauwe gaai en het zangerige *toedi-toedi* van de mees, helder en fris als koud water op een zomerdag. Ze leerde hem de bloemen van de kamperfoelie van de struik te plukken en die met het puntje van zijn tong aan te raken: zo'n plakkerige zoetheid. Ze trok de schaal van een cicade van een dennenstam en draaide die om om de kaarsrechte spleet over de buik te laten zien waar de cicade, toen hij groter was geworden, zich uit zijn oude zelf had gewriemeld en iets nieuws was geworden.

En ze vertelde hem verhalen. Verhalen over krijgers en prinsessen, arme dappere meisjes en jongens, monsters en tovenaars. Het broertje en zusje dat slimmer waren dan de heks en de weg naar huis weer vonden. Het meisje dat haar zwanenbroers redde van een betovering. Eeuwenoude mythes die de wereld verklaarden: waarom zonnebloemen knikken, waarom echo's blijven hangen, waarom spinnen spinnen. Verhalen die haar moeder haar had verteld toen ze zelf klein was, voor ze stopte over zulke dingen te praten: dat er ooit negen zonnen waren geweest die de aarde tot stof hadden geblakerd tot een dappere boogschutter ze een voor een uit de hemel had geschoten. Dat een apenkoning met trucjes de hemelse tuin in was gekomen om er de perzik der onsterfelijkheid te stelen. Dat twee geliefden die voor eeuwig van elkaar waren gescheiden eens per jaar een rivier van sterren overstaken voor een ontmoeting in de lucht.

Is dat echt gebeurd? vroeg hij telkens en dan glimlachte ze en haalde haar schouders op.

Misschien.

Ze vulde zijn hoofd met onzin, met mysterie en magie, maakte er ruimte voor verwondering. Een toevluchtsoord in hun hof van Eden van lang geleden.

Genoeg voor vandaag, zegt ze terwijl ze de tang neerlegt.

Voor een deel is dat egocentrisch. Ze rekt dit moment van kalmte uit, blijft hangen in die zoete tijd voordat ze het bittere moet opbiechten. Maar er zijn dingen die ze nog moet doen voor het donker wordt en die hebben tijd nodig.

Ze legt de flessendoppen die ze af heeft in rijen van twee en telt ze. Vijfenvijftig. Veel minder dan op een doorsnee dag, maar dat viel te verwachten: het waden door het moeras van het verleden maakt haar handen trager. Maakt alles trager. Vijfenvijftig kleine ronde capsules boordevol transistors, een horlogebatterij, een klein metalen schijfje. En draad, zoveel draad. Stevig verpakt in een dop ter grootte van een munt en dan verzegeld, simpel en primitief en gevaarlijk als een steen. Ze bundelt ze allemaal in een plastic boodschappentas waar een gele smiley op staat: *Dank u voor uw klandizie.*

Bird wacht terwijl zij naar boven verdwijnt, naar haar kamer, en als ze terugkeert, draagt ze een grote sweater en een opvouwbare strooien hoed met een brede rand. Ze lijkt precies op de vrouwen die de straten afschuimen op zoek naar flessen en blikjes voor het statiegeld.

Blijf hier, zegt Margaret. Ze aarzelt, zegt dan: je redt je wel en ik ben zo terug.

Ze zegt het stellig, meer om zichzelf te overtuigen dan hem.

Blijf binnen, voegt ze eraan toe, en houd je stil. Ze hangt de tas met flessendoppen aan haar pols, tilt dan een vuilniszak op uit de hoek. De blikjes en frisdrankflesjes die daar in zitten, rinkelen als de zak eenmaal over haar schouder hangt. Er hangt een zure geur in de lucht en hij weet niet of het van de zak komt, of van haar kleren of van haar.

Ik ben snel weer terug, zegt ze en ze loopt de gang in.

Nadat zijn moeder weg is, tilt Bird een van de nog lege flessendoppen op en draait hem om tussen zijn vingers. Zijn duimnagel tikketikt langs de geribbelde rand terwijl zijn gedachten tikketikken door wat hij net heeft gehoord.

Het is moeilijk voor te stellen, de wereld die zijn moeder heeft beschreven. De wereld van de Crisis en de wereld daarvoor. Als ze op school leerden over de Crisis leek het altijd een verhaal uit een boek: iets wat was verzonnen om ze een les te leren. Een waarschuwing. Het is anders om zijn moeder het te horen vertellen. Om te horen hoe het voelde en klonk en rook, om zich haar voor te stellen in dat alles. Om de littekens te zien die zich in die grillige dagen in haar handen hebben geëtst.

De moeder die hij zich herinnert, lokte sierlijke groene blaadjes uit de grond en felgekleurde bolle groente uit hun stengels. Ze liet bijen landen op haar vingers, smeerde boter over zijn toast, spon glinsterende sprookjes in het donker. Deze moeder is een volkomen ander schepsel, mager en pezig, verwilderd bijna, met een hongerige blik in haar ogen. Haar haren ongekamd en vettig, een sterke dierlijke geur op haar huid. Het maakt de dingen die ze hem vertelt gemakkelijker te geloven: de Crisis, hoe wild ze was. Hoe ze overleefde. Het vervult hem ook met ongerustheid om wat ze nu aan het doen is. Hij denkt aan zijn moeder, over de tafel gebogen, verhalen fluisterend tegen hem, de punt van de doorgeknipte draad glimmend in haar hand. Haar mond stellig en gespannen tot een rechte, grimmige streep getrokken. Hij denkt aan de flessendoppen: kleine tijdbommetjes, klaar om in een oogwenk af te laten gaan. Suikerzoete granaatscherven om de stad mee te doorboren. Dat zou ze niet doen, denkt hij, maar de waarheid is dat hij daar niet zo zeker van is. Hij heeft de blik in de ogen van zijn moeder gezien, een hardheid die hij zich niet herinnert uit zijn jeugd, een messcherpe glinstering waar je je aan zou snijden als je er te lang naar keek.

Als Margaret terugkomt lijkt er niets veranderd: de vuilniszak vol blikjes hangt nog steeds over haar schouder, de plastic tas bungelt nog steeds aan haar pols. Ze trekt haar hoed af.

Gaat het? vraagt ze. Je was toch niet bang, hè, toen ik weg was?

Je bent al drie jaar weg, denkt Bird, een paar uur is niks. Hij slikt de woorden in.

Gaat prima, zegt hij.

Zijn moeder steekt haar hand in de plastic tas.

Ik wist niet wat je lekker vindt, zegt ze, dus ik heb van alles wat.

Granolarepen, snoep, blikken soep, zakjes gezouten amandelen, een pak voorgekookte rijst. Alsof ze de hele supermarkt afgelopen is, pad na pad, en van elke plank iets heeft gepakt. Het maakt hem triest en tegelijk raakt het hem, dat ze geen idee heeft wat hij zou willen en dat ze ondanks het niet-weten zo haar best heeft gedaan hem een plezier te doen.

Het is al zo lang geleden, zegt ze, sinds...

Ze zwijgt en kijkt omlaag naar de overvloed tussen hen in.

Ik had echt eten voor je mee moeten nemen, zegt ze beschaamd en Bird ziet de maaltijd die ze liever had ingeslagen voor zich: warm en voedzaam, uitgebalanceerd en gezond. Groente, aardappelpuree, mais glimmend van de boter. Dun gesneden vlees, in een waaier op een wit porseleinen schotel. Hij begrijpt het: het is lang geleden dat ze voor het laatst voor iemand heeft gezorgd en ze is bijna vergeten hoe dat moet. Het is zo lang geleden dat ze was vergeten dat zo'n maaltijd bestaat, laat staan de wereld waarin iemand zo'n maaltijd nuttigt.

Het geeft niet, zegt hij, dit is prima. En hij meent het.

Ze kiezen voor bekers met instantnoedels, iets om hun handen aan te warmen. De flessendoppen, ziet hij, zijn allemaal weg.

Als de noedels klaar zijn, schuift ze een dampend potje met een plastic vork naar hem toe. Ze zijn citroengeel en intens zout, en Bird schrokt ze naar binnen. Aan de andere kant van de salontafel wacht Margaret even vorkloos en slurpt dan haar portie zo uit de beker.

Hoe lang woon je hier al, vraagt Bird. Hij vist de laatste restjes van zijn noedels op.

Bijna vier weken. Al is *wonen* niet het juiste woord. Dit is maar tijdelijk, terwijl ik dingen klaarmaak.

Dat roept bij Bird alleen nog maar meer vragen op. Klaar, zegt hij. Klaar voor wat? Waar ben je dan mee bezig?

Neem wat melk, zegt ze en ze schenkt een beker vol en duwt die een stukje naar hem toe. Daar krijg je sterke botten van.

Ze schenkt er ook eentje voor zichzelf in en neemt een flinke slok.

En trouwens, hij blijft anders niet goed. Geen ijskast. Dus drink nou maar op.

Uit de tas haalt ze een blikje, trekt met een nagel aan het ringetje en haalt het deksel eraf. In het blikje liggen juwelen van fruit te fonkelen.

Toetje, zegt ze en ze zet het blikje tussen hen in. En dat gebaar, hoe klein ook, verwarmt hem: hij was altijd al dol op perzik uit blik en dat weet ze nog. Hij prikt een gouden schijfje aan zijn vork.

Vind je het leuk op school, vraagt ze ineens. Heb je een leuke juf? Zijn de andere kinderen aardig tegen je?

Bird haalt een schouder op, heel even maar, en schept nog een stukje perzik op. Het is haar schuld dat ze dat niet zijn, maar dat wil hij niet tegen haar zeggen. Ze noemen me Noah, zegt hij in plaats daarvan. Dat moest van papa.

Zijn moeder blijft even stil. Ze heeft nauwelijks iets van haar noedels gegeten en nu schuift ze haar beker aan de kant.

Is hij gelukkig? vraagt ze.

Haar stem klinkt kalm en vlak, alsof ze heeft geïnformeerd naar het weer. Alleen haar handen verraden haar: haar duimen drukken zo stevig tegen haar vingers dat de nagels wit worden.

Zoals de meeste kinderen staat Bird zelden stil bij de vraag of zijn vader gelukkig is of niet. Elke ochtend staat hij op en gaat naar zijn werk; hij voorziet in Birds behoeften. En toch, nu Bird erover nadenkt, heeft zijn vader iets melancholisch, die stilte die hij altijd toeschreef aan de bibliotheek, maar die misschien – beseft hij – geworteld is in iets veel diepers.

Ik weet het niet, zegt hij. Maar hij zorgt goed voor me.

Het lijkt hem belangrijk om dat te zeggen, maar of hij dat doet om zijn vader te verdedigen of zijn moeder gerust te stellen weet hij niet precies.

Zijn moeder glimlacht, een verdrietig lachje. Dat is het enige waar ik me nooit zorgen om heb gemaakt, zegt ze. Dan: leest hij nog steeds in het woordenboek?

Bird lacht. Ja, zegt hij. Elke avond.

Ze weet het nog, denkt hij. Zelfs zoiets kleins. Het maakt iets minder een vreemde van haar.

Hij praat niet graag over jou, geeft Bird toe. Hij zei... hij zei dat ik moest doen alsof je niet bestond.

Hij verwacht dat ze hier nog verdrietiger door wordt, maar in plaats daarvan knikt ze.

Dat leek ons het beste.

Maar waarom? wil Bird weten en zijn moeder zucht.

Dat probeer ik je te vertellen, Bird. Ik doe mijn best. Maar je moet alles horen, het hele verhaal, om het te begrijpen. Morgen, oké? De rest van het verhaal, morgen.

Als hij de trap op loopt, roept ze hem na.

Wil je dat ik je nu ook Noah noem? Als alle anderen je zo noemen?

Met een hand op de krakende leuning blijft hij staan.

Nee, zegt hij en ineens beginnen zijn wangen te gloeien. Jij mag me gewoon nog Bird noemen. Als je dat wilt.

De volgende ochtend, als ze weer aan tafel zit, werkt ze harder, haar handen bewegen sneller, zich ervan bewust dat er nog maar weinig tijd is. Ze begint zonder inleiding. Alsof ze in de oceaan springt voor ze de kans krijgt om bang te zijn.

Twee weken na Birds negende verjaardag. Bij het ontbijt was Ethan ineens verbluft stilgevallen en had haar zijn telefoon voorgehouden. Hoofden gebogen over het schermpje lazen ze samen de kop: CONFLICT UITGEBARSTEN TIJDENS DEMONSTRATIE: 6 GEWOND, 1 DOOD. Eronder een foto van een jonge zwarte vrouw – lange vlechten samengebonden in een paardenstaart, bril, geel petje. Ze staat nog overeind, haar ogen nog helder en open, haar mond nog open in een kreet, een milliseconde voor haar brein weet wat haar lichaam al voelt: een rode roos van bloed die begint te bloeien op haar borst. In haar handen geklemd: een poster. AL ONZE VERLOREN HARTEN. En een onderschrift. *Demonstrante Marie Johnson, 19, een eerstejaars NYU-studente uit Philadelphia, werd maandag gedood door een verdwaalde kogel tijdens een politieactie als reactie op anti-PACT-rellen.*

Het eerste van veel van dat soort artikelen, maar ze gebruikten allemaal dezelfde foto.

De jonge vrouw – Marie – had Margarets boek gelezen op

haar studentenkamer. Ze studeerde ontwikkelingspsychologie, was van plan uiteindelijk kinderarts te worden en bij elk nieuwsverslag over een kind dat was meegenomen kwamen de laatste regels van het laatste gedicht bij haar op, aanhoudend als het huilen van een kind. Negen jaar na het aannemen van de PACT waren het er almaar meer: de paar die hier en daar het nieuws haalden, neergezet als verhalen over verwaarlozing en het in gevaar brengen van het kind, waarbij de ouders werden afgeschilderd als roekeloos, achteloos en harteloos. Maar er waren er nog meer, gehuld in geruchten, geheimzinnigheid en schaamte.

Het waren maar geruchten, zeiden sommige mensen honend; herplaatsingen kwamen alleen bij hoge uitzondering voor. Anderen hielden vol dat PACT-herplaatsingen een noodzakelijk kwaad waren: een redmiddel, het beste voor het kind en voor de samenleving. *Je kunt geen onrust zaaien*, schreef iemand in een comment op internet, *en dan gek opkijken als je kinderen bij je weggehaald worden*. Maar ieder kind waar je wél iets over hoorde, hoeveel gezinnen stonden daar niet tegenover die er het zwijgen toe deden, stopten met protesteren, stopten met alles, in de hoop dat ze met hun goede gedrag hun kinderen weer konden terugverdienen?

De avond voor de demonstratie kocht Marie posterkarton. Met dikke stiften tekende ze de woorden erop en schetste daaronder het ernstige gezicht van een kind. Na de demonstratie hadden ze stiften en de rest van het karton op de grond van haar studentenkamer gevonden, leeg en ongebruikt, naast een opengeslagen exemplaar van Margarets boek.

Daarna: wakes. Herdenkingsbijeenkomsten ter ere van Marie. Online veranderden duizenden mensen hun profielfoto: de ene na de andere Marie, een zee van Maries die hun noodkreet slaakten, met rode wangen van jeugd en woede en pulserend verloren leven, en allemaal met in hun handen de poster met Margarets woorden. Mensen googelden die woorden en hop, daar verscheen de naam Margaret Miu, de titel van haar boek. De gedichten die ze had geschreven toen ze zwanger was en Bird tollend van de slaap 's avonds laat de borst had gegeven en de hemel van zwart tot donkerblauw tot een gebutst grijzig-blauw zag verkleuren.

Niet eens haar beste strofe, dacht ze altijd, niet eens een van haar beste gedichten, en toch stond het daar. Geklemd in de handen van dit stervende kind.

Die regels begonnen online op te duiken, de slogan van iedereen die tegen de PACT was. Tijdens demonstraties die hier en daar ontstonden, steekvlammen van verdriet en woede. Op buttons, als graffiti, op met de hand beschreven T-shirts. Je ziet ze overal op de campus, zei Ethan verbluft. Toen Margaret er voor het eerst eentje op straat zag, bleef ze stokstijf staan en kwam pas weer tot leven toen iemand van achteren op haar botste, vloekte en zich toen om haar heen wurmde. Ze had het gevoel alsof ze de hoek om gekomen was en een of andere griezelige versie van zichzelf tegen het lijf was gelopen. Ze was nog nooit naar een demonstratie geweest. Ze had eerlijk gezegd nooit echt stilgestaan bij de PACT.

Iemand schilderde de tekst op de muur van het kantoor van de jeugdbescherming in New York en op de stoep voor het ministerie van Justitie. In het hele land staken her en der anti-PACT-protesten de kop op als bosbrandjes. Anti-PACT-demonstranten slingerden eerst eieren en toen stenen naar de auto's van senatoren en functionarissen die pro-PACT waren. En altijd hadden ze posters bij zich met daarop Margarets dichtregels. De protesten waren kort en sporadisch – maar ze duurden lang genoeg voor passanten om foto's te nemen en die foto's waren al snel overal, en daarmee Margarets woorden.

Wie had nou ooit gedacht dat een gedicht viraal zou gaan, zei ze tegen Ethan. Ze konden er geen van beiden om lachen. Het was het minst geloofwaardige van al het ongeloofwaardige dat er de afgelopen jaren was gebeurd.

Toen was er een talkshow op de radio die onderzoek deed naar het bord, het gedicht. Naar Margaret.

Wie inspireert die gestoorde demonstranten, had de presentator gevraagd. Nou, dat zal ik u vertellen: een radicale dichteres genaamd Margaret Miu, uit dat linkse bolwerk Cambridge. En – surprise, surprise – ze is een kung-PAA.

Een nieuwslezer die de PACT al van meet af aan had verdedigd – Chinese *Amerikanen?* had hij gezegd. Die bestaan helemaal niet; iedereen weet aan wie ze in *werkelijkheid* loyaal zijn – had het verhaal overgenomen. Hij keek even naar de foto achterop Margarets dichtbundel en liet hem kort zien op het scherm om haar buitenlandse gezicht zijn punt kracht bij te laten zetten.

Dit soort mensen, zei hij, is de reden waarom we de PACT überhaupt nodig hebben. Weet u wie haar voornaamste publiek is, wie haar boeken kopen? Dat zal ik u zeggen. Ik heb de cijfers bekeken. Jonge mensen. Studenten, middelbare scholieren. Misschien zelfs nog wel jongere kinderen. En op die leeftijd zijn ze makkelijk te beïnvloeden. En de macht van deze vrouw stijgt de pán uit. Zal ik u eens zeggen hoeveel ze heeft verkocht? Alleen verleden week al zijn er vierduizend exemplaren van haar boek verkocht. Deze week zesduizend. En het zullen er volgende week wel tienduizend zijn. Ik vind dat we eens heel goed moeten kijken naar wat er precies in die gedichten staat. De kans is zeer reëel dat onze kinderen ontaard raken van dit soort teksten. En daar is de PACT dus voor bedoeld.

Op messageboards – en al snel ook op de burelen van allerlei autoriteiten – kamden mensen Margarets dichtregels uit. *Uitgezaaid om elders te ontkiemen*: is dat niet een aanzet tot het verspreiden van schadelijke ideeën? Dat gedicht over een spin die zijn lege eierzak tegen zich aandrukt – *hol en droog gevuld met niets dan lucht* – nou, zo moeilijk was het niet om dat te zien als metafoor voor Amerika dat zich tot de dood vastklampte aan *holle* idealen. En deze, over tomaten en het verstoren van hun *robuuste wortels*: wat kan je daar anders in lezen dan het aanzetten van de lezers om de bijl aan de wortel van Amerika's stabiliteit te slaan.

De anti-Amerikaanse ideologie was duidelijk, waardoor het des te gevaarlijker was dat mensen deze gedichten lazen – tot nu toe waren er bijna vijftigduizend exemplaren verkocht, een ongehoord aantal voor een dichtbundel en al helemaal van zo'n dwerg van een uitgever. Dat was op zich al verdacht; het Pentagon moest hier onderzoek naar doen, zoveel was wel duidelijk. De mogelijkheid dat de dichtregels gecodeerde boodschappen bevatten was niet uit te sluiten. Los daarvan waren die gedichten niet alleen on-Amerikaans, ze zetten aan tot rebellie. Ze steunden, omarmden terroristische daden. Ze zetten anderen aan tot het steunen van opstand. Kijk dan naar al die anti-PACT-demonstraties.

Zo zie je maar weer, vond een ambtenaar terwijl hij een felrood stempel op Margarets dossier zette: hier geboren maar duidelijk alleen in naam Amerikaans. Dat zal ze wel van haar ouders hebben. Die buitenlandse manier van denken is diepgeworteld. Misschien is het wel vervlochten met hun DNA.

Misschien was het wel onmogelijk voor hen om de Amerikaanse kant te kiezen.

Een week later kreeg Margaret een telefoontje van haar uitgever: ze hadden de opdracht gekregen om de publicatie van haar bundel te staken, om alle exemplaren die ze nog op voorraad hadden te vernietigen. Mogen ze dat dan echt eisen? vroeg Margaret en de redacteur slaakte een zucht. Hij was een magere witte man met een bril die Rilke uit het hoofd kon voordragen; de uitgeverij opereerde vanuit een pand met twee kantoortjes in Milwaukee. Hij kreeg al wekenlang dreigende mailtjes en telefoontjes. In het laatste telefoontje deed iemand tot in detail uit de doeken wat er met zijn zevenjarige dochter zou moeten gebeuren. Dat is niet alles, zei hij. Ze hebben ook een gerechtelijk bevel gestuurd om onderzoek te doen naar onze financiën en onze andere auteurs. Niet alleen de Aziatische – iedereen. Om te zien of we nog andere *on-Amerikaanse* schrijvers hebben gefinancierd. De suggestie was duidelijk dat ze wel een manier zouden vinden om ons bedrijf de das om te doen als we niet zouden meewerken. Het spijt me, Margaret. Echt.

Binnen een maand moest de uitgeverij alsnog zijn deuren sluiten en werd alle voorraad tot pulp vermalen en werden alle files gewist. Bibliotheken werden bestookt met boze telefoontjes over het boek en begonnen het van de plank te halen. PACT-supporters hielden een bijeenkomst in het centrum van Boston waar ze de exemplaren die ze verzameld hadden, verbrandden in een olievat op City Hall Plaza. Het postkantoor begon de post van Margaret en Ethan in de gaten te houden.

Het werd erger. Iemand postte hun adres en Margarets telefoonnummer op social media. *Ook zo'n hekel aan dit tering PAA-wijf en het gif dat ze onze kinderen voert?* schreef hij. *Bel haar om haar dat te zeggen.*

Wat moeten we nu? vroeg ze aan Ethan terwijl ze haar telefoon op stil zette. Hij ging al twintig minuten lang over en in het begin had ze opgenomen en meteen weer opgehangen, maar hij bleef overgaan.

Ethan sloeg zijn armen om haar heen. Hij had al met de politie gesproken; het was niet tegen de wet om openbaar beschikbare informatie te posten, hadden ze hem gemeld. Hij had tegen ze gevloekt en een eind aan het gesprek gemaakt. Het was zaterdagochtend, een dag waarop ze anders altijd wafels aten aan de keukentafel terwijl het zonlicht op hun bordjes viel. In plaats daarvan had Ethan de hele ochtend door het huis lopen ijsberen, de gordijnen dichtgetrokken en Margaret en Bird voorzichtig weggeduwd bij de ramen.

Het gaat wel weer voorbij, verzekerde ze hem. Het zal heus wel stoppen. Ze worden het wel een keer zat. Ik heb helemaal niks gedaan. Ik ben nog nooit naar een demonstratie geweest. Ik heb alleen een gedicht geschreven, meer niet.

Het stopte niet. Behalve Margaret en Ethan – en Bird – leek niemand het zat te worden. Wat is er mis met je telefoon, vroeg Bird steeds. Wie belt je steeds? Er werden rotte vis en zakjes hondenpoep en gebroken glas voor hun deur gelegd, en een keer ook één enkele kogel, nog in de huls. Daarna mocht Bird niet meer alleen naar buiten, zelfs niet in de tuin.

Mensen zijn gek, zei Ethan tegen hem. Maak je geen zorgen. Er kan je niks gebeuren.

Wist u, zei de presentator van de talkshow een paar dagen later, dat die Margaret Miu – dat die een kind heeft? Negen jaar oud. Ja, ja. Dat is toch niet te geloven? En – hou je vast – het kind heet *Bird*.

Het commentaar op internet:

Dat is dus kindermishandeling. Lijkt me duidelijk.

Zulke mensen zouden zich niet mogen voortplanten.

Moet je je voorstellen wat een shit ze hem thuis allemaal leert? Het zal je moeder zijn.

Arm joch. Het is te hopen dat Jeugdzorg ze snel een bezoekje brengt.

Toen ze Bird die avond in bed hadden gestopt, kregen ze een mailtje van Ethans moeder. *Mijn beste vriendin Betsy stuurde me dit artikel over Margaret.* Het was het eerste in een lange reeks artikelen waarvan ze er een paar doorstuurde en veel ervan alleen las als ze, soms met drie stuks tegelijk, in haar inbox verschenen nadat ogenschijnlijk goedbedoelende bekenden ze aan haar hadden gezonden. *Ik kan me herinneren dat je het een keer had over de nieuwe vrouw van je zoon. Is dat deze Margaret Miu?*

Naarmate de artikelen, nieuwsverslagen en krantenkoppen zich opstapelden, lazen en bespraken Ethans ouders de oogst, en vergeleken ze de vrouw die ze hadden leren kennen en van wie ze hielden, de vrouw die hun zoon op handen droeg, die hun hun kleinzoon had geschonken, met de vrouw zoals ze in het nieuws werd afgeschilderd. Degene die ze kenden – kenden ze haar eigenlijk wel? – hielden ze tegen het licht van degene die de rest van de wereld leek te kennen. Hoe vaak hadden ze haar precies ontmoet? Hoe goed kun je iemand in die tijd leren kennen? Tijdens hun wekelijkse telefoontjes tierde Ethan tegen zijn ouders over de nieuwste ontwikkelingen – de anonieme mailtjes die Margarets inbox vulden, de briefjes die op hun voordeur geplakt waren. Pas toen Ethan stopte met praten, uitgeput door woede en angst, viel het hem op hoe stil zijn moeder was, tegen haar gewoonte.

Ze leek me altijd zo *aardig*, zei zijn moeder, met een ondertoon van intens verdriet en verraad, en toen drong het tot

Ethan door: er had zich een verhaal in zijn moeders hoofd genesteld en hij was niet in staat het te herschrijven. In de daaropvolgende weken werd Ethan niet meer gebeld door zijn ouders en toen hij en Bird naar het studentenappartement verhuisden, stuurde hij ze geen adreswijziging.

Toen kwam het briefje. Een papiertje van Birds juf, juf Hernández, dat ze stiekem in zijn schooltas had gestopt. *Beste meneer en mevrouw Gardner*, stond er in haar keurige, krullerige handschrift. Hoge, trotse s'en. Kaarsrechte, wat stijve p's. *De school is gebeld door Jeugdzorg. Ik moet maandagochtend met ze praten en de kans is groot dat ze daarna ook met u willen spreken.* Gevolgd door: *Het leek me wel zo eerlijk om u dit te laten weten.*

Een waarschuwing. Een goede daad, in feite.

Ze pakte die avond, één stuks bagage. Eentje die ze op haar rug kon dragen, klein genoeg om zo lang mogelijk te kunnen lopen. Een slaapzak en alle cash die ze bij elkaar konden krijgen. De slaapzak was van Ethan geweest. Hij is warm, zei hij zachtjes toen hij hem achter uit de kast trok en ze hoorde zijn stem haperen terwijl ze allebei dachten aan alle nachten waarin ze niet meer naast elkaar zouden liggen. Ze had hem aangepakt en zich snel omgedraaid, zich gebogen om hem aan haar rugzak te gespen, maar eigenlijk kon ze de pijn in zijn ogen niet aan en ze wist niet of hij de pijn in die van haar wel aankon. Ze hadden afgesproken dat ze niet zou schrijven, niet zou bellen. Niets wat tot haar zou kunnen worden herleid. Ze liet haar telefoon achter. Alle niet doorgesneden banden konden gaan rafelen, dus ze zouden haar, die verrader van een PAA-moeder, uit hun levens snijden. Ze zouden niet eens de moeite nemen een reden te bedenken waarom ze Bird bij hen weg zouden halen. Wat moest dat moest, daar waren ze het over eens. Ze zouden alles doen en zeggen wat nodig was voor zijn veiligheid.

De volgende ochtend had ze geprobeerd om afscheid te nemen. Een zaterdag, eind oktober. De blaadjes kwamen net los van de bomen. We redden ons wel, zei Ethan tegen haar. Allebei begrepen ze dat hij net zo goed zichzelf geruststelde als haar. Hij verstopte zijn gezicht in haar haren en Margaret kroop tegen zijn borst, snoof hem op en alle woorden waar ze niet de moed voor had ze uit te spreken probeerden wanhopig aan haar mond te ontglippen. Toen ze elkaar eindelijk loslieten, konden ze elkaar niet aankijken. Ethan liep snel naar de slaapkamer en sloot zich daar op, want wat viel er verder ook te zeggen? En haar zien vertrekken kon hij niet. Bird zat, zich van dit alles niet bewust, geknield op het kleed in de zitkamer en zette het ene legoblokje op het andere. Het was een huis en het dak stortte steeds maar in omdat de boog te hoog was voor zijn kinderhandjes.

Birdie, zei ze. Haar stem versplinterde. Bird, ik moet gaan.

Ze verwachtte vragen zodra hij haar rugzak zou zien: ze droeg nooit een rugzak, dus het zou hem zeker opvallen. Wat heb je daar? Waar ga je heen? Mag ik mee? Maar hij keerde zich niet om. Hij had haar helemaal niet gehoord omdat hij zo opging in waar hij mee bezig was en dat vond ze geweldig aan hem. Ze hield van die concentratie, intens als zomerhitte, op datgene wat hij probeerde te begrijpen.

Bird, zei ze nog eens, wat harder, deze keer. Birdie, lieveling. Ik ga nu.

Hij draaide zich niet om en daar was ze blij om: blij dat ze dit laatste moment niet in zijn ogen hoefde te kijken, blij dat hij niet op haar afrende en zijn gezicht tegen haar buik drukte zoals hij altijd deed. Want hoe had ze zich anders ooit nog los kunnen maken?

Oké, zei hij en zijn vertrouwen deed haar pijn. Dat hij zeker wist dat ze snel weer terug zou zijn, zoals gewoonlijk. Zij was het die zich toen omkeerde, haar rugzak op haar schouder hees en snel de deur uit liep voor haar hart haar hoofd op andere gedachten kon brengen.

Twee dagen later, toen Jeugdzorg kwam, stonden haar spullen al op de stoep. Toen ze hem ondervroegen, schudde Ethan zijn hoofd en brak het hart van zijn zoon. Nee, hij wist niet waar ze naartoe was gegaan. Nee, hij deelde haar denkbeelden niet, helemaal niet. Integendeel, zelfs. Nee, hij vond het eerlijk gezegd niet erg. Hij had zijn best gedaan om hun huwelijk te laten werken omwille van hun zoon, maar op een gegeven moment is de grens bereikt, toch? Nou ja – laten we het erop houden dat het een opluchting was dat zij niet langer invloed kon uitoefenen. Ja, precies. Ze waren een stuk beter af zonder haar.

Haar boeken? Absoluut niet. Opruiende troep. Hij had ze stuk voor stuk verbrand.

Een bus naar Philadelphia, sjaal om haar mond getrokken, gezicht bedekt door een zonnebril. Elfhonderd dollar aan contanten in haar zak, bijna al hun spaargeld. Ze had nog geen plan, alleen hoop. Iemand van wie ze dacht dat die haar misschien zou kunnen helpen, die haar een plek kon bieden om even te stoppen en na te denken over wat ze zou kunnen doen. Maar eerst, voor ze kon stoppen, moest ze eer betonen, excuses aanbieden. Boete doen. Onderuitgezakt op haar stoel trok ze haar gebreide muts zo ver omlaag dat hij de brug van haar neus bijna raakte en stak ze haar kin in de kraag van haar jas. Ze weigerde om te huilen. In plaats daarvan keek ze naar de in een waas van grijs en wit voorbijflitsende snelweg. Naast haar lag een besnorde man te snurken. De vetrol in zijn nek lilde bij elke uitademing.

De kleine buitenwijk waar Marie Johnson opgegroeid was had keurige gazonnetjes bespikkeld met bloeiende struiken en oude eiken, nette houten huizen met een smetteloze laag verf op de door de tijd verzachte randen. Al die huizen hadden dat van Marie kunnen zijn: vanbuiten leek het helemaal niet op een huis dat in de rouw was. Maar ze herkende het meteen uit de nieuwsberichten die het steeds maar weer hadden getoond op het scherm, altijd met de gordijnen stevig dicht tegen de knetterende camera's buiten. Nu, maanden later, voelde de buurt weer enigszins normaal: een paar meter verderop trok een man aan de ketting van zijn bladblazer die met een laag gegrom tot leven kwam. Aan de overkant van de straat haalde een vrouw met bebloemde tuinhandschoenen de uitgebloeide chrysanten van een struik, voortvarend als een oude schooljuf. Bij het huis van Marie waren de enige tekenen van leven de auto op de oprit en de smalle kier tussen de gordijnen waardoor het middagzonnetje naar binnen kon vallen.

Als meisje moest Marie hier hebben gespeeld. Misschien deed ze de radslag op dit stukje gras en tekende ze hinkelvelden op de stoeptegels. Misschien rende ze op warme zomerdagen door de tuinsproeiers, eerst vluchtend voor het gordijn van waterdruppels en er vervolgens juist naar op jacht. Margaret zag het voor zich, kon haar horen gillen, precies zoals Bird, opstijgend als klokgelui. Op haar rug schaafde de rugzak brede rode banen in haar schouders. Ze belde aan.

De vrouw die opendeed was misschien tien jaar ouder dan Margaret, maar Margaret had het gevoel dat ze vele levens meer had geleefd. Haar gezicht was nog jong, maar in haar houding had ze iets versletens en zwaars, alsof ze te lang iets had moeten dragen wat ze eigenlijk niet kon houden. Achter haar stond een man met brede, gebogen schouders, een leesbril op het puntje van zijn neus, een krant opgevouwen in zijn hand.

Mevrouw Johnson, zei Margaret. Meneer Johnson. Ik ben hier vanwege Marie.

Toen kwam het allemaal in een verwarde stortvloed uit haar gestroomd: verontschuldiging en biecht, haar ontzetting en verdriet om Maries dood. Het was zo helemaal niet bedoeld, zei ze steeds maar weer. Ik had geen idee. Ik had het nooit verwacht. En terwijl de woorden uit haar mond glibberden, haar eigen oren in, realiseerde ze zich dat ze fout zat. Wat ze zo verschrikkelijk graag wilde – geruststelling, troost, genade – daarvan had ze niet het recht het van hen te vragen en zij hadden geen reden het haar te geven.

Ze zitten achter me aan, hoorde ze zichzelf zeggen. Smekend bijna, haar eigen angst schril in haar oren. Ze geven mij de schuld van dit alles. En ze hebben gelijk.

Voor haar stonden Maries ouders onbewogen in de deuropening. Verderop in de straat zette de man met de bladblazer de motor af en het werd stil. Ze stond nog altijd op de stoep voor het huis; ze had niet eens gewacht, dacht ze, om dit deze man en deze vrouw die hun kind waren verloren allemaal te vertellen. Het was hopeloos, zij was hopeloos; hoe kon je nou ooit hiervoor je excuses aanbieden?

Ik vind het zo vreselijk, zei ze uiteindelijk en ze draaide zich om en wilde weglopen.

Waarom bent u hier eigenlijk gekomen? vroeg Maries vader. Hij vouwde de krant in tweeën, niet boos maar kalm. Alsof hij voor de rest van zijn leven genoeg nieuws had gelezen, alsof dit de laatste krant was die hij ooit nog zou lezen. Hij keek haar recht in de ogen zonder verder een krimp te geven: hij was inmiddels alle angst voorbij. Denkt u dat wij u iets te zeggen hebben? zei hij. Ons kind is dood en dan komt u hier, op zoek naar wat? Naar medelijden om wat ú allemaal doormaakt?

Zijn stem klonk zachtjes. Het was een stem waarmee je vroeger in de bibliotheek praatte en op de een of andere manier vond Margaret dit nog erger dan als hij zou hebben geschreeuwd.

Denkt u soms dat u haar kent? ging hij verder. Ze denken allemaal dat ze haar kennen. Iedereen denkt dat ze haar kennen. Er zijn mensen die het gezicht van mijn meisje op hun borst dragen, die verder niets geven om haar of wie ze was. Die alleen haar naam gebruiken om te rechtvaardigen wat ze zelf willen doen. Voor die mensen is ze niet meer dan een leus. Ze weten helemaal niets over haar. U weet ook helemaal niets over haar.

Om hen heen de altijd-aanwezige geluiden van de buitenwijken: auto's die rustig voorbijrijden alsof ze niet dringend ergens moesten zijn, het roepen van een rondvliegende kraai, het onvermijdelijke blaffen van een hond ergens op een niet in te schatten afstand. Alles ging door alsof er niets aan de hand was.

Wat valt er te zeggen, besloot hij.

Hij draaide zich om en trok zich terug in het donkere binnenste van het huis.

Heel even stonden Margaret en Maries moeder daar aan weerszijden van de drempel: Margaret verstijfd op de stoep met het briesje kil in haar nek waar haar haar nat was van het zweet. Maries moeder met een hand tegen de deurpost alsof ze probeerde te voorkomen dat het huis zou instorten. Haar ogen half dichtgeknepen tegen de zon, haar achterkant in de schaduw. Ze stond Margaret te bestuderen. Margaret vroeg zich af wat ze zag. Ze dacht, te laat, aan de Aziatische en zwarte werelden die achterdochtig om elkaar heen draaiden, bevroren op een afstand in een wankel evenwicht tussen aantrekken en afstoten. In haar jeugd: een jong zwart meisje dat doodgeschoten was, Los Angeles in brand, Koreaanse winkels in lichterlaaie. Haar ouders waren woest toen ze het nieuws lazen, verontwaardigd om de schade, de *misdadigheid*. En toen, jaren later, een jonge zwarte man dood in een portiek, de vinger die de trekker overhaalde die van een Chinees-Amerikaanse agent. Van alle kanten werd verontwaardigd gereageerd – een ongeluk, politiegeweld, zondebok – totdat de cirkels zich weer van elkaar losmaakten in een ongemakkelijke wapenstilstand. Meer dan eens had haar moeder op straat een duw gekregen van een zwarte tiener die haar uitjouwde: ping-pong-pang. Maar ook: vlak nadat ze naar New York was verhuisd, was ze in Chinatown om fruit te kopen bij een stalletje toen een zwarte man voorbijreed in een SUV, rapmuziek uit de open ramen schallend, zo hard dat de peer in haar hand ervan trilde, en de eigenaar van de winkel, een tanige oudere Chinese man, klemde zijn kaken opeen. Die criminelen, zei hij, alsof het iets was waar ze het al over eens waren, en hij spuugde op de grond. En ze was zo verbluft dat ze – tot haar schaamte – alleen maar had geknikt, betaalde en weggeschoten was zonder een woord te zeggen. Het drukt op haar, deze geschiedenis, even zwaar als de tas op haar rug.

Het spijt me, zei Margaret nog eens. Ik kan maar beter weggaan.

Hebt u kinderen? vroeg Margarets moeder ineens.

Eentje, zei Margaret. Ik had een zoon. De onopzettelijke verleden tijd schokte haar. Zo gemakkelijk als haar hoofd accepteerde wat haar hart niet kon. Heb, verbeterde ze zichzelf. Ik heb een zoon. Maar die zie ik nooit meer terug.

Er viel een lange stilte tussen hen die zich uitstrekte en aanzwol tot hij zich dik en fluwelig om hen allebei had gewikkeld. Toen, tot Margarets verrassing, stak Maries moeder haar hand uit en raakte Margarets pols even aan.

Welkom bij de verschrikkelijkste club van de wereld, zei ze.

Het huis van de Johnsons was gezellig en netjes, maar overal waren er tekenen van hun dochter. Meneer Johnson, zijn lippen stevig op elkaar geklemd, keek zijn vrouw hoofdschuddend aan en vertrok naar boven, maar mevrouw Johnson nam Margaret mee naar de zitkamer. Op de schoorsteenmantel stond een ingelijste foto van Marie met toga en afstudeerhoedje, haar opgerolde diploma als een bos bloemen in de kromming van haar elleboog. Die is van de middelbare school, zei mevrouw Johnson. Ze mocht de speech doen namens de leerlingen. In de hoek een muziekstandaard, een dwarsfluitkoffertje, bladmuziek met massa's onmogelijk hoge noten.

Ze zat bij de fanfare. Maar eigenlijk was ze vooral dol op het klassieke werk.

Haar hand strijkt over het nepleer en veegt een spikkel stof van het slotje.

Ik wilde dat ze ermee zou doorgaan tijdens haar studie. Maar daar had ze geen tijd voor, zei ze. Ze had zoveel plannen.

Margaret had haar rugzak nog steeds niet afgedaan; ze wist niet zeker of ze wel uitgenodigd zou worden om te blijven. In deze overvolle zitkamer voelde ze zich een groot, onhandig dier. Met elke beweging zou ze een of ander deel van het verleden op de grond kunnen gooien. Ze hield haar adem in, alsof ze daarmee kleiner en stiller zou zijn, alsof dat ook maar ergens goed voor was.

Mevrouw Johnson pakte een porseleinen olifantje van de schoorsteenmantel en draaide dat om. Het duurde even voor ze had gevonden wat ze zocht en ze hield het beeldje omhoog zodat Margaret het ook kon zien: een dunne naad van lijm rondom de opgetilde slurf.

Ziet u dit? zei ze. Mijn vriendin ging op vakantie naar India en nam deze voor me mee. Marie was een jaar of zeven, acht? Ze vond hem geweldig. Ze speelde ermee, stopte hem in haar zak, liep er overal mee rond. Op een dag kwam ik thuis van mijn werk en toen had ze de slurf gebroken. Ik gaf haar op haar donder. Ik zei dat ze geen respect had voor andermans spullen en dat ik nog zo had gezegd dat ze voorzichtig moest zijn en waarom luisterde ze nou nooit naar me. Nee mama, zei ze tegen me, ik wilde zien wat erin zat. Dus ze had het expres gedaan. Ik zei dat ze een maand huisarrest kreeg. De volgende dag zag het er zo uit.

Ze hield de handpalm waar het olifantje op stond schuin en liet zijn rondingen het licht vangen.

Ze had hem weer in elkaar gezet. Je kunt nauwelijks nog zien waar de breuk zat. Alleen als je weet waar je moet kijken.

Voorzichtig zette ze het olifantje weer op de schoorsteenmantel.

Typisch Marie, zei ze. Er is verder niemand die zich dat soort dingen herinnert. Alleen ik.

De twee vrouwen stonden daar in stilte. In de bundel licht die door de kier in de gordijnen naar binnen viel, dansten de stofdeeltjes.

Wilt u het mij vertellen? vroeg Margaret. Ze nam de handen van de andere vrouw in die van haar en mevrouw Johnson trok ze niet terug. Dat was zo aardig dat Margaret er nederig van werd, want ze had het niet verdiend. Wilt u mij over haar vertellen? vroeg ze. Wie ze was. Hoe ze was.

Ik zal het u vertellen. Maar alleen als u belooft dat u het onthoudt. Dat ze een echt mens was, geen poster. Dat ze een kind was. Mijn kind.

Ze bleef twee dagen en luisterde. Ze liet Maries moeder haar alles vertellen wat er maar bij haar opkwam. Meneer Johnson meed haar, bekeek haar met afstandelijke behoedzaamheid en stak zijn bril in de borstzak van zijn overhemd voor hij de kamer uit liep.

Hij vertrouwt u niet, zei mevrouw Johnson terwijl haar man voorbijliep in de gang. Geen verontschuldiging; gewoon een feit.

Maar mevrouw Johnson nam haar mee naar Maries slaapkamer, waar ze samen zaten van zonsopgang tot het donker werd. Mevrouw Johnson liep de kamer door, sprak met zachte stem, raakte zo nu en dan iets aan, haalde herinneringen op. Ze pakte Maries haarborstel op, haar ring, de door de oceaan gladgestreken stenen die ze in haar vensterbank had gelegd, die alle stuk voor stuk een herinnering wakker schudden, als een talisman. Het waren allemaal geen grote verhalen. Een bezoekje aan een tante in Noord-Carolina, een dagje Six Flags, Maries eerste tripje naar New York als magere, onbeholpen puber: mama, híér wil ik wonen. Het waren allemaal ondraaglijk belangrijke verhalen. Die keer dat ze als peuter een wind had gelaten in de kerk, net nadat de priester *Laten we bidden* had gezegd. De rode schoentjes waar ze zoveel van hield dat ze maandenlang haar tenen erin had gepropt omdat ze ze niet kwijt wilde. Ze had volgehouden dat ze nog steeds pasten tot de naden loslieten. Dat ze als tiener woorden die ze mooi vond uit haar tijdschriften knipte en ze als confetti in een blauwe envelop bewaarde – *nevelig, mordicus, gruzelementen.* Ik vind ze gewoon mooi klinken, had ze gezegd.

Ik heb geen idee wat ze er verder mee wilde doen, zei mevrouw Johnson.

Ze praatte maar door, van de ene herinnering naar de andere, de stapstenen waarmee ze een brede oceaan overstak. Onthoud dit, zei Maries moeder steeds maar weer. Bewaar die herinnering. Alsof de herinnering een kraal was die anders uit haar handen op de grond zou vallen, door een spleet zou rollen en zou verdwijnen. Wat ook gebeurde. 's Nachts, in haar slaapzak in de zitkamer van de Johnsons, schreef ze alles op wat Maries moeder had gezegd, elk woord nagalmend als een gong. Maar terwijl mevrouw Johnson aan het woord was, deed Margaret niets anders dan luisteren en luisteren en luisteren.

De tweede avond stapte Maries vader van de hal de kamer in. Hij keek naar zijn vrouw die op hun dochters bloemensprei zat; naar Margaret, in kleermakerszit op de vloer.

Weet je wat het laatste is wat ik tegen haar heb gezegd? zei hij.

Geen groet, geen inleiding. Alsof hij dit al heel lang had willen zeggen.

Ze vertelde het me aan de telefoon. Dat er een demonstratie gepland was, een protest tegen de PACT, en dat ze van plan was om ernaartoe te gaan en een bord omhoog te houden. Ik zei, Marie, dat gaat helemaal niet over jou. Denk je nou echt dat die PAA's hun nek zouden uitsteken voor jou? Denk je nou echt dat het die lui iets kan schelen dat wij in de gaten worden gehouden in winkels, of doodgeschoten worden bij stoplichten? Laat het gewoon.

Hij zweeg.

Ze had onderzoek gedaan, zei ze. Had geprobeerd om onze stamboom uit te zoeken. Daar was ze nieuwsgierig naar geworden op de middelbare school. Ze zat altijd in de bieb, in databases en archieven van de burgerlijke stand op zoek naar haar wortels. Onze wortels. Ze stuitte op een grote blinde vlek. Totaal geen informatie voor de Emancipatieproclamatie op één ding na. Een verkoopnota voor iemand die misschien mijn voorvader is geweest. Hij was toen elf. Verkocht aan een meneer Johnson in Albemarle County, Virginia.

Weer een stilte. Hij keek omlaag naar Margaret en zij keek op naar hem en luisterde.

Ik wilde niet dat ze ging. Maar ze stond erop. Ze zei alleen: het is fout om kinderen bij hun familie weg te halen, papa. Dat weet jij ook. En ze wilde verder geen ruzie dus toen hebben we opgehangen. En de volgende dag is ze naar die demonstratie gegaan.

Daar stond hij, ingelijst door de deurpost, een sterke man, breekbaar geworden van verdriet. Margarets moeder was de straat overgestoken als ze mannen zoals hij zag naderen. Uit minachting? Uit angst? Ze wist het niet en wist ook niet of het er wel toe deed. In de fabriek waar haar vader werkte waren maar een handvol zwarte mannen en haar vader ging met geen van hen om. Niet mijn soort mensen, had hij gezegd en ze had nooit de moeite genomen hem te vragen wat hij daar precies mee bedoelde.

U had geen ongelijk, zei Margaret uiteindelijk. U had geen ongelijk. Maar Marie ook niet.

Een klein rukje aan de ingewikkelde knoop die pas over generaties zou worden ontward.

Meneer Johnson ging naast zijn vrouw op het bed zitten, die haar arm om hem heen sloeg en haar gezicht tegen zijn schouder draaide, en zo zaten ze met zijn drieën in stilte in Maries kamer met Margaret als getuige van alles wat ze kwijt waren.

Na een lange, lange stilte zei hij: Weet u waar ik steeds aan moet denken? Aan één bepaalde avond dat ik thuiskwam van mijn werk.

De herinnering druppelt langzaam uit hem, als water dat door steen gefilterd wordt.

Ik weet niet eens meer hoe oud ze was. Ze was misschien vijf, maar voor hetzelfde geld was ze vijftien.

Margaret vond het niet vreemd; ze begreep precies hoe glibberig en rekbaar tijd was als het om je kind ging. Dat het niet in een rechte lijn liep maar in eindeloze lussen, steeds weer terug, om zich te herschrijven.

Ze moest lachen, zei Maries vader. Keihard lachen. Zo hard dat de tranen over haar wangen liepen. Ik kwam binnen en zag haar over het vloerkleed rollen. Alleen maar lachen. Marie, zei ik, wat is er zo leuk? Ze bleef maar lachen. Tot ik ook begon te lachen. Ik kon er niks aan doen.

Hij moest er bijna weer om lachen, terwijl de herinnering aan die avond om hem heen kolkte, hem meezuigend, het verleden in.

Uiteindelijk kwam ze tot bedaren en bleef ze zo op de grond liggen. Ze kwam op adem en staarde naar het plafond met nog steeds een grote glimlach op haar gezicht. Marie, vroeg ik nog een keer, wat is er zo grappig? Ze slaakte een diepe zucht. Ze zag er zo gelukkig uit. Alles, zei ze. Alles.

Ze ging weg bij Maries familie met een verzoek en een naam.

Neem haar op in een gedicht, zei meneer Johnson, dat zou ze mooi vinden. Neem haar maar op in een gedicht, oké? Zorg dat andere mensen aan haar blijven denken.

Ik zal mijn best doen, zei Margaret, al wist ze toen al dat geen enkel gedicht Marie zou kunnen vangen, zoals geen enkel gedicht Bird zou kunnen vangen. Er zou hoe dan ook te veel ongezegd blijven.

Mevrouw Johnson zei niets, omhelsde Margaret alleen nog steviger dan Margaret haar omhelsde. Ze zouden elkaar nooit meer spreken, maar ze waren vanaf nu met elkaar verbonden, zoals mensen die iets vreselijks hebben meegemaakt voor altijd met elkaar vergroeid zijn, op manieren die ze zelf niet eens altijd begrijpen.

De naam was die van de bibliothecaresse, hoewel de Johnsons alleen haar achternaam kenden: mevrouw Adelman dit, mevrouw Adelman dat, Marie had het haar hele middelbareschooltijd over haar, zei haar moeder, en bracht al haar vrije tijd daar door. Aan de andere kant van de stad; met de bus op de hoek. Margaret nam de bus niet maar volgde lopend het spoor van bushaltebordjes. De bus zelf boemelde met bemoedigende tussenpozen aan haar voorbij en stelde haar gerust dat ze nog steeds op de goede weg was. Tegen de tijd dat ze bij de bibliotheek aankwam, waren er al zes bussen langsgereden en misschien kwam het daardoor dat ze, terwijl ze de trappen van de bibliotheek op liep, het gevoel had dat ze hier al eerder geweest was. Dat een of andere eerdere versie of versies van haarzelf hier al binnen waren en al ontdekt hadden wat zijzelf nu pas zou gaan ontdekken.

De bibliotheek was niet de enorme marmeren hal die ze had verwacht, maar warm en gezellig, met vloerbedekking en muren en kasten die allemaal hetzelfde honingachtige bruin hadden van een oude leren leunstoel, als de zitkamer van een oudtante. En aan de balie in de hoek achterin zat één bibliothecaresse, een oudere dame met witte lokken bij de slapen die afstaken tegen haar grijzende haar – een lichtflits die aan haar hersenen ontsproot – en met doordringende ogen en de koninklijkste kaarsrechte houding die Margaret ooit had gezien. En ze liet zich leiden door haar instinct.

Mevrouw Adelman? zei ze. Ik kom vanwege Marie.

De bibliothecaresse zei eerst niets maar bestudeerde Margaret een hele poos in stilte. Alsof ze elkaar in een vorig leven hadden ontmoet en ze probeerde haar te plaatsen. Toen veranderde haar gezicht ineens, alsof een sterke wind de hemel ineens deed betrekken.

O ja, zei ze. Ik weet wie ú bent.

Toen na een moment stilte: ik heb haar uw boek gegeven, weet u.

Het was een van de vele boeken die de bibliothecaresse in de loop der jaren aan Marie had gegeven. De twee waren vriendinnen geworden toen Marie hier kwam om onderzoek te doen naar haar afkomst. Mevrouw Adelman had haar geholpen de juiste archieven en historische verenigingen te vinden om contact mee op te nemen en ze was er ook bij toen Marie op het gat in de documentatie was gestuit waar de rest van haar stamboom in verdwenen was. Haar eigen grootouders waren in de jaren dertig gevlucht uit München, maar de rest van de familie was gebleven en al was het niet hetzelfde, ze kende de pijn van breuklijnen in je familiegeschiedenis waar je niet overheen kon kijken. En toen, naarmate Marie ouder werd en ze een steeds bredere belangstelling kreeg, vond mevrouw Adelman het heerlijk om haar te volgen in haar ideeën en dit meisje met onverzadigbare honger om alles te *weten* te voeden. *Notes of a native son.* De biografieën van Gandhi en Grace Lee Boggs. Boeken over ecologie, over tarot, over de verkenning van de ruimte en klimaatverandering. En ook poëzie: Marie was begonnen met de gedichten van school, Keats, Wordsworth en Yeats, en was teruggekomen op zoek naar meer en de bibliothecaresse had haar geholpen dat te vinden: Lucille Clifton, Adrienne Rich. Ada Limón, Ross Gay. Al die boeken die de bibliothecaresse aan Marie had gegeven en die Marie trouw twee weken later weer had ingeleverd. Ze was nooit één keer te laat geweest. De week dat Marie naar de universiteit was vertrokken, was ze nog een laatste keer naar de bibliotheek gekomen en had mevrouw Adelman een dun in blauw cadeaupapier verpakt cadeautje over de balie geschoven. Op het schutblad stond: *Deze hoef je nooit terug te brengen.* Op de voorplaat een close-up van een opengespleten granaatappel, de zaden glinsterend als edelstenen.

We hebben het van de plank gehaald, zei mevrouw Adelman. Niet mijn beslissing. Na Marie kwamen er mensen langs. Sommigen wilden de bundel lenen. Maar nadat de radioshows en die lui van het nieuws u in de smiezen kregen, werden ze bang. Hoe konden we nu zo'n boek op de plank hebben, wilden ze weten. Als u echt een subversief element was, namen we dan niet het risico dat jonge mensen er kennis van zouden nemen? Uiteindelijk hebben de hogere managers besloten dat het gemakkelijker was om het maar gewoon uit de collectie te verwijderen. De burgemeester werd er nerveus van. Hetzelfde gebeurde ook in andere steden, volgens mijn vrienden. Niet alleen uw boek; alles wat ook maar in de verste verte met China te maken had. Alles wat riskant kon zijn.

Het is laf, zei Margaret en mevrouw Adelman zei, nou ja, die mensen hebben ook kinderen, hoor.

Er viel een lange stilte.

Uw zoon, zei mevrouw Adelman. Op het nieuws zeiden ze dat u een zoon had. Hoe oud?

Negen, zei Margaret. Tien, deze zomer.

In stilte probeerde ze zich Birds verjaardag voor te stellen. Zou er taart zijn? Met kaarsjes? Hoe zouden ze het vieren? Zou hij haar missen? Het enige wat ze voor zich ziet, is een donkere kamer.

Dus voor ze hem weg kwamen halen, bent u zelf weggegaan.

Margaret knikte zonder iets te zeggen.

Marie was er kapot van, zei mevrouw Adelman. Dat die kinderen weggehaald werden om hun ouders het zwijgen op te leggen en dat het nieuws daar niet eens iets over zei. Dat iedereen zijn mond hield en deed alsof er niets aan de hand was, of zei dat het hun verdiende loon was. Al die verscheurde gezinnen.

Op het nieuws lieten ze maar een paar gevallen zien. De gevallen die een uitgemaakte zaak leken, overduidelijk en voor de hand liggend.

Hoeveel? vroeg Margaret.

Te veel, zei mevrouw Adelman. En niet alleen maar demonstranten. Iedereen die bezwaar maakt tegen de PACT. En het worden er met de dag meer.

Margaret had ineens het gevoel dat ze ingeschakeld was op een frequentie die ze eerder niet had kunnen horen. Het was al donker; de bibliotheek was al dicht. Er was niemand binnengekomen.

Er komt tegenwoordig bijna niemand meer, zei mevrouw Adelman. Mensen durven niet. Als ze wel komen, pakken ze wat ze nodig hebben en dan gaan ze weer.

Waar kan ik ze vinden, vroeg Margaret. Die gezinnen. Hoe kan ik ze bereiken?

Ik heb gehóórd, zei mevrouw Adelman langzaam, dat er mensen zijn die proberen om de kinderen te vinden die weggehaald zijn. In de hoop ze met hun familie te herenigen.

Kan dat dan nog? vroeg Margaret, als het er zoveel zijn.

Nu de PACT negen jaar van kracht was, voelde het als vechten tegen de zwaartekracht, of de getijden. Die protesten, zeiden de mensen hoofdschuddend, op het nieuws, op straat. Volkomen zinloos. Je bereikt er niets mee, behalve dat je ons ermee irriteert.

De bibliothecaresse haalde haar schouders op. Zeg het maar, zei ze. Als die protesten niets uithalen, wat doet u dan hier?

Waar kan ik die families vinden, vroeg Margaret en mevrouw Adelman zei: ik ken er eentje.

Ze volgde een fluisterspoor. De naam die mevrouw Adelman haar gaf leidde tot meer: een vriend, de zus van een buurvrouw. Ik heb gehoord van iemand. Ik ken iemand. Geen e-mail, geen mobiele telefoons, niets herleidbaars. Ze vond ze een voor een en bood de naam aan van degene die haar had gestuurd als blijk van vertrouwen. Luisterde.

Langzamerhand begon ze te begrijpen hoe het in elkaar stak. Je zei iets wat iemand niet aanstond. Je deed iets wat iemand niet aanstond, of je deed misschien niets en dat stond iemand niet aan. Misschien was je een journalist en schreef je een artikel over herplaatste kinderen, of noemde je de aanvallen op mensen met een Aziatisch uiterlijk, of waagde je het vragen te stellen bij hun demonisering. Misschien had je iets op social media gepost waarin je kritiek uitte op de PACT of de autoriteiten van Amerika. Misschien kreeg je promotie en was je collega jaloers op je. Misschien had je echt helemaal niets gedaan. Er stond iemand bij je voor de deur. Iemand had gebeld, zeiden ze, maar ze zeiden nooit wie, beriepen zich op privacy, de onschendbaarheid van het systeem. Het werkt alleen, zeiden ze, als mensen weten dat hun naam nooit genoemd wordt.

Maakt u zich geen zorgen, zei een van de agenten meestal. Er is vast niets aan de hand. Het is gewoon onze plicht om het te controleren.

Soms bleek er inderdaad niets aan de hand. Als je goede connecties had, als je voldoende eerbied toonde, of als je misschien een vriend had op het gemeentehuis of het kantoor van de gouverneur, als uit hun achtergrondcheck bleek dat je geld had gedoneerd aan de juiste groeperingen, of misschien als je bereid was om alsnog geld te doneren – nou ja, dan kon je misschien duidelijk maken dat jij jouw kind nooit zou indoctrineren met gevaarlijke ideologieën. Maar het was heel vaak niet niets. Als de agenten kwamen was het meestal wel iets. Dan had je iets gedaan, iets gezegd, iets niet gedaan, iets niet gezegd. Als je niet de middelen of de macht had om eronderuit te komen, namen ze uiteindelijk je kind mee en zetten ze het op de achterbank van een auto die al klaarstond en dan waren ze weg.

Ze had gedacht dat het maar om een handvol extreme gevallen ging, de gevallen die het nieuws haalden – opvallende verhalen die als waarschuwing dienden. Maar wat ze vooral hoorde – toen ze de ene na de andere familie vond – was dat het stilletjes gebeurde. Zonder dat er ergens verslag van werd gedaan; de verwijdering en herplaatsing werden nergens vermeld. De gezinnen maakten zelf ook nergens melding van: praten over de PACT was klagen over de PACT en daaruit kon alleen hun ontrouw maar blijken. De meesten van hen hielden zich stil, in de hoop dat hun zwijgen ervoor zou zorgen dat wat van hen afgenomen was weer aan hen teruggegeven zou worden. Mensen begonnen hun kinderen meer in de buurt te houden, begonnen op hun tong te bijten. Ze hadden het liever helemaal niet meer over de PACT, bang dat zij de volgende zouden zijn. Redacteuren en producenten waren ruimhartiger met hun rode pen: laten we dat nou maar niet zeggen, we moeten mensen niet tegen de haren in strijken. Het gebeurde zo langzaam dat het je misschien niet eens opviel, zoals de hemel vanaf de schemering steeds donkerder wordt. Voordat iemand zijn mond opendeed, voordat iemand zijn vingers naar het toetsenbord bracht, was er eerst die berekening: hoe belangrijk was het om dit te zeggen? Je wierp een blik op de wieg in de hoek, op je kind dat tussen zijn speelgoed op het kleed lag.

Tegen de tijd dat ze vijf gezinnen had gesproken begreep ze: het ging om meer mensen dan ze had geweten, meer mensen dan ze ooit had gedacht. Het gebeurde de hele tijd en ze had het nooit doorgehad. Nee, gaf ze aan zichzelf toe: ze had er nooit voor gekozen om het door te hebben.

Tegen het zevende gezin was haar geld op. En ze moest ook voorzichtig zijn: passanten zouden haar misschien niet een-twee-drie herkennen, maar als de politie haar staande hield, al was het maar om iets onnozels, dan zouden ze haar identiteitsbewijs willen zien en dan zou alles in duigen vallen. Ze had een niet-overtuigend vervalste ID-kaart, voor honderd dollar gekocht ergens in een steegje – een andere naam, een foto van een andere Chinese vrouw die helemaal niet op haar leek. Ze hadden alleen hun scheiding en hun vermoeide blik gemeen. Maar de politie zou het checken met hun systeem en dan zouden ze de fraude meteen ontdekken. En daarna zou het snel gaan: ze zouden haar arresteren voor het gebruik van een vals identiteitsbewijs, ze zouden nader onderzoek doen, ze zouden in hun database zoeken naar verdachte personen en dan was het nog maar een kwestie van tijd voor ze erachter kwamen wie ze echt was. Margaret Miu: talloze aanklachten wegens opruiing op haar naam, een voor elke anti-PACT-poster en demonstranten die haar woorden meedroegen. En nu ook aansprakelijk voor Maries dood.

Dus was ze voorzichtig in haar bewegingen: liep alleen door stille straten, zorgde ervoor dat ze geen aandacht trok. Ze dacht aan haar ouders, de mantra van haar hele jeugd: *zorg dat je niet opvalt*. Dus in al die tijd was er weinig veranderd; het lag nu alleen iets meer voor de hand. In gedachten hoorde ze haar moeders verbijsterde stem tijdens dat laatste telefoontje, stelde ze zich haar vaders gezicht voor op het moment dat hij die duw kreeg. Zich niet bewust van wat er nog meer zou komen. *Duik onder*, zouden ze tegen haar hebben gezegd. *Hoofd omlaag, laat je niet zien*. Maar ze wilde niet onderduiken. Nu begreep ze dat er zoveel meer verhalen waren dan ze had gedacht. Iedereen die ze sprak, kende weer iemand anders, soms zelfs twee of drie. In haar hoofd maakte ze een berekening. Te veel om te negeren. Hoe was het mogelijk dat iedereen er niets van afwist?

De bus zette haar af in Chinatown en ze liep langs Third Avenue steeds verder naar het noorden, langs de steeds hoger wordende straatnummers. Dezelfde route die haar zoon jaren later zou nemen. Onder het lopen dacht ze aan die lange tochten als de avondklok ingegaan was, van dat overvolle appartement met Domi en haar ex en zijn zus naar de stille gouden bubbel die ze met Ethan deelde. Ze wist nog hoe ze de straathoeken kon omzeilen waar agenten stonden, de stukken stad waar ze op zou vallen, en dus meed ze die via een omweg, zijstraten inslaand, hoeken om, tot ze zeker wist dat het veilig was. Langzaam maar gestaag op weg in de richting van Central Park vond ze het: het herenhuis van rode baksteen met de enorme appelgroene deuren en het ronde raam in de witte boog erboven, als het waakzame oog van een cycloop.

Hallo, zei ze toen de deur openging. Een witte man van middelbare leeftijd in een keurig donkerblauw pak en met een eerbiedige uitdrukking. Is dit nog steeds de woning van de familie Hertog?

Toen Margaret uiteindelijk door de hal met de marmeren vloer naar binnen werd gelaten en de brede trap op geleid werd, stond ze daar. Wat molliger, wat ouder. Nieuwe rimpeltjes van neus tot kin omlijstten haar mond. Vermoeide ogen, lichte kringen. Maar nog steeds dezelfde.

Kijk aan, zei Domi. Wie hebben we daar?

Ze had niet gedacht Domi ooit nog terug te zien. Niet na hoe ze uit elkaar waren gegaan, na het laatste wat Domi tegen haar had gezegd: *Verrader. Hoer. Rot op.* Ze had Domi uit haar hoofd gezet, hun tijd samen in een heel klein doosje opgeborgen en dat stevig dicht getapet. Toen, jaren later, zat ze tijdens een dutje van Bird een keer door het nieuws te scrollen en was haar een kop opgevallen: de grootste donatie ooit aan de New York Public Library. De naam eronder kwam als een geest uit de schaduw gesprongen. Elektronica-erfgename Dominique Hertog. Hertog Technologies. En een foto. Toen ze haar voor het laatst had gezien droeg Domi een leren mannenjack en laarzen met dikke profielzolen, allebei afdankertjes van Margaret. Er zaten donkere strepen van zweet en vuil in het blond van haar paardenstaart. Op de foto zag ze er onberispelijk uit in een strak gesneden Chanel-pakje. Haar geföhnde haar was licht goudblond, kort geknipt in de zakelijke bob waar Domi altijd de spot mee had gedreven: rijkemannenvrouw, noemde ze het altijd, naar haar stiefmoeder.

Margaret scrolde door het artikel. Nieuwe directeur van Hertog Technologies. Opgericht door haar overleden vader – geërfd na diens dood. Baanbrekende audio-onderdelen – de kleinste en de lichtste – hadden voor een revolutie gezorgd in de mobiele telefonie. En het onderschrift: *Mevrouw Hertog, thuis in haar woning aan Park Avenue.*

Ze kon zich dat huis nog herinneren, die zeldzame vrijstaande woning, de gouden nummers glimmend op de bakstenen muur, de groen uitgeslagen koperen lantaarn boven de voordeur, hangend aan twee gietijzeren krullen. Slangen, had Domi gezegd, met een blik omhoog. Ik dacht altijd dat het slangen waren, als kind. Ze hadden honger, die dag; ze kon zich haar knorrende maag nog herinneren. Haar kloppende voeten. Het geluid van hun spuugklodders toen die de stoep raakten. Fuck you, had Domi naar de ramen geschreeuwd en toen haar vaders gezicht achter het glas was verschenen, had ze Margaret bij de hand gepakt en waren ze op hun fiets gesprongen en gevlucht, lachend, trappend en trappend tot hun dijen zeer deden.

Dus Domi had papa uiteindelijk toch gebeld. Margaret klikte de browser weg. Fuck yóú, Domi, dacht ze.

Maar in de jaren daarop was Domi steeds weer verschenen. In korte flitsen. Donaties aan blijf-van-mijn-lijfhuizen, aan voedselbanken, aan vakbonden. Donaties voor mensen die zorg nodig hadden. Donaties aan bibliotheken, eindeloos veel, door heel New York, en hier en daar door het hele land. Margaret zag deze daden en vergeleek ze met de Domi die zij ooit kende alsof ze een verzegelde brief tegen het licht hield. De avond voor haar vertrek had ze dat adres op Park Avenue snel nog opgeschreven – de enige die haar zou kunnen helpen, naast Ethan de enige die ooit om haar had gegeven – en dat verstopt op de veiligste plek die ze kon bedenken, omdat het te veel pijn deed om weg te gaan zonder zelfs maar één broodkruimel achter te laten.

En daar was ze dan. Het leven kende een wonderlijke symmetrie, dacht ze: jaren geleden was zij bij Domi weggegaan om bij Ethan te gaan schuilen en nu was het andersom. Domi raakte Margarets arm aan en haar handen, ooit rood en rauw van de kou als ze 's nachts die van Margaret vastpakte, waren zacht en bleek, als pas gerezen deeg. Margaret kuste haar op de wang en die was ook zacht, zo zacht dat ze verwachtte dat haar lippen een afdruk op Domi's huid zouden achterlaten.

Goed je te zien, zei Domi.

Uiteindelijk had Domi ook besloten onder te duiken. Op het dieptepunt van de Crisis, rond de tijd dat Margaret weggegaan was uit New York, had Domi haar vader gebeld. Help me, zei ze, en binnen een uur had hij een auto gestuurd. Hij had haar meegenomen uit New York naar het veilige platteland, een zomerhuisje in Connecticut dat ze al sinds haar kindertijd niet meer had gezien, dat haar vader had gebouwd toen het land nog goedkoop was, voor zijn bedrijf een vlucht nam, voor ze serieus geld hadden. Toen was hij nog gewoon Claude Hertog, een jonge, kersverse zakenman. In de loop der jaren, naarmate zijn bedrijf groter werd, had hij de stukken land eromheen opgekocht en een steeds groter stukje wildernis om zich heen verworven; hij had er een krachtige generator neergezet, het huis een likje verf gegeven. Maar het droeg nog altijd de sporen van wat het ooit was geweest; gewoon een simpel huisje, ver weg van alles, naast een rotsachtige inham van de oceaan. Dus toen hij wilde ontsnappen aan de onrust in de stad kon hij geen betere plek bedenken dan hier, in het verleden, een tijd waarin alles nog in het verschiet lag voor hem en de wereld van kansen aan elkaar hing. Van al zijn huizen was dit de enige plek waar hij de protesten op straat niet hoefde te horen of de griezelige stiltes ertussen. Hier was alleen het eeuwige geruis van de golven en verder niets. Hier konden ze net doen alsof ze niet taart aten terwijl de rest niet eens brood had.

Domi was er binnengegaan, de stalen neuzen van haar laarzen stampend op de geboende houten vloer, haar handpalmen nog vol stukjes stadsvuil. Daar zat haar stiefmoeder op de leren bank een tijdschrift te lezen, maar haar eigen slaapkamer was nog precies zoals ze zich hem herinnerde: zoals haar eigen moeder hem had ingericht toen Domi nog klein was, met veel roze, kant en parels. Welkom thuis, had haar vader verlegen gezegd. Elsa had haar met tegenzin met rust gelaten en zo hadden ze de Crisis uitgezeten, met zijn drieën: op een afstandje om elkaar heen cirkelend, als vliegen gevangen in de barnsteen van het verleden. Hun fortuin was omvangrijk als een mammoettanker en liet zich niet kisten door de stroming en de golven die de kleinere, minderwaardiger bootjes er wel onder kregen. Ze konden bestellen wat ze maar nodig hadden, zolang als dat maar nodig was. Ze hoefden alleen maar af te wachten.

Een paar maanden na de invoering van de PACT reisden

Domi's vader en Elsa af naar de Malediven – een weekendje weg om te vieren dat alles weer *normaal* was – toen hun privévliegtuig neerstortte in de Stille Oceaan. Alles ging naar Domi: de huizen in Malibu en de Provence. Het appartement in het 16ᵉ arrondissement en het herenhuis hier aan Park Avenue. Het elektronica-imperium, kleiner dan voor de Crisis, maar nog altijd leverancier van cruciale onderdelen voor telefoons en smartwatches, nog altijd meer dan genoeg om dit alles te financieren. En ook alle geheimen: beschuldigingen aan het adres van haar vaders fabrieken in Hanoi en Shenzhen, klachten over lange werkdagen, schadelijke materialen, rapporten die jarenlang waren genegeerd. De donaties aan senatoren die belastingverlagingen en uitzonderingen hadden doorgevoerd voor mannen zoals hij en die zich vervolgens gingen inzetten voor de PACT en alles wat daarna kwam. Dat alles was nu van haar om te inventariseren, rekenschap over af te leggen en te vergelden.

Ik kom achter bepaalde dingen die hij heeft gedaan, zei Domi. Voor mij, althans, dat vond hij.

Ze zat met Margaret in de met glas overkapte binnentuin – de wintertuin, noemde Domi hem – met in hun hand glazen ijsthee die nat uitsloegen van de kou. Een rechthoekig stukje groen omzoomd met boompjes in potten in het hart van dit fort van een huis. Kamers vol solide meubelstukken en robuuste bakstenen beschermden hen van vier kanten en waren gevuld met alle verfijnde snuisterijen die Domi's vader had verzameld en bewaard. Het dikke glas boven hun hoofd beschermde hen tegen eventuele regen. Van buitenaf kon niemand hen zien of horen; voor het eerst in weken had Margaret het gevoel dat ze weer kon ademhalen. En toen voelde ze zich als een insect dat in een potje was gevangen.

En nu dan? vroeg Domi. Wat ga je doen? Je voor eeuwig hier bij mij verstoppen? Een vals paspoort regelen en het land uit vluchten?

Er klonk een vleugje spot door in haar stem en Margaret wist niet zeker of dat op haar gericht was of op Domi zelf. Er waren natuurlijk plekken waar een mens zich kon verstoppen. Margaret kon een nieuwe naam aannemen, zich koest houden. Niet opvallen en opnieuw beginnen. Ze dacht weer aan haar ouders, hoe die hun hele leven hun best hadden gedaan om problemen uit de weg te gaan en uiteindelijk hadden die problemen hen toch weten te vinden. Misschien was het soms juist de vogel die zijn kopje omhooghield die hoog kon vliegen. Misschien was het soms juist de spijker die uitstak die doordrong in de voet die hem plat wilde stampen.

Niet verstoppen, zei ze. Iets anders.

Het idee was nog niet helemaal uitgedacht. Er was alleen nog maar een behoefte: de behoefte om iets goed te maken van alle jaren dat ze de andere kant op had gekeken, dat ze expres niet nieuwsgierig was geweest. Voor het idee dat het niet uitmaakte, zolang het andermans kind betrof. Het idee had pas postgevat en het zaadje was nog nauwelijks ontkiemd: wat ze zou doen met deze verhalen, de berichten van hoop en liefde en zorgzaamheid en verlangen. Ze zou eropuit gaan en ze verzamelen, als rijstkorrels die op leeggehaalde velden waren blijven liggen. Ze zou er zo veel mogelijk bijeenzoeken.

Tegen Domi zei ze: ik heb je hulp nodig.

Zigzaggend door het hele land volgde ze de informatiestroom. E-mails konden worden gehackt, telefoontjes onderschept. Maar bibliotheken deelden altijd boeken met elkaar; het bundelen van informatie was een onderdeel van hun taak. Kratten met boeken gingen van de ene bibliotheek naar de andere, bomvol geleende buit: zeldzame teksten over obscure schilders, handboeken voor esoterische hobby's. Het was aan de bibliothecaris om al die boeken te sorteren, er een papiertje in te steken met daarop de naam van de aanvrager, om ze netjes te rangschikken in de kast achter de balie, klaar om te worden opgehaald.

Maar zo nu en dan zat er een extra boek in zo'n krat en dat kwam dan onaangekondigd aan in een stad, ver weg van hier. Een administratieve fout; vergissen is menselijk. En omdat er niemand kwam om zulke verstekelingen te claimen, konden ze eenvoudigweg opzijgehouden worden en weer teruggaan met het volgende krat. Niemand zou het merken als een bibliothecaris er achteloos doorheen zou bladeren. En niemand zou er iets van denken als een bibliothecaris er een papiertje uit zou halen. Mensen lieten altijd van alles in boeken zitten en de meeste bibliotheken hadden een prikbord waar dit soort dingen kwamen te hangen aan een punaise: boekenleggers, natuurlijk, maar ook kassabonnetjes, doorgehaalde cheques, tandenstokers, ijsstokjes, plastic messen en zelfs een keer een plakje spek in een plastic boterhamzakje. Geen mens die echt aandacht besteedde aan dit soort dingen en niemand die het opviel als een bibliothecaresse eens een briefje uit zo'n verstopt boek viste of van het prikbord en het dan in haar zak stopte.

De berichten waren kort. Als iemand anders er per ongeluk zijn oog op zou laten vallen, zou die er alleen een lijst met getallen in zien, een willekeurige mengelmoes van letters en cijfers en punten. Maar wie wist dat hij op zoek moest naar deze verdwaalde boeken, wie deze boodschappen van haar collega's van ver weg verzamelde, wist wel beter. Op die briefjes stonden in codetaal de namen van de kinderen die weggehaald waren en een korte beschrijving. De namen en locaties van hun gezinnen. Door het hele land noteerde een netwerk van bibliothecarissen deze informatie, sloeg het op in het kaartensysteem in hun hoofd, vergeleek het met de herplaatste kinderen waar ze van hadden gehoord. Sommigen hielden een lijst op schrift bij, maar de meesten durfden dat niet en vertrouwden het alleen aan hun geheugen toe. Een onvolmaakt systeem, maar in het hoofd van een bibliothecaris was veel plek. Ze hadden stuk voor stuk zo hun eigen redenen om dit risico te willen nemen. En al zouden de meesten van hen die redenen nooit met de anderen delen, al zouden ze die anderen zelfs nooit in eigen persoon ontmoeten, ze deelden allemaal dezelfde vurige hoop dat ze de gegevens konden matchen, dat ze een briefje terug konden sturen, verstopt tussen de bladzijden, met de nieuwe locatie van een kind. Een bericht om de familie gerust te stellen dat hun kind nog bestond, ook al was het heel ver weg, om een bodem te leggen in de diepe krater van hun verdriet. Niemand die de waarde van kennis zo goed begreep als een bibliothecaris, zelfs als die kennis nog niet kon worden ingezet.

Zulke berichten waren zeldzaam, al was er toch een handjevol kinderen gevonden. Veel vaker werden zulke berichtjes in het geheugen opgeslagen of overgeschreven en vervolgens in een nieuw boek gestopt voor in het volgende krat voor de volgende stad. De lijsten van vermiste en herplaatste kinderen werden steeds langer, als de tanden van een lange, scherpe vork. Het waren zo veel namen en het netwerk was maar een kleine lappendeken die afhankelijk was van geheugens en geluk, twee stipjes die iemand net lang genoeg voor de geest stonden om het verband ertussen te zien. Ondertussen konden ze niets anders dan herinneren en informatie doorgeven:

aan de volgende bibliothecaris, de volgende stad en – als ze hen kon overtuigen – aan Margaret.

Een voor een zocht ze de families op van wie de kinderen waren weggehaald, de mensen die tevergeefs zaten te wachten tot de gaten in hun leven zouden dichtgroeien. Ze ontmoette hen tijdens lunchpauzes, op bankjes in parken, liep eindeloos rondjes met hen, hield hun sigaretten voor hen vast, wachtend tot ze klaar waren. Als ze wilden, vertelde ze hun soms weleens over Birdie, over wat zijzelf miste, namelijk alles. En anders bleef ze gewoon met hen wachten, voor zo lang als dat nodig was. Dagen vol bezoekjes die zich in stilte voltrokken; drie uur lang zonder een woord te zeggen in het park zitten. Tien straten, vijftien, vijftig. Tot ze haar vertrouwden. Tot ze wilden spreken. Tot ze wilden dat hun verhaal verteld werd.

Vertel het me, zei ze. Wat je tegen ze wilt zeggen. Wat je wilt dat ze horen. Wat je je nog herinnert. Ze schreef het allemaal op, precies zoals de woorden uit hun mond kwamen.

Ze kwam erachter dat het niet alleen Aziatisch-Amerikaanse gezinnen zijn: er zijn ook witte journalisten die onderzoek deden naar de herplaatsingen, Latijns-Amerikaanse activisten die demonstraties organiseerden. Niet iedereen wil met haar praten. Sommigen vertrouwen haar niet, met haar Chinese gezicht: jullie hebben de Crisis veroorzaakt en dan wil je nu dat we medelijden met je hebben? Ook sommige Aziatische-Amerikanen vertrouwen haar niet en weten zeker dat ze het allemaal alleen maar erger maakt. Ze hebben gezien wat er gebeurde toen ze hun mond opendeden. Dus aan die steen zouden ze zich niet nog eens stoten en ze schudden hun hoofd en slaan zonder een woord de deur in haar gezicht dicht.

Andere mensen worden kwaad: als jij die gedichten niet had geschreven, beweren ze, dan was dit allemaal nooit gebeurd.

Sommigen denken dat ze de protesten heeft aangestuurd, dat zij het brein is achter dat alles. Ze gaat er niet tegen in en probeert niets uit te leggen als hun stemmen haar de gang uit jagen, de straat op. Anderen zijn bang: gezinnen die geen papieren hebben, die doodsbang zijn voor huiszoekingen, of erger. En sommige mensen berispen haar omdat ze te laat komt. Een oudere vrouw van Choctaw-origine – wier kleindochter weggehaald was – keek Margaret een hele poos vermoeid aan en klakte toen met haar tong.

Denk je soms dat dit iets nieuws is? Ze schudde met haar hoofd.

Margaret luisterde. Ze leerde stukje bij beetje dat er niets nieuws onder de zon was. Ze leerde over de scholen waar inheemse kinderen kaalgeschoren en van hun kleding ontdaan werden, een nieuwe naam kregen, en gebroken en vol littekens naar huis teruggestuurd werden – of nooit meer thuiskwamen. Over kinderen die in de armen van hun ouders over de grens werden gedragen en vervolgens opgesloten werden in kooien in pakhuizen, bang en alleen. Over pleegkinderen die als balletjes in een flipperkast van het ene naar het andere huis werden geschoten, en hun eigen familie, die soms niet meer in staat was hun spoor te volgen. Dingen die ze zichzelf allemaal niet had laten weten, tot nu. Er was een lange geschiedenis van kinderen die weggehaald werden. De voorwendselen waren steeds anders, maar de reden was steeds dezelfde. Een hoge losprijs, iets om de ouders mee onder de knoet te houden. Het was het tegenovergestelde van een anker: een poging om iets wat anders was te ontwortelen, iets wat gehaat werd en gevreesd. Een of ander vreemd element dat werd gezien als om zich heen grijpend onkruid, iets wat met wortel en tak moest worden uitgeroeid.

Maar de meeste gezinnen wilden niets liever dan praten, hun verhaal moest eruit. Ze schreef op hoe hun kinderen zijn meegenomen, wat ze tegen die kinderen wilden zeggen, de liefste dingen die ze nooit zouden vergeten, de dingen die ze moesten vertellen maar niet zelf durfden te zeggen. Ze probeerde ze stuk voor stuk te redden, al die stilgehouden en verborgen verhalen, al die gezichten en namen die te dierbaar waren om te vergeten. Ze krabbelde ze in een notitieboekje dat ze in de linker cup van haar beha droeg, het handschrift zo klein dat je bijna een vergrootglas nodig had om het te kunnen lezen. Als dat notitieboekje vol was, kocht ze een nieuwe en nog eentje. De oude stak ze in de zak van haar spijkerbroek, in de zijkant van haar sok. Ze droeg ze op haar lichaam. 's Avonds bladerde ze erdoorheen, graveerde de namen en de verhalen in haar hart, en Bird en Ethan zaten in elk woord verscholen.

In het begin waren het de bibliothecarissen die haar onderdak boden. Sommigen hadden zitkamers en banken. Een paar hadden zelfs een douche voor het personeel dat ooit met de fiets naar het werk kwam, maar er nu allang niet meer werkte. Bij de anderen zwierf ze rond nadat de bibliothecaris naar huis was, tot ze een stil hoekje vond, weg bij de ramen. In de beschutting van een hoge kast spreidde ze haar slaapzak uit en dan, als ze probeerde haar gedachten tot rust te laten komen om te kunnen slapen, stond ze zichzelf de luxe pijn van het denken aan Ethan en Bird toe. Overdag stopte ze hen weg, maar in de rust van de nacht kwamen de lompen waarmee ze de gaten in haar gedachten had afgedicht weer los en kwamen ze weer bovendrijven, als mistflarden.

Ze hunkerde naar de brede, stevige troost van Ethans lijf tegen haar rug, de kalmte die haar omringde als hij in de buurt was. Zoveel dingen die ze hem zou willen vertellen: de verhalen die ze had gehoord, de gezinnen die ze had ontmoet, alle dingen die samen makkelijker te dragen zouden zijn. En ook kleine mooie dingen: de zilvergroene libel die op haar onderarm was geland, haar vleugels stilgehouden had en toen weer was verdwenen. Het ongelofelijke rood van de esdoornbladeren die net begonnen te vallen. Dingen die maar half echt voelden als zij ze niet met hem kon delen. En Bird: hij was de holte waar haar gedachten onvermijdelijk naartoe stroomden, als water. Hoe lang zou hij nu zijn – kwam hij al tot haar neus? Haar voorhoofd? Zou hij haar al recht in de ogen kunnen kijken? Droeg hij zijn haar nog steeds kort of had hij het laten groeien en hing het voor zijn ogen? Was het dezelfde kleur bruin als dat van Ethan of was het naarmate hij ouder werd koffiekleurig geworden, of zelfs zwart, zoals dat van haar? Had hij al zijn tanden al gewisseld en zo ja, had Ethan ze onder zijn kussen vandaan gevist en bewaard? Legde Bird ze überhaupt nog wel onder zijn kussen of geloofde hij niet meer in dat soort kinderachtige dingen? Wat zou er vandaag op school zijn gebeurd? Had hij zitten grinniken om een grapje dat hij deelde met een vriend of was iemand onaardig tegen hem geweest? Regende het waar hij nu was en zo ja, had hij er dan wel aan gedacht zijn regenjas aan te doen of was hij doornat geworden? Waar droomde hij over, zo ver bij haar vandaan? Sliep hij nog steeds met zijn ene arm als een blinddoek voor zijn gezicht? Waren het fijne of verdrietige dromen en kwam zij er weleens in voor? Kon hij zich haar nog wel herinneren en zo ja, was het dan vol liefde of vol haat? Op zulke momenten haatte ze zichzelf als ze probeerde om Birds gezicht voor zich te zien en te weten dat wat ze zich herinnerde steeds verder bij de waarheid vandaan zou raken, dat ze zoveel had gemist wat ze nooit meer in zou kunnen halen.

De meeste nachten stond ze dan op en zwierf door de bibliotheek zonder het licht aan te durven doen. In plaats daarvan liet ze haar vingertoppen langs de ruggen van de boeken glijden en baande zich zo een weg. Uiteindelijk trok ze er eentje van de plank als ze iets voelde wat haar aandacht trok, en dat boek nam ze dan mee naar bed waar ze opging in wat het ook maar te zeggen had. Programmeertalen; basale elektronica; Franse kookkunsten. De evolutie van de pandapoot. Op een avond had ze een biografie van een dichter uitgekozen: Anna Akhmatova. Akhmatova was zo geliefd in Rusland, stond er, dat je een porseleinen beeldje van haar kon kopen met een grijze bloemetjesjurk en een rode sjaal. Er stond dat in 1924 de meeste huishoudens zo'n beeldje hadden, al viel dat onmogelijk te controleren, omdat de meeste van die beeldjes later, tijdens de Rode Terreur, stukgeslagen waren. Het werd Akhmatova verboden om te schrijven, las Margaret, maar ze schreef toch. Ze schreef over haar vrienden, die gearresteerd werden en stierven in gevangeniskampen. Ze schreef over haar vroegere echtgenoot die gefusilleerd was wegens verraad. Maar ze schreef vooral over haar zoon, opgesloten in een gevangenis die ze elke dag bezocht maar waar ze nooit naar binnen mocht. Tot slot schreef ze, ook al was het een kwelling, over Stalin – uitbundige, bloemrijke, kritiekloze loftuitingen – in de hoop dat haar complimenten hem zouden overhalen om haar zoon gratie te verlenen, maar dat deden ze niet. Jaren later, toen haar zoon eindelijk de gevangenis mocht verlaten, dacht hij dat zijn moeder niets had gedaan om hem vrij te krijgen, dat ze meer om haar poëzie gaf dan om hem en hun relatie herstelde nooit meer.

Margaret hield zichzelf dit verhaal eindeloos vaak voor, zodat ze het nooit zou vergeten.

Er was eens een dichter in Rusland die het verboden werd om haar verzen te schrijven. In plaats van stilte koos ze vuur. Elke nacht schreef ze haar dichtregels op velletjes papier, schrapte en herschreef ze, sloeg ze op in haar geheugen. Tegen de morgenstond hield ze een lucifer bij het papier en legde haar woorden in de as. In de loop der jaren legde haar werk steeds deze zelfde cyclus af – opstanding in het duister, dood bij het ochtendgloren – tot hun levens uiteindelijk aan de vlammen werden toevertrouwd. De dichter fluisterde haar gedichten in de oren van haar vrienden, die ze onthielden en verstopt onder hun tong met zich meedroegen. Van mond tot oor brachten zij ze over aan anderen, tot de hele wereld de verloren strofes van de dichter fluisterde.

De volgende ochtend vond de bibliothecaris haar met haar hoofd tegen de bladzijde gedrukt, gespiegelde letters als een tatoeage op haar wang.

Terwijl ze steeds meer verhalen verzamelde, begon er iets wonderlijks te gebeuren: sommige gezinnen nodigden haar uit bij hen thuis, vroegen haar de maaltijd met hen te delen, boden haar een logeerbed aan als ze dat hadden, en als ze dat niet hadden een bank, een opgevouwen deken op de grond als dat alles was wat ze haar konden bieden. De zachte geluiden van een huis in de avond waren haar tot troost: het zachte schuifelen van pantoffels in het donker, van slaapkamer naar badkamer en weer terug. Het onverstaanbare gemompel van volwassen stemmen die zachtjes praten, ook al waren er geen kinderen meer die er wakker van konden worden. Het zachte kraken en tikken van een huis dat tot rust komt als zijn bewoners liggen te slapen en het eindelijk zijn riem los kon maken en kon ademhalen. Maar ze waren ook een straf voor haar: als ze 's avonds laat nog als enige wakker was, in het hart van andermans leven genesteld, miste ze Bird en Ethan nog meer en deed het zo gemeen pijn dat de kamer een waas werd.

Op een avond, opgerold in haar slaapzak op de keukenvloer van zo'n gezin, werd ze wakker van mannenhanden op haar lichaam. Ze was geschrokken, elke spier strakgespannen, zich opmakend voor een gevecht. Maar nee: het was de vader die behoedzaam een deken over haar heen legde. Mohamad heette hij. Eerder die avond had ze naast hem en zijn vrouw gezeten en maqlooba gegeten en geluisterd naar hun verhaal over hun zoon. Ik was een kind toen de Twin Towers instortten, had hij tegen het eind gezegd. Iemand had met verf ranzige dingen op de deur van onze garage gespoten. Iemand had een steen door ons raam gegooid. Er hing een tijdlang een gigantische Amerikaanse vlag aan de gevel van ons huis.

Hij zweeg en zijn vrouw pakte zijn hand vast.

Geen van onze buren deed of zei iets om ons te helpen, zei hij.

Nu, omdat het een koude nacht was geworden, stopte hij haar in onder de deken. Zo teder dat het was alsof ze zijn verloren kind was.

Toen hij weg was, raakte Margaret de deken aan en voelde een onvoorstelbare zachtheid, wollig en warm, als de langharige vacht van een of ander schitterend dier, en ze viel in een diepe slaap. De volgende ochtend zag ze dat het natuurlijk maar een gewone deken was – een grote, zachte, pluizige deken, bedrukt met de grote gestreepte kop van een tijger. De drie daaropvolgende nachten sliep ze onder het tijgervel, zoals zij het zag, en toen ze wegging uit dat appartement had ze het echtpaar omhelsd en de warmte van die tijgerdeken vanbinnen meegenomen, als een zegening.

Er gingen kilometers en maanden voorbij. Een jaar, twee jaar. Ze markeerde de tijd in Birds leeftijd: nu was hij tien, nu was hij elf, nu elfenhalf. De lijst met dingen waarvan ze wist dat ze ze had gemist werd langer en langer. Leren zwemmen, leren dansen; nieuwe interesses en obsessies waar ze zich maar half een voorstelling van kon maken. Een verjaardag en toen nog eentje. De dagen waren een waas van bussen en treinen, van vermoeid door steden zwerven en in de avonden droomde ze ervan om hoog in de wolken te zweven en zichzelf van bovenaf te zien, een kleine spikkel die door het landschap trok. Een vlieg die over een eindeloze landkaart kroop.

Wat haar op de been hield was dit: om de zoveel weken zag ze ergens een verhaal in het nieuws. Ze had natuurlijk haar telefoon achtergelaten toen ze van huis ging, maar ze hoorde flarden op de radio als ze langs een winkel liep, of scharrelde kranten bij elkaar die achtergelaten waren op de stoep. Steeds maar weer waren ze daar, haar eigen woorden als een echo, deze keer niet op borden of in demonstraties maar verweven tot vreemde gebeurtenissen, dingen zo wonderlijk – half protest, half kunst – dat ze de aandacht van mensen trokken, hen dwong er kennis van te nemen. Dingen die hen dagenlang en nog weken later van hun stuk brachten, die een kluwen knoopten in hun borst. Uitbarstingen die het statische van die eindeloze dagen een ritme gaven en die haar voortdreven.

In Nashville doemden standbeelden op in de ochtendmist, honderd spookachtige kinderen, uit ijs gehouwen. *AL ONZE VERLOREN HARTEN*, stond er op een bord dat aan een ketting om de nek van een van die kinderen hing. De politie arriveerde met handboeien in de aanslag, maar wie het ook maar was die die beelden had neergezet was al verdwenen. Gewoon een geintje, meldde een agent via zijn portofoon aan het bureau, het is maar ijs, maar... Om hen heen bleven forenzen stilstaan, voor een keer losgeschud uit hun vaste routines. Sommige maakten snel een foto, maar de meeste stonden er gewoon gebiologeerd bij, al was het maar een moment, en keken in stilte toe terwijl de kleine gezichtjes heel langzaam oplosten en vervaagden. Een van de mensen stak een hand uit naar wat eens het gezicht van een klein meisje was geweest en smolt een duimvormige afdruk in haar wang. De politie joeg hen weg, zette het terrein af met lint en wierp een omheining op voor het geval de daders zouden terugkeren. Het duurde bijna de hele ochtend voor de beelden gesmolten waren en de agenten van dienst keken urenlang omhoog naar de wolkenkrabbers en zagen in de ramen boven hen de silhouetten van mensen die naar de verdwijnende blokken ijs stonden te kijken en later naar de donkere natte plekken waar de kinderen ooit hadden gestaan.

Op een ochtend in Des Moines was de hele hoofdstraat rood geschilderd, meters en meterslang. Vanuit de nieuwshelikopters erboven zag het eruit als een bloedstroom die de stad dwars doormidden sneed. Op de stoep waar die rivier ontsprong, stonden de woorden: *BRENG ONZE VERLOREN HARTEN TERUG*. De mensen die het als eersten ontdekten zagen dat de verf nog nat was en toen ze wegliepen lieten ze sporen achter van voetstappen die steeds minder zichtbaar werden en toen verdwenen. Die avond, en de dagen en weken erna, vonden mensen rode strepen op de zolen van hun schoenen en de omslagen van hun broek en de mouwen van hun jassen en dan bleven ze even staan en dachten *bloed*. Het stak hen in de borst en ze gaven zichzelf klopjes tegen de pijn.

In Austin buiten de ambtswoning van de gouverneur: een

gigantische betonnen kubus met een scheur door het midden en een koevoet ernaast. In de kubus vier gebeitelde letters: P A C T. In de koevoet geëtst: ONZE VERLOREN HARTEN. Een voor een pakten voorbijgangers de koevoet op en tilden die omhoog, maar niemand durfde ermee te zwaaien. En toen de politie arriveerde, namen ze hem in beslag als een gevaarlijk wapen. De kubus laadden ze op een vlaklader en ze sleepten hem weg.

De autoriteiten kwamen niet met officiële verklaringen in de hoop publiciteit uit de weg te gaan, maar de gebeurtenissen waren zo bizar, zo in het oog springend dat ze toch wel aandacht kregen. In de dagen erna verschenen er overal op social media foto's van die telkens weer viral gingen. Ooggetuigenverslagen en video's van mensen die erbij geweest waren, het hadden gezien, deden de ronde. Kranten, die een demonstratie of protest misschien hadden genegeerd, stuurden fotografen en verslaggevers naar de plek. Geintjes, hielden de autoriteiten na aandringen vol. Gewoon zinloze geintjes. Anderen sloegen een hardere toon aan: ondermijning. Een bedreiging voor de beschaafde samenleving. Des Moines had honderdduizend dollar uitgegeven om de straten weer zwart te schilderen.

Maar het gebeurde steeds maar weer en Margaret, onderweg, keek ernaar. Ze zag dat mensen klaagden over het verkeer dat stilgelegd werd door demonstraties, over de zinloosheid en het ongemak, maar er was iets aan deze vreemde gebeurtenissen wat hun aandacht trok en gevangen hield. Ze zag voorbijgangers stil blijven staan op de stoep om in te zoomen op de foto's op hun telefoon of de artikelen erover te lezen voor ze hun krant in de vuilnisbak gooiden. Ze hoorde mensen erover praten op straathoeken, op metroperrons, bij een kop koffie op terrasjes. Niet geïrriteerd of afwijzend, maar nieuwsgierig en soms zelfs verrukt om hoe onverwacht vreemd het allemaal was. *Heb je het gezien? Heb je het gehoord? Gek toch? Wat denk jij?*

Tegen de tijd dat Bird elf was, kwamen dit soort gebeurtenissen bijna maandelijks voor. Elke keer dat ze haar woorden bij zoiets zag, voelde ze een eigenaardige maar niet onwelkome gloed – ook al wist ze dat steeds als de *verloren harten* werden genoemd er weer een regel bij kwam in haar dossier. Alweer iets waar ze verantwoordelijk voor gehouden werd, ook al wist ze er niets meer over dan een ander. Het was alsof die woorden onafhankelijke schepsels waren die de wijde wereld ingetrokken waren om hun eigen leven te leiden – wat ze in feite ook waren. Hoe moest je het noemen – geen trots toch zeker? Want je kon moeilijk de eer opstrijken voor die prestaties. Je kon je alleen als een vreemde verwonderen over wat dat *schepsel* zonder jou had gedaan. Ze hield haar op de been, de gedachte dat andere mensen ook dachten aan de kinderen die weggehaald waren. Elke gebeurtenis waar ze van hoorde, gaf haar een boost als de reis en het gewicht van de verhalen haar bijna hadden uitgeput. We zijn het niet vergeten, leken ze te zeggen, en jij?

Wie doet het? vroeg ze aan een van de bibliothecarissen. Wie zit daar allemaal achter?

Die kunstgeintjes? zei de bibliothecaresse honend. Het was Margaret al eerder opgevallen: een zeker dedain voor deze protesten onder de bibliothecarissen – en dat was begrijpelijk. Want terwijl zij moeizaam brokjes informatie vergaarden, lijsten aanlegden en onderzoek deden en probeerden om een register bij te houden, voelden de gebeurtenissen triviaal, frivool en protserig.

Hoe kom je erbij dat het steeds dezelfde mensen zijn? vroeg de bibliothecaresse terwijl ze de naam van weer een gezin over de balie schoof, en Margaret bedankte haar en vertrok.

Want er waren altijd nog meer kinderen, nog meer verhalen. Het was als schelpen zoeken op het strand: nog een, nog een, nog een. Elke golf legde nieuwe schelpen op het natte, glimmende strand, stuk voor stuk een overblijfsel van een schepsel dat er ooit was en dat nu verdwenen was. Bird was bijna twaalf en er kwamen steeds weer nieuwe verhalen; ze zou dit voor altijd kunnen blijven doen, rond en rond reizend. Weer een verhaal en nog eentje, een lijn die altijd maar langer werd.

Op een dag was ze zo overweldigd dat ze een ansichtkaart stuurde; geen bericht, alleen een klein tekeningetje. Een kat naast een deurtje. Een aanwijzing, als ze die zouden willen aanvaarden; een uitnodiging om het briefje te vinden dat ze voor hen achtergelaten had. Om naar haar op zoek te gaan. Terwijl ze het in de brievenbus liet vallen, stelde ze zich voor hoe de kaart zijn weg zou vinden van vrachtwagen naar postzak naar het voorportaal van hun huis. Ze wachtte en wachtte, maar er kwam geen reactie.

Zo af en toe probeerde ze het nog eens en op elk kaartje stond nog een kat, of twee, of vijf katten, kleiner en kleiner, tot de hele kaart vol stond en de kast gekrompen was tot het formaat van een postzegel, een penny, een nagel. Er kwam nooit bericht terug. Op Birds twaalfde verjaardag nam ze een risico, ging op zoek naar een van de weinige nog overgebleven telefooncellen en draaide hun oude nummer. Afgesloten. Tegen die tijd had Bird een kwart van zijn leven zonder haar doorgebracht; misschien kon hij zich niet eens meer herinneren dat ze bestond. Misschien was dat maar beter.

Dat was het moment waarop ze een datum had geprikt: 23 oktober. Op de kop af drie jaar sinds ze was vertrokken. Dan zou ze het doen. In september stuurde ze Domi een bericht. Het is zover, zei ze. Kun je een plek voor me zoeken waar ik kan wonen? Domi had haar uiteraard haar huis aangeboden maar dat had Margaret geweigerd.

Ergens ver weg, zei ze. Ergens waar niemand zal zoeken. Ergens waar ik jou niet meesleep als ik gepakt word.

Een week later was ze in New York aangekomen en naar Brooklyn gegaan, naar het geblindeerde herenhuis. De volgende dag ging ze de stad in, haar pet laag over haar voorhoofd getrokken, op zoek naar flessendoppen.

Ik heb iemand, zei de bibliothecaresse.

Astoria: een kleine buurtbibliotheek. Margaret was al twee weken in New York en kampeerde in het donkere herenhuis waar ze de laatste voorbereidingen trof, haar doppen vulde. Nog twee weken te gaan. Ze moest eigenlijk stoppen met het verzamelen van verhalen; ze had er al meer dan ze kon gebruiken. Maar ze wilde niet stoppen. Wat ze wilde was alle verhalen vinden, al wist ze dat dat onmogelijk was, omdat er altijd weer nieuwe bij kwamen.

De bibliothecaresse begon te fluisteren, ook al was er verder niemand in de zaal of in het gebouw, waar verder niets anders was dan halflege boekenkasten. Geen gezin, ging ze verder. Een kind.

Margaret richtte zich op. In al die jaren had ze nog nooit met ook maar één herplaatst kind gesproken. Ze werden goed verborgen gehouden: nieuwe steden, nieuwe gezinnen, nieuwe namen. Het enige wat er van hen over was, was het spoor van verdriet in hun afwezigheid, de gaten die hun roof achtergelaten had. De paar die ze hadden weten te vinden, waren ontoegankelijk in de forten van hun nieuwe huis en nieuwe leven. Degenen die waren meegenomen, waren soms nog zo jong dat ze zich hun oude leven, hun oude gezin helemaal niet konden herinneren.

Ze was een paar maanden eerder de hoofdbibliotheek in gelopen, zei de bibliothecaresse. Een weglopertje. Oorspronkelijk uit Baltimore. Dapper ding, voegde ze er half grinnikend aan toe. Kwam daar binnengemarcheerd als een politieagent. Zei: u moet me helpen mijn ouders te vinden. Handen op haar heupen, alsof ze hun eens even flink de waarheid kwam vertellen. Zei dat ze weggelopen was bij een pleeggezin in Cambridge, in de buurt van Harvard.

Margaret voelde een tinteling achter in haar nek. Cambridge, zei ze. Hoe oud is ze?

Dertien. We proberen meer aan de weet te komen. Ze hebben haar eerst van hot naar her gestuurd en op het adres dat zij zich nog kan herinneren, woont niemand meer.

Kan ik haar spreken? vroeg Margaret met een luid kloppend hart. Waar is ze?

De bibliothecaresse bestudeerde haar achterdochtig. Het moment dat Margaret zo goed kende: het moment waarop ze besloten of ze te vertrouwen was en zo ja, tot hoe ver. Hoe lang was het stuk touw dat ze haar konden aanreiken, hoe ver mocht de deur op een kier?

De schaal sloeg door in haar voordeel.

Ze zit in een van de buurtbibliotheken, zei de bibliothecaresse. Ik kan u het adres wel geven. We verplaatsen haar steeds, op zoek naar een plek waar ze langer kan blijven.

En daar was ze: een meisje, in kleermakerszit op een geïmproviseerde pallet. Grote bruine ogen als twee vurige sterren.

Margaret, herhaalde ze toen Margaret zich aan haar voorstelde. Ben jij Margaret Miu?

En in de verblufte stilte die volgde, begon Sadie te glimlachen.

Ik ken jouw gedichten, zei ze. En toen: Bird ken ik ook.

De regering had opdracht gegeven tot een onderzoek: van kinderen onder de twaalf kon niet worden verwacht dat ze zonder hulp de weg naar huis weer wisten te vinden als ze weggehaald waren. Kinderen van boven de twaalf werden meestal naar een door de staat gerund tehuis gestuurd; jongere kinderen werden in een pleeggezin geplaatst. Sadie was elf toen ze haar meenamen.

Ze hadden haar snel achter elkaar van de ene naar de andere locatie gebracht – eerst in West Virginia, toen Erie, toen Boston – steeds verder weg, alsof ze haar uit haar baan wilden trekken. Vanuit haar eerste pleeggezin had ze haar oude telefoonnummer gebeld: afgesloten. Ze schreef de ene na de andere brief, de postcode keurig met pen geschreven, de envelop helemaal volgeplakt met postzegels die ze had gestolen van haar tweede pleeggezin. Geen antwoord, maar ze bleef hoop houden: misschien had ze hun brief gemist toen ze weer overgeplaatst was; misschien zweefden de brieven van haar ouders achter haar aan als de staart van een vlieger, altijd weer een stap te laat. Toen, in haar derde pleeggezin, in Cambridge, kwam er een brief retour: ADRES ONBEKEND.

Ga met me mee, had ze tegen Bird gezegd, maar uiteindelijk was ze alleen vertrokken.

Twee bussen en een treinrit terug naar Baltimore, met geld dat ze uit de portemonnee van haar pleegvader had gejat, het adres nog altijd in haar geheugen gegrift, ook al begon het gezicht van haar moeder te vervagen. Alles vertrouwd als in een droom: de tulpen van de buren, roze afstekend tegen het groene gazon. Het gezoem van een grasmaaier in de zomerlucht. Precies het beeld waar ze zich de afgelopen twee jaar zo onwankelbaar aan had vastgehouden.

Maar toen ze de stoep op rende naar de voordeur zat die op slot. De vrouw die opendeed was een witte vrouw, een vreemde. Een vriendelijk gezicht, peper-en-zoutkleurig haar in een knot. Nee liefje, die wonen hier helemaal niet.

Ze was er een halfjaar geleden ingetrokken. Nee, ze wist niet wie de vorige bewoners waren. Had Sadie soms hulp nodig? Kon ze iemand voor haar bellen?

Sadie zette het op een lopen.

Ze was in de eerste de beste trein geglipt die het station zou verlaten, had zich in een hoekje verschanst en was wakker geworden van de drukte van Penn Station. Overweldigd en alleen. Ze worstelde zich uit de lage, ratkleurige gangen van de terminal, langs de eenpotige duiven op jacht naar kruimels, langs de dakloze mannen met kartonnen bordjes en rinkelende bekertjes, langs alle afval op de stoep. Boven haar steeg een baldakijn van steigers op met netten die het WIJ HERBOUWEN HET NEW YORK WAAR JIJ VAN ♥ bijna verhulden. Daarboven staken spelden van glas en beton in de wolken.

En toen ze die mistroostigheid achter zich had gelaten, zag ze de grote grijze bogen aan de overkant van een lapje groen.

In Cambridge vond ze de rust van de bibliotheek altijd zo fijn. Rondhangen tussen de kasten, de boeken die er nog stonden open- en dichtslaan. Veel ervan waren weg, wist ze, maar dit waren de overlevenden. Ze haalde ze van de plank en bladerde ze door, zoog alles in zich op. Stelde zich voor hoeveel anderen deze boeken voor haar in handen hadden gehad en gelezen.

Op een dag betrapte de bibliothecaresse haar. Sadie keek op van de bladzijde waar ze met haar neus in zat en zag de bibliothecaresse verwonderd aan de andere kant van het pad. Ze hadden elkaar natuurlijk vaak gezien – elke dag als ze de bibliotheek in en uit kwam – maar ze hadden elkaar nog nooit gesproken. Sadie had geen bibliotheekkaart, vroeg nooit om hulp, veroorzaakte nooit problemen. De bibliothecaresse zei niets en Sadie klapte het boek dicht, schoof het terug op de plank en vluchtte. Maar een paar dagen later, toen ze de moed had om de bibliotheek weer in te sluipen, had de bibliothecaresse gebaard dat ze naar de balie moest komen. Ik ben Carina, zei ze. Hoe heet jij?

Het duurde even voordat Sadie het doorhad: ze was niet de enige die hier kwam zonder iets te lenen. Af en toe kwamen er mensen naar de balie, hielden een intens, fluisterend gesprek met de bibliothecaresse en vertrokken dan weer met een gespannen, gekwelde of hoopvolle blik, of alle drie tegelijk. Zo nu en dan werden er verdwaalde boeken teruggebracht die trillend in de innamebak vielen: aftandse pockets, oude leerboeken, soms alleen een tijdschrift. Alsof iemand zich had vergist en het verkeerde in de koker had laten vallen. Op een dag wurmde ze zich achter de balie en viste er eentje uit. Er zat een briefje tussen de bladzijden met een naam, een leeftijd en een beschrijving: een meegenomen kind, net als zij. De smeekbede van een gezin die het netwerk zou coderen, onthouden en doorgeven.

We vullen de gaten op, gaf de bibliothecaresse toe, waar we maar kunnen.

Dus toen Sadie in New York terechtgekomen was en er geen

spoor meer was van haar ouders, wist ze waar ze naartoe moest gaan. Toen ze de bibliotheek zag, voelde het als iets uit een sprookje: een paleis bewaakt door twee machtige leeuwen, lichtgrijs, roerloos. Ze liep de trap op en reikte met haar hand naar een gigantische poot, kromde haar vingers tussen de brede klauwen en ineens kwam het weer boven, als een geur in de wind: een verhaal dat haar moeder haar ooit had voorgelezen. Een klein meisje, verdwaald en alleen, dat werd geholpen door een leeuw, de koning van dat land. Ze keek om zich heen. Daar was de straatlantaarn. En daar, recht voor haar, was de magische deur die haar misschien weer thuis zou brengen. De bibliotheek was bijna uitgestorven; het liep tegen sluitingstijd en Sadie zwierf rond tot ze een stil hoekje vond, een oude leunstoel op de afdeling met kinderboeken, waar nog altijd posters met LEES erop boven halflege kasten hingen. Ze trok haar knieën op en viel in slaap en werd wakker toen een jonge vrouw haar op haar schouder klopte.

Hé hallo, zei ze tegen Sadie. Zo te zien ben jij verdwaald.

Jij bent toch Birds moeder? vroeg Sadie.

Margaret raakte haar heupen, haar hart aan, om aan de notitieboekjes te voelen die ze zo lang met zich meegedragen had dat het voelde alsof ze deel van haar lichaam waren.

Dat was ik, zei ze.

Hij vertelde me over jou, zei Sadie, en wat Margaret betrof voelde dat als een teken.

Sadie, jong, moederloos en zonder vrees. Na drie maanden alleen half achterdochtige volwassene, half kind.

Ik weet een plek waar ze kan logeren, zei Margaret tegen de bibliothecaresse.

Het kostte wat tijd om Domi over te halen.

Dat meen je toch zeker niet, M., protesteerde ze. Wat weet ik nou van kinderen?

Ze spraken verwoed fluisterend terwijl Sadie afwachtte, met de armen over elkaar geslagen en sceptisch, aan de andere kant van de zitkamer. Vanuit haar ooghoek bestudeerde Domi haar, en keizerlijk, schaamteloos, bestudeerde Sadie háár.

Je weet net zo goed als ik, zei Margaret, dat het herenhuis geen omgeving is voor een kind. En trouwens, ik kan zelf niet voor haar zorgen. Ik heb veel te veel te doen.

Wat moet ik dan precies doen? vroeg Domi.

Zorgen dat ze veilig is. Tot ik klaar ben. En als het klaar is, vinden we wel wat beters. Misschien dat we haar ouders kunnen vinden. Maar ze heeft nu een plek nodig. Ze wordt al weken van de ene naar de andere bibliotheek gebracht en ze kunnen haar niet eeuwig blijven verstoppen. Het is al een wonder dat het ze zo lang is gelukt.

Ze zweeg even. Of heb je te weinig ruimte? voegde ze er toen droogjes aan toe. Een blik door de enorme zitkamer, het plafond waarboven zes ongebruikte slaapkamers waren.

Domi ademde lang en traag uit door haar neus. Nog altijd, na al die jaren, het teken dat Margaret had gewonnen.

Goed dan. Maar ze zal voor zichzelf moeten zorgen. Voor babysitten heb ik geen tijd.

Ik hoef maar twee keer per dag een schone luier, riep Sadie vanaf de andere kant van de kamer.

Domi schoot in de lach.

Hm, zei ze. Ze heeft tenminste wel gevoel voor humor.

Ze monsterden elkaar, die twee – de lange blonde vrouw in haar pak en haar hoge hakken, het kleine bruine meisje in haar hoody en verschoten spijkerbroek – en Margaret kon het voelen tussen hen, het knetteren van verwante zielen, van soort vindt soort.

Het was Sadie die uiteindelijk na een paar dagen tegen Margaret zei: maar Bird woont niet meer in dat huis. Wist je dat dan niet? Ze wonen tegenwoordig in een studentenflat. Ik kan je wel zeggen waar.

Waarom heb je me dat niet verteld? zegt Bird. Waarom kwam ze dan niet naar beneden toen ik daar was?

We hebben haar opgedragen dat ze zich verborgen moet houden, zegt Margaret. Zodat niemand haar ziet of vragen gaat stellen. Je ziet haar binnenkort, dat beloof ik. Maar eerst had ik tijd nodig met jou. Ik moest...

Ze stopt en de knijptang blijft in de lucht hangen.

Ik hoor iemand, mompelt ze.

Bird hoort het ook: het geluid van iemand bij de achterdeur. Het regent, beseft hij; al kan hij het niet zien door de dichtgespijkerde ramen, in de plotselinge stilte hoort hij het tikken tegen het hardboard, als volhardende vingertjes. Boven de regen uit horen ze het rammelen van de deurknop waaraan wordt gevoeld. Dan het vage piepen van het beveiligingsslot: één cijfer. Nog een. Nog een.

Bird kijkt zijn moeder aan en wacht op een instructie. Vechten of vluchten. Schrap zetten of dekking zoeken. Margaret verroert zich niet. Duizend scenario's schieten door haar hoofd, het een nog vreselijker dan het ander. Waar ze Bird naartoe zullen brengen. Waar ze haar naartoe zullen brengen. Blijf kalm, maant ze zichzelf. Denk na. Maar ze kunnen zich hier nergens verstoppen en al neemt ze hem bij de hand om door de voordeur te vluchten, waar moeten ze dan naartoe, in de regen, in deze stad vol vreemden? In wiens handen zullen ze dan vallen?

Voetstappen bonzen door de verduisterde gang. Iemand wil zachtjes doen maar slaagt daar niet in. En dan gaat de deur naar de zitkamer krakend open. Het is de hertogin in een zwarte regenjas. Ze schudt de regen van haar voeten.

Godsamme, Domi, zegt Margaret. Ik schrik me rot.

Ze blaast haar adem uit en dat vindt Bird nog onrustbarender dan haar krachtterm en hun onverwachte gast: dat zijn moeder ook angst kent.

Ik kon moeilijk aanbellen, of wel? zegt de hertogin. Of je even bellen dat ik eraan kwam.

Margaret en zij halen hun schouders naar elkaar op en Bird snapt het: mobiele telefoons kunnen natuurlijk getraceerd worden.

Hoe laat is het? vraagt Margaret.

Bijna vier uur.

Ik dacht dat we morgen hadden afgesproken.

De hertogin ritst haar regenjas open en trekt hem van haar ene arm en dan van de andere. Met een vluchtige blik neemt ze de tafel op, het afval van gestripte kabels en flessendoppen en de glimmende platte batterijen.

Dus je zet het door? vraagt ze.

Margaret verstijft. Natuurlijk, zegt ze.

De blik van de hertogin glijdt door de kamer als een zoeklicht en licht dingen bij die Bird zelf nauwelijks had gezien. De overvolle vuilnisbak in de hoek. De polystyreen beker met de noedels van gisteren, nog glanzend van de olie, aan Birds voeten op de vloer. Bird zelf in drie-dagen-oude kleren, zijn haar dat ongeborsteld en warrig voor zijn ogen valt.

Ik dacht dat de situatie misschien veranderd was, zegt ze. Nu... Haar blik blijft op Bird rusten.

Er is niets veranderd, zegt Margaret scherp.

De hertogin legt haar regenjas over de rugleuning van de leunstoel. Zoals altijd beweegt ze als een schip dat alle zeilen bijgezet heeft: opbollend van doelbewustheid. Ze gaat op de armleuning van de bank naast Margaret zitten.

Je kunt er altijd nog op terugkomen, zegt ze.

Margaret prutst aan de knop van de soldeerbout, tilt hem uit zijn hoes, brengt de tip naar de vochtige spons. Het laat een vaag, verwijtend gesis klinken.

Het gaat niet alleen om míj, zegt ze. Dat weet je best.

Onder de punt van de soldeerbout glimt een druppel gesmolten metaal, eerst zilver om vervolgens dofgrijs te worden. Zijn moeders ogen schitteren als spikkels zonlicht op water dat rimpelt door de wind. Ze knijpt ze halfdicht en ze vertrekken een beetje, alsof ze haar beeld niet helemaal scherp krijgt.

Ik moet wel, gaat ze verder. Ik heb het ze beloofd. Ik ben het ze... ze aarzelt. Ik ben dit verschuldigd, zegt ze.

De hertogin legt een hand op die van haar en Bird ziet de tederheid in het gebaar. De genegenheid.

Margaret kijkt op, haar blik ontmoet die van de hertogin en de hertogin slaakt een zucht – niet overtuigd, maar gelaten. Dan kom ik Bird morgenochtend halen, zegt ze.

Birds hoofd schiet omhoog. Me halen, wil hij weten. Waar ga ik dan *naartoe?*

Naar Sadie, zegt Margaret opgewekt. Domi neemt jullie allebei mee de stad uit. Een dagje maar. Dan kan ik dit project verder opzetten. Ze gebaart met een hand over de tafel.

Naar een mooie plek, zegt Domi. Ik denk dat je het daar wel leuk vindt.

Waarom? vraagt Bird. Hij is niet overtuigd en vertrouwt het niet.

Zijn moeder legt de soldeerbout neer, leunt over tafel, neemt zijn hand in haar handen.

Er zijn een paar dingen die ik moet doen, zegt ze. En die kan ik met jou hier niet doen. Domi neemt je mee, naar Sadie, en dan komen we je samen weer halen. Vertrouw je me niet?

Bird aarzelt. Op tafel kringelt een ijle rookkrul op van de soldeerbout. Een hete geur, schroeiend metaal en vurenhout. Hij kijkt zijn moeder aan. Haar handen zijn eeltig en ruw. Maar toch voelen ze sterk, warm en zacht om zijn hand. Het zijn dezelfde handen die hij een zaailing uit de grond heeft zien trekken, een rups van zijn T-shirt heeft zien halen en die in het gras heeft zien zetten. Bijna instinctief leggen ze hun handen vinger aan vinger, palm tegen palm, zoals ze vroeger altijd deden als ze elkaar iets beloofden. Zijn handen zijn inmiddels bijna even groot als die van haar. Hij kijkt in de diepe bruine poelen van haar ogen en dan ziet hij haar eindelijk. Zijn moeder. Ze is er nog.

Oké, zegt hij en zijn moeder sluit haar ogen en slaakt een zucht.

Morgenochtend, zegt ze in Domi's richting. Laten we zeggen rond tien uur. Kom hem dan maar halen.

Ze doet haar ogen open en trekt haar handen terug, pakt dan de bungelende eindjes draad op en knijpt ze verwoed samen.

We hebben niet veel tijd meer, zegt ze. Nog zoveel te doen.

Tegen de tijd dat de hertogin vertrekt, is de bui omgeslagen in motregen. Als de schemering in begint te vallen, klikt Margaret een dekseltje op de laatste dop. Het is woensdag. Morgen is het drie jaar geleden dat ze thuis weggegaan is.

Genoeg, zegt ze zachtjes, en al kan Bird het horen, het is duidelijk dat ze het tegen zichzelf heeft. Alsof ze zichzelf opdraagt om iets los te laten. Alsof ze zichzelf toestemming geeft te stoppen, of door te gaan met haar leven. Ze zullen geen van beiden ooit zeker weten welke van die twee het is.

Met één hand veegt ze de stapel flessendoppen van tafel in een plastic tas. Dan aarzelt ze.

Ga je met me mee? vraagt ze. Voor deze laatste keer.

Bijna vier weken lang heeft ze ze zitten maken en ze heeft ze daarna geplant, ruim honderd per dag, gewoon in het openbaar. Niemand besteedde aandacht aan de oude vrouw die over straat zwierf en flessen en blikjes verzamelde voor het statiegeld. Ze gingen haar hooguit uit de weg of keerden zich van haar af, gegeneerd of vol walging of allebei. Ze zag ze al jaren: dit soort vrouwen waren een van de dingen die niet waren veranderd door de Crisis en die het hadden overleefd. Verbeten, zonder trots, geduldig het afval sorterend op zoek naar wat nog te gelde kon worden gemaakt – veel van hen, zelfs voor de Crisis, waren Aziatisch. Hun gezichten deden haar denken aan dat van haar grootmoeder, haar moeder, aan haar eigen gezicht, en telkens als ze haar strooien hoed diep over haar voorhoofd trok en over de stoep schuifelde, zich over de vuilnisbakken boog of de wortels van bomen, dacht ze aan hen. Gekleed als zo'n vrouw kon ze gaan en staan waar ze wilde, zolang ze voorzichtig was.

Toch scheelde het af en toe weinig. Soms kwam de politie: ze zag nooit wie ze had gebeld, maar als ze opkeek zag ze mensen door de gordijnen gluren als de patrouillewagen naast haar stilhield. Als de agent haar benaderde, stak ze een briefje van twintig in zijn achterzak, maar in één geval was dat niet genoeg. Die agent pakte haar elleboog stevig beet, zijn adem heet tegen de zijkant van haar nek, tot ze meekwam naar een steegje, zijn rits opendeed en haar hand in zijn tailleband stak. Terwijl hij kronkelde en kreunde, staarde zij strak naar de penning op zijn borst tot hij achteroverboog en naar haar haren tastte en nog een laatste gesmoorde kreet slaakte en zij eindelijk mocht gaan. Toen ze overeind kwam en de straat weer in liep, reed de patrouillewagen weg en zag ze dat achter de ramen boven haar de lichten aan waren en de mensen achter die ramen verder waren gegaan met hun verfijnde leventje en allang niet meer dachten aan de lompenvrouw beneden op straat.

Vandaag moet ze extra voorzichtig zijn. Met Bird in haar kielzog kan ze zich geen enkele fout veroorloven. Ze moeten snel zijn. De laatste paar plekken waar ze nog niet is geweest.

Blijf een paar passen achter me lopen en doe alsof je me niet kent, zegt ze en ze zet haar hoed op. En hou je zonnebril op.

Ze komen het metrostation van West Seventy-Second Street uit: het territorium van rijke dames met Swarovski-telefoonhoesjes en kleine witte hondjes aan strakgespannen lijnen. De stoepen zijn overal vochtig zilvergrijs, de autoruiten zitten onder de regenstriemen. Op de straathoeken hebben de buurtwinkels nog paraplu's aan hun deurknoppen hangen, klaar voor de verkoop.

Margaret pakt de eerste van de flessendoppen uit de tas aan haar pols en krult haar vingers eromheen. Na een paar minuten zoeken vinden ze een plekje: een uitpuilende vuilnisbak. Geplette bierblikjes en plastic verpakkingen vallen op de natte stoep.

Blijf daar staan, zegt Margaret zachtjes. Achter het scherm van Birds lichaam buigt ze zich voorover alsof ze het vuil wil doorzoeken en plakt de flessendop onder het deksel van de vuilnisbak tegen een handige plak kauwgum. Zo, zegt ze. Die moet wel blijven zitten.

Bird stapt weg van de vuilnisbak en bekijkt hem bedachtzaam. Voor ieder ander zal het er nog onschuldig en doodgewoon uitzien; je ogen glijden er meteen overheen. Gewoon weer zo'n stukje stadse lelijkheid dat je maar beter kunt negeren. Maar wat hem betreft is deze plek nu gemarkeerd – met dreiging of belofte, dat weet hij niet precies – en hij kan zich er maar niet van afwenden.

Waar is dat voor? vraagt hij, al ziet Margaret wel wat hij zich allemaal indenkt: een flits, vlammen, een paddenstoel van rook. Ze geeft geen antwoord. Ze heeft de volgende dop al gepakt.

Kom, zegt ze. We moeten voortmaken.

Wekenlang heeft Margaret dit dag in, dag uit gedaan en haar blik fixeert zich op goede plekjes; tussen een rioolrooster geklemd, in een vingerbrede kier in de fundering van een gebouw verstopt. Ze stopt een dop netjes weg in de buik van een eekhoorn die half platgereden is door een vrachtwagen.

Ik weet het niet, zegt ze terwijl ze het bloed van haar vingertoppen veegt als ze overeind komt. Misschien komen ze hem wel opruimen.

Ze bekijkt de paarse pulp van vacht en vlees, de korst van vliegen die er al op afgekomen zijn.

Het zal wel niet, zegt ze. Ik denk niet dat ze die moeite nemen. Vandaag in elk geval niet meer.

Ze steken ze overal, die kleine capsules, en al snel begint Bird te helpen als zijn ogen ook overal verstopplekjes beginnen te zien, zoals je zicht zich aanpast aan het donker. Sommige van de plekjes wijst Margaret af omdat ze te veel in het oog springen, te netjes zijn. Het moet een beetje viezig zijn, zegt ze. Iets wat niemand wil aanraken. Bird holt een klein stukje voor haar uit, dan een groter stukje, dan een nog groter stukje, en vindt plekjes voor alle doppen. In vuilcontainers met de zoete stank van rottend fruit; in hoekjes waar dakloze mannen hun ochtendplas hebben gedaan. Aan de voet van boomstammen, genesteld tussen kogels hondenpoep. Hij vergeet heel even om zich af te vragen waar ze eigenlijk voor zijn. Het is een omgekeerde speurtocht, een spelletje dat hij en zijn moeder spelen. De ene na de andere flessendop. De tas aan Margarets arm wordt lichter en Bird voelt de vreugde kolken om de slimme plekjes die ze hebben gevonden, een gevoel van macht en ontzag als hij bedenkt hoeveel van deze doppen overal al verstopt zijn. Hij rekent uit: honderd per dag, een hele maand lang.

Was dat alles? vraagt Bird als ze de laatste weglegt. In een rustige holte in een lantaarnpaal, vlak buiten de ingang van het park.

Dat was alles, zegt Margaret kortaf en ze slaakt een zucht – van tevredenheid? Of verdriet? Dat is niet duidelijk.

Nu de laatste dop geplant is, laat ze de vuilniszak, die ze al die weken als camouflage met zich meegedragen heeft, achter op een hoop vuilnis. Het is ophaaldag in deze buurt en overal staan scheve stapels op de stoepen die dreigen om te vallen. Hier en daar heeft er iets door het plastic geknaagd zodat er een pluim troep over de tegels ligt. Ze veegt haar handen af aan haar broek en kijkt hem aan. Haar Bird: wijd open ogen en beïnvloedbaar, vol vertrouwen, benieuwd naar de toekomst, ook al heeft hij geen idee wat die gaat brengen. Half volgroeid, maar niet meer dan half.

Wat kan ze hem leren, wat kan ze voor hem doen, wat kan ze hem geven als compensatie voor wat ze verloren hebben? Ze wil pretzels, ijsjes en limonade voor hem kopen bij een kraampje, hem door het park laten dansen, het zout en druipende ijs van zijn vingers likkend. Hem gekke spelletjes zien spelen waar hij steeds de regels van verandert: over gebroken stoeptegels heen springen, hoog opspringen om de verkeersborden aan te raken waar ze langs lopen. Nee, ze wil die spelletjes mét hem spelen. Ze wil een dagje gewoon zijn moeder zijn. Alsof ze al die jaren zonder haar goed kan maken met één gouden middag.

Een politiewagen komt langzaam dichterbij, als een roofdier. De silhouetten van de agenten in de auto: wazige vlekken door het getinte glas.

Meteen pakt Margaret Bird bij zijn elleboog en trekt hem achter een muurtje. Ineengedoken achter een piramide van vuilniszakken slaat ze haar armen stevig om hem heen, zo stevig dat ze elkaars hart voelen kloppen.

De auto glijdt dichterbij, achterdochtig. Speurt het gebied af. Rijdt dan door.

Margaret proeft een dikke, bittere laag tegen haar verhemelte. In haar greep zijn Birds schouders nog altijd die van een jongetje, mager en niet gespierd, angstaanjagend breekbaar. Ze kan hem de prachtige middag die hij verdient niet geven, nog niet. Het is niet eerlijk, denkt ze. De stank van het huisvuil stijgt verstikkend, zurig en plakkerig om hen op. De politiewagen is allang weg, maar toch houdt ze hem nog in haar armen, haar gezicht in zijn onvoorstelbaar warme haar gedrukt. Als ze eindelijk loslaat en naar hem kijkt, is zijn blik verschrikt maar vol vertrouwen. Hij zoekt haar gezicht af naar een teken.

Het is goed, fluistert ze. Niet bang zijn.

Ik ben niet bang, zegt hij. Ik wist dat het goed zou komen.

Met een beverige glimlach geeft Margaret hem nog een laatste kneepje en komt dan overeind.

Laten we naar huis gaan, zegt ze.

Ze nemen de metro terug naar Brooklyn, Bird aan de ene kant van het rijtuig, Margaret aan de andere kant, zodat niemand zal vermoeden dat ze bij elkaar horen. Ze bestudeert hem van die afstand: een klein, rusteloos, donkerharig figuurtje dat zijn benen kruist, aan de met tape gerepareerde scheuren in het bankje pulkt. Ze kan zijn ogen niet goed zien achter zijn zonnebril, maar als ze goed kijkt ziet ze zijn heimelijke blikken in haar richting, het nauwelijks merkbare ontspannen van zijn schouders elke keer als hij haar vindt, tegen een paal geleund, stiekem op wacht in de verte. Dit zijn de afgelopen drie jaar samengeperst in één moment, denkt ze: hij cirkelt op afstand in een baan om haar heen, gissend maar nooit zeker wetend waar hij naar kijkt. Ze hoopt dat het idee dat zij nog ergens is hem geruststelt. Nee, bedenkt ze dan. Niet alleen de afgelopen drie jaar. Zo is het altijd als je een kind hebt.

Het neerleggen van de flessendoppen en weer naar huis gaan – meestal is het een gesmeerde dans die ze onverschrokken uitvoert. Maar vandaag is anders. Vandaag kan ze niet stil blijven staan; telkens als de metro stopt, schrikt ze op en bestudeert ze de andere passagiers argwanend als ze indutten of een beetje zitten te scrollen op hun telefoon. Haar blik schiet steeds maar weer naar het jongetje aan het eind van het rijtuig dat daar inmiddels rustig zit en zijn dagdroom nog maar één keer loslaat om haar een nauwelijks merkbare samenzweerderige glimlach te schenken. Ze probeert terug te lachen, maar het lukt niet. Er snelt een andere trein voorbij, op weg naar een andere bestemming, en bij de wazige vormen door het raam denkt ze terug aan de schaduwen van de agenten in hun patrouillewagen, Birds gezicht tegen haar schouder, Birds lichaam mager en warm en zelfs in de kooi van haar armen nog kwetsbaar. Ze haat zichzelf dat ze hem in die positie heeft gebracht. Als ze haar adem inhoudt, ruikt ze de vuilnis nog, zuur en verstikkend om hen heen. De trein pulseert onder hen als een hartslag en het stampen van de wielen en ronken van de motor en het schommelen van het voertuig smelten samen tot één woord dat steeds sneller in haar begint te kloppen. Tegen de tijd dat ze bij het herenhuis aankomen, een heel stuk tussen hen in, een voor een door het hek de achtertuin in glippend – ziedt het onder in haar keel en zodra ze weer veilig binnen zijn barst het uit haar. Ze hijgt nog na.

Nee, zegt ze. Nee. Ik doe het niet.

Bird draait zich om en kijkt naar hoe ze verstijfd met haar rug tegen de deur staat, alsof ze de uitgang barricadeert. Heel even ziet ze er ouder, uitgeput uit. In de verduisterde gang waar alleen dat ene kale peertje uit de zitkamer wat licht geeft, wordt haar haar zilverkleurig, haar gezicht grauw. Een versteende vrouw.

Het is het risico niet waard, zegt ze. In haar eigen oren klinkt haar stem als ruw, gescheurd leer.

Maar de doppen, zegt Bird. Al die doppen die we net verstopt hebben. En alle doppen die jij daarvoor al hebt verstopt?

Maakt niet uit. Die laten we gewoon liggen.

Maar het is belangrijk. Bird schudt zijn hoofd alsof ze hem voor de gek houdt. Toch? Wat je ook maar aan het doen bent, ik weet zeker dat het gaat helpen.

Het maakt niet uit, zegt Margaret nog eens. Vergeet het. Vergeet het allemaal maar.

Ze stormt op hem af, trekt hem dicht tegen zich aan, neemt zijn gezicht in haar handen, omdat de herinnering aan dat hij in gevaar was ondraaglijk is, of het idee dat hij ooit nog eens in gevaar zal zijn, laat staan dat zij hem zelf in gevaar heeft gebracht. Wat moet dat moet, hadden Ethan en zij elkaar al die jaren geleden beloofd en dat meent ze nog altijd. Ze zal er alles aan doen om hun kind voor gevaar te behoeden.

Alleen. Bird verstijft in haar armen en trekt zich dan los.

Maar... zegt hij.

Hij fronst, een blik die ze kent omdat ze hem haar hele leven op haar eigen gezicht heeft gevoeld: de knoop proberen te ontwarren van wat mensen doen en wat ze zeggen en wat ze bedoelen. Ze heeft die blik van haar moeder geërfd, die hem vast weer van háár moeder had geërfd, en nu ziet ze hem ook weer op het gezicht van haar kind terwijl hij haar aanstaart. Een onbedoelde erfenis.

Birdie, zegt ze. Jij bent het enige wat telt. Ik wil het niet meer doen. Ik wil gewoon geen risico lopen.

Maar je zei... begint hij en dan zwijgt hij weer en ze hoort alles wat hij niet hardop zegt. Maar al die kinderen. Zoals Sadie. En hun gezinnen. Dat is toch waarom je weg bent gegaan?

We vinden wel een andere manier om te helpen, zegt ze. Iets anders. Ik weet niet wat. Maar iets wat niet zo riskant is.

Haar hoofd zit vol vage, onsamenhangende plannen.

We bedenken wel wat. Een manier om samen te blijven, een plek om ons te verschuilen. Misschien dat papa naar ons toe kan komen. Domi zou kunnen helpen. Zou dat niet geweldig zijn? Bird.

Ze is aan het raaskallen, dat hoort ze zelf ook. Ze grijpt zijn handen vast alsof hij zinkt, of zij, alsof ze hen daarmee drijvende kan houden. Ze staan nog steeds dicht bij elkaar in de gang, de kleine ruimte warm van hun adem, en ze fluisteren nog, maar allebei hebben ze het gevoel alsof ze schreeuwen. Het enige wat ze wil, is hem niet laten gaan.

Het doet er allemaal niet meer toe, zegt ze.

Maar ze heeft het nog niet gezegd of ze ziet zijn gezicht verharden, kleine gloeiende kooltjes in zijn blik. Hoe kun je wegkijken nu je weet wat je weet? leest ze in zijn ogen.

Dus het doet er niet toe, zegt hij, zolang het iemand anders overkomt?

En ze weet: het is te laat om hem te overtuigen, want ze heeft hem de waarheid al verteld.

Bird, zegt ze, maar de diepe teleurstelling op zijn gezicht verandert haar stem in losse zandkorrels.

Jij bent hypocriet, zegt hij.

Hij aarzelt maar heel even, maar barst dan toch los.

Je bent een heel erg slechte moeder.

Margaret krimpt ineen, maar Bird lijkt het ook te voelen en doet een stap naar achteren alsof ze hem een klap heeft gegeven. In zijn gezicht ziet ze als in een spiegel wat er met haar eigen gezicht aan de hand moet zijn: gespannen trillende neusgaten, oogranden die ineens warm en rood zijn. Ineens duwt hij haar weg. Dan holt hij de trap op en ze gaat niet achter hem aan. Ze voelt zich uitgewrongen en leeg alsof ze eindeloos heeft overgegeven tot ze niets meer in zich had.

In het donker valt Bird in een stormachtige slaap.

Hij droomt een scherpe, puntige kluwen bij elkaar. Kapotte en roestige machines met raderen die volkomen met elkaar versmolten zijn. Flesjes inkt die in zijn handen uiteenspatten en zijn vingers waterig blauw kleuren. Iemand heeft hem een gebouw gegeven dat hij overeind moet houden en als hij wegloopt zal het instorten. Hij heeft een slang gevangen in een kussensloop en staat daar met de kronkelende zak en ziet nergens een plek waar hij de slang veilig los kan laten. In de laatste droom, vlak voor hij wakker wordt, wordt hij omringd door andere kinderen die zo dicht op hem staan dat hij hun warmte kan voelen, hun adem kan horen, het zweet op hun huid kan ruiken. Maar geen van hen zegt iets tegen hem of kijkt hem zelfs maar aan. Telkens als hij zijn hand uitsteekt drijven ze geluidloos weg, een stille zee die uiteenwijkt. Hun ogen schieten alle kanten op waar hij niet is: naar hun vuile handen, over hun schouder, omhoog naar de heldere en wolkeloze hemel.

In paniek wordt hij wakker, kruipt diep weg in de slaapzak die hij optrekt tot zijn kin. Nu weet hij het weer: de flessendoppen, de patrouillewagen, de ruzie. Alles wat zijn moeder hem de afgelopen twee dagen heeft verteld, alle redenen die ze had om weg te gaan en hoe snel ze die allemaal opzij heeft geschoven. Hij denkt aan de jaren zonder haar, hij en zijn vader, helemaal alleen, en hoe ze haar misten. Ooit zou hij er alles, iedereen voor over hebben gehad om haar weer terug te krijgen.

Hij ziet geen hand voor ogen, nog geen reepje licht vanuit de gang. Hij luistert of hij zijn moeder hoort, maar nee, niets. Zelfs de geluiden van buiten – die er toch moeten zijn – worden gesmoord tot niets meer dan gefluister en vaag gegons. Ze moet hier ergens zijn, maar hij kan zich de weg naar haar kamer niet herinneren en in het genadeloze donker weet hij niet eens zeker of hij de deur wel kan vinden. Het is alsof hier helemaal niemand meer is.

Het geloei van een sirene snijdt door het plastic voor de ramen: steeds harder, hier, weg. Het enige teken van leven in de wereld. Met een vinger doorboort hij een hoekje van het plastic en rekt het uit tot zich een speldenprik van een gaatje vormt. Hij buigt en brengt zijn oog ernaartoe.

Buiten verwacht hij alleen nog maar meer duisternis, maar wat hij ziet is een duizelingwekkend gamma aan licht. Lichten vanachter het ene na het andere raam als een glinsterend mozaïek. Een zee aan lichtjes. Een vloedgolf aan lichtjes. Ze overspoelen hem in fonkelende druppels. Elk van die lichtjes is een mens dat de afwas doet of werkt of leest, zich totaal niet bewust van zijn bestaan. Het idee van zoveel mensen verblindt en beangstigt hem. Al die mensen daarbuiten, miljoenen, miljarden, en niet één die hem kent of om hem geeft. Hij slaat snel zijn hand voor het gat, maar hij voelt de lichten nog als zonnebrand tegen zijn huid schroeien. Zelfs diep wegkruipen in de slaapzak brengt geen verlichting.

Er stijgt een kreet uit hem op die zo lang weggestopt was dat het klinkt als een aardbeving in zijn keel. Een naam die hij al jaren niet meer uitgesproken heeft.

Mama, roept hij en hij strompelt zijn bed uit en het donker grijpt naar hem en kronkelt om zijn enkels en trekt hem op de grond.

Als hij zijn ogen weer opendoet, ligt hij met zijn knieën tegen zich aangetrokken en rust er een warme, zware hand op de zachte V tussen zijn schouderbladen. Zijn moeder.

Sst, zegt ze als hij zich om wil draaien. Het komt goed.

Ze zit naast hem op de grond. Een minder donker figuur afgestoken tegen het donker.

Weet je, zo voelde ik me ook, zegt ze, de eerste nacht dat ik alleen was.

Haar hand ligt warm en zacht vlak onder zijn hoofd. Strijkt de borstelige haartjes daar glad.

Waarom heb je me hiernaartoe laten komen, zegt hij uiteindelijk.

Ik wilde... begint ze en stopt.

Hoe moet ze die zin eindigen? Ik wilde zeker weten dat het goed met je ging. Ik wilde zeker weten dat het goed met je zou komen. Ik wilde zien wie je was. Ik wilde zien wie je geworden was. Ik wilde zien of je nog steeds dezelfde was. Ik wilde je zien.

Ik wilde je, zegt ze alleen en dit is de enige verklaring die ze kan geven, maar het is wat hij wil horen. Ze wilde hem, wilde hem nog altijd. Ze was niet weggegaan omdat ze niet om hem gaf.

Het besef stroomt langzaam door hem heen, als een verdovend middel. Het maakt zijn spieren slap, haalt de harde randjes van zijn gedachten. Hij leunt tegen haar aan en vertrouwt erop dat ze zijn gewicht zal dragen. Laat zich omringen door haar armen als klimop om een boom. Door het piepkleine gaatje dat hij in de blindering voor het raam heeft geprikt, dringt een dun straaltje licht door het zwarte plastic dat één enkele stervormige vlek op de muur werpt.

Ze aait over zijn rug, voelt de bobbels van zijn ruggengraat onder de huid als een parelsnoer. Voorzichtig brengt ze hun handen samen, vinger tegen vinger, palm tegen palm. Hun handen zijn bijna even groot en zijn voeten misschien zelfs groter dan die van haar. Net een puppy, met van die klutspoten, terwijl de rest van zijn lijf er kinderlijk maar gretig achteraan bungelt.

Birdie, zegt ze, ik ben gewoon zo bang om je nog een keer kwijt te raken.

Hij kijkt op naar haar met het peilloze vertrouwen van een slaperig kind.

Maar je komt toch weer terug? zegt hij.

Het is geen vraag, maar een vaststelling. Een geruststelling.

Ze knikt.

Ik kom weer terug, beaamt ze. Ik beloof je dat ik terugkom.

En ze meent het.

Oké, zegt hij zachtjes. Hij weet niet precies of hij het tegen haar heeft of tegen zichzelf. Over wat er te gebeuren staat of wat er lang geleden is gebeurd. Dat allemaal, bedenkt hij. Alles. Het komt goed, zegt hij, en door het zachte aanspannen van haar armen weet hij dat ze hem heeft gehoord.

Ik ben er, zegt ze en Bird laat zich opslokken door het donker.

Als Bird weer wakker wordt, is zijn moeder weg en is het ochtend. Hij ligt opgekruld in het kinderbedje, zijn benen bijna helemaal tegen zijn borst opgetrokken, de slaapzak achtergelaten op de vensterbank, verdraaid als een afgeworpen huid. Hij kan zich vaag herinneren dat hij klein wilde zijn, dat hij deze veilige plek vond om zich te verstoppen. Om zich in terug te trekken. Over hem heen ligt een deken die hij niet herkent, zwaar en te klein en vreemd van vorm, en dan beseft hij dat het geen deken is maar de jas van zijn moeder.

Deel 3

Die ochtend, om klokslag tien uur, arriveert de hertogin in haar lange, strakke auto. Deze keer zit ze zelf achter het stuur. Bij de achterdeur aarzelt Margaret. Maar Bird niet. Hij wil graag mee.

Succes, zegt hij. Hij kijkt haar vol vertrouwen aan.

Oké, zegt ze uiteindelijk. Tot snel.

Ze houdt hem stevig vast, kust hem op de slaap, precies waar zijn hart klopt onder de huid.

Dan schiet Bird, met zijn rugzak over zijn schouder, de achtertuin door, het hek door en glipt hij in de auto die op de stoep staat. Daar, aan de andere kant van de achterbank zit een silhouet tegen het getinte raam dat zich omdraait als hij binnenkomt. Langer – een halve kop groter dan hij nu is, misschien wel – en met langer haar, maar dezelfde slimme blik, dezelfde sceptische grijns.

Bird, zegt Sadie. O mijn god, Bird.

Ze slaat haar armen om hem heen. Haar huid ruikt naar ceder en zeep. Bird, zegt ze, ik heb je zóveel te vertellen...

Als jullie over mij willen roddelen, wacht dan alsjeblieft tot we de stad uit zijn. Ik wil er niks van missen, maar ik moet me nu even concentreren op het verkeer.

Sadie rolt overdreven met haar ogen in de richting van de bestuurdersstoel.

Oké dan, zegt ze.

In de achteruitkijkspiegel ziet Bird de ogen van de hertogin twinkelend naar hen kijken en dat is het vooral wat hem geruststelt. Sadie is hier op haar gemak. Zo heeft hij haar nog nooit meegemaakt. Terwijl de auto snelheid maakt, leunt ze achterover en kijkt uit het raam terwijl ze zachtjes zucht. Het is maanden geleden dat ze elkaar voor het laatst zagen, maar op de een of andere manier lijkt Sadie eerder jonger dan ouder, minder op haar hoede, alsof ze eindelijk kan ademen na een lange tijd zonder lucht. Alsof ze het gevecht met de wereld niet meer alleen hoeft aan te gaan. Hij kent het gevoel, of iets wat erop lijkt: het is wat hij gisteravond voelde toen hij om zijn moeder riep en ze naar hem toe kwam; het is wat hij die ochtend voelde onder het troostrijke gewicht van haar jas. Hij leunt zelf ook achterover, blij dat hij heel even gewoon een kind kan zijn, niet de baas is, zich gewoon mee laat voeren. Er is zoveel wat hij Sadie wil vragen – hij kan zich niet indenken hoe het moet zijn om bij de hertogin te wonen, om maar eens iets te noemen – maar dat kan wel wachten.

Waar gaan we naartoe? vraagt hij terwijl de hertogin zich voorzichtig tussen het verkeer voegt.

Naar de blokhut, zegt ze en daar gaan ze.

Ze rijdt hard, de hertogin. Bird en Sadie zitten veilig in de autogordels en worden tegen de achterbank gedrukt als ze stevig accelereert. En als ze het warrige grijze nest van de stad uit scheuren, de open weg op, voelt het als een raket die de sterren in schiet.

Ik hoop dat jullie niet wagenziek worden, zegt de hertogin ineens, met een blik in de achteruitkijkspiegel.

Ze worden het geen van beiden. Bird zit zelden in een auto en hij vindt de snelheid geweldig. De getinte ramen maken de kleuren buiten intenser: de lucht is turquoise, het gras smaragdgroen. Zelfs over de weg die maar gewoon van asfalt is, weet hij, hangt een zilveren glans. Als de hertogin erbij is lijkt alles rijker en weidser en dat komt hem zo logisch voor dat hij er verder niet bij stilstaat en zich alleen tegen het zachte leer nestelt en alles over zich heen laat komen. Naast hem houdt Sadie haar adem ineens in als er een wolk vogels uit een boom opstijgt en zich als een handvol confetti verspreidt. Het is voor het eerst dat hij snapt waarom honden hun kop uit het raam steken als ze in de auto zitten: na zo lang binnen te hebben gezeten wil hij zelf ook zo veel mogelijk opzuigen en de lucht tintelt van het leven.

Ze rijden anderhalf uur door in kameraadschappelijke stilte, die alleen wordt onderbroken door hier en daar een woesj als ze langs een andere auto of vrachtwagen sjezen. De hertogin gebruikt geen richtingaanwijzers, maar drukt het gaspedaal stevig in en scheurt langs ze terwijl de motor zacht ronkt. Bird vraagt zich af waar de andere helft van de snelweg is, de kant die teruggaat naar de stad – aan de andere kant van de bomen, misschien. Hij moet er zijn, ook al kan hij hem niet zien. Het is een oefening in vertrouwen. Hij zal alles onthouden en als hij terugkomt zal hij haar vertellen wat hij heeft gezien.

De hertogin noemde het 'de blokhut' en strikt genomen is het dat ook: een klein blokkendoosje omringd door bomen. Bij het woord 'blokhut' moeten Bird en Sadie denken aan Abraham Lincoln, omgehakte boomstammen en huilende wolven. De blokhut van de hertogin is klein en eenvoudig, maar daar houdt de vergelijking met een hut wel op. De houten vloer in de centrale kamer glanzend als botervette toffee. De grote open haard in het midden van de kamer is gemaakt van ronde rivierkiezels. Daarachter zijn twee kleine slaapkamers en een badkamer. In een van de muren kijkt een raam uit op de zilveren schittering van het water in de verte, door een open plek tussen de bomen.

Ik mag hopen dat jullie niet verdrinken, zegt de hertogin. Het dichtstbijzijnde huis is kilometers verderop, dus er is niemand die jullie kan komen redden.

Ze tilt haar pols op en kijkt op een smal gouden horloge.

Dus dit zijn de regels, zegt ze. Jullie mogen het terrein niet af, maar het is bijna twintig hectare, dus dat lijkt me niet echt een beperking. Jullie mogen zwemmen als jullie tegen de kou kunnen. Jullie mogen een vuur maken, als jullie maar voorzichtig zijn. En alleen in de open haard. Ik heb een tas met eten neergezet waar jullie het wel mee redden tot ik morgen terugkom. Nog vragen?

Wie heeft dit huis gebouwd? wil Sadie weten. Want ik kan me niet voorstellen dat jij het zelf hebt gedaan.

Ze schenkt de hertogin een ondeugend lachje en de hertogin glimlacht goedmoedig terug.

Mijn vader heeft het gebouwd, zegt ze.

Ineens valt ze stil en kijkt om zich heen alsof ze de blokhut voor het eerst ziet. Ze neemt de houten muren in zich op, het planken plafond, de satijnzachte vloer.

Of nou ja, hij heeft het laten bouwen, zegt ze. Zo pakte hij de dingen aan. Haar stem verzacht. Toen ik klein was zaten we altijd daar, aan de oever van het meer, te vissen. Hij, mijn moeder en ik. Ik ben hier al in geen jaren meer geweest.

Dan schudt ze haar hoofd alsof ze zich van stof wil ontdoen. Dus zorg nou maar dat jullie de boel niet afbranden, graag, zegt ze kordaat.

Gaat u weer terug om mijn moeder te helpen? vraagt Bird.

Voor het eerst lijkt de hertogin onzeker.

Je kent je moeder, zegt ze en Bird knikt ook, al vraagt hij zich af of dat wel zo is. Als ze iets in haar kop heeft, is ze niet meer te stuiten. Maar als ze klaar is, komt ze naar mij toe en dan komen we jullie hier morgen weer halen.

En dan, denken Bird en Sadie allebei, maar ze durven het geen van beiden te vragen.

De hertogin kijkt weer op haar horloge.

Ik moet gaan, zegt ze. Ik ben sowieso pas halverwege de middag terug en als het druk is op de weg...

Ze pakt haar sleutels van tafel, draait zich weer om en kijkt van de een naar de ander.

Maak je geen zorgen, zegt ze onverwacht vriendelijk. Bird, Sadie. Het komt allemaal goed.

Ja, natuurlijk, zegt Sadie. *Wíj* zijn er nu.

Als de hertogin weg is, vervallen Bird en Sadie – zich plotseling bewust van alle maanden die tussen hen verstreken zijn – in verlegen stilzwijgen. In stilte nemen ze hun omgeving in zich op. In de grote ruimte: een tafel, drie stoelen, een kitchenette. In de badkamer: een douche en een toilet en een klein raam met louvredeurtjes ervoor waardoor ze niets anders zien dan bomen. Twee slaapkamers, een grotere, crèmekleurig met een groot tweepersoonsbed en een kleinere, roze met een twijfelaar in de hoek.

Zonder iets te vragen trekt Sadie haar schoenen uit in de grote kamer, maar Bird vindt het niet erg. Het is duidelijk voor wie het huis is gebouwd – ouders en een kind – en hij vindt het prima als iemand anders de rol van de ouder nog een poosje op zich wil nemen. Hij gaat op de bank voor de open haard zitten en het oude leer kraakt onder zijn gewicht.

Hoe is dat, vraagt hij. Om bij de hertogin te wonen? Hoe ís dat?

Sadie moet lachen. Bij Domi? zegt ze. Ze lijkt supereng, maar dat is ze niet.

Alsof er een zegel is verbroken, beginnen ze te kletsen. De eerste dag, vertelt Sadie, had ze Domi helemaal niet gezien. Ze had een slaapkamer gekregen – op de bovenste verdieping, met een gigantische antieke wereldkaart aan de muur – en was verder aan haar lot overgelaten en ze had een dag lang dat museum van een huis verkend en geprobeerd te bedenken waar ze precies terechtgekomen was, wat voor vrouw Domi was. Margaret zei dat ze te vertrouwen was, maar Sadie was eraan gewend geraakt om niemand zomaar op zijn woord te geloven. Later die avond was ze Domi's kantoor binnengegaan en daar zat ze achter het bureau alle paperassen te lezen toen Domi binnenkwam.

Wat spook jij hier uit? vroeg Domi en Sadie had opgekeken en haar met een nieuwe blik bekeken.

Dus al die cheques, zei ze, met haar vinger op Domi's chequeboek tikkend. Voor al die bibliotheken. Jij weet wat ze doen. Jij... helpt ze.

In de lange stilte die daarop volgde, herijkten ze hun idee over de ander.

Waarom, vroeg Sadie en Domi antwoordde: Het is maar iets kleins. Een begin om dingen recht te zetten.

Sadie sloeg het chequeboek dicht. Ik wil ook helpen, zei ze.

Ze had gedacht dat Domi haar uit zou lachen, maar dat deed ze niet. In plaats daarvan was Domi op de stoel aan de andere kant van het bureau gaan zitten, alsof Sadie de baas was en zij degene die om een gunst kwam smeken.

Dat kan misschien wel, zei ze.

Ze hadden dagen zitten praten en Sadie vertelde Domi alles wat ze zich nog herinnerde over de autoriteiten, haar pleeggezinnen, het hele systeem van de PACT. Hoe ze haar hadden verplaatst, wat ze had gezien, waar ze was geweest. Wat ze had gezien in de bibliotheken, al die maanden dat ze haar daar hadden laten onderduiken. Wat ze had willen doen en wat anderen hadden moeten doen, volgens haar. Domi luisterde. Leerde.

Ik kon niet naar buiten, zegt Sadie tegen Bird. Voor het geval iemand me zou zien. Maar Domi bedacht dingen voor me om te doen. En is op zoek naar mijn ouders. Probeert na te gaan waar ze naartoe zijn gegaan.

Ze blijft even stil en slikt, en Bird weet dat hij maar beter niet kan doorvragen.

Ze zei dat ik de moed nog niet moet opgeven, zegt Sadie. Ze zegt – nou ja, ze zegt dat je nooit kunt weten.

De dag voordat Bird kwam was Domi's laatste spoor doodgelopen en ze had Sadie dat nieuws voorzichtig gebracht, zoals je het nieuws van iemands overlijden brengt. We blijven zoeken, had ze beloofd en ze had Sadie stevig tegen zich aangedrukt.

Als je los daarvan kon wensen wat je maar wilde, had Domi uiteindelijk gevraagd om de stilte te doorbreken. Wat zou je wens dan zijn?

Sadie dacht erover na.

Een hele dag waarin ik kon doen waar ik maar zin in had, zei ze. Zonder dat iemand me in de gaten hield of veroordeelde of naar me op zoek was. Gewoon, maar één zo'n dag.

Hm, zei Domi. Dat kon weleens lastig worden. Maar misschien dat er iets op te verzinnen valt. Als je even geduld hebt, tot het juiste moment.

En nu zijn ze hier, Bird en zij. Een dag zonder dat iemand hen in de gaten houdt of veroordeelt. Een dag waarop ze kunnen doen waar ze zin in hebben.

Ze heeft me erover verteld, zegt Sadie. Over sommige dingen die je moeder en zij tijdens de Crisis hebben gezien. De dingen die ze deden – en de dingen die ze niet deden. Dingen die ze anders zou hebben gedaan. Weet je nog die dag dat jij kwam? voegt ze er zelfvoldaan aan toe. Toen heb ik tegen haar gezegd wat ze moest vragen. Ze kwam naar boven en vroeg: wat zou jij aan Bird vragen om erachter te komen of hij echt Bird is? En toen zei ik: vraag hem naar zijn fiets. Vraag hem naar zijn cornflakes. Vraag hem naar zijn lunch.

Weet jij het? vraagt Bird. Waar mijn moeder mee bezig is?

Sadie blijft even stil.

Domi wilde het me niet met zoveel woorden vertellen, geeft ze toe. Je moeder is een paar keer langs geweest, om het te plannen. Ik probeerde af te luisteren, voegt ze er een tikkeltje trots aan toe. Maar ik kon niet zoveel verstaan.

Ze delen wat ze weten. Volgens hun berekening moet Margaret duizenden flessendoppen hebben verstopt, door de hele stad. Bij de hertogin thuis had Sadie door de kranten gebladerd en de verslagen op televisie en op internet gescand: geen nieuws over mensen die verdachte apparatuur in flessendoppen hadden gevonden. Geen nieuws over onlusten, tenminste, niet in de stad. Wat er ook maar in stelling werd gebracht, is nog niet gebeurd. Het is al weken gaande, als een veer die onverbiddelijk is opgewonden.

Het is iets groots, zegt Sadie.

Natuurlijk is het iets groots, zegt Bird. Mijn moeder doet nooit iets maar half.

Ze kijken elkaar aan.

Bird, zegt Sadie, ik weet zeker dat dit alles zal veranderen. Wat ze ook maar van plan zijn.

Ze zwijgen even en proberen zich een wereld hierna voor te stellen. De opwinding borrelt bij Bird vanbinnen en hij springt op, want hij moet er een uitweg voor vinden.

Laten we naar het water gaan, zegt hij.

Ze lopen het pad tussen de bomen door en daar is het: schitterend in het zonlicht, een kleine inham die uitloopt in het weidse blauw erachter. Bird pakt een kiezel op en gooit die zo ver mogelijk weg. Met een lekkere *blup* slokt het water hem in één keer op en kringen rimpelen terug tot aan zijn voeten aan de oever. De hertogin heeft gelijk: zover als hun oog reikt zijn geen andere huizen, geen andere mensen, alleen een dikke kraag van bomen rondom deze glitterbaai. Van bovenaf moet het eruitzien alsof een reus een duimafdruk in het bos heeft gemaakt en zo deze perfecte open plek heeft gemaakt voor de blokhut pal aan de waterkant.

Hij is nog nooit zo ver bij andere mensen uit de buurt geweest. Zijn hele leven zijn er altijd anderen in de buurt geweest die keken, luisterden. Zelfs als je ze niet kon zien, wist je dat ze er waren: vlak voor het raam, aan de andere kant van de muur, om de hoek, net niet zichtbaar. Hier is niemand en hij voelt zichzelf gigantisch groot worden. Naast hem slaakt Sadie ineens een kreet en hij slaakt er ook eentje en uit de bomen stijgt een groepje mussen op en zij beginnen al gillend te rennen. Ze woelen het met stenen bezaaide strandje om met hun voetstappen, schieten achter de fluwelen grondeekhoorns aan die tussen de boomwortels door springen en de boomeekhoorns die buiten bereik door de takken schieten. Als ze neerploffen, door het dolle heen en uitgeput, lijkt de gonzende stilte die weer over hen heen valt luider dan hun geschreeuw. Heel even denken ze geen van beiden aan hun ouders. Ze zijn gewoon kinderen die spelen.

Laten we erin gaan, stelt Sadie voor. Gewoon tot onze enkels.

Ze trekken hun gympen en sokken uit en rollen hun spijkerbroek op tot hun knieën. En terwijl ze het water in stampen, trekken hun voeten modderige kringen. Het water is ijskoud, maar of ze voelen het niet, of het kan ze niets schelen. Er zijn bomen om in te klimmen, niet van die dunne jonge aanplant rondom het schoolplein die het asfalt met zijn wortels deed rimpelen, maar bomen die hoger zijn dan zelfs Sadie durft te gaan.

De middag besteden ze aan dingen ontdekken: de fijne witte V's op elk klaverblad, alsof ze met een dun penseeltje zijn beschilderd. De zalmroze hoedjes van paddenstoelen die door de aarde omhoogsteken; het verfijnde korstmos dat als jadekleurige vissenschubben aan boomstammen kleeft. Een slanke jonge berk, te lang voor zijn smalle gestel, doorgebogen tot hij bijna een poort vormt maar die desondanks steeds maar doorgroeit en zijn gerafelde groene blaadjes hemelwaarts steekt. Oktober is bijna voorbij, de winter komt eraan, maar dingen groeien, leven nog.

Als de middag begint te schemeren, slaakt Sadie een kreet en Bird komt nog net op tijd aanrennen om een kleine krab, zo groot als een kwartje, zijwaarts over het zand te zien schieten. Nu hij beter kijkt, ziet hij ze overal, open en bloot verstopt. Ze hebben er al die tijd al gezeten; hij had gewoon niet goed gekeken. Ze proberen ze een poosje te vangen, jagen over het strandje achter ze aan en proberen ze met hun handen op te scheppen. En ook al komt Sadie dichtbij genoeg en wordt ze gepikt door piepkleine schaartjes, toch weten de krabbetjes steeds weer te ontsnappen: in hun holletjes onder het zand, tussen de rotsblokken, in het enorme blauwe waas van het water.

Je hebt een kippenpoot nodig, zegt Sadie zelfverzekerd. Ze zakt door haar knieën op het zand. Dat moet je hebben. Om grotere krabben te lokken, veel groter dan deze.

Ze blijft even stil.

Mijn moeder heeft me een keer in de zomer meegenomen, zegt ze. Je bindt een kippenpoot aan een touw en die gooi je dan in het water en als de krab hem grijpt trek je het touw naar je toe, heel, heel langzaam. En dan volgt de krab de kip en dan vang je de krab in een net.

Bird stelt zich voor dat zijn eigen ouders hem dit zouden leren, onder de modder, wadend in de zee. Samen lachend, zoals in zijn herinnering, terwijl ze een lijn binnenhalen die zwaar is van de prooi. Ineens vraagt hij zich af hoe laat het is, wat zijn moeder nu aan het doen is, of wat ze ook maar van plan is al is begonnen. Boven strekt de hemel zich breed, vlak en blauw uit, maar toch zoekt hij hem af alsof er misschien rookpluimen over komen drijven, helemaal vanaf de stad.

Eten krabben dan kip? vraagt hij en zet de gedachte van zich af, en Sadie knikt. Ze eten alles, zegt ze.

Dat heeft mijn moeder me ooit verteld, vervolgt ze, wiegend op haar hakken over deze gebeurtenis toen ze nog klein was. Soms, één keer per jaar of zo, raken alle krabben in de war en dan rennen ze aan land. Komt door het getij of de stand van de maan, of zoiets. Dat noemen ze in Alabama een *jubilee*. Dan sta je midden in de nacht op en dan ga je naar het strand en dan ligt het hele water er vol mee. Ze krúípen er zowat uit – je kunt gewoon je hand erin steken en dan trek je ze er met emmers tegelijk uit. Sommige mensen laden hun hele wagen vol. En dan bouwden ze een groot kampvuur om de krabben op te koken voor een feestmaal, midden in de nacht, gewoon op het strand.

Wow, zegt Bird.

Ze zei dat ze als klein meisje in de zomer elke avond in haar badpak naar bed ging en dat ze dan in het donker wakker lag te bidden om een jubilee.

Sadie zakt weg in haar overpeinzing, haar ogen gericht op een punt in de verte.

Ze zei altijd dat we er een keer naartoe zouden gaan en bij die kant van de familie zouden gaan logeren, zodat ik al mijn neefjes en nichtjes kon leren kennen, maar dat is nooit gebeurd.

Boven hun hoofd cirkelde een havik loom door de lucht.

We vinden haar wel, zegt Bird. Mijn moeder, Domi – ik weet zeker dat ze haar kunnen vinden.

Ze hebben al gezocht, zegt Sadie. Ik weet niet of ze nog wel ergens is.

Hij heeft haar nog nooit zo onzeker horen klinken en het verontrust hem.

Als ze daar nog ergens is, zegt Bird vol vertrouwen, dan vinden ze haar wel. Zijn moeder heeft zich altijd aan haar beloftes gehouden, denkt hij.

Dat waar je moeder mee bezig is, zegt Sadie, dat is het, Bird. Dat gaat alles veranderen.

Na een heel korte stilte praat ze door.

Ik bedoel, dat moet wel. Toch?

Een kleine hapering in haar stem, als een splinter, trekt Birds aandacht. Sadies ogen lijken gefixeerd op de horizon, maar in het warme middaglicht glanzen ze helder als glas van de tranen. Zijn eigen ogen worden vloeibaar en warm. Hij denkt aan alles wat zijn moeder hem heeft verteld, aan alle jaren dat zijn vader heeft geprobeerd hem te beschermen. Aan de man in de pizzeria, de man in het park. De vrouw met haar hondje. Sadies ouders, zijn moeders ouders. Zijn vaders ouders die zich teruggetrokken hadden uit hun leven. Mevrouw Pollard die gespannen op haar hurken was gezakt naast zijn computer. De fluim van D.J. Pierce die een paar centimeter bij zijn schoen vandaan was gevallen. Wat er allemaal moet veranderen voelt immens en onmetelijk.

Weet je wat, zegt hij. We kunnen een vuurtje bouwen.

Het werkt: haar ogen keren terug van het rijk van wat-als naar het rijk van wat-is. Hier? vraagt ze.

In de open haard, zegt Bird. We hebben geen krab, maar we kunnen wel een vuur maken.

Samen leggen ze de houtblokken in de haard. Iets kleins en concreets. Mijn vader heeft me geleerd hoe het moet, zegt Sadie. Hij zat bij de scouting toen hij klein was. Hij weet heel veel nuttige dingen: hoe je knopen knoopt en hoe je het noorden kunt vinden door naar de sterren te kijken. Je moet het stapelen als een blokhut, kijk zo. Gedroogd gras, dan stokjes, dan blokken.

Bird loopt rood aan. Zijn vader heeft hem nooit zulke nuttige dingen geleerd. Net als de drie biggetjes, zegt Bird. Sadie lacht en hij voelt een vreemd soort trots. Het voelt fijn om een ander aan het lachen te maken.

Daar gaat-ie, zegt Sadie en met een snel schrapen steekt ze een lucifer aan.

Het droge gras vat meteen vlam en daarna de takjes, een bevredigende oranje uitbarsting. Dan stort alles in en wordt zwart. De biggetjes hadden het ook niet in één keer goed, zegt Sadie. Met een stokje veegt ze de overblijfselen van hun vuur aan de kant. Nog maar eens proberen.

Ze bouwen het hout nog eens kruislings op en Bird gaat op zoek naar iets wat kan helpen om het sneller te laten ontbranden en dan ziet hij de stapels kranten bij de haard liggen. Hij pakt er eentje, begint er proppen van te maken, stopt dan.

Kijk, zegt hij.

De datum op de krant is van bijna vijftien jaar geleden. Midden in de Crisis, beseffen ze allebei. ZESDE OPEENVOLGENDE DAG VAN ONGEREGELDHEDEN IN WASHINGTON: 400 GEARRESTEERD, 12 RELSCHOPPERS EN 6 AGENTEN GEDOOD.

De hele voorpagina wordt door een foto in beslag genomen: Washington D.C. in vuur en vlam, een rennende menigte. In de aanval? Op de vlucht? Ze kunnen het niet zien, zien alleen aan de scherpe hoeken van de lichamen – armen en benen die alle kanten op vliegen – dat ze hard rennen, op volle kracht, instinctief. Ze dragen zwart, van de mutsen die diep over hun voorhoofd zijn getrokken en de maskers en sjaals voor hun gezicht tot en met de laarzen met dikke profielzolen aan hun voeten. Het zouden evengoed demonstranten kunnen zijn of de autoriteiten, het valt onmogelijk te zeggen. Op de stoep, bijna verscholen, ligt het lichaam van een vrouw, haar gezicht opzijgedraaid, bloed plakt haar haren aan elkaar. Op de achtergrond steekt het Washington Monument omhoog als één enkele opgestoken vinger, donker tegen de smeulend oranje lucht.

Met beide handen verkreukelt Bird de krant tot een stevige prop en verstopt de foto er binnenin.

Laten we het nog een keer proberen, zegt hij.

Hij legt de papieren prop in het midden van het miniatuur hutje dat ze hebben gebouwd en reikt weer naar de lucifers.

Deze keer verschalkt de vlam het papier en laait op als de krantenberichten in de as gelegd worden. De vlammetjes likken onophoudelijk aan de stokjes en beginnen weer te verdwijnen. Maar deze keer herinnert Bird zich iets van lang geleden, iets wat zijn vader hem ooit heeft verteld. Een woord en het verhaal erachter. Hij gaat op handen en knieën zitten, brengt zijn gezicht tot vlak voor de vlam. Zo voorzichtig als hij maar kan tuit hij zijn lippen en blaast, alsof hij in de lucht kust of op een blauwe plek en de vlam laait op, de aanmaakhoutjes krimpen en krullen en gloeien op. Het is het diepste oranje dat hij ooit heeft gezien. En dan – als hij buiten adem raakt – kleurt het weer grijs. Sadie komt naast hem zitten en begint ook te blazen en de gloed keert langzaam terug en breidt zich dan uit. Het is alsof je iemands gezicht weer kleur ziet krijgen, alsof je de dageraad zich ziet verspreiden aan de donkere hemel.

In stilte zorgen ze om beurten voor het vuur – blazen ze het nieuw leven in. Eerst Bird, dan Sadie, dan samen – totdat eerst de grote stokjes vlam vatten en dan de blokken, en de vlammen regelmatig en rustig en heet worden.

Spirare, hoort Bird zijn vader zeggen. *Ademen. Con: samen. Dus conspirare, of samenzweren, betekent letterlijk samen ademen.*

Wat klinkt dat griezelig, zegt Sadie, en pas dan heeft Bird door dat hij zijn gedachten hardop uitgesproken heeft. Maar samen ademen, dezelfde lucht inademen – dat is eigenlijk iets heel moois.

Ze zitten er even zwijgend bij en Bird denkt terug aan de afgelopen dagen, samen met zijn moeder over de salontafel gebogen. Haar gefluisterde verhaal bij elkaar puzzelend, allebei dezelfde stoffige lucht inademend. Sadie steekt een stok in het vuur, steeds dichter bij het oplaaiende vuurtje, tot het begint te verkolen en te gloeien. Buiten gaat de zon onder, maar de avond is nog warm en door het raam zien ze buiten het licht ontsteken. Vuurvliegjes. In hun opwinding hebben ze de deur open laten staan en een vuurvliegje dwaalt naar binnen, en nog eentje, groene vonkjes die gloeien in de rode gloed van het vuur.

Ik haatte haar eerst, zegt Bird plotseling.

Maar nu niet meer.

Een lange stilte. Om hen heen dansen en duiken felle vlokjes.

Nee, zegt hij en hij beseft dat het waar is. Nu niet meer.

Hun avondeten halen ze uit de papieren zak die de hertogin voor hen heeft achtergelaten. Bird brengt water aan de kook en gooit er een zakje dunne pasta in. Fijn, zegt Sadie. Wist je dat ik bij mijn pleegouders het fornuis niet mocht gebruiken? Ze dachten dat ik een risico was. Alsof ik het hele huis zou laten afbranden.

Ze schrapen de laatste restjes saus uit hun kommen.

Wat zou ze nu aan het doen zijn? vraagt Bird.

Sadie fronst nadenkend. Ze maakt zich klaar, zegt ze. Klaar om ze allemaal aan te zetten.

Met ze bedoelt ze de talloze flessendoppen die door de hele stad verspreid liggen.

Denk je... Bird aarzelt. Denk je dat ze gevaarlijk is? Ik bedoel, ze zou toch niemand iets aandoen, of wel?

In de lange stilte houden ze die mogelijkheid allebei in gedachten tegen het licht.

Ik denk, zegt Sadie uiteindelijk, dat iedereen iemand anders iets kan aandoen als er echt een heel goede reden voor is.

Bird denkt aan hoe zijn moeder hem meetrok de schaduw in toen die politieauto eraan kwam, aan het scherpgetande dier dat ineens de kop opstak in haar blik. Hij denkt aan zijn vader, die dag in het park, over de man gebogen die hem een duw had gegeven. Aan het bloed op zijn vuist. Toen waren ze gevaarlijk, dacht hij; ze hadden zo intens van hem gehouden dat het hen gevaarlijk maakte.

Ze gaan vroeg naar bed, maken om beurten gebruik van de badkamer, laten hun zuurverdiende vuur tot kooltjes doven. Ze zien uit naar morgen. Ze zijn vol plannen, de een voortbouwend op de andere als een toren van dominosteentjes. Morgen nemen Domi en Margaret hen weer mee terug naar de stad. Waar alles anders zal zijn, dat weten ze zeker, door wat Margaret nu aan het doen is.

Het gebeurt nu, op dit moment, zegt Sadie intens tevreden. Bird, moet je je indenken, het is nu aan het gebeuren. En Bird heeft geen antwoord.

Bij zonsondergang begint ze.

Ze klapt haar oude laptop open, die ze bij elkaar heeft gesprokkeld van op de stoep gevonden onderdelen: al die nachtelijke boeken die ze 's avonds laat heeft bestudeerd in al die bibliotheken, bewijzen nu hun nut. Voor het eerst zet ze de wifi aan. Het is een risico – uitgaande signalen kunnen getraceerd worden. Ze heeft al zo lang haar voetstappen gedempt, zichzelf gemuilkorfd. Nu is het tijd om te spreken.

Haar vingers tikken over de toetsen en starten het programma op dat ze heeft bewerkt. Ze verstuurt het signaal en wacht af tot ze verbinding maken. Tot ze hun oren spitsen en haar commando's afwachten. De flessendoppen die ze heeft gemaakt en geplant, vier weken lang. Alles wat ze zo zorgvuldig heeft gepland voordat Bird kwam.

Ze heeft berekend: eentje per twee straten, helemaal tot aan het Financial District in het zuiden en tot aan Harlem in het noorden. Bestand tegen het weer in hun kleine plastic omhulsels, klein genoeg om te worden verstopt op plekken waar ze wekenlang rustig konden blijven liggen. En zelfs al werd er eentje gezien, dan nog zou niemand hem bekijken: gewoon een waardeloos ding, afval dat opgeveegd moest worden. Niemand bestudeerde de dingen die in de goot lagen, in de blikken, de vuilnisbakken van de straatvegers. Volgens haar berekening heeft ze er tweeduizendelf neergelegd: hoeveel zouden het overleefd hebben en werken, hoeveel zouden er verbinding maken en haar oproep beantwoorden?

Om te beginnen tien, nu vijftien. Vijfentwintig.

Ze had eerst niet geweten wat ze moest doen met de verhalen die ze had verzameld. Het eerste vage idee had zich gevormd toen een van de moeders haar hand had vastgegrepen, met trillende stem. *Vertel iedereen wat er met mijn meisje is gebeurd. Schreeuw het van de daken als je kunt.* Later kristalliseerde het zich uit, op een zonnige ochtend in L.A., toen ze omhoogkeek en hem zag staan: een gsm-mast, vermomd als weinig overtuigende boom. Omhuld met een groen doek bedrukt met bladeren, de kaarsrechte armen stijf opzij als die van een paspop. Het verkeerde soort boom voor dat klimaat, een naaldboom die boven de palmen uitstak, kop en schouders hoger dan de echte bomen. Een die vaag zoemde. Wat voor soort boodschappen straalde hij door de lucht? Ze deed haar ogen even dicht en zag het voor zich: dat al die onzichtbare woorden hoorbaar gemaakt werden, een kakofonie van stemmen die de stad als een net overspanden.

Ze denkt daar nu weer aan terug terwijl ze naar haar scherm kijkt en ziet dat de flessendoppen haar oproep beantwoorden. Zeventig, honderd, tweehonderd.

In elke dop zit een piepkleine ontvanger die is afgestemd op precies de frequentie die haar computer op dit moment uitzendt. En ook: een piepklein speakertje. Ontvangst mogelijk tot maximaal zestien kilometer, had Domi haar beloofd. Glashelder, en je kunt het minstens een straat verder nog horen. Haar vader had zijn fortuin gemaakt met deze technologie, al had hij natuurlijk nooit gedacht dat het hiervoor zou worden gebruikt. Een voor een worden ze wakker, en de teller gaat omhoog. Tweehonderdvijftig. Driehonderd. Stuk voor stuk een opgloeiende speldenprik op de kaart, zich in noordelijke richting uitbreidend vanaf de Battery, als sproetjes door Chinatown en Koreatown en Hell's Kitchen, stippels in Midtown tot aan de Upper West Side en verder naar het noorden. Ruim vijfhonderd, nu, en de teller tikt nog steeds. Als hij bij negentienhonderd is blijft hij hangen en ze rekent even snel. Bijna vijfennegentig procent, een dikke tien van de juf. Wat zouden haar ouders trots zijn.

Ze tilt de microfoon op, schraapt haar keel en overal in de stad, straat na straat, komen flessendopspeakertjes krakend tot leven. Pakken het signaal op dat ze uitzendt. Een stem klinkt uit de knoesten van bomen, vanonder vuilnisbakken, kieren in trappetjes voor huizen en vanachter lantaarnpalen: overal en nergens heeft ze de afgelopen maanden een flessendop gestopt. Ongezien verborgen tot dit moment waarop uit dat kleine rode dopje haar stem zou schallen, verbazingwekkend luid, en de mensen in de buurt zou doen opschrikken. Eensgezind, die sprekende stem – een beetje krakend, alsof hij sleets was – overal in de hele stad. Eén stem maar, maar hij sprak de woorden van velen.

Het hoeft niet live, had Domi gezegd. Een opname, misschien. Dat is veiliger. Je hoeft hier niet zelf te zijn. Ze bracht het voorzichtig, alsof ze een koppig kind probeerde te overtuigen.

Margaret schudde haar hoofd. Het hoeft niet, zei ze, maar ik wil het.

Ze kon niet uitleggen waarom, maar ze voelt het in haar botten: bepaalde dingen moet je persoonlijk doen. Getuigen. Zorgen voor de stervenden. Hen die verdwenen zijn gedenken. Er zijn dingen waar je bij moet zijn. Maar er was nog een reden die ze zelf niet helemaal kon zien, ze kon alleen zijn aanwezigheid voelen, zoals je een geest kunt voelen. Ze was er niet bij geweest toen haar ouders overleden; ze waren alleen doodgegaan, zonder haar, en ze had er moeten zijn. Ze had de man moeten zien die haar vader had geduwd en ze had zijn gezicht in haar herinnering moeten branden. Ze had aan haar vaders bed moeten zitten in het ziekenhuis, tussen de piepende, knipperende machines, hem moeten kussen en laten gaan. Ze had erbij moeten zijn, de ochtend erop, om haar moeder op te vangen toen ze viel, misschien om haar te redden, maar op zijn minst om haar een liefhebbend gezicht te geven waar ze zich op kon concentreren toen het licht in haar ogen doofde. Dat had ze niet onder woorden kunnen brengen, maar ze voelde de vorm van dit onrecht vanbinnen zoals ze de paukenslagen van haar eigen hart in haar borst kon voelen. Ze hadden zulke zorg verdiend en niemand had het ze gegeven en zij zou, op deze bescheiden manier, die plechtige getuigenis afleggen en handen vasthouden met elk van de verhalen die ze dadelijk zou gaan vertellen.

Alleen in het verduisterde herenhuis slaat ze het eerste van haar notitieboekjes open, een bibliotheek van verhalen die ze de afgelopen drie jaar heeft verzameld en op haar lichaam heeft gedragen. De woorden van degenen die ze heeft gesproken, getrouw opgeschreven in een microscopisch klein handschrift, aan haar toevertrouwd om te bewaren en te bewaken en te delen. Ze begint de woorden die deze gezinnen haar toegefluisterd hebben voor te lezen, laat hen spreken door haar mond. Een voor een, kind voor kind, vertelt ze alle verhalen.

Eerst de kale gegevens. Alleen een voornaam, niets wat iemand zou kunnen verraden. *Emmanuel. Jackie. Tjen. Par-*

ker. De stad waar ze woonden: *Berkeley. Decatur. Eugene. Detroit*. Hun leeftijd op het moment dat ze meegenomen zijn: *Negen. Zes. Zevenenhalf. Twee.*

En dan, verstopt in die gegevens: de contouren en texturen van een specifiek geleefd leven, de details die ieder kind maakte wie het was. De kleine en meest menselijke momenten die verklaarden wie ze waren. *Hou je bij het kleine.*

Zijn glimlach verraste je zo. Het ene moment lachte hij nog, blij. Het volgende moment in één klap ernstig. Zelfs kiekeboe nam hij zo serieus. Alsof hij al wist dat we misschien met het optrekken van een dekentje zouden verdwijnen, voor altijd.

Ze wilde nooit eten met hoekjes. Ik moest haar boterhammen in rondjes snijden. Maandenlang leefde ik op de afgesneden stukjes die zij overliet.

Eerst blijven mensen verbluft staan. Waar komt die stem vandaan? Ze kijken over hun schouder, op zoek naar de bron. Iemand achter hen? Achter die boom? Maar nee, er is niemand. Ze zijn alleen. En dan beginnen ze te luisteren; ze moeten wel. Een verhaal, dan nog een. En nog een. Ze blijven staan en al snel zijn ze niet meer alleen, staan ze in groepjes, dan met tientallen, zoveel mensen die zwijgend samen stilstaan en luisteren. Al die geharde New Yorkers – mensen die een groep breakdancers kunnen negeren die rondom metropalen aan het ronddraaien zijn, die een zwerm toeristen met camera's kunnen omzeilen of een man gekleed als een gigantische hotdog zonder snelheid of focus te verliezen, zonder zelfs maar een blik opzij – die staan stil en luisteren. En de krioelende mensenstromen in de stad hopen zich op en lopen vast. De stem komt van alle kanten op hen af, alsof hij uit de lucht zelf komt, en al zouden later een paar van hen zeggen dat het goddelijk klonk, uit de hemel, beweerden de meesten van hen die het hadden gehoord precies het tegenovergestelde: het voelde als een stem die vanbinnen kwam. Die op de een of andere manier zowel tot hen als vanuit hen sprak. En ook al vertelde de stem de verhalen van onbekenden, mensen die ze nog nooit hadden ontmoet, kinderen die niet hun kinderen waren, pijn die ze niet hadden ervaren, toch sprak ze niet alleen tegen hen maar met hen, over hen. En de verhalen die de stem vertelde, de een na de ander in een schijnbaar eindeloze stroom, gingen niet over een ander, maar over een groter verhaal waarin ook zij een rol speelden.

De avond dat ze je meenamen was ik boos op je. Je had op de muur gekliederd met stift. Je handen en je gezicht en een deel van de vloerbedekking zaten ook onder. Grote zwarte krassen. Ik had je een tik gegeven en je ging huilend naar bed en ik stond de muur te boenen met een spons toen er op de deur geklopt werd.

Ze wil dat mensen zich meer herinneren dan hun namen. Meer dan hun gezichten. Meer dan wat er met ze is gebeurd, meer dan het eenvoudige laatste feit dat ze meegenomen werden. Ieder van hen moet herinnerd worden als een persoon als geen ander, niet als een naam op een lijst maar als *iemand*, iemand als geen ander.

Weet je nog, die dag dat we naar de pier gingen? De dag dat de wereld vol met dingen was om naar te kijken, de zeeleeu-

wen die door de haven gleden en het reuzenrad dat ronddraaide tegen de blauwe lucht en de meeuwen die boven ons vlogen en doken, en toen het donker begon te worden zei ik: laten we een ijsje nemen als avondeten en jij keek me stomverbaasd aan. Jij nam pindaijs met karamel en slagroom en ik chocola. Op weg naar huis was het heel vol in de bus en jij zat bij me op schoot en viel in slaap en kwijlde pindaspuug in mijn nek. Ik hoop dat je je die dag herinnert. Ik hoop dat je je het ijsje als avondeten nog herinnert.

Ze kan niet eeuwig doorgaan; dat weet ze. Ze zijn al ergens bezig om haar op te sporen. Ze zijn op jacht naar de speakers en slaan ze stuk voor stuk kapot. Ze heeft het ze zo lastig mogelijk gemaakt. Ze zullen op het geluid af moeten gaan, zich door de menigte toehoorders moeten worstelen en dan de draad van haar stem tot de bron moeten herleiden. Ze zullen zaklampen nodig hebben; ze hebben alleen die dunne naalden van licht om alle hoekjes en gaten te doorzoeken. Ze zullen moeten tasten met hun handen, langs de met kauwgum aangekoekte onderkanten van gemeentelijke vuilnisbakken, in slijmerige goten en gore roosters en onder hopen hondenpoep, graaiend naar de flessendoppen die ze zo behoedzaam heeft verborgen. De speakers kunnen niet uitgezet worden; ze kunnen alleen vernietigd worden en zij die haar zoeken zullen ze onder de hakken van hun laarzen kapot moeten stampen. Maar het geluid zal doorgaan via andere speakers, een straat of twee verderop. Met elke dop die ze vinden zullen ze zich realiseren dat er nog honderden andere zijn, dat hoe wijd ze hun net ook uitwerpen, er verderop altijd plekjes zijn die de verhalen zullen bereiken. Het is een spelletje verstoppertje en ze zal het zo lang mogelijk rekken. Ze zullen nooit alle speakers kunnen vinden, maar vroeg of laat zullen ze haar signaal traceren, de wifi die haar aan die speakers verbindt als een spoor van piepkleine digitale voetafdrukjes. Die voetafdrukjes zullen ze volgen tot ze bij dit huis aankomen, waar zij zit met een microfoon en haar stapel notitieboekjes, hun kaften zacht geworden en gebogen doordat ze zo lang op haar lichaam gedragen zijn. Tegen de tijd dat zij hier aankomen zal zij verdwenen zijn.

Ze zal zoveel verhalen vertellen als ze kan. Ze heeft nog tijd. Het verhaal van een gezin. Dan het volgende. Wat wil je je blijven herinneren? had ze gevraagd aan hen die achterbleven. Wat zou je tegen je kind willen zeggen? Ze noteerde die woorden en, zoals ze heeft beloofd, deelt ze die namens hen, de woorden die zij niet hardop kunnen uitspreken.

Als ik niet kan slapen, tel ik in gedachten jouw sproetjes. Op je slaap, waar de schedel het dunst is. Op je rechterwang, vlak naast je oor. Aan de binnenkant van je elleboog, op de zijkant van je knie, een paar op de knokkel bij je pols. De markering die je al bij je droeg toen je nog in mijn lichaam zat. Ik vraag me af of ze er nog zitten of dat ze in de loop der tijd zijn vervaagd. Of je inmiddels nog meer markeringen op je huid hebt die ik nooit zal zien.

Als het bedtijd was, vroeg je me altijd iets om van te dromen. Vannacht, zei ik dan, ga je dromen over een zeemeermin die een enorme gezonken stad verkent. Of: vannacht vlieg je met een raket langs de glinsterende sterren. Op een avond was ik moe. Ik kon niets verzinnen. Eigenlijk was je die hele dag vervelend geweest en ik wilde gewoon dat je ging slapen. Ik zei: vanavond droom je dat je warm en veilig ligt te slapen in je bedje. Dat is een saaie droom, mama, zei je, dat is de saaiste droom die ik ooit heb gehoord. En dat was het ook, maar nu is het de mooiste droom die ik kan bedenken, de enige droom die ik voor me zie.

Als ze dichterbij beginnen te komen, zal zij het schip verlaten. Ze volgt de speakers op haar kaart die een voor een uitdoven en aangeven hoe dichtbij ze zijn. Domi wacht op Park Avenue. Het plan is dat Margaret, nadat ze heeft uitgezonden wat ze kan, de laptop stuk zal gooien, haar notitieboekjes oppakt en het op een lopen zet.

Zou er buiten iemand luisteren? Lopen mensen gewoon snel door? En wat voor verschil kan het nu eigenlijk maken, één zo'n verhaal, of zelfs al deze verhalen bij elkaar, het oor van de drukke wereld in gestuurd – een wereld die zo snel draait dat stemmen geluiden als een hoog dopplergejammer worden, zo afgeleid dat zelfs al blijft je aandacht hangen aan de braam van iets ongewoons je alweer meegesleurd wordt voor je ernaar kunt kijken, het als een bijenangel uit je huid kunt trekken. Het is moeilijk om te worden gehoord en zelfs al hoort iemand het, wat gaat het nu echt uitmaken, wat voor verandering kan het nu eigenlijk teweegbrengen, gewoon alleen deze woorden, gewoon maar een gebeurtenis die ooit iemand is overkomen die de luisteraar niet kent en nooit zal kennen. Het is maar een verhaal. Het zijn maar woorden.

Ze weet niet of het enig verschil gaat maken. Ze weet niet of er iemand luistert. Hier zit ze, opgesloten in haar kast, de ene na de andere kat te tekenen die ze vervolgens door de kieren naar buiten duwt. Niet zeker of ze überhaupt een klauw zullen uitslaan naar het beest daarbuiten.

Maar toch: ze slaat weer een bladzijde om en gaat verder.

Ik heb alle tandjes die je onder je kussen had gelegd bewaard in een klein blikje waar ooit pepermuntjes in zaten. Soms haal ik ze eruit en leg ze in mijn hand en dan laat ik ze als kralen in mijn hand tegen elkaar ketsen. Dat doosje bewaar ik in mijn sieradenkist. Het voelt als de juiste plek voor deze kleine stukjes van jou, de juiste plek voor kleine kostbaarheden.

Ik hoop dat je gelukkig bent.

Ik hoop dat je weet hoeveel

Ik hoop

Tot het eind denkt ze dat ze nog tijd heeft. Dat ze elk verhaal dat ze heeft verzameld en opgeschreven en beloofd te zullen doorvertellen kan delen en dat ze dan nog terug kan naar Bird. Maar ze vergist zich. Het donkerste deel van de nacht is voorbij en ver weg, op de plek waar de hemel de oceaan raakt, komt de zon al op. En dan hoort ze het: een auto, en nog een, en nog een. Nog een. Het gepiep van banden die slippend tot stilstand komen, de plotselinge dreigende stilte als ze een voor een hun motor afzetten.

Ze heeft nog boekjes vol verhalen en geen tijd meer om ze voor te lezen. Ze heeft zich misrekend. Ze is te lang gebleven.

Dan strijken ze op haar neer met hun donkere vleugels en verstikken haar bijna: al die fouten die ze als moeder heeft gemaakt. Alle keren dat ze degene die ze het liefst wilde beschermen pijn heeft aangedaan. Een keer tilde ze Bird met een zwaai op haar schouders en toen stootte hij zich tegen de deurpost en ontsproot er een pruimkleurige bult aan zijn voorhoofd. Ze had hem iets te drinken gegeven en het glas – waar een onzichtbare breuk in zat – versplinterde in zijn mond. De catalogus van fouten in haar hoofd is eindeloos en onuitwisbaar en elke herinnering steekt zijn klauw in haar, drukt op haar, verlamt haar. Ze had hem geprikt met een naald toen ze probeerde een splinter te verwijderen en had een parel bloed op zijn duim doen verschijnen. Ze was tegen hem uitgevallen terwijl hij midden in een driftbui zat en had hem alleen laten huilen. Ze had hem in gevaar gebracht met één enkele dichtregel en toen had ze hem zo lang alleen gelaten en nu zou hij alweer helemaal alleen achterblijven. Zou hij het ooit begrijpen? Door de pluimen duisternis werpt ze een blik op de notitieboekjes die op tafel uitgespreid liggen. Een hele stapel, vol met verhalen van anderen, allemaal met hun eigen herinnering en spijt, al hun falen en liefde, alle dingen die ze hun kinderen zouden willen zeggen als ze hen ooit nog zouden zien. Misschien, denkt ze, is dit wel gewoon het leven: een oneindige lijst van missers die niet opwegen tegen de vreugde, maar die er simpelweg overheen wordt gelegd. En dat die twee lijsten zich dan vermengen en samengevoegd worden, al die momentjes die het mozaïek van een mens, een relatie, een leven vormen. Dus wat Bird zal leren is dit: dat zijn moeder feilbaar is. Dat ze ook maar een mens is.

Ze slaat het notitieboekje dat voor haar ligt dicht, legt het boven op de andere. Ze zal al deze verhalen meenemen op de enige manier die haar rest: ze strijkt een lucifer aan en steekt de stapel in brand.

En dan, omdat ze nog maar heel even heeft, omdat ze op weg zijn naar hier maar hier nog niet zijn, begint ze aan een laatste verhaal. Een verontschuldiging, een liefdesbrief. Een verhaal dat ze nooit opgeschreven heeft omdat ze het uit haar hoofd kent. Ze doet haar ogen dicht en begint te spreken.

Bird. Waarom vertel ik je zoveel verhalen? Omdat ik wilde dat je de wereld zou begrijpen. Ik wilde de wereld begrijpelijk maken, voor jou. Ik wilde dat de wereld te begrijpen viel.

Toen jij werd geboren wilde je vader jou mijn naam geven. Miu: een zaailing. Dat vond hij een mooi idee, jij als onze kleine spruit. Maar ik koos die van hem: Gardner. Een tuinier, iemand die dingen laat groeien. Ik wilde niet dat jij degene was die geplant werd, ik wilde dat jij dingen zou planten. Dat je macht over je eigen leven zou hebben, dat je je energie zou wijden aan wat er gaat gebeuren, dat je je naar het licht keert.

Alleen hebben sommige mensen een ander verhaal voor jouw naam. Gar: een wapen. Dyn: een alarm. Gardner: hij die een noodkreet hoort en de wapens opneemt. Een krijger die afschermt wat achter hem is, beschermt wat hem lief is. Dat wist ik toen niet. Maar nu ben ik blij dat je het allebei in je hebt. Iemand die zorgt voor anderen, die de toekomst behoedt; een strijder die verdedigt wat er al is.

Er zijn zoveel verhalen die ik je zou willen vertellen. Je zult het anderen moeten vragen – je vader, je vrienden. Aardige onbekenden die je op een dag zult ontmoeten. Iedereen die het nog weet.

Maar uiteindelijk is elk verhaal dat ik je wil vertellen hetzelfde. Er was eens een jongetje. Er was eens een moeder. Er was eens een jongetje en zijn moeder hield heel veel van hem.

Wanneer stopt ze met praten? Wanneer ben je ooit klaar met het verhaal over iemand van wie je houdt? Je bekijkt je kostbaarste herinneringen van alle kanten, steeds maar weer, tot de randjes glad worden, laat ze tot leven komen met je eigen warmte. Je raakt de rondingen en holtes aan van elk detail dat je kent, slaat ze op in je geheugen, zegt ze nog eens op, ook al zitten ze in je gebeente. Wie denkt ooit als hij zich het gezicht van een verdwenen geliefde herinnert: ja, ik heb je vaak genoeg bekeken, ik heb genoeg van je gehouden, we hebben genoeg tijd gehad samen, het is allemaal genoeg geweest?

Ze tilt de laptop boven haar hoofd en smijt hem op de grond, en dan hoort ze achter zich de deur opengaan.

Als Bird en Sadie wakker worden komt de zon net op. Eerst kunnen ze zich geen van beiden herinneren waar ze zijn en dan ineens weten ze het: de blokhut. Het project. Buiten zijn de bomen als lange, rechte pijlen die naar de hemel wijzen. Ze weten zeker dat Margarets plan een succes is geweest, zeker dat ze alles heeft veranderd, zeker dat als zij en de hertogin straks hierheen komen, ze mee teruggenomen worden naar een stad die volledig getransformeerd is. Een wereld die teruggezet is op zijn as.

Maar er komt niemand. Ze eten hun cornflakes en zitten naast elkaar op de trap voor de hut en wachten. Een bewolkte dag met een zware lucht die het geluid om hen heen dempt als een dikke deken. Af en toe zouden ze zweren dat ze iets horen – het knerpen van banden op grind of het geronk van een naderende motor. Maar er komt nog steeds niemand.

Ze komt zo, zegt Sadie vol vertrouwen. Het is vast gewoon druk op de weg. Ze komen eraan.

Er is geen telefoon in de blokhut, geen computer, geen internet. Niets wat hen verbindt met de buitenwereld. Dat is het moment waarop Bird en Sadie beseffen dat ze geen flauw idee hebben waar ze zijn; tijdens de rit naar het noorden letten ze niet meer op de borden, naarmate ze verder van de stad af waren. Het deed er toen niet toe, maar nu denken ze aan de twintig hectare tussen hen en de dichtstbijzijnde mensen. Hoe moest je iemand vinden in zoveel ruimte? Hoog boven de bomen worden de wolken grijzer en donkerder.

Wat als er niemand komt, zegt Bird. In de stilte denken ze hier allebei over na. Ze zouden hier een poosje kunnen wonen; het is warm en beschut. Met de tas met eten die de hertogin achtergelaten heeft, kunnen ze het een paar dagen redden, misschien langer. En dan?

Misschien kunnen we op zoek gaan naar buren en hun telefoon gebruiken, zegt Sadie.

Maar ze weten allebei dat dat onmogelijk is. Welke kant zouden ze op moeten en hoe moesten ze een ander huis vinden en trouwens, als ze daar eenmaal waren, wie zouden ze dan moeten bellen? Ze proberen zich het voor te stellen: ze zouden de lange oprit helemaal terug kunnen volgen tot de weg en dan de weg aflopen. Die moest toch ergens naar leiden? Terug naar de stad of verder weg van de stad, maar hoe dan ook naar mensen. En dan? Hier vallen ze stil, niet zeker over wat dan. Wie hen ook zal vinden, gaat hoe dan ook de politie bellen en dan worden ze meegenomen, en niet samen. Ineens is er een geritsel en geratel en ze verstijven allebei vol verwachting, maar er is niemand, geen beweging. Het is de wind maar die aanzwelt, de bomen ranselt. Takken maaien en slaan door de lucht. Hij had nooit geweten dat het bos zo lawaaiig kon zijn, of zo wild.

Misschien is er iets gebeurd, zegt Bird.

Hij zegt het niet, maar ze denken het allebei: misschien zijn ze opgepakt, Margaret of de hertogin of allebei. Misschien zijn ze gevangengenomen, misschien komt er nooit meer iemand om hen te halen. Of – een nog veel erger idee, eentje dat bijna gelijktijdig bij hen allebei opkomt al durven ze het geen van beiden uit te spreken – misschien is de politie nu wel op weg hierheen, op weg om hen te zoeken. Ineens koelt de lucht af. Het bezorgt ze kippenvel.

Sadie schudt haar hoofd. Alsof ze het de wereld uit kan jagen door te weigeren het te geloven.

Dat kan niet, zegt ze. Ze zijn veel te voorzichtig, ze hebben alles gepland. Dat zouden ze nooit laten gebeuren.

Laten we naar binnen gaan, zegt Bird en hij komt overeind, maar Sadie geeft niet toe. Kom op, zegt hij, kijk dan, het gaat zo regenen. Hij heeft gelijk, de lucht is klam en tintelt, staat op het randje van een onweersbui. Maar Sadie plant haar voeten nog steviger op de traptreden en slaat haar armen om haar knieën.

Ga jij maar. Ik blijf hier. Ze komen zo, ik weet het zeker.

Bird aarzelt in de deuropening, want hij wil Sadie niet alleen laten en hij wil zelf niet alleen zijn. Niet buiten en niet binnen kijkt hij de oprit af tot die in de bomen verdwijnt, de bocht om en uit het zicht. Nog steeds niets en er beginnen dikke druppels te vallen, donkere spetters op de houten trap.

Sadie, roept hij. Sadie, kom nou.

De regen valt sissend, als duizend piepkleine slangetjes, en waar hij neerkomt, kronkelt de grond. Hij doorboort de aarde, prikt gaten die steeds wijder worden: eerst kraters, dan vijvers. Hij ketst van het grind op de oprit en van de traptreden, springt op tot enkelhoogte. Hij ketst van Sadie af die daar nog steeds zit, trouw, koppig, haar ogen strak op het pad naar de weg gericht tot ze doorweekt is en eindelijk naar binnen gaat.

Bird doet de deur dicht en de stilte die volgt na het kolken en razen van de storm is oorverdovend. Water druppelt van Sadies kleren en vormt een plas aan haar voeten. Ze veegt haar gezicht niet eens droog, maar laat haar haren langs haar wangen druppelen, zodat Bird niet kan zien of ze huilt. Hij steekt een hand uit om haar schouder aan te raken, maar ze slaat hem van zich af.

Niks aan de hand, zegt ze.

Ze gaat naar haar slaapkamer voor droge kleren en als ze terugkomt heeft ze iets in haar handen.

Moet je dit zien, zegt ze. Moet je zien wat ik in het nachtkastje heb gevonden.

Een klein oranje potje, een wit dopje. Ze schudt ermee en de pillen die erin zitten ratelen als hagelstenen.

Samen lezen ze het vervaagde etiket: Hertog, Claude. Bij een paniekaanval: 1 tablet. De vervaldatum was midden in de Crisis. Sadie draait het dopje eraf.

Er zijn er nog maar twee over, zegt ze. Van de – ze checkt het etiket – honderdvijftig.

Systematisch zoeken ze de verborgen plekjes in het huis af terwijl de regen boven hun hoofden roffelt. In het dressoir: lavendelolie, een meditatiehandboek, drie soorten slaappillen. Brieven in een taal die ze niet kunnen lezen, met buitenlandse postzegels. In het andere nachtkastje een afgebroken potlood, een boekje met kruiswoordpuzzels – *Voor alle niveaus!* – een lege fles whisky, een leeg kogeldoosje. Nu zien ze ook de kuilen aan beide kanten van het matras, de sleetse plekken op het tapijt waar iemand elke ochtend weer de kracht en moed heeft staan verzamelen om aan de nieuwe dag te beginnen. Ze zien de barst in de leeslamp die ooit gebroken is geweest en weer gerepareerd. Schroeiplekken hier en daar op de houten vloer, waar de hete as van sigaretten is neergevallen.

Ze hebben tijd zat. Zo nu en dan menen ze een geluid te horen, iemand die dichterbij komt, maar als ze naar het kleine raam van de zitkamer rennen en naar buiten kijken is het altijd gewoon de wind, de regen die tegen de zijkant van de blokhut slaat, de bomen die piepen en kraken in de storm. In de keuken, achter in het bovenste kastje, vinden ze oude pakken pasta en bonen, die al voor hun geboorte gebruikt hadden moeten worden.

Voor het eerst kunnen ze zich het indenken: de lange maanden van afwachten, ver weg hier in de bossen. Je afvragen wat er in de wereld daarachter gebeurt, bang zijn voor het moment dat het hen misschien bereikt. Vrezen wat voor wereld hun wacht als ze weer tevoorschijn komen. Ze hadden de luxe gehad zich terug te kunnen trekken in dit gezellige huis met meer dan genoeg te eten en stromend water en warmte. Ze hadden kunnen schuilen en wachten tot de Crisis over zijn dieptepunt heen was, en nu zitten zij hier met zijn tweeën en eindelijk snappen zij het ook: de blokhut voelt als de enige veilige plek, een toevluchtsoord waar ze zich wanhopig aan vastklampen. Zou er iemand komen? Wie zou dat dan zijn en wat voor nieuws zouden ze brengen uit de buitenwereld, zouden ze goed of fout volk zijn en wannéér zouden ze dan komen? Zouden ze hier doodgaan, alleen en verschanst, afgezonderd en geïsoleerd van de rest van de wereld? En zou dat beter of erger zijn dan wat er ook maar met ze zou zijn gebeurd als ze waren gebleven en het erop gegokt hadden? Deed het er überhaupt toe?

Halverwege de grijze middag maken ze weer een vuur, want ze hebben behoefte aan warmte, aan iets wat danst en gloeit en leeft. De tweede keer gaat het makkelijker; ze weten nu hoe het moet en ze zien de koppen op de proppen krantenpapier vervagen in de vlammen.

DOW JONES DAALT VOOR DE VIERDE OPEENVOLGENDE MAAND; CENTRALE BANK OVERWEEGT FINANCIËLE INJECTIE

MANIPULATIE MARKT DOOR CHINA WAARSCHIJNLIJK EEN REDEN RECESSIE, ALDUS EXPERTS

Als het vuur eenmaal brandt, blijven ze door de stapel kranten bladeren en lezen de koppen, bekijken de foto's op de voorpagina's. Ze gaan langzaam terug in de tijd. VERBOD OM SAMENSCHOLING BLIJFT GELDEN TOT EIND AUGUSTUS. HUIS VAN AFGEVAARDIGDEN BEKIJKT MAATREGELEN OM CHINESE SUBVERSIEVE ELEMENTEN TE ELIMINEREN. PEILINGEN TONEN OVERWELDIGENDE STEUN VOOR DE VOORGESTELDE 'PACT'-WET.

Genoeg, zegt Sadie en ze laat de kranten weer op de stapel vallen. Ik hoef niks meer te zien.

In stilte onderhouden ze het vuur, voeren ze het af en toe een stokje of een blok hout dat ze voorzichtig in de vlammen duwen om dan gespannen toe te kijken tot het ontbrandt. Spatten regen vallen door de schoorsteen en zorgen voor geknetter en sissende stoom. Zonder dat ze het uitspreken, hebben ze allebei het gevoel dat ze dit vuur brandend moeten houden, dat er iets verschrikkelijks gebeurt als het dooft, dat er dan iets kostbaars voor altijd verloren gaat. Dat alleen het aan de gang houden van dit vuur hen kan redden. Dat op de een of andere manier niet alleen hun eigen lot, maar dat van de hele wereld daarvan afhangt. Als het ze lukt, dan weten ze zeker dat Margaret en de hertogin hen komen halen. Dat Margaret niet alleen veilig is, maar dat ze komt met het nieuws dat haar plan geslaagd is, dat alles ineens anders is, dat alles wat rechtgezet moest worden rechtgezet is. Dit wonder kunnen ze verdienen. Maar als ze het uit laten gaan...

Daar denken ze niet over na, ze durven die angst niet in woorden te vangen. Die avond nemen ze niet de moeite om iets te koken maar eten in plaats daarvan de snacks uit de zak met eten. Wie trek heeft neemt een handje. Gedroogde cranberries, crackers, geroosterde amandelen. Ze knabbelen zich de dag door. Als het donker wordt, trekken ze zich niet terug in hun eigen slaapkamer. In plaats daarvan zitten ze samen bij de haard en kijken naar hoe de vlammen de houtblokken een voor een verslinden.

Als ze even naar buiten kijken, lijkt alles een waas, onzeker en vertroebeld. Geen bomen meer maar impressies van bomen: groene vegen doorkliefd door natte, donkere vegen. Niet meer het kalme water van gisteren maar een loodgrijze vlek, iets wat aanzwelt en kolkt, net aan de rand van hun blikveld. Ze kunnen niet ver zien. Er hangt een nevel in de lucht, als de zilte druppels van de zee, en ze trekken de gordijnen dicht zodat ze niets hoeven te zien van de griezelige strijd die daarbuiten raast. De wind beukt tegen het dak, de ruiten, de grond – zoveel regen dat het niet meer te onderscheiden valt van het gebulder van de oceaan. Ze zijn een klein bootje dat ten prooi gevallen is aan rukwinden en alles staat op zijn kop. Welke kant is boven? Ze weten het niet meer zeker. De houten vloer kan het dek zijn, ondersteboven gekeerd; de regen die tegen het dak slaat, kunnen golven zijn die tegen de kiel onder hun voeten slaat, eraan knaagt.

Ik ben bang, zegt Bird.

Sadies hand kruipt naar die van hem, warm en geruststellend klam en levend.

Ik ook, zegt ze.

Tot laat in de avond voeden ze het hongerige vuur, allebei nog niet bereid het op te geven, dommelend tot ver na middernacht, ze worden wakker als het vuur dooft en de kamer koud wordt, leggen dan nog een blok in de haard om het vuur weer tot leven te lokken, het uit de as te laten herrijzen. Steeds maar weer. Tot vlak voor de zon opkomt de lucht grijzig goud kleurt, ze allebei in slaap vallen, zij aan zij onder de kriebelende wollen deken en het vuur eindelijk uitgaat.

Als ze wakker worden, koud en met een stijve nek, kijken ze naar de donkere haard en dan naar elkaar.

Geeft niet, zegt Sadie snel. Het telt niet. Het is al bijna dag.

Ze zegt het met al dat brutale zelfvertrouwen van vroeger, maar hij weet dat ze wil horen dat hij het ermee eens is.

Hij knikt. Het geeft niet, zegt hij.

Buiten is het geraas van de storm tot bedaren gekomen. De stilte zwelt aan en weergalmt. Hun oren wennen langzaam aan de afwezigheid van geluid. Het tikken van de afnemende regen is nu heel zacht, als trommelende vingers. In plaats van kakofonie kunnen ze nu de individuele geluiden horen. Ze horen een enkele stroom van getik tegen het raam. Een enkele druppel in de dakgoot valt met het geluid van een klok. Dan ineens probeert een enkele vogel de lucht voor de zon opkomt en beantwoordt een andere vogel zijn roep.

Al is het nog donker, toch eten ze de laatste cornflakes als ontbijt, want zelfs aan het eind van de wereld zijn ze daarmee beter voorbereid op wat er komen gaat. Dan, zonder het eerst te bespreken, nemen ze hun post op het trappetje weer in, al weten ze nog altijd niet precies waar ze op wachten. De lucht begint net licht te worden. Na het onweer van gisteren voelt de lucht schoon en fris. De vogels roepen naar elkaar vanuit de bomen. De verregende omgeving lijkt twee tinten donkerder – de rotsen zijn van lichtbeige in donkergoud veranderd, de modder van grijsbruin in bijna zwart – maar alles is er nog. Een eekhoorn komt met een lodderige blik zijn holletje uit, blijft aan zijn achterpootjes hangen als hij zich lui uitrekt, eerst zijn ene kant, dan zijn andere. Aan Birds voeten is een nijver stel mieren bezig een gevallen kruimel van zijn ontbijt op te tillen om vervolgens aan de lange, moeizame terugtocht naar hun mierenhoop te beginnen.

Misschien dat het kan. Misschien dat alles in orde is en dat ze alleen wat vertraging opgelopen hebben. Misschien dat Margaret en Domi naar hen onderweg zijn, dat er niets aan de hand is, dat ze hebben gezegevierd.

Ik hoor ze, zegt Sadie en ze springt op.

Ze heeft gelijk: ze horen het allebei. Een auto die over het knerpende grind door de bossen rijdt. Vanaf de trap zien ze hem naderen. De auto van de hertogin, zo stads en wonderlijk misplaatst hier: een dunne, lichte kogel die in slow motion het bos doorboort. Hij nadert langzaam, bijna met tegenzin. Sadie pakt Birds hand vast, of Bird die van Sadie, dat weten ze niet precies, en ze kijken naar hoe de auto tergend langzaam op de blokhut afrijdt. Als hij dichterbij komt, zien ze voorin twee figuren, al kunnen ze de gezichten niet zien door het getinte glas. Alleen een schaduwachtige vorm op de bijrijdersstoel en nog eentje achter het stuur. Dan blijft de auto staan en de motor valt stil en de deur aan de bijrijderskant gaat open. Maar zij is het niet. Het is een man, een lang lichaam dat zich ontvouwt en naar hen toekeert en Bird maakt een gesmoord geluid van herkenning. Het is zijn vader. De hertogin zit met een somber gezicht achter het stuur. En ze weten dat er iets heel erg mis is gegaan.

Papa, roept Bird. Papa. Maar er komt geen geluid uit zijn mond. Naast hem begint Sadie te huilen.

En alsof zijn vader hem toch heeft gehoord, rent hij op Bird af, op hen allebei, en neemt hen allebei in zijn armen.

Ze had afgewacht, de hertogin – gewacht in haar vergulde herenhuis, de hele avond en een groot deel van de nacht, totdat Margaret zou komen. Zodra je denkt dat ze je gevonden hebben, had ze gezegd. Niet wachten, M. Gewoon wegwezen, voor ze tijd hebben om bij je te komen. Niet te lang blijven – je laat je altijd zo meeslepen. En daar had Margaret mee ingestemd.

En toen was ze blijven praten, ging maar door, voorbij het moment waarop Domi had verwacht dat ze zou stoppen, voorbij het punt waarop het nog verstandig was, toen voorbij het punt waarop het veilig leek en toen voorbij het punt waarop het nog kon. Toen het eenmaal duidelijk was dat Margaret niet zou komen, dat er iets misgegaan was, was de lucht van licht naar donker gegaan en was hij weer licht aan het worden. En ze was in haar auto gestapt en naar Brooklyn gereden. Margarets stem was bijna uitgegaan naarmate de politie de ene na de andere speaker had gevonden en vermorzeld, maar toen Domi een paar minuten over drie de brug over reed, was hij er weer: haar oude vriend, luider nu, duidelijker, door de speakers die ze hadden gemist of nog niet gevonden, alsof haar woorden duidelijker te horen waren nu ze dichterbij kwam. Ze vertelde de verhalen van mensen die ze wilden vertellen maar dat niet konden, nu eens vol verdriet, dan weer boos, dan weer teder. Duizend mensen die schreeuwden door haar mond.

Maar straten verder wist ze dat het mis was. Ineens was het

griezelig stil. De wegen waren afgezet vanaf Flushing Avenue. Bij Fort Greene Park kon ze niet eens in de buurt komen. Een cordon van politiewagens, hun sirenes uit, maar hun zwaailichten aan, omcirkelde het hele gebied en ze keerde in een zijstraat en reed weer naar huis. Ze wist al wat ze hier zochten en dat ze het hadden gevonden. Toch wachtte ze, hield ze haar telefoon in de gaten, nog altijd in de hoop dat het schermpje zou oplichten en dat het Margaret zou zijn die haar ergens vandaan belde, waar dan ook, om te zeggen dat ze oké was.

Toen de telefoon inderdaad ging, was het al laat in de ochtend. Het was het telefoontje dat ze al had verwacht en ze was er klaar voor. Ja, zij was inderdaad de eigenaar van het pand in kwestie – wát hadden ze daarbinnen gevonden? Nee, wat een schande, wat een schok, dat zult u wel begrijpen. Nee, ze had géén idee hoe – of nee, wacht even, er hing een cijfercode bij de achterdeur; wie die vrouw ook maar was, ze moest erin geslaagd zijn om dat open te krijgen en het huis binnen te dringen. Wát heeft ze gedaan? Dat is toch verschrikkelijk. Nee, ze kwam daar zelf nooit meer. Haar vader had het pand gekocht tijdens de Crisis en was van plan geweest het te renoveren. Maar daar was het nooit van gekomen en hij was overleden en sinds die tijd stond het al leeg. Om die reden had ze altijd al moeite gehad met dat pand; ze wilde er liever niet heen maar het was ook nog niet klaar voor de verkoop. Claude Hertog was zijn naam – ja precies, van het techbedrijf. Dat was haar familie. Ja natuurlijk, ze zou zorgen voor betere beveiliging; ze zou er een extra alarm op laten zetten en een bedrijf in de arm nemen om het in de gaten te houden. Gezien alles wat er tegenwoordig allemaal gebeurde, kun je eigenlijk niet voorzichtig genoeg zijn. Zou de politie haar misschien willen laten weten als ze klaar waren met hun werkzaamheden...? Heel vriendelijk; ze had veel waardering voor hun inspanningen, het feit dat ze waakten over de gemeenschap – sterker nog, ze was al van plan geweest een donatie te doen om de agenten te ondersteunen bij hun taken. Nee, nee – ú bedankt.

In de tussentijd was ze aan het zoeken. Margaret had haar niet veel verteld, maar de paar kruimels die ze al wist waren genoeg. Het was verbazingwekkend hoe snel je dingen kon vinden met alleen een naam, als je het aan de juiste mensen vroeg. *Ethan Gardner* leidde haar naar Harvard, toen naar de salarisadministratie van de bibliotheek en toen, uiteindelijk, tot wat ze nodig had: een adres in Cambridge, een van de studentengebouwen. Geen telefoonnummer, maar ze kon natuurlijk toch al niet het risico nemen om te bellen. Het kostte haar bijna vijf uur om Boston te bereiken, met het verkeer dat stremde en vlak voor Stamford tot stilstand kwam, toen New Haven, toen Providence. Tegen de tijd dat ze in Cambridge aankwam was het iets na vieren en ze parkeerde de auto voor het gebouw en wachtte af. Misschien had ze hem al gemist, misschien werkte hij niet op vrijdag, misschien was hij al naar huis gegaan van zijn werk en had ze dat hele eind voor niets gereden. Ze had het bijna opgegeven. Maar eindelijk, iets na vijven, kwam hij eraan – ietsje ouder, ietsje grijzer, maar hetzelfde gezicht dat ze zich herinnerde van al die jaren geleden. Hij droeg zelfs dezelfde kleren: een in zijn broek gestopt lichtblauw overhemd, een corduroy blazer. Ze snapte toentertijd niet wat Margaret zo fascineerde, maar nu zag ze het misschien toch: die zachtheid in hem, de belofte dat er mildheid kon bestaan in deze wereld.

Toen hij voorbijliep, stapte ze uit de auto.

Ethan? zei ze en hij keerde zich geschrokken om. Onzeker. Hij zocht haar gezicht af op zoek naar iets bekends.

Ik ben het, Domi, zei ze en ze zag zijn ogen volstromen met herkenning. Ik ben hier vanwege Margaret, zei ze en toen, voor hij iets kon zeggen, voegde ze eraan toe: en Bird.

Hij was die maandag thuisgekomen in een leeg appartement en hij had een kramp gevoeld in zijn borst. Dus het was gebeurd, had hij in paniek gedacht: ondanks alles hadden ze hem uiteindelijk toch meegenomen. Noah, riep hij uit en hij knipte de lichten in de zitkamer aan, toen in de slaapkamer, liep nog een rondje door het appartement alsof Bird een sleutelbos was die hij kwijt was. Pas toen zag hij het briefje op tafel, de tekening, het stukje papier met daarop *New York, NY*. Haar handschrift herkende hij na al die jaren nog steeds, snel, puntig en zeker, en hij begreep het.

Hij kon de politie niet bellen: zodra die onderzoek gingen doen zouden ze de link met Margaret ontdekken, zouden ze met genoegen in Margarets dossier duiken en er eentje aanleggen over Bird. Hij kon naar New York gaan, maar dan? Het enige wat hem restte was afwachten. Als Bird Margaret zou vinden, dacht hij om zichzelf gerust te stellen, zouden ze wel contact met hem zoeken. *En zo niet* was een gedachte die hij zichzelf niet toestond.

Dinsdagochtend meldde hij Bird ziek op school; hij meldde zichzelf ziek op het werk. Als Bird terugkwam, zou hij er zijn. Hij ijsbeerde de hele dag door het appartement, pakte zijn woordenboek op, legde het weer neer. Steeds weer keek hij naar de tekening die Margaret had gestuurd: de katten, de kast. Wat had Bird hieruit opgemaakt? Hij vergat 's avonds te eten. Waar was Bird? Had hij Margaret gevonden? En wat als hem dat niet was gelukt...? Die nacht, half duizelig, droomde hij zichzelf terug in zijn oude appartement met Margaret, met de Crisis die nog om hen heen wervelde. De volgende ochtend, wattig en moe, werd hij alleen wakker onder Birds lege plek in het stapelbed en meldde hij hen allebei weer ziek. Uitgeput viel hij steeds half in slaap en telkens werd hij wakker omdat hij zeker wist dat hij Birds stem hoorde. Maar er was niemand.

Op vrijdagochtend was hij weer aan de slag gegaan: hij had geen vrije dagen meer. In de bibliotheek reed hij zijn karretje tussen de kasten door en nam extra de tijd om de boeken zorgvuldig te spiegelen, om alles terug te zetten op de plek waar het thuishoorde. Als zijn dienst erop zat, bleef hij rondhangen want hij vreesde het lege appartement. In plaats daarvan liep hij naar de zuidwestelijke punt van niveau D en kamde de planken af tot hij het vond: het dunne boekje met een kat op het omslag en een jongen die wel wat weg had van Bird.

Deze hervertelling, ontdekte hij, was anders dan die van Margaret. In deze versie hadden de ouders te veel kinderen, werd het jongetje weggestuurd om bij priesters in de leer te gaan en was het gebouw geen huis maar een tempel. Misschien had ze zich het niet goed herinnerd, of misschien had ze een reden om het verhaal aan te passen. Of misschien, denkt hij, zijn er wel gewoon veel versies van dit ene verhaal. Wat zei het Margaret en Bird dat hij er niet uit haalde. Hij las het steeds maar weer, tot de bibliotheek dichtging, op zoek naar de boodschap, naar de aanwijzing die alles duidelijk zou maken en hem zou zeggen waar zijn gezin was. Maar het boek onthulde niets.

Daar liep hij nog aan te denken toen hij in het donker naar huis liep. Wat ook maar de betekenis was, het stond niet in de woorden zelf, maar ergens anders en het was op dat moment dat Domi haar auto uitstapte en zijn naam riep.

In de kleine uurtjes reden ze terug naar Connecticut. Het verkeer verdampte, in elk huis waren de gordijnen dichtgetrokken. Op sommige plekken gingen de lantaarnpalen al uit, maar in Domi's auto vlogen ze moeiteloos over de snelweg. Hele einden waren zij de enige auto en ze gleden door het donker in de kleine bubbel van het licht dat uit hun koplampen straalde. Alsof er verder op de hele wereld niets of niemand meer was. Heel lang zei Ethan geen woord en kletste Domi erop los alsof ze de stilte wilde vullen. Ze had hem natuurlijk de meest dringende dingen al verteld: wat er met Bird was gebeurd, over het herenhuis, het plan. Waar ze naar op weg gingen. En nu de hoofdzaken allemaal duidelijk waren, merkte ze dat ze zich verloor in de kleinste details. Hoe Margaret eruit had gezien toen ze elkaar voor het eerst weer zagen. Ik kon wel zien, zei Domi, ik kon wel zien dat ze gelukkig was geweest met jou. Met het leven dat ze had gehad. Want ze had zoveel verdriet nu ze het kwijt was. Je zag het in haar ogen.

Ze beschreef het allemaal zo goed als ze kon voor Ethan: Margarets notitieboekjes, haar reizen van de ene naar de andere familie, tot hij het bijna voor zich zag, haar sporen als fijn stiksel kriskras over de landkaart in een poging iets wat uiteengescheurd was weer aan elkaar te hechten.

Je had het moeten horen, zei Domi, je had het moeten zien, haar stem was zo... Ze wuifde met een hand door de lucht en de auto zwenkte over de gele streep en weer terug.

Het kwam gewoon uit de lucht. Overal. En de mensen stonden daar te luisteren. Ik keek uit het raam en ik zag ze gewoon staan. Als standbeelden. Het was alsof ze iedereen had versteend.

Alleen, dacht ze – en ze kan zich er niet toe zetten dit hardop uit te spreken, nu niet, en nooit – alleen stonden die versteende mensen te huilen. Ze hield zich vast aan dit feit, zelfs toen de politie kwam en de speakers vond en ze vertrapte met hun hakken, zelfs toen ze de menigte uiteendreven, zelfs toen er vanuit het raam niets anders te zien was dan een lege stoep en wat stukjes draad en plastic op het beton. Die verdwenen mensen hadden hun tranen afgeveegd en waren weer teruggekeerd naar hun leven. Maar toch, ze hadden gehuild, al was het maar voor even, en ze hield zich voor dat dit iets betekende, dat het ertoe deed.

Hij is een goed joch, zei ze in plaats daarvan. Bird. Hij is een lief kind.

Na een korte stilte voegde ze eraan toe: hij lijkt zoveel op haar. Op jullie allebei.

Ja, dat klopt, zei Ethan en toen vielen ze allebei stil en buiten rolde de weg voorbij en weerkaatste het licht dat zij uitstraalden.

Het was net Pompeï, zou iemand later zeggen. Iedereen stond als aan de grond genageld. Je stond daar maar gewoon en liet het allemaal over je heen komen. Het verwoestte je en tegelijk behoedde het je.

Een ander zou dat moment haar leven lang meedragen en jaren later, toen ze met haar dochter in het Natural History Museum was, keek ze naar de diorama's vol dieren die zo levensecht waren dat het was alsof ze alleen even stilstonden, als inbrekers gevangen in een zoeklicht, en ze, zodra jij hun de rug toekeerde, weer tot leven zouden komen en weg zouden rennen. Ze keek naar zo'n diorama – een leeuw ineengedoken bij een kudde grazende antilopen, de geschilderde savannelucht zinderend achter hen in een honingkleurige glans, jakhalzen sluipend in de schaduw, allemaal, roofdier en prooi, bevroren door een onzichtbare kracht – en dan dacht ze ineens aan die avond, toen de schemering ingevallen was en de stem zich richtte tot hen allemaal. Dat gevoel van omringd zijn door vreemden die hetzelfde ervaarden. Ze herinnerde zich de man op het parkbankje tegenover haar – grijs en hard, in een legerbroek die niet paste, stukken grijze sok zichtbaar tussen de bovenkant van zijn schoen en zijn zolen – zoals zij elkaar aangekeken hadden, de onuitgesproken bevestiging tussen hen: *Ja, ik heb het ook gehoord.* Ze zou die man nooit meer zien, maar toen ze daar zo stond in het museum dacht ze aan hem, dacht ze aan dat gevoel dat hij op een bepaalde manier belangrijk voor haar was, dat ze verbonden waren en dat ze elkaar gevonden hadden. Dat gevoel dat ze verbonden werden door dit onwerkelijke moment, en weer stond ze als aan de grond genageld, bevangen, en staarde voorbij de leeuw en de antilope naar het verleden tot haar dochter aan haar hand trok en vroeg waarom ze huilde.

Ik begrijp het gewoon niet, zegt Domi steeds. Ze wrijft verwoed in haar ogen met de muis van haar hand zodat de eyeliner van gisteren boze donkere kringen vormt. Sadies hoofd rust op haar schouder. Waarom ze zo lang doorgegaan is. We hebben het er nog over gehad. Ze had het beloofd. Ik dacht dat ze het meende.

Je kent Margaret, zegt Ethan. Die kan zich soms laten meeslepen. Ze laat zich slecht temmen.

Hij en Domi delen een pijnlijke lach. Alles wat ze zo vermoeiend aan haar vonden, wordt iets kostbaars.

Ze praten over haar in de verleden tijd, denkt Bird, en hij glimlacht bijna om hoe kinderlijk en kortzichtig dat is. Ze zijn er zo zeker van dat ze er niet meer is, maar hij niet. Ik beloof je dat ik weer terugkom, had ze gezegd, maar nu pas beseft hij: ze had er niet bij gezegd wanneer. Alleen dát ze weer terugkwam. En dat gelooft hij nog steeds. Ze komt weer terug. Op een dag, hoe dan ook. In welke vorm dan ook. Hij zal haar vinden als hij maar hard genoeg zoekt. Er gebeurden vreemde dingen. Het zou kunnen dat ze er is, ergens, in een andere vorm, zoals in verhalen gebeurt: vermomd als een vogel, een bloem, een boom. Als ze goed genoeg kijken, zullen ze haar vinden. En terwijl hij dat denkt, denkt hij dat hij haar dan misschien wel ziet: in de berkenboom die haar blaadjes heel voorzichtig op hem laat regenen, in de havik die door de lucht zeilt en zijn doordringende en weemoedige en prachtige kreet laat horen. In de zon die haar weg door de bomen begint te banen en alles in een fijne gouden gloed zet.

Wat nu, zegt hij. Maar hij weet het antwoord al.

Wat er nu gebeurt is een keuze: ze kunnen terug, met zijn allen, naar het leven dat ze eerst hadden geleid. Bird en zijn vader kunnen weer terug naar Cambridge, terug naar school en naar de boeken die teruggezet moeten worden in de afgesloten kasten. Ze kunnen doen alsof dit nooit is gebeurd; ze kunnen blijven zeggen: nee, we kennen haar niet, we hebben al jaren niets meer van haar gehoord. We hebben niets met haar te maken, we hebben er niets mee te maken, zoiets zouden we natuurlijk nooit doen, zo denken we natuurlijk niet. Wat Sadie betreft: de hertogin verzekert haar dat ze een veilige plek voor haar kan vinden, maar aan Sadies blik kan Bird zien wat er zal gebeuren – ze zal weer vluchten, ze zal blijven vluchten zoals voordat ze Margaret had gevonden. Ze zal blijven zoeken naar haar eigen ouders, naar een uitweg uit dit alles en ze zal verdwijnen. Dus zal alles weer zijn zoals het was, alsof dit allemaal nooit gebeurd is, alsof het niets heeft veranderd, alsof het niets betekende.

Of: ze gaan verder. Ze kunnen blijven zoeken – naar Sadies ouders, naar de gezinnen die kinderen zijn verloren, naar die kinderen zelf. Naar Margaret, die daar misschien nog ergens is, al durft niemand van hen dat te zeggen, zelfs niet in stilte. Ze kunnen doorgaan met verhalen verzamelen, manieren vinden om die te delen. Manieren bedenken om door te geven en zich te herinneren. Ze zullen zich moeten verbergen zoals Margaret al die jaren heeft gedaan, sluipend in de schaduw, op weg van de ene vriendelijke daad naar de andere. Luisteren en verzamelen. Dingen nooit laten sterven. Ze kunnen zich laten veranderen door wat Margaret heeft gedaan, ze kunnen ervoor zorgen dat het de dingen verandert. Ze kunnen dit rotsblok de heuvel op blijven duwen.

Ergens vertelt iemand misschien aan een ander: *Moet je horen, ik heb zitten denken aan dat bizarre wat laatst is gebeurd.* Dagen later, weken misschien, zit Margarets stem nog steeds in de krochten van hun brein, zijn de verhalen die ze hebben gehoord het sluitstuk van een stroomkring, waarin gevoelens worden opgelicht die zo lang in het donker lagen. Hoekjes van zichzelf waarvan ze niet wisten dat ze er waren worden opgelicht. *Moet je horen, ik heb zitten denken.* Acht miljoen mensen, al die verhalen die van mond tot mond gaan. Zou één iemand daardoor overtuigd raken? Een op de acht miljoen, een fractie van een fractie. Maar niet niets. Die iemand laat het verhaal op zich inwerken, vertelt het door. *Moet je horen.* En ergens zegt zo iemand dan eindelijk: *Moet je horen, dit klopt niet.*

Ze weten geen van allen hoe dat moet, waar ze naartoe moeten, hoe ze hun weg zullen vinden, maar het is niet onmogelijk en dat is op dit moment genoeg.

Voor ze vertrekken, pakt Domi Bird bij de hand.

Had je het maar gehoord, zegt ze. Haar gezicht is pafferig en roze, opgezwollen door het gewicht van wat ze met zich meedraagt. Had je haar maar kunnen horen.

En op een dag zal hij het horen. Dan zal hij iemand ontmoeten die, nadat hij Birds verhaal heeft gehoord, langzaam zal zeggen: Dat herinner ik me, ik was erbij, ik zal het nooit vergeten. En die iemand zal het navertellen, wat zijn moeder uitzond. Dat ene verhaal dat ze niet oplas maar uitsprak, direct, in haar eigen woorden. Die iemand vertelt dat bijna woord voor woord, want het zit sinds het moment dat hij het hoorde, al die jaren geleden, diep in hem verankerd. Die avond toen uit het niets, uit alles, een stem begon te spreken in het donker en boodschappen van liefde bracht.

Nu zegt Domi: haar gedichten.

Ik ben toen in die tijd naar de boekwinkel gegaan, zegt ze, en daar lag je moeders bundel op tafel. Ik wist wel dat ze er ooit eentje zou schrijven. Ik heb hem meteen gekocht en in één ruk uitgelezen. We hadden elkaar al jaren niet meer gesproken. Ik heb haar een poos gehaat, echt heel intens. Ik had niet gedacht dat ik haar ooit nog zou zien, tot ze bij me op de stoep stond. Maar ze bleven me bij, die gedichten; ik kon haar stem horen als ik ze las. Ik dacht steeds aan alles wat we doorgemaakt hadden. Het deed me denken aan wie we waren, toen in die tijd.

Bird houdt zijn adem in. Zou het kunnen? denkt hij. Dat ze hem nog heeft? Dat ze hem uit haar tas haalt en beduimeld en haveloos in zijn handen drukt?

Maar Domi schudt haar hoofd.

Ik heb hem verbrand, zegt ze. Toen ze naar haar op jacht gingen. Niemand wist dat ik hem had en misschien zou niemand het ooit hebben geweten, maar toch heb ik het gedaan. Ik was laf. Dat is wat ik je probeer te zeggen, Bird: het spijt me. Hij is er niet meer.

Tranen stokken in Birds keel. Hij knikt en wil zich omdraaien. Maar Domi praat door.

Er was één gedicht, zegt ze zachtjes, tegen zichzelf bijna, alsof ze zich een bijna vervaagde droom probeert te herinneren. Een gedicht dat gewoon...

Ze wrijft over de plek tussen haar sleutelbeenderen alsof de klap van het gedicht daar nog voelbaar is.

Ik heb het steeds maar weer gelezen, weet je? Omdat het iets zei wat ik voelde maar niet kon grijpen en de woorden maakten het tastbaar, heel even maar, als ik het las. Snap je wat ik bedoel?

Bird knikt, al begrijpt hij het niet precies.

Ik denk, zegt ze, ik denk dat ik het voor je kan opschrijven. Het gedicht, bedoel ik. Misschien dat ik een paar woorden verkeerd heb. Maar ik denk – ik *denk* – dat ik me het grotendeels nog herinner. Zou je dat fijn vinden?

En dan begrijpt hij hoe het zal gaan. Hoe hij haar weer zal vinden. Wat hij gaat doen, naast al het andere wat zijn leven zal brengen. Ergens zijn mensen die haar gedichten nog kennen, die er stukjes van hebben verborgen in de plooien van hun gedachten voor ze het papier in hun handen in brand staken. Hij zal ze vinden, hij zal hun vragen wat ze nog weten, hij zal hun herinneringen bij elkaar puzzelen, fragmentarisch en incompleet als ze zijn, en hij zal de gaten in de ene tegen de solide delen van de andere houden. En op die manier, stukje bij beetje, zal hij haar weer op papier zetten.

Ja graag, zegt hij. Dat zou ik heel fijn vinden.

Noot van de auteur

De wereld van Bird en Margaret is niet precies onze wereld, maar het is ook niet *niet* onze wereld. De meeste gebeurtenissen in dit boek hebben geen directe analogie, maar ik heb me wel laten inspireren door dingen die echt gebeurd zijn, zowel in het verleden als recent – en in sommige gevallen door de dingen die in mijn voorstelling realiteit hadden kunnen worden tegen de tijd dat deze roman klaar was. Over *The Handmaid's Tale* schreef Margaret Atwood ooit: 'Als ik een denkbeeldige tuin moest scheppen zou ik willen dat de padden daarin echt waren.' Dus wat volgt is een lijst van slechts een paar van de echte padden – en ook van de bakens van hoop – die mijn manier van denken vormden tijdens het schrijven.

Er is een lange historie, in de VS en elders, van het weghalen van kinderen als middel om politieke controle uit te oefenen. Als dat u raakt – wat ik hoop – lees dan eens over de vele voorbeelden, zowel in het verleden als nu, waarbij kinderen bij hun gezinnen weggehaald zijn: het uit elkaar halen van tot slaaf gemaakte gezinnen, door de staat gerunde kostscholen voor inheemse kinderen (zoals die in Carlisle, Pennsylvania), de ongelijkheid die ingebakken zit in het pleegzorgstelsel, de scheidingen van migrantengezinnen die nog altijd voorkomen aan de zuidelijke grens van de Verenigde Staten en nog veel meer. Er moet veel meer aandacht komen voor dit onderwerp, maar *Taking Children: A History of American Terror*, een boek van Laura Briggs, geeft een onschatbaar overzicht.

De pandemie die begon in 2020 zorgde voor een enorme stijging van anti-Aziatische discriminatie, maar dit is geen nieuw verschijnsel. Het heeft lange en diepe wortels in de Amerikaanse geschiedenis. Toen ik deze roman schreef, dacht ik steeds aan voorbeelden uit het echte leven – de Japans-Amerikaanse internering tijdens de Tweede Wereldoorlog, de moord op Vincent Chin in 1982 en het langdurige 'China Initiative' van het ministerie van Justitie zijn maar enkele van talloze voorbeelden. Als dit onderwerp nieuw voor u is, hoop ik dat u de volgende boeken eens wilt inkijken: *The Making of Asian America*, van Erika Lee. *Yellow Peril!: An Archive of Anti-Asian Fear* onder redactie van John Kuo Wei Tchen en Dylan Yeats. *Infamy: The Shocking Story of the Japanese American Internment in World War II*, van Richard Reeves. En *From a Whisper to a Rallying Cry. The Killing of Vincent Chin and the Trial that Galvanized the Asian American Movement* van Paula Yoo. Dit zijn allemaal goede vertrekpunten. Elk jaar worden er nieuwe boeken geschreven over de ervaringen van Aziatische Amerikanen en ik ben de schrijvers dankbaar voor het verhelderen van de vele facetten van dit complexe en zich steeds maar uitbreidende onderwerp.

De manier waarop volksverhalen en taal allebei worden herinnerd en langzaam veranderen als ze van generatie op generatie worden doorgegeven fascineert me – en ook hoe we er een andere betekenis in zien afhankelijk van de omstandigheden waarin we verkeren. De versie van 'Doornroosje' die Bird zich herinnert komt uit *The Illustrated Junior Library's Grimms' Fairy Tales*, het boek dat ik zelf had tijdens mijn jeugd. En Margaret vertelt Bird een mengeling van westerse en Aziatische verhalen die ik me kan herinneren van toen ik klein was. Het Japanse volksverhaal dat centraal staat in dit boek werd in 1898 in het Engels populair door Lafcadio Hearn en is in de loop der jaren vele malen opnieuw verteld. De versie in dit boek, met de diverse variaties, is van mijzelf. Wat taal betreft: de Online Etymology Dictionary, verschillende messageboards over linguïstiek en mijn vaders onderzoek naar de geschiedenis van Chinese karakters vormden de inspiratie voor Ethans etymologieën, al zijn eventuele fouten die Ethan maakt natuurlijk die van mij.

Inspiratie voor sommige van de demonstraties in dit boek kwamen uit allerlei verschillende bronnen – in het algemeen heb ik me laten leiden door het concept van guerrillakunst en door Gene Sharps geschriften over vreedzaam protesteren. Het gebreide web in het park is gebaseerd op verschillende pacifistische wildbrei-protesten in de VS en in het Verenigd Koninkrijk, terwijl de ijskinderen in Nashville hun oorsprong vinden in de verrassende nachtelijke installaties van beelden. Zoals de naakte Donald Trump-beelden gemaakt door INDECLINE als protest tegen zijn beleid en de gruwelijke afbeeldingen van gekooide kinderen die werden neergezet door de Refugee and Immigrant Center for Education and Legal Services (RAICES) om aandacht te vragen voor de scheiding van migrantengezinnen aan de grens tussen de VS en Mexico. In het bijzonder de vreedzame protesten van de Servische Otpor!-beweging, Syrische anti-Assad-demonstranten en andere groeperingen, met name diegene die zo levendig worden omschreven in *Blueprint for Revolution*, van Srdja Popović, hebben niet alleen alle kunstprotesten in het algemeen beïnvloed, maar gaven me ook de ideeën voor het betonblok met de koevoet in Austin, de pingpongballen in Memphis en Margarets flessendoppen. De strijd van de prodemocratische mensen in Hongkong, met name tegen de recente door China opgelegde wetgeving omtrent 'nationale veiligheid', heb ik ook steeds in gedachten gehad. Ook ben ik veel dank verschuldigd aan Anna Deavere Smith, wiens werk ik pas ontdekte nadat ik dit boek klaar had maar die niettemin duidelijk een van de voormoeders is van Margarets project.

In deze roman komen een aantal echte mensen voor: Anna Akhmatova kwam in mijn leven waardoor een paar stukken van dit verhaal in elkaar klikten. Het moment waarop dat gebeurde was zo gelukkig dat je in het lot gaat geloven. *Poems of Akhmatova*, een bloemlezing en vertaling van Stanley Kunitz en Max Hayward, vormt een prachtige kennismaking met haar werk en haar levensverhaal. Het was me een eer om een romanfiguur – eentje die zich dapper uitspreekt tegen onrecht – naar Sonia Lee Chun te mogen vernoemen, als dank voor de ruimhartige steun die haar familie biedt aan Immigrant Families Together. Margaret gedenkt de nalatenschap van Latasha Harlins en Akai Gurley; opdat we jullie namen en jullie levens zullen gedenken. En last but not least: nadat ik de roman klaar had ontdekte ik dat er een Facebookgroep is die de hashtag #ourmissinghearts gebruikt. De groep wil hiermee bekendheid geven aan vermiste personen. Ik ben hun dankbaar voor het werk dat zij doen om families die hopen op antwoorden rust te geven.

Tot slot was het maar al te eenvoudig om de PACT te bedenken, de rechtvaardigingen ervoor en de impact die het zou hebben op de samenleving: er zijn veel te veel voorbeelden van gevallen waarin het vrije woord gesmoord wordt – en discriminatie gerationaliseerd – onder het mom van 'bescherming' en 'veiligheid'. Toen ik bezig was met het schrijven van deze roman, bood het nieuws een overdaad aan hedendaagse voorbeelden in zowel de VS als in andere landen. En in de tijd die is verstreken tussen het moment waarop ik deze noot schreef en u hem las zullen er ongetwijfeld nog veel meer geweest zijn. Het is moeilijk om het tijdperk waarin je zelf leeft te analyseren, maar een blik op de geschiedenis bood een nuttig perspectief. Geschriften over McCarthyism, waaronder *Naming Names* van Victor S. Navasky, en *The Age of McCarthyism: A Brief History with Documents* van Ellen Schrecker en Phillip Deery, toonden een griezelige glimp van hoe allesoverheersend angst kan worden. *Perilous Times: Free Speech in Wartime* van Geoffrey R. Stone biedt een opsomming van talloze historische voorbeelden die akelig herkenbaar voelen in onze huidige tijd. En boeken als *When Paris Went Dark: The City of Light under German Occupation, 1940-1944* van Ronald C. Rosbottom hielpen me na te denken over de onduidelijke overlap tussen weerstand, tolerantie en heulen. Meer in het algemeen maakte *On Tyranny* van Timothy Snyder glashelder hoe snel een autoritair systeem kan opkomen (en wat er tegen gedaan kan worden), en Václav Havels essay 'The power of the powerless' uit 1978 veranderde mijn manier van denken over de impact die één individu kan hebben op het ontmantelen van een geworteld systeem. Ik hoop dat hij gelijk heeft.

Dankwoord

Niemand doet ooit iets helemaal alleen en ik ben meer dank verschuldigd dan ik kan zeggen aan de vele, vele mensen die me hebben geholpen.

Ik snap nog steeds niet waar ik mijn agent, Julie Barer, precies aan heb verdiend, maar dat ik dankbaar ben is duidelijk. Mijn eeuwige dank aan jou, Nicole Cunningham Nolan, en aan iedereen bij The Book Group. Punt.

Dank als altijd aan mijn redacteur Virginia Smith Younce voor je onverstoorbare kalmte en feilloze begeleiding (en omdat je me ijs gaf precies op het moment dat ik dat het hardst nodig had) en Caroline Sydney omdat je ervoor zorgde dat alles zo soepel liep. Ook dank ik weer Juliana Kiyan, Matthew Boyd, Danielle Plafsky, Sarah Hutson, Ann Godoff, Scott Moyers en het hele team van Penguin Press die dit boek de wereld in hebben geholpen met zoveel zorg en liefde; ik zou niet weten bij wie mijn boek in betere handen zou zijn. Jane Cavolina, mijn bureauredacteur, heeft nog altijd het geduld van een heilige en de ogen van een havik.

In het Verenigd Koninkrijk dank ik Caspian Dennis en Clare Smith voor hun aanhoudend onder de aandacht brengen van mijn werk, en Grace Vincent, Celeste Ward-Best, Hayley Camis, Kimberley Nyamhondera en iedereen bij Little, Brown

UK. Ook dank ik Nicole Winstanley en Deborah Sun de la Cruz van Penguin Random House Canada. Dank aan Jenny Meyer en Heidi Gall omdat jullie mijn boeken zo goed ondergebracht hebben in het buitenland en aan al mijn buitenlandse redacteuren en vertalers voor het delen van mijn woorden met lezers.

Dank aan Ayelet Amittay, Sonya Larson, Anthony Marra, Whitney Scharer en Anne Stameshkin voor jullie waardevolle feedback tijdens het schrijven, en aan mijn schrijversgroep, mijn vaste bakens, voor jullie niet-aflatende steun. Gesprekken met Jenn Fang en Dolen Perkins-Valdez hebben mijn denken gevormd en maakten dit boek oneindig veel beter (en Jenn, bedankt voor de stamboom van Marie).

Met dank aan Jenni Ferrari-Adler, Marissa Perry Stuparyk, Ariel Djanikian en Anne Stameshkin (nogmaals) voor dat weekend in het bos, het bankje bij het vuur en bijna twee decennia van doordachte gesprekken; aan Catherine Nichols omdat je mijn hersens liet kraken bij ramen-lunches en omdat je zo lief was dat ik de naam Bird mocht lenen. Jermaine Brown dank ik voor zijn advies over de juridische aspecten van herplaatsingen van kinderen en de huiveringwekkende opmerking 'Met een sympathiserende rechterlijke macht is alles mogelijk'. Veel dank aan Peter Ho Davies voor zijn wijsheid en mentorschap, en enorme dankbaarheid voor het delen van dat verhaal over zijn vader – ik hoop dat deze nieuwe versie daarvan zijn weerklank vindt.

De Guggenheim Foundation heeft dit project gesteund en, belangrijker nog, een vroege motie van vertrouwen geschonken. Zonder die had ik me waarschijnlijk nooit aan dit boek gewaagd. De Cambridge Public Library bood me niet alleen ruimte om te schrijven, maar ook eindeloze inspiratie in haar boeken, mecenassen en bibliothecarissen; bedankt voor alles wat jullie doen en bedankt aan Kate Flaim voor het regelen van die rondleiding achter de schermen die mijn fantasie voedde.

Maar bovenal dank ik mijn familie. Mijn moeder en mijn zus die me al een dikke veertig jaar steunen bij dat schrijven van me. Het is niet eenvoudig om een schrijver in de familie te hebben, dus bedankt dat jullie me er een hebben laten zijn en dat jullie je verhalen met mij hebben gedeeld. Ik hoop dat jullie trots op me kunnen zijn. Bedankt aan mijn man voor het brengen van een lunch als ik vergeet te eten, het geduldig luisteren terwijl ik doorratel over plots en onderzoek, en het meer dan een redelijk aandeel in huishoudelijke en gezinstaken op zich nemen terwijl ik schrijf en voor het vertrouwen in mijn werk, zelfs als ik dat zelf even niet heb. Ik mag me gelukkig prijzen dat ik deze reis met jou mag maken. Tot slot, dank aan jou, mijn zoon: je bent nog steeds het mooiste wat ik heb gemaakt.

LEES OOK

'Vanaf de eerste zin intrigerend. Spannend, tragisch, meeslepend: dit boek heeft het allemaal.' – **ZIN MAGAZINE**

Juni, 1977. In het universiteitsstadje Middlewood ontdekt de familie Lee dat hun dochter verdwenen is. Een paar dagen later wordt het lichaam van de zestienjarige Lydia uit het meer gevist. Verteerd door schuldgevoelens slaat haar vader een roekeloze weg in die hem zijn huwelijk kan kosten. Haar moeder Marilyn is gebroken, maar vastbesloten om een dader te vinden – tegen elke prijs. Lydia's broer is er zeker van dat hun getroebleerde buurjongen Jack iets te maken heeft met het drama. Maar het is de jongste in de familie, Hannah, die meer ziet dan iemand zich realiseert en die wel eens de enige zou kunnen zijn die weet wat er echt gebeurd is.

Nu verkrijgbaar in jouw (online) boekhandel!